Papeles en el viento

Eduardo Sacheri

Papeles en el viento

Santillana Ediciones Generales, S. A. de C. V., 2011
Av. Río Mixcoac 274, Col. Acacias
México, 03240, D.F. Teléfono 5420 7530
www.alfaguara.com/mx

ISBN: 978-607-11-1547-8

Primera edición: noviembre de 2011

Diseño de cubierta: Raquel Cané
Imagen de cubierta: Pablo Rey

Impreso en México

A todos mis amigos: ustedes, que mantienen siempre la vida en movimiento.

1

Cuando salen del cementerio se detienen un buen rato en la vereda, como si necesitasen orientarse, o decidir qué hacer de allí en adelante. Fernando echa un vistazo a los otros dos. Mauricio baja la mirada. El Ruso, en cambio, se la sostiene, y los ojos se le anegan de lágrimas.

Es esto. La muerte del Mono es esto que está sucediendo. Se parece a las imágenes que Fernando ha construido en ocho meses de insomnio. Se parece pero no es. La realidad es más simple, más básica. Es esto. Este sol de invierno escondiéndose del lado de Castelar, el paredón alto del cementerio, la vereda larga hasta la avenida, los camiones, ellos tres ahí, sin decidirse a nada.

El Ruso alza el mentón, hacia el lado de Yrigoyen.

—¿Se toman un café?

Mauricio asiente y los dos empiezan a caminar hacia la esquina. Fernando demora en seguirlos. No tiene ganas de tomar un café. Pero tampoco tiene ganas de quedarse ahí parado o de volver a entrar en el cementerio. No tiene ganas de nada.

Empieza a caminar con las manos en los bolsillos y los alcanza. Cruzando la avenida encuentran un tugurio miserable que promociona hamburguesas y panchos, pero que también vende café. El Ruso se acerca a la barra para hacer el pedido y los otros van a ocupar una mesa que está contra la vidriera. Mauricio pasea la vista por el lugar. Una de las heladeras de bebidas chorrea agua. El alféizar de la ventana está lleno de mugre. En la pared han pintado una hamburguesa rebosante de ingredientes: "Paty completo 8$", escrito en enormes letras anaranjadas.

—Qué lugar de mierda —comenta.

Fernando asiente con una sonrisa desganada.

—Al Mono le encantaría —contesta—. Estos sitios decadentes le parecían siempre una maravilla.

Ahora es Mauricio el de la sonrisa desvaída, y Fernando toma conciencia de que es la primera vez que habla del Mono en tiempo pasado. El Ruso llega con los cafés. Como la mesa está chueca, los vasos de plástico se tambalean y el de Mauricio derrama una buena parte del contenido. El Ruso vuelve hasta el mostrador para pedirle un trapo al empleado.

—Este, cuando caiga... —dice Mauricio, en un murmullo, viéndolo alejarse—. Porque todavía no cayó.

—No. No cayó —coincide Fernando, mientras evoca las imágenes del velatorio y el entierro.

Ayer y hoy el Ruso ha llorado varias veces, pero no se quedó quieto más de cinco minutos. Además tomó la precaución —Fernando está seguro— de no acercarse al ataúd en ningún momento. ¿Le habrá dolido menos? ¿Servirá de algo negar las cosas?

—Si quieren le metemos un taco de papel a la pata chueca —ofrece el Ruso, al volver con el trapo rejilla.

—Dejá, Ruso. No nos apoyamos y listo.

Fernando se pregunta si hay algún modo de ponderar el dolor. Pesarlo, medirlo, compararlo. ¿Cuál de ellos tres está sufriendo más? Lo asalta otra duda: ¿influye el parentesco en la hondura del sufrimiento? Porque si es así él, Fernando, tiene que ser el más triste de todos. Los otros dos son amigos del Mono. Eran. Pero él es el hermano. Era. Malditos tiempos verbales.

Por otro lado, el Ruso fue el mejor amigo del Mono desde quinto grado. ¿Qué pesa más, a la hora de sufrir? ¿Una vida siendo hermanos o treinta años siendo los mejores amigos del mundo? Una pregunta difícil. Inútil, también, pero difícil.

—¿Qué te pasa, que te quedaste con esa cara de nada mirando la mesa?

Mauricio lo saca de sus reflexiones, o las reorienta. Porque Fernando ahora, mientras menea la cabeza, se detiene a pensar que, seguro, Mauricio es —de los tres— el que menos dolor siente. Demasiado egoísmo como para condolerse por nada demasiado tiempo. Fernando lo piensa y se siente mal. Como si fuera un pensamiento excesivamente mezquino, el suyo, en semejante momento.

—Nada, me quedé colgado.

Bebe un largo trago de café. Lo nota ácido, como si llevara muchas horas recalentado. Hace una mueca de asco. Los otros convalidan su impresión. Por la avenida pasa un camión cargado de vacas, metiendo un estruendo ensordecedor. Miran hacia afuera, al enjambre de autos, colectivos y camiones que llenan el asfalto.

—Me parece que si se hiciera un concurso para ver cuál es la avenida más fea del mundo, gana Yrigoyen —dice Mauricio.

—Capaz que sí —dice Fernando y bebe de un trago el resto de su café.

Mono

El sobrenombre de “Mono” nunca tuvo que ver con su apariencia, porque siempre fue rubio y pálido y casi lampiño, y aunque no era muy alto andaba siempre bien erguido. De manera que nunca fue muy peludo ni chueco ni encorvado, rasgos todos más fácilmente asociables con los monos. El sobrenombre, en realidad, se lo puso Mauricio, que desde chico hizo gala de una inventiva elegante y desalmada. Y se lo puso el día en que Alejandro —el último día que se llamó así, cuando acababa de cumplir diez años— estuvo a punto de matarse.

Estaban los cuatro dilapidando las horas de una siesta de febrero en la vereda, a la sombra de un enorme sauce llorón, cuando Alejandro señaló la copa y aseguró que él era, de los cuatro, el único capaz de subir hasta arriba de todo. Era un árbol viejo y frondoso y sus raíces, que reventaron la vereda años atrás, habían tenido a mal traer a los obreros de Gas del Estado encargados de cavar la zanja para el tendido de los caños de la red.

Los demás le dijeron que no, que no podía llegar hasta arriba de todo, pero más por llevarle la contra que porque lo creyeran incapaz. Además no eran ni las cuatro, y no tenían nada que hacer hasta que las vecinas se levantaran de dormir y ellos pudiesen jugar al fútbol otra vez.

Alejandro se incorporó, se sacudió la tierra de las palmas y se encaramó de un salto en una de las ramas bajas. Bastó que iniciara el ascenso para que los otros empezaran a burlarse, alarmarlo, criticar su método de trepada y amenazarlo con avisarle a su madre. Pero Alejandro seguía de rama en rama, cada vez más alto, y los demás, al pie del sauce, entrecerraban los ojos porque les molestaban las hojas y las cortezas que iba desprendiendo a medida que subía. Por más que se desgañitaran gritando, los otros tres advertían que Alejandro estaba más y más cerca del aro de luz que se abría sobre la copa. El último tramo lo subió aferrándose al tronco con brazos y piernas, como un koala, un poco por lo frágil de las ramas superiores y un poco porque, a esas alturas, ya le daba vértigo mirar hacia abajo.

Por fin llegó a lo alto y con sumo cuidado se dio vuelta para poder verlos, deslizando muy de a poco los pies. Cuando se sintió seguro soltó las manos, se aferró los genitales y les dedicó a los de la vereda unas cuantas obscenidades. Después, satisfecho, miró alrededor, para retener los detalles de una panorámica inexplorada, porque las casas del barrio eran todas bajas, y ninguno había visto jamás, desde tan alto, los techos de la cuadra. Ser el primero, y suponer que los otros tres jamás verían aquello, se le antojaba la antesala de un prestigio sin límites.

Con el pecho inflado en la efervescencia del orgullo cerró los puños, abrió los brazos y lanzó el grito gutural lleno de graves y falsetes que habían aprendido viendo en televisión a Johnny Weissmüller y a Ron Ely, y se lanzó a golpearse el pecho al grito de "¡Soy Tarzán, el rey de los monos!".

Llevado por el entusiasmo empezó a los saltitos sobre la rama que le servía de sustento. Saltos prudentes, tímidos, pero saltos al fin, hasta que de buenas a primeras la rama se partió con un crujido, que a los de abajo les heló los cabellos de la nuca y al escalador lo precipitó árbol abajo, en un periplo de locos en el que cayó rebotando de rama en rama en las posturas más inverosímiles y en medio de chillidos de pavor.

Por suerte en aquellos años todavía vivía Abelardo Colacci, que tenía un Ford Falcon al que le prodigaba cuidados de amante devoto. Como el viejo Colacci sostenía que el sol de enero le quemaba la pintura, estacionaba el Falcon debajo del enorme sauce desde diciembre hasta marzo, y eso permitió que Alejandro, en lugar de caer en la vereda, en la tierra o en el pavimento, lo hiciera sobre el techo del auto, con un estrépito de infierno. En las semanas siguientes los cuatro iban a acercarse al auto de Colacci para recorrer con la mirada, absortos, las sinuosidades del cráter que dejó Alejandro al caer sobre la luneta negra. "Acá pegué con la cola", diría Alejandro, como quien explora las vértebras de un dinosaurio exhibido en un museo. "Acá, con la cabeza." El Ruso, por su parte, agregaría: "Todo lo que ves abollado es lo que te aguantó el Falcon. Eso te salvó. Ni la vereda ni el asfalto se habrían abollado. Y vos estarías muerto". Lo había dicho la primera vez, cuando los dejaron entrar a la habitación de la Clínica Modelo, y se toparon con Alejandro en cama y enyesado. Y como le pareció un comentario enormemente sensible y atinado, lo siguió repitiendo cada vez que volvieron al pie del sauce.

El día de la caída, después del estrépito de chapas y vidrios, y mientras los vecinos empezaban a asomarse a ver lo que suponían un choque de autos en la esquina, y alguna vecina más lúcida que las demás empezaba a llamar a la ambulancia, los otros tres se acercaron al auto sobre el que yacía Alejandro, sucio, raspado, gimiente pero indudablemente vivo. Y fue entonces cuando Mauricio, apenas se le pasó el susto y el miedo de que su amigo más chico se hubiese muerto, hizo una mueca, sonrió de costado y le soltó el sobrenombre que le quedaría para toda la vida.

—Ja. Otra que el rey de los monos. ¿Vos? Mono y gracias.

Y así fue.

2

Mauricio abre el portafolios, saca su block de notas, elige una página llena de carteles y de cifras garabateadas, y empieza a explicar.

—Tengo todo más o menos claro. Faltan detalles, porque los resúmenes bancarios no los tengo todos. Tu vieja —dice, dirigiéndose a Fernando— quedó en buscarlos entre hoy y mañana. Igual me parece que mucha idea no tiene. Capaz que si le das una mano…

—Hace diecisiete años que no vivo con ella, Mauricio. No tengo la menor idea de los papeles.

—Sí, pero tu vieja está grande. Viste cómo es…

—Sí, pero el que se ocupaba de esas cosas era el Mono.

Fernando se topa con la mirada de Mauricio y se acomoda en la silla. No hay que ser un genio para advertir el reproche que carga esa mirada. El otro está pensando que hizo mal en no tomar las riendas del asunto un par de meses antes, cuando era evidente que el Mono se moría. Fernando no se ocupó precisamente por eso. Porque el Mono se moría y tomar esas decisiones, acomodar los papeles, dirimir las imprecisiones, aclarar las dudas, le había parecido precipitar el desenlace. El Ruso se levanta y va hasta la barra, para no tener que esperar al mozo para el pedido. Pero además, piensa Fernando, para no estar presente cuando Mauricio comience con las malas noticias.

—Te escucho —dice Fernando.

—La cosa es peor de lo que nos imaginamos. En el banco no hay prácticamente nada. Chirolas. Me aseguré con tu vieja de que no tuvieran una caja de seguridad, o bonos…

—¿Bonos? ¿El Mono, bonos? —Fernando no se propone ser hiriente, pero a veces Mauricio y sus esquemas mentales lo sacan de quicio. Está en el rol del abogado. Block, lapicera plateada, flamante portafolios. Amigo de la familia, amigo preocupado, pero abogado al fin. Así que ni bonos ni caja de seguridad.

—Se lo pregunté a tu mamá y me lo confirmó —responde el otro, sin advertir el sarcasmo.

—Ay, Mauricio. El único bono que conoció el Mono en su vida fue el que vendían los Bomberos Voluntarios de Morón, viejo.

—De acuerdo. Pero yo tenía que chequearlo.

—Bueno. ¿Y entonces?

—Entonces nada. No hay un mango. De la guita que cobró cuando lo echaron no queda un peso. Y mirá que era una ponchada de pesos. Doscientos seis mil cuatrocientos setenta y cinco dólares, para ser exactos —aclara Mauricio, consultando otra página de su block—. No te olvides que fui yo el que le manejó el despido con la empresa.

"Sí. Y fuiste vos el que le cobró honorarios aunque era tu amigo desde que tenían diez años." Fernando lo piensa, pero no dice nada.

—¿Y entonces?

—Ahí está, Fernando. Que no sé. Toda la guita que le pagaron por la indemnización, el Mono la puso en comprar al jugador. A este…

—Pittilanga. Mario Juan Bautista Pittilanga —precisa Fernando, en un tono que bien podría significar "deberías saberlo". Ya que están de admoniciones, que sean recíprocas.

En ese momento vuelve el Ruso, haciendo malabares con los tres pocillos para no quemarse.

—¿No era más fácil que los trajera el mozo? —pregunta Mauricio.

Seguro que era más fácil, piensa Fernando. Pero al Ruso nunca lo han seducido los procedimientos sencillos. Reparte las tacitas antes de sentarse.

—¿Y? ¿Cómo va la cosa?

—Como el culo —dice Fernando, del peor modo, como si ese enojo tangente y trasnochado sirviese para algo.

Potencial simple

Cuando el Mono terminó la escuela secundaria tenía absolutamente claro su porvenir. Al año siguiente le ofrecerían su primer contrato como jugador profesional de Vélez. En tres o cuatro temporadas se convertiría en el mejor número cuatro de la Argentina. A los veintitrés años —veinticuatro, a lo sumo— sería transferido en una cifra millonaria al fútbol italiano. A partir de entonces jugaría unas doce temporadas en Europa. Por último, volvería a la patria para terminar su carrera en Independiente y retirarse con toda la gloria. Pero los verbos que el Mono conjugaba en un convencido modo potencial no terminaban ahí.

Una vez retirado, y para seguir vinculado al mundo del fútbol, se convertiría en director técnico. Empezaría dirigiendo en algún club del ascenso y después de algunas temporadas en las que ganaría experiencia daría el salto a primera división. En algún momento, antes o después, como jugador o como técnico —o mejor antes y después, como jugador y como técnico— llevaría a la Argentina a un nuevo título mundial, luego de derrotar a Inglaterra o a Alemania en semifinales y a Brasil en la final.

Lo había soñado tantas veces, y lo había contado tantas veces —porque el Mono estaba convencido de que uno no tenía que callarse las grandes alegrías, ni las pretéritas ni las inminentes— que sus amigos podían repetir su futura biografía con lujo de detalles. Ni Fernando ni Mauricio se prestaban a esa pérdida de tiempo, pero el Ruso se entusiasmaba hasta el paroxismo y adoptaba los roles de representante, masajista, ayudante de campo o asesor de imagen, según el humor con el que se hubiese levantado.

Lamentablemente para ambos, cuando el Mono cumplió veinte años lo citaron de la secretaría de Vélez Sarsfield y lo notificaron del único verbo en modo potencial para el que nunca había tomado el menor recaudo: quedaría libre, porque en el club habían decidido prescindir de sus servicios.

Le entregaron el pase libre para que pudiera continuar su venturosa carrera en cualquier equipo, le desearon suerte y le pidieron que llamara al siguiente porque había otros siete pibes esperando para recibir idénticas noticias.

3

Atraviesan el control de entradas y el indolente cacheo que les hace un policía somnoliento. Suben hasta la fila más alta, sacuden un poco el polvo posado sobre el cemento y se sientan. Fernando estima que en esa única tribuna, que corre junto al lateral, de un extremo al otro del campo de juego, deben caber como mucho mil quinientas o dos mil personas. Pero ese sábado ha llovido toda la mañana, el cielo amenaza con más agua y los presentes no pasan de doscientos, regados aquí y allá, en grupos pequeños, como el que forman ellos mismos.

Aparece el equipo local, vistiendo camiseta verde y pantalones blancos.

—Je —dice el Ruso, socarrón, apenas los ve—. Tal como les tengo dicho, el color más común de camiseta en Argentina es el verde.

—Y dale que dale con eso —sale al cruce Mauricio—. ¿Cuándo vas a aceptar que estás equivocado, Ruso?

El otro, haciendo caso omiso, alza la mano dispuesto a enumerar:

—Ferro, camiseta verde. San Miguel, camiseta verde. Ituzaingó, Deportivo Merlo, Sarmiento de Junín, y hoy —el Ruso detiene la enumeración, dándole suspenso—, San Martín de 9 de Julio.

—¿No les parece que después de hacer trescientos kilómetros para ver este partido podrían dejar la competencia para otro día? —intenta Fernando.

Pero Mauricio ya se prepara para atacar.

—No, señor. Hay muchas más rojas y blancas que verdes. —ahora es su turno de alzar el brazo y mostrar la cuenta con los dedos—. Independiente, River, Argentinos Juniors, Estudiantes de La Plata, Huracán, Los Andes, San Martín de Tucumán, Huracán de Tres Arroyos…

—Me estás metiendo clubes del Interior —aduce el Ruso.

—Y vos me estás metiendo un montón de clubes del ascenso. Sigo, si querés: Unión, Deportivo Morón, Instituto de Córdoba. ¿Querés que siga?

Fernando escucha la andanada de nombres que tira Mauricio; su seguridad, su fría determinación, su suficiencia. Cuando sus amigos se cruzan en esas polémicas Mauricio parece disponer de todas las armas y el Ruso de demasiadas inocencias.

—¿Vos de qué te reís? —lo interpela Mauricio.

—No me río. Sonrío —Fernando disfruta haciéndose el enigmático.

—¿Y de qué te sonreís? —se acalora el bombardero. Parece mentira lo fácil que es hacerlo perder la paciencia.

—¡Esperá! ¡Mandiyú de Corrientes! —el Ruso está de nuevo radiante, como si acabase de empatar de un plumazo la estadística.

—Ahí salen los santiagueños —Fernando se alegra de poder distraerlos, como si suspendiendo la competencia en ese punto le evitase al Ruso una derrota.

—¿Pittilanga cuál es?

—Aquel que está contra el lateral, haciendo calentamiento.

—¿Cuál? ¿El flaco que parece ligero?

—No. El grandote que parece un ropero.

—Ah...

Cuando arranca el partido, el Ruso comenta que se siente uno de esos personajes misteriosos que son enviados por los entrenadores a espiar a los equipos rivales una o dos fechas antes de tener que enfrentarlos. Pero los otros no le hacen caso. Fernando porque se dedica a anotar todo lo que le parece importante en una libreta Centinela, y Mauricio porque adopta la actitud reconcentrada que tiene siempre cuando mira los partidos: serio, callado, con los brazos cruzados.

Al final del primer tiempo —un empate sin goles, trabado y aburrido— el Ruso baja al baño y vuelve al rato con hamburguesas y vasos de gaseosa.

—¿Podés creer que me gasté treinta mangos en estas seis porquerías?

Los otros hurgan en los bolsillos y le alcanzan un billete de diez pesos cada uno. Cuando los equipos retornan a la cancha, advierten con alivio que Pittilanga sigue entre los once que inician el segundo tiempo. El equipo local juega mejor y convierte dos goles sucesivos. Presidente Mitre, en cambio, luce perdido en la cancha. Pittilanga sale reemplazado a quince minutos del final. Cuando pasa junto a su entrenador, recibe una palmada distraída en el hombro.

—Así que por este hijo de puta el Mono pagó trescientos mil dólares —la voz de Mauricio suena lúgubre, y no es una pregunta sino una constatación, la comprobación definitiva de una evidencia.

—Trescientos diez mil —precisa el Ruso.

—¿Pero no estuvo en una selección juvenil Sub-17?

—Ajá. Estuvo.

—¿Y qué carajo le pasó?

La conversación queda trunca y ven el resto del partido en silencio. Cuando el árbitro pita el final los hinchas locales se ponen de pie para aplaudir a los suyos, que saludan desde el mediocampo con los brazos en alto.

Ellos tres se incorporan y, siguiendo a los demás, bajan los sucios escalones de cemento pintados de blanco. Pidiendo permiso de vez en cuando llegan al vestuario visitante. El Ruso golpea la puerta y les abre un hombre bajito, vestido con equipo deportivo y una gorra de visera que dice "Bodega El Tanito-Mendoza".

—Necesitamos hablar con el señor Bermúdez. Venimos de Buenos Aires. Somos los dueños de Pittilanga.

Fernando escucha la presentación del Ruso y se pregunta si está bien anunciarse así. ¿Son los dueños del jugador o de su pase? En realidad, no son ni una cosa ni la otra. Cuando el Mono supo que se moría, fraguaron unos contratos en los que cedía el pase a su madre. Eso lo convierte a Fernando en el hijo de la testaferra. Todo es tan complicado...

—A ver... un segundo.

Por la puerta entreabierta se ve el trajín del vestuario. Jugadores a medio vestir, el vapor de las duchas, ropa tirada, semblantes sombríos. Lo normal después de perder dos a cero. Se asoma un tipo alto, vestido con el mismo equipo deportivo que el anterior e idéntica gorrita. Fernando se pregunta si en Santiago del Estero no hay un solo auspiciante para las gorras, que tienen que ir a buscárselo a Mendoza.

—Sí —dice, y los mira alternativamente, como si no supiera bien a cuál debe dirigirse.

—Somos los dueños del pase de Pittilanga. Venimos de Buenos Aires —titubea el Ruso—. No sé si tiene un minuto.

Bermúdez frunce el rostro en un gesto de extrañeza.

—Pensé que el pase era de ese pibe... Raguzzi, que me vino a ver hace un tiempo.

El Ruso parpadea, pero no sabe qué contestar.

—Es cierto —interviene Fernando.

Vuelve a sentir que hacen el ridículo, que representan un papel, y que lo representan mal. Que cuando están a solas ellos tres, aun peleando, las cosas pueden, mal que mal, funcionar. Pero que apenas sacan su pantomima al exterior, a la luz del día, al contacto con los otros, se nota demasiado que improvisan, que no saben, que son el colmo de patéticos.

—¿Y entonces? ¿Es de ustedes o es de él? —Bermúdez suena menos impaciente que aburrido.

—Raguzzi murió hace unas semanas —dice Mauricio—. Estaba muy enfermo. Nos transfirió los derechos. Ahora somos los dueños.

El entrenador da un ligero respingo, apenas perceptible. Fernando lo nota porque lo estaba esperando. Todo el mundo, cuando se entera de la muerte del Mono, da ese respingo. El error, muy humano al parecer, de considerar que la juventud y la muerte nunca andan juntas.

—Lo... lo lamento —balbucea y les tiende la mano en un pésame improvisado y tardío.

—¿Tiene un minuto? No lo queremos joder, pero venimos desde Buenos Aires... —arranca el Ruso— y necesitamos hacernos una idea de dónde estamos parados.

Bermúdez se recuesta contra la pared, con los brazos a la espalda y las piernas cruzadas. Carraspea, y frunce los ojos como si le molestase un sol que, a esa altura de la tarde, ya se ha ido.

—¿Con Pittilanga?

"Más bien", piensa Fernando, pero no se muestra impaciente, porque es claro que su interlocutor está buscando tiempo para decidir cómo empezar, para trazarse un itinerario.

—Esteeeeee.... Está difícil, la cosa —empieza por fin, mirando el piso—. Ta' bien que el equipo no ayuda. La verdad, somos un asco —hace un ademán hacia la puerta de chapa, hacia el vestuario en el que se duchan sus dirigidos—. Y el pibe le pone ganas, le pone.

Fernando aprecia el empeño con el que Bermúdez hurga en la realidad para darles una buena noticia.

—Acá lo tienen a préstamo por un año... —interviene Mauricio.

—Sí. Hace poco, llegó. El mes pasado.

—Un año a préstamo con opción de compra, ¿no? —pregunta Fernando.

—Psí. Igual yo en eso casi ni me meto. Quiero decir: me manejo con los jugadores que tengo, para la temporada, ¿vieron? Si después lo compran o no, no es asunto mío. Es cosa de los dirigentes.

—Claro. Igual es muy pronto para saber si lo van a comprar, ¿no? —interviene el Ruso.

—La verdad que no lo sé. Supongo que sí. Esto recién arranca.

Los cuatro se quedan un rato sin hablar, hasta que Bermúdez parece decidirse.

—Una pregunta. Digo, sin querer ser un metido... A este pibe Pittilanga... ¿cuánto lo pagaron?

Dudan. Fernando no sabe si los otros dos lo hacen por el mismo motivo que él. ¿Los sonsaca con eso para pedirles una comisión? Lo tiene escuchado mil veces. Técnicos que piden plata por poner a un jugador de titular, por valorizarlo. Pero después mira el lugar en el que están conversando. El piso de cemento lleno de grietas. La puerta de chapa. Las gorritas con la publicidad de la bodega. No puede estar preguntándolo con esa intención.

—Trescientos mil dólares —responde Mauricio.

—¡A la flauta! —la expresión de Bermúdez, que en otro contexto podría haber sonado admirativa, allí, en ese playón oscurecido por el crepúsculo de agosto, a duras penas es piadosa.

—Lo que pasa que venía de jugar en la selección Sub-17, andaba bien, prometía —aduce Fernando, como si necesitase defender a su hermano y sus impulsos de alguna manera, o con algún sentido.

—Claro. Claro —asiente Bermúdez antes de concluir—. Y sí: son cosas que pasan.

—Bueh. Igual gracias por atendernos —Fernando adelanta la diestra en un saludo un poco abrupto porque quiere terminar con eso cuanto antes. Irse de ahí.

—Una cosa más —interviene Mauricio—. ¿Le parece que seguirá jugando de titular?

Bermúdez se rasca una mejilla sin afeitar.

—Psí… supongo que sí.

—Para nosotros es importante. Para valorizarlo —sigue Mauricio.

El Ruso suena entusiasmado, cuando agrega:

—Eso está bárbaro. Que sea el titular, digo. Que se sienta seguro en su puesto. Por la confianza, y todo eso.

Bermúdez lo mira como si dudase en retrucarle.

—Lo que pasa, muchacho, es que usted no sabe lo horrible que es el suplente.

Les hace un vago saludo con la mano y entra al vestuario.

Orientación vocacional

Fernando y Mauricio, porque al Mono lo querían, lamentaron sinceramente el abrupto desenlace de su carrera futbolística. El Ruso, en cambio, hizo lo mismo que su mejor amigo: negó las cosas, y se embarcó con él en las inútiles maniobras a las que recurrió para resucitarla. Porque el Mono no estaba listo para semejante demolición de su porvenir.

Deambuló durante un año por cuanta práctica pudo, y terminó convenciendo a un entrenador de Excursionistas, menos permeable a su talento que a su persistencia de mula, de que lo dejara integrarse al equipo. El Mono y el Ruso celebraron la contratación como un acto de justicia y un prólogo de grandeza. Todo estaba en orden. Simplemente habría que aplazar un par de años los proyectos.

Pero unos meses después, cuando acababa de cumplir los veintiuno, el técnico le dio las gracias y repitió la espeluznante ceremonia de enviarlo a la secretaría del club para que le devolvieran su pase libre. El Mono dio las gracias, volvió a su casa y se agarró una borrachera descomunal que duró tres días y terminó con el *crack* aferrado al inodoro vomitando bilis y recibiendo las palmadas del Ruso, que se había encerrado con él y lo sostenía para que no se cayera.

Cuando el Mono pudo salir del baño, arrastrando sus ojeras y con el semblante verdoso, se sentó a la mesa del comedor y empezó a dar vueltas las hojas del diario del día, que su madre había dejado a medio leer. A su lado, de pie, como un edecán o como un ángel de la guarda, seguía el Ruso.

—¿Qué buscás, Mono? —fue la única pregunta que se permitió formular.

—Estoy viendo qué trabajos se ofrecen. Tengo que ver qué voy a estudiar.

—Ah…

—Ayudame a decidir. Medicina no porque no tengo estómago. Abogacía ni en pedo. Pateás una baldosa y salen dos mil abogados. Contadores lo mismo.

—Es cierto —convino el Ruso, que abandonó su puesto de retaguardia y se sentó con él.

—Podría ser algo de computadoras. Eso está creciendo como la concha de su madre, ¿te fijaste?

—¿Computadoras pero con qué? —el Ruso pisaba un terreno tan resbaladizo que no sabía ni cómo preguntar.

—No sé. Analista de sistemas. Ingeniero en sistemas. Ingeniero electrónico…

—¿Pero eso es todo lo mismo?

—Ni idea, Ruso. Habrá que averiguar. ¿Me acompañás?

De ese modo, el entero proceso de decisión vocacional del Mono abarcó cuatro minutos, los que mediaron entre el instante en el que echó mano a los clasificados y el momento en que salieron hacia la estación de Castelar.

4

Mauricio mira por el retrovisor y le pide al Ruso, una vez más, que se corra del centro del asiento porque le tapa la ruta. El otro vuelve a hacerle caso, pero de inmediato y sin querer comienza a repantigarse de nuevo. Cuando Mauricio se dispone a repetirle —con menos diplomacia— que salga de ahí, se distrae con Fernando, que estira la mano hacia la guantera, recoge su libreta y lee en voz alta.

—Tocó la pelota catorce veces. Cinco en el primer tiempo y nueve en el segundo. Participó más porque iban perdiendo y fueron un poco más al ataque. Habría que verlos jugar de locales. Capaz que le llega más juego. Pero hasta Santiago del Estero no vamos ni en pedo. ¿O sí?

Mauricio hace un gesto inconfundible de que no. Si a 9 de Julio ha ido a regañadientes, a Santiago del Estero no va ni loco. Que Fernando ni lo sueñe.

—De las catorce veces que la tocó, dos intentó devolver una pared pero erró el pase.

—¿Sabés qué parecés? —interrumpe el Ruso, y suena divertido—. Un relator de básquet, de esos que hacen estadísticas de todas las boludeces del partido. En tenis también, pero más en básquet.

—Seguí —indica Mauricio, ignorando la intervención del Ruso.

—De las otras doce intervenciones, cinco fueron pases bien devueltos, pero lejos del área. Pases sin importancia.

—Me dijeron que hay una empresa acá en Argentina —el Ruso insiste— que se dedica a recopilar esos datos de todos los jugadores. Pero de todos, de todos. Hasta la boludez más mínima. Para venderles la información a los clubes de afuera, cuando vienen a comprar. A los clubes y a los empresarios, lo mismo.

—Quedan siete. Dos de las siete las perdió intentando gambetear a su marcador.

—Vienen los tíos estos de Europa y dicen: "A ver, quiero que me digan cómo anduvo este año y el año pasado tal chabón", pongamos Mauricio Guzmán. Aprietan un botón y piiiip —el Ruso hace el gesto de un papel saliendo de una impresora. Mauricio lo ve porque ocupa, otra vez, el centro del retrovisor—. "Ahí lo tenés", le dicen. Pasá por caja. Son tantos dólares por el servicio.

—Dos cabezazos altos. Un remate desviado. Y dos pelotas que le atajó el arquero —Fernando cierra la libreta y lo mira a Mauricio—. Nada más.

—Igual no sé si será buen negocio. Para mí que sí… ¿ustedes cómo lo ven?

Los otros siguen un trecho en silencio, hasta que Mauricio no puede más.

—O sea que anduvo como el demonio, el muy animal.

Fernando deja la vista un rato sobre el pasto amarillento que crece al costado de la ruta.

—Es malo —confirma por fin—. Pésimo de malo.

El Ruso parece a punto de comentar algo, pero termina optando por quedarse callado.

UTN

El tren que el Mono y el Ruso tomaron en Castelar con la idea de que el ex futbolista fuese a inscribirse en la Facultad de Ingeniería de la Universidad de Buenos Aires los dejó varados en Liniers. Corrieron hacia la avenida mientras los parlantes de la estación anunciaban "demoras por accidente fatal en estación Floresta". El Ruso propuso que se volvieran a Castelar, pero el Mono necesitaba concluir esa jornada con algunas certezas. Por eso se asesoró en un puesto de diarios y terminaron trepando a un 88 repleto, hacia Plaza Miserere, con la idea de seguir luego en subte hacia la Facultad de Ingeniería. Pero cuando el ómnibus dejó atrás Primera Junta y tomó la calle Rosario, el Mono aplicó otro violento golpe de timón a su futuro profesional. Entre empujones y disculpas se abrió paso hasta la puerta y se apeó antes de que el semáforo se pusiera en verde, con el Ruso en los talones.

—¿Qué bicho te picó, pedazo de boludo? —preguntó el Ruso, mientras se acomodaba la ropa.

—Voy a estudiar acá, Ruso. En el anexo Rosario de la Tecnológica.

—¿Pero no íbamos a averiguar en la UBA?

—Sí, pero da lo mismo. Seguro que tienen ingeniería en sistemas, Ruso.

—¿Cómo sabés, boludo?

—Porque es la "Universidad Tecnológica Nacional" —el Mono señalaba el cartel sobre el frente del edificio—. ¿Qué se va a cursar? ¿Gastronomía?

El otro no pudo menos que acordar con esa lógica irreprochable. Con el Ruso definitivamente ganado para su causa, el Mono se inscribió en la carrera de Analista de Sistemas. Hasta entonces, y como bien le hizo notar Fernando cuando, esa noche, los otros dos lo pusieron al tanto de las novedades, su contacto con las computadoras no había pasado de jugar numerosísimas fichas en los juegos electrónicos de Sacoa en Mar del Plata. Pero para sorpresa de propios y extraños, el Mono se convirtió en ingeniero a los veintiocho años.

5

“Es ese”, señala el Ruso desde el asiento de atrás, cuando unos treinta metros adelante un tipo flaco, más bien bajo, rubio y dientudo, tuerce en la esquina hacia el sitio en el que están estacionados. Lleva una bolsa de compras en cada mano. Es difícil conciliar esta imagen del Polaco Salvatierra con la de unos años atrás, esos años resplandecientes en los que aparecía en las revistas de actualidad y en los programas televisivos de chimentos. Más que difícil, imposible, aunque sean los mismos dientes indómitos, los mismos ojos claros. El porte es lo que ha cambiado. Como si se hubiese opacado y empequeñecido. El Ruso advierte su sorpresa cuando ellos, concertadamente, se bajan del Fiat Duna de Fernando y le cierran el paso.

Lo saludan con un escueto “Buen día, Polaco”, porque se han propuesto mostrarle su disgusto desde el primer momento. Después de todo, si el Mono fracasó como fracasó en su fallido negocio de comprar un jugador, se debió a la recomendación de ese fulano. Salvatierra no parece acusar recibo de esa hostilidad. O está falto de reflejos, o el tiempo que pasó en la cárcel lo ha curtido lo suficiente como para desinteresarlo de esas argucias. Hace un gesto con la cabeza señalando la casa de su madre, en la otra cuadra, y les propone que lo acompañen.

—Podemos buscar un café por el lado de la estación —dice Fernando, y el Ruso supone que prefiere dialogar en un sitio neutral.

Salvatierra mira las bolsas que lleva, en particular una repleta de verduras.

—Mi vieja está esperando la acelga.

—Igual es rápido —dice Mauricio, cortante.

Caminan unos pasos en la dirección de su casa. Salvatierra se detiene y deja las bolsas en el suelo.

—Yo no sé, lo que les puedo decir… —empieza de repente, tal vez a sabiendas de que todo lo anterior ha sido un prólogo inútil, como la mayoría de los prólogos— hace… no sé… tres años, más o menos, me vino a ver el Mono con la idea de…

—Sí. Eso ya lo sabemos —de nuevo lo interrumpe Mauricio.

—Bueno. En ese momento yo estaba tratando de volver al mercado, tenía en carpeta algunos juveniles, hablamos al respecto… —el Polaco hace un gesto hacia el Ruso, como citándolo de testigo presencial de aquellos encuentros—… y ahí fue cuando se me ocurrió ofrecerle a este pibe Pittilanga. Supongo que sabrán…

—Sí. Pittilanga y otro más —lo apura Fernando.

—Cierto. Pittilanga y Suárez. Pero mi pollo ahí era Pittilanga. Vos fijate que Suárez ahora dejó el fútbol.

—Claro. En cambio Pittilanga no dejó el fútbol. El fútbol lo dejó a él —lo corta Fernando, amargamente.

—No, bueno. Es verdad que no está pasando por un buen momento…

—¿Un buen momento? —salta Mauricio—. ¿Pero vos nos tomás por boludos? ¡Está jugando a préstamo en Presidente Mitre de Santiago del Estero! ¡Le vendiste al Mono un jugador que…!

—Yo no se lo vendí. Se lo recomendé…

—¡No me hinches las pelotas! ¡El tal Pittilanga está en un club que juega el Torneo Argentino! No sólo no juega en Primera A. Tampoco en el Nacional B. No, señor. El tipo está en un equipo santiagueño…

—Pero dentro de lo que es Santiago del Estero…

Salvatierra suena apaciguador, y el Ruso se siente tentado a convenir con él en eso de buscar el lado bueno a todo aquello, pero Fernando interviene, enardecido:

—¿Cómo mierda vamos a recuperar los trescientos mil dólares, me querés decir? ¡Le hiciste gastar a mi hermano trescientas lucas verdes en un matungo que no vale dos pesos! ¡Y ahora mi hermano se murió y la guita esa se evaporó, y el que lo cagó fuiste vos!

—¡Yo no lo cagué! ¡Nadie lo obligó a comprar a Pittilanga!

—¿Ah, no?

—¡Claro que no! ¡Él lo compró porque se le cantaron las pelotas!

—¡Porque se lo recomendaste vos!

—¡Se lo recomendé porque pensé que iba a ser negocio!

—¿No digas?

—¡Sí digo! El pibe jugó en una selección Sub-17.

—¿Y qué carajo tiene que ver?

—¿Y en qué suponés que uno se fija al momento de comprar, Fernando? Si fuera tan fácil cualquier pelotudo se metería a este negocio y se haría rico.

—Bueno. A las pruebas me remito —interviene Mauricio, señalando al propio Salvatierra, que de todos modos pasa por alto la ofensa.

—No es como parece. Yo de la operación esa no me llevé nada.

—¿Cómo que no, si eras el representante de Pittilanga? —lo acorrala Mauricio.

—¡No! ¡No cobré comisión para que se hiciera! —Salvatierra alza las manos a la altura del pecho, como para reforzar sus protestas de inocencia.

—¿Y vos para qué querías que se hiciera? ¿De puro bueno que sos?

—No, pero estas cosas pasan todos los días. ¿O vos qué te creés? ¿Que meter la guita acá es como un plazo fijo? Por cada pibe que es una mina de oro hay otro montón que son un fracaso.

—¡Qué justo que el que le vendiste a mi hermano fuera un fracaso!

—¡Yo no se lo vendí! ¡Se lo vendió el club! ¡Se lo vendió Platense! Y te repito que yo no me llevé una moneda.

La conversación se apaga, porque todos saben que giran en redondo. En el fondo, lo más importante les ha quedado claro en esos cuarenta metros que Salvatierra recorrió acercándose a ellos por la vereda. Ya no es representante de jugadores: es un tipo vencido y sin trabajo, sin mayor horizonte que hacerle los mandados a su madre y cortar el pasto de vez en cuando. Una cuestión de mala suerte. La suya y la del propio Pittilanga. La del Polaco por idiota, por perder el control, por engrupirse, por elegir mal las compañías. Y la de Pittilanga por crecer cinco centímetros de más. Por meter cuatro goles menos. Por lesionarse la rodilla y estar cuatro meses parado justo cuando cambiaron al director técnico y perder el puesto. Por engordar siete kilos y ponerse lento y pesado. Cuatro o cinco errores claves, en las últimas casillas del juego, las definitivas. Ni más ni menos. De eso el Ruso entiende. Muchas veces se ha sentido así, derrotado por poco, por no entender a tiempo cuál es la casilla peligrosa en la que hay que evitar caer a toda costa.

Los tres le dan la espalda y vuelven hacia el auto sin que medien más palabras, ni mucho menos un saludo, un poco por el humor turbio que llevan y otro poco porque necesitan señalar su disgusto, aunque las dos cosas —disgustarse y señalarlo— sean absolutamente inútiles.

Mánager

El Polaco Salvatierra era el menor de tres hermanos que se criaron en la esquina de la casa del Mono y de Fernando, y a una cuadra escasa de la de los otros dos, bajo los gritos despóticos de su madre, una gallega grande como una montaña que los gobernaba con mano de hierro sin esposo conocido que la auxiliase en esos o en otros menesteres. No era polaco, ni era descendiente de polacos, ni tenía tal vez la menor idea de dónde quedaba Polonia. Pero era absolutamente rubio, de un rubio por poco transparente, y tenía los ojos claros y la piel blanquísima. El que le puso el sobrenombre fue precisamente el Mono, que a los diez años estaba convencido de que Salvatierra era parecidísimo a los jugadores de la selección de fútbol de Polonia que vino a jugar el Mundial 78. Y como Salvatierra no opuso resistencia, le quedó el sobrenombre para siempre.

Creció en el barrio y llegó a jugar sin pena ni gloria en las inferiores de Ferro. En cuarta división lo dejaron libre, pero fue entonces cuando tuvo su golpe de suerte: algunos de sus amigos de inferiores sí consiguieron convertirse en profesionales y el Polaco, que tal vez era bastante más inteligente sin la pelota que con ella, se las ingenió para darles una mano con sus primeros contratos. Con su pelo rubio y su piel de querubín sabía componer un gesto de idiota redomado que confundía a los miembros de la comisión directiva y desorientaba a los tesoreros. Bastó que cerrara tres o cuatro contratos más o menos ventajosos para sus amigos para que diera el paso más trascendente de su carrera: se convirtió en representante de jugadores. Desde entonces su trayectoria fue meteórica. Irrumpió en el firmamento futbolero con algunas intervenciones fulgurantes, y durante seis o siete años se paseó por el barrio a bordo de autos y de motos que hasta entonces los habitantes de Castelar sur habían visto únicamente en fotos. Solían acompañarlo bellas y pulposas señoritas, del tipo que también se veían sólo en fotos, aunque en este caso se tratase de fotos de otro tipo. De tanto en tanto la conducta del Polaco fue materia de análisis en la conversación del grupo del Mono y los demás. A Fernando le llamaba la atención que, juntando la guita que juntaba, dilapidase sus muchas horas de ocio en un barrio de casas bajas y amas de casa asustadizas como el suyo. Mauricio opinaba, y los otros terminaban por darle la razón, que el único lugar del mundo donde el Polaco podía darle dimensión de epopeya a su éxito era en el sitio del que había salido. En cualquier otro sitio el Polaco era un muchacho joven que gastaba mucho en autos lujosos y mujeres caras. Nada más. Pero en las cuatro manzanas que formaban el barrio, y que lo habían visto crecer con los días y los años, todos recordaban la casa chata y anodina de la que había salido, la voz de trueno de su madre la gallega, la bicicleta paupérrima que usó durante años, sin frenos ni guardabarros, que le quedaba chica y lo hacía parecer un grandulón demasiado crecido. Y la comparación lo volvía legendario. Mauricio sostenía que por eso volvía. Porque sólo allí podía demostrar la enorme distancia que lo separaba de su pasado.

De buenas a primeras Salvatierra desapareció del barrio. Se suponía que seguía siendo mánager de futbolistas, y de tanto en tanto su nombre aparecía ligado a alguna transferencia al exterior, o al conflicto de algún jugador con su club. Una mañana los canales de noticias vinieron con la novedad de que el Polaco estaba preso, como integrante de una banda cuyos delitos abarcaban desde el tráfico de drogas hasta el robo de autos, con unas cuantas estaciones intermedias. Con el correr de los meses la historia fue cambiando, girando sobre sí, volviendo a su punto de partida, hasta que terminó por agotarse. Dos años después de aquel escándalo el Polaco quedó por fin en libertad. Eso sí: era la sombra de su propia sombra. Para pagar a los abogados había tenido que vender sus autos y sus motos, todas sus novias lo habían abandonado y casi todos sus antiguos clientes del mundo del fútbol lo habían reemplazado sin mayores escrúpulos.

El Mono se lo cruzó una vez en la carnicería y se saludaron, con la incomodidad propia de quienes han compartido el mismo mundo, pero demasiado tiempo atrás. Hablaron de bueyes perdidos mientras el carnicero le cortaba milanesas de nalga bien delgadas, como las pedía la gallega. Por un atajo o por otro llegaron al asunto de la profesión del Polaco. Con delicadeza, el Mono eludió hablar de cárceles y procesos, y el Polaco se lo agradeció prodigándole detalles de sus éxitos más resonantes, de sus negociaciones más peliagudas, de los chimentos más sabrosos de jugadores conocidos. Caminaron juntos las dos cuadras que separaban la carnicería de la casa de la gallega, se dieron la mano y quedaron en volver a verse.

6

—Qué dicen —Fernando saluda sin énfasis, echa atrás la silla libre y se sienta.

—¿Pedimos algo para picar? —sugiere el Ruso.

—Pará que son las diez de la mañana, Rusito —lo reconviene Mauricio—. Tengo el desayuno en la garganta.

—Si tenés hambre, pedite algo, Ruso. ¿Por qué no? —salta Fernando con una vehemencia algo excesiva.

Mal pálpito, piensa el Ruso. Han dicho veinte palabras, y sus amigos ya se han cruzado de mal modo.

—Me siento un hijo de padres separados —comenta el Ruso, esperando que le pregunten por qué. Como no lo hacen, continúa—: Mauricio me caga a pedos como si fuera mi mamá, y vos me consentís todos los gustos, como un papá que me ve poco y no se anima a decirme que no.

—¿Y vos qué carajo sabés de padres separados? —lo encara Mauricio, cuyo humor parece empeorar de frase en frase.

—Yo no… yo… yo… —el Ruso es pura perplejidad.

—Fue un chiste, Mauricio —salta Fernando—. No le hinchés las pelotas.

—Ustedes sigan haciendo yunta. Dale que va —Mauricio concluye, lúgubre.

El Ruso lamenta no haberse callado la boca. El humor es siempre la llave maestra, el camino que sabe de memoria y lo lleva a todos los sitios. Pero a veces ocurre esto. Con Mónica le ocurre más a menudo que con nadie. Es raro que aquí, con sus amigos, le haya pasado lo mismo. Cuando sucede lo vive como un fracaso, una derrota. Y él, que vino con la tonta pretensión de hacerse cargo de mantener la armonía del encuentro. Hasta había llegado puntual, a contramano de sus hábitos más profundos, precisamente para eso, para evitar que Mauricio y Fernando estuviesen a solas y empezasen discutiendo, o peleando, y cerrando entre sí todos los caminos.

—Bueno —dice Fernando—. ¿Qué les parece que hagamos?

Es un buen arranque. Ese plural de la pregunta invita al diálogo, y tal vez aleja la posibilidad de una pelea. Pero al Ruso ni se le pasa por la cabeza responder, porque el plural no indica que el interrogante lo incluya. Los otros dos cuentan con su anuencia, con su colaboración, con su auxilio. Pero nunca con su voz ni con su juicio. El diálogo es de los otros, y a él no le molesta porque estar afuera del diálogo es estar, también, afuera de la pelea que se ve venir, en estampida, levantando polvo hacia ellos.

Mauricio mantiene los ojos bajos. Juega con su teléfono celular, abriendo y cerrando la tapa una y otra vez. El mozo trae los cortados y el Ruso ataca los pequeños alfajores de maicena que vienen como acompañamiento. El silencio se prolonga un largo minuto, hasta que Mauricio por fin deja el teléfono quieto.

—No creo que haya mucho por hacer, la verdad.

Fernando lo mira con una expresión que hace pensar al Ruso que, si las miradas fueran capaces de incendiar, habría dejado a Mauricio reducido a un pequeño montón de brasas.

—¿Y por qué no te parece que haya mucho para hacer? —el tono de Fernando se desliza velozmente hacia el sarcasmo.

—Porque Pittilanga es un perro, y no vamos a conseguir en ningún lado un pelotudo dispuesto a poner trescientas lucas verdes para comprarlo. Eso sin mencionar que no tenemos ni la más puta idea de cómo manejarnos en un negocio como este.

Fernando no contesta enseguida, pero el Ruso sabe que se trata de una retirada apenas aparente.

—¿Y entonces? —suelta por fin.

—Entonces nada.

—¿Nada? Vos sabés lo que significa perder esa guita.

—No empecemos con eso.

—¿Cómo no empecemos? Es la guita para Guadalupe. Ni más ni menos. Si la perdemos se jode la nena y nos jodemos todos, porque no la vemos más.

—Tu vieja tendrá un régimen de visitas.

—¿Vos viste lo que es ese régimen? ¿Vos no dijiste que era una atrocidad lo que nos hicieron en el juzgado?

—Pero perdoname, Fernando, porque a veces uno te escucha y parece que vivieras en una nube. ¿De quién fue la idea de tirar toda la guita de la indemnización en comprar un jugador de fútbol?

—No, claro. Fue idea de uno de los idiotas de tus amigos de la infancia.

—No hace falta que te hagás el irónico. ¿O vos te creés que a mí me gusta que las cosas hayan salido así?

—No se te ve demasiado preocupado.

—¿Y vos qué tenés? ¿El termómetro para calcular la preocupación de todo el mundo? ¿Sos vidente, vos?

—No, pero vos la hacés fácil: "No hay nada que hacer. Punto. Jódanse".

—Si sos tan experto, ya debés tener la respuesta —Mauricio abre un amplio ademán con los brazos, como una invitación—. Dale, Fernando. Iluminanos. Contanos qué carajo hay que hacer.

—Yo no sé lo que hay que hacer.

—Pero sabés que hay que hacer algo y que no nos podemos "quedar de brazos cruzados".

—¿Después el irónico soy yo?

—¡Pero escuchate un poco! ¡No tenés ni idea de qué hacer, pero sin embargo estás seguro de que algo se puede hacer todavía! ¿No te suena ridículo?

—Más ridículo me suena que nos demos por vencidos.

—¡"Nos demos por vencidos"! ¿Por qué hablás como el padre de la familia Ingalls? ¿Hay una cámara oculta que registra tus hazañas?

—Pará, Mauri —el Ruso teme que la conversación se salga definitivamente de cauce.

—¡Pará un carajo, Ruso! ¡Un carajo! —Mauricio, casi fuera de sus casillas, señala a Fernando—. ¡El optimismo pelotudo, el voluntarismo recontrapelotudo que tiene este chabón me saca de quicio!

—¿Voluntarismo?

—¡Sí, voluntarismo! ¿Querés otra con "ismo"? Altruismo. Vivís haciéndote el altruista, el solidario, el...

—Yo no me hago...

—¡Noooo! —Mauricio se revuelve en su silla—. ¡Tenés razón! ¡Vos no te hacés! ¡Vos estás convencido de que sos! Si no te vas a dormir a la noche sabiendo que hiciste una buena acción no pegás un ojo, ¿no es cierto? Bien, Fernandito, bien. Siempre cruzando a las viejas, dándoles el asiento a los tullidos, dejando pasar a los peatones. Vos y tu complejo de *boy scout* me tienen podrido.

Se gritan con la mesa de por medio y el Ruso se quiere morir. La gente de las otras mesas los mira, y en el bar no hay más sonido que los alaridos de ellos dos.

—¿Sabés qué tipo de persona sos vos, Fernando? ¿Querés que te diga? El otro día lo pensaba.

—Qué bueno que me tengas tan presente en tus pensamientos...

—Sí, lo hablaba con Mariel.

—Ah... ¿tu mujer participó del debate? Buenísimo. Entonces habrá sido casi un simposio científico.

Ahora, piensa el Ruso, es el turno de Mauricio de mirar a su rival como si quisiera pulverizarlo, pero retoma el hilo de lo que venía diciendo.

—Que tu optimismo tiene mucho que ver con lo obsesivo que sos, o al revés, pero es lo mismo.

—No te entiendo.

—Claro. Vos sos un obsesivo de libro. Cómo corregís las pruebas de tus alumnos. Cómo hacés la limpieza de tu casa. Mil cosas, que ahora no me acuerdo. El placard de tu pieza, sin ir más lejos. Todo en tu vida es así. Ordenadito, prolijo, educadito. ¿Sabés por qué sos así?

—Contame.

—Porque en algún lugar de tu cabeza está esta idea de que, si ordenás todo, si prevés todo, si acomodás todo, las cosas van a salir bien. Claro, ¿no entendés? —Mauricio lo mira al Ruso, como para involucrarlo de prepo—. ¡Como si tener las cosas boludas arregladas arreglara las cosas grandes! Es una reverenda pelotudez, pero actuás como si fuera una verdad revelada. Eso es lo insoportable de los obsesivos como vos.

—¿Y vos qué sos?

—No me cambies de tema, que acabo de tener una idea brillante —mira alternativamente a Fernando y al Ruso, con un entusiasmo que a este le parece malsano—. ¿No te das cuenta? Tus obsesiones son un acto de fe. Te parece que el mundo tiene un orden, unas reglas, y que si las encontrás, si las descubrís, si las respetás, la vida se acomoda y se vuelve igual de limpita, igual de feliz.

—Me parece que te estás yendo al carajo...

—El que se fue al carajo, pero hace tiempo, sos vos, Fernando. No yo. Nos tenés bailando la conga con esto de Pittilanga desde que se murió el Mono, y vos sabés mejor que yo que es al pedo. Que el Mono se mandó una cagada grande como una casa. Que tiró la guita. Que siempre fue un pelotudo, incapaz de manejar dos mangos sin hacerlos mierda.

—Pará, Mauricio —el Ruso amaga con intervenir.

—No paro un carajo. Y vos, Ruso, sos el menos indicado para decirme que pare con lo de la guita, porque sos igual o peor. La diferencia es que vos en la puta vida tuviste un mango y el boludo del Mono fue lo suficientemente culón como para ligar una buena época y juntarla, pero como siempre fue un caprichoso y un inmaduro se la tiró toda en ese proyecto pelotudo de convertirse en empresario. ¿Qué mierda podía saber el Mono de comprar y vender jugadores, decime? ¿Qué mierda podía saber? Y vos, Ruso, sos tan culpable como él porque en lugar de frenarlo le diste manija, en lugar de hacerlo poner los pies en la tierra le diste máquina porque te encantaba la idea. Y vos, Fernando, tampoco hiciste un carajo.

—Yo no sabía.

—¿No sabías o no querías saber?

—¿Me tratás de mentiroso?

—Yo no te trato de nada. Pero si querías jugarla de samaritano hubiera sido preferible que lo hicieras recular cuando todavía estaba a tiempo. Pero claro, al Mono no le ibas a decir nada. Mandatos son mandatos.

—¿Mandato de qué?

—No te hagás el pelotudo, Fernando. En tu casa siempre bastó con que tu hermanito tuviera una idea para que tu vieja saliera disparada a consentirlo. Y vos ahí, siempre boyando, siempre sobrando. Queriendo estar adentro, que te consideraran adentro, pero afuera, siempre afuera.

El Ruso entrecierra los ojos, como si estuviese a punto de presenciar un cataclismo.

—¿Qué tenés que meterte vos en lo que pase o deje de pasar con mi vieja? —Fernando vocifera en medio del local. Por el rabillo del ojo, el Ruso se da cuenta de que el mozo, que los conoce, está a punto de intervenir.

En lugar de retrucar con la misma violencia, Mauricio suspira. Está rojo de la furia, pero la voz le sale pausada.

—Tenés razón, Fernando. Justamente. No tengo por qué meterme. Y la verdad es que te tuve la vela demasiado tiempo, con todo este quilombo.

Fernando se vuelve hacia el Ruso.

—Se ve que abusamos de la paciencia del señor. Yo que vos me disculpo, Ruso.

—Al Ruso no lo metás en el medio, porque la cosa no es con él.

—Ah, es únicamente conmigo.

—Seguro que es con vos. El Ruso te va a seguir en todas las pelotudeces que le propongas. Es demasiado bueno. Y vos te abusás.

—¿Me abuso? No puedo creer lo que tengo que escuchar.

—No lo creas. Pero conmigo no cuentes más.

—Eso lo sabemos desde siempre. Que con el doctor no se puede contar.

Mauricio vuelve a resoplar.

—Ya me saturé, Fernando. Si querés seguir jugando a que la realidad es como vos querés en lugar de que sea como es, hacelo. Pero no me rompas la paciencia a mí. Porque el de las ideas sos vos, el optimista a toda prueba sos vos, el que siempre tiene algo para romper las pelotas y seguir intentando sos vos, el que no acepta que le digan que no y que no joda más sos vos, el que es demasiado inmaduro como para entender que hay cosas que no tienen arreglo sos vos, Fernando. No es el Ruso ni soy yo. Sos vos. Si el Ruso te sigue, allá él. Pero a mí no me jodas más, te lo pido por favor. Yo ya me llené las bolas, Fernando. Porque yo sí sé cuándo decir basta.

—A veces pienso que es lo único que sabés decir.

Se miran un largo instante y el Ruso, que los ve a los dos, piensa que el daño que se están causando es, tal vez, irreparable. Por fin Mauricio se levanta, deja un billete de diez pesos sobre la mesa y se va sin saludar.

Senior

El pronóstico que el Mono formuló inmediatamente después de enterarse de que nunca sería jugador profesional de fútbol, con la resaca a cuestas y bajo la atenta protección del Ruso, sentado a la mesa del comedor de su casa y con los clasificados del diario —aquello de que "eso de las computadoras tenía futuro"— resultó un acierto absoluto. En esos años, las computadoras bajaban de precio y se volvían versátiles y rápidas, y el Mono —aun antes de recibirse— se lanzó a diseñar sistemas a medida para pequeños clientes. Cuando fueron muchos los ingenieros y los estudiantes que ofrecieron lo mismo, el Mono diseñó un "enlatado" enormemente ingenioso, que con ligeras modificaciones podía servir para un videoclub, una estación de servicio o una farmacia. Y, en palabras del Ruso, "se cansó de venderlo". Pero sus buenos reflejos no se agotaron ahí, porque cuando a fines de los noventa ese mercado también empezó a dar señales de agotamiento, el Mono se topó, en el diario, con un aviso de una empresa de capitales suizos que pretendía los servicios de un analista senior.

Reunidos con Fernando —que en tanto hermano mayor hacía las veces de consejero y guía, salvo que sus opiniones fueran en contra de los deseos del Mono, que en esas ocasiones se las ingeniaba para ignorarlo—, ninguno de los tres pudo echar luz sobre el alcance del término "senior", porque el único significado que le conocían a la palabra senior servía para designar un campeonato mundial que se había jugado una pila de años atrás, entre futbolistas veteranos.

De todos modos el Mono solicitó y obtuvo una entrevista. Resultó que los suizos estaban por ampliarse en el ramo de la administración de centros de salud, clínicas, sanatorios, etcétera, y el Mono les describió con pelos y señales el enlatado que le había vendido a Dios y a María Santísima. Lo contrataron, después de fijarle un sueldo bastante superior a lo que el Mono hubiera podido imaginar en los más optimistas de sus sueños. Esa noche, mientras festejaban en una cantina, Fernando se sobrepuso momentáneamente a la curda que meticulosamente estaba cultivando para preguntar:

—Che, Monito, ¿y al final te enteraste de lo que significa eso de "analista senior"?

El Mono alzó la vista hacia él y pestañeó con perplejidad.

—No... no pregunté.

—Es lo del mundial de aquella vez —terció el Ruso, que había excedido largamente su cuota de fernet.

Mauricio frunció el ceño. Él no había estado en la conversación previa a la entrevista y, en cambio, sabía perfectamente lo que era un analista senior.

—¿No saben lo que significa "analista senior"? —preguntó.

En su voz había cierto matiz de superioridad. Pero los otros estaban tan borrachos que no sólo pasaron por alto los matices de su voz, sino que se pusieron a intentar recordar los equipos que habían participado de ese viejo mundial de jugadores veteranos, y los resultados de los partidos.

7

Después de la discusión en el café, Fernando se pasa varios días cavilando sobre cómo seguir con todo aquello. Lo de Mauricio no lo sorprende. Lo lamenta, pero no lo sorprende. Esas cosas que uno sabe que, tarde o temprano, van a suceder. Podría haber sido más elegante, por cierto. Que se excusara aduciendo mucho trabajo, o problemas de pareja con la idiota de su mujer, o compromisos múltiples y difusos. Pero no. Ni siquiera se tomó la molestia. Muy propio de Mauricio, además. Y el modo. Eso de ver un supuesto purismo de Fernando donde lo único que hay es egoísmo de él, su sólido y brutal egoísmo de toda la vida.

Menos mal que el Ruso es distinto. Y no sólo porque era el mejor amigo de su hermano muerto. Por eso también, pero más allá de eso. El Ruso puede ser un despelote caminando, pero es un tipo derecho y servicial. De esos que nunca te dejan en la estacada. Así es el Ruso.

Fernando llega al lavadero de autos del Ruso pasadas las diez de la mañana. El día está espléndido, después de tres jornadas de garúa infinita de esas con que Buenos Aires castiga a sus habitantes de vez en cuando, todos los inviernos. Le sorprende un poco ver que el lugar está casi vacío. Un Volkswagen gris reluciente descansa en el sector de los trabajos terminados. Y eso es todo. Las máquinas están detenidas y no hay ningún auto esperando su turno. Los dos operarios que el Ruso tiene para los lavados están sentados en un rincón, tomando mate. Fernando los saluda desde lejos y les pregunta por señas dónde está el jefe. Ponen cara de no saber pero le indican, también por señas, que en la oficina está el Cristo. Fernando va hacia ahí.

—¿Qué decís, Fernando? —lo saluda el Cristo, que oficia de encargado.

—Todo en orden, Cristo. ¿Y vos?

—Todo tranqui. ¿Un café?

Fernando asiente y el Cristo saca una taza de la repisa y se pone a trajinar con la máquina de expreso. Fernando ocupa uno de los bancos altos al otro lado del mostrador. Cuando el Ruso le contó su plan de incluir la cafetería en su negocio de lavaautos, a Fernando le había parecido bien. Pero ahora que el tiempo ha pasado, sospecha que, como tantas otras veces, el Ruso ha equivocado el diagnóstico o los métodos, y que para lo único que sirve toda esa parafernalia de metal, perillas y chorros de vapor es para que el Cristo y él tengan café caliente y rico cuando les dé la gana.

—¿El jefe?

El Cristo lo mira por sobre la máquina, alzando una ceja. Después señala con el mentón el reloj de la pared, que marca diez y media.

—¿A esta hora? Olvidate. El Ruso no cae antes de las once ni que te cagues.

—Ah. Yo pensé que, con este día, capaz que le rendía venir temprano.

El Cristo se rasca la tupida barba negra que, junto con el pelo largo y enmarañado, es el principal sostén de su apodo. Mira a través del vidrio. Afuera todo sigue igual: el Volkswagen, los empleados y el mate.

—Igual no pasa nada… —se limita a comentar mientras le alarga la taza de café.

Fernando da las gracias y piensa, como siempre, que el Ruso es un caso serio. Desde que terminaron la secundaria ha emprendido una serie infinita de negocios. Fernando es incapaz de inventariarlos. Todos comercios chicos, todos por su cuenta, todos precedidos por fantásticos pronósticos de "esto es un negocio redondo" y "me voy a cansar de ganar guita". Y todos sepultados, tarde o temprano, en las deudas y el fracaso. Fernando y el Mono, más de una vez, hablaron al respecto. Porque la puntería del Ruso para equivocar la inversión parecía forzada, como si esquivase el éxito a conciencia. El Mono sostenía que el problema del Ruso era una cuestión de tiempos: todos los negocios que se le ocurrían eran un buen negocio, pero dos años antes de que el Ruso se involucrase en ellos. Para cuando el Ruso les echaba el ojo, y les ponía encima todas sus esperanzas y sus menguados pesos, eran negocios moribundos. Fernando, por su parte, no sabía si lamentar o no que el Ruso hubiese dispuesto, al salir de la escuela secundaria, de una módica fortuna amasada con el trabajo de su abuelo y de su padre en la marroquinería de Morón. Por un lado, ese dinero había servido para montar fracaso tras fracaso. Por el otro, todavía permitía que el Ruso, su mujer y sus hijas tuviesen, todos los días, algo que comer.

Ahora Fernando y el Cristo están en el epicentro físico de la última aventura. El lavadero de autos. No hay que ser adivino para calcular cómo terminará esta nueva peripecia. Si después de tres días de lluvia han tenido un único cliente en toda la mañana...

Pero no es sólo mala suerte. De hecho, son casi las once y el tipo no viene a trabajar. ¿Qué clase de comerciante se desentiende así de su negocio?

—Che, Cristo... si hoy con este día espectacular el Ruso viene a las once... ¿los días de lluvia a qué hora viene?

—¿Eh? No. Cuando llueve viene temprano. Se trae la Play Station y jugamos los cuatro.

—Juegan a la Play Station... —repite Fernando, tratando de determinar si el Cristo lo está jodiendo o habla en serio.

—Ajá. Si arrancamos bien temprano nos da el día para hacer un torneo largo, todos contra todos.

No. No se está burlando. El Cristo dice la verdad. Fernando supone que si el abuelo Moisés pudiera ver a ese nieto descastado jugar a la Play Station sobre las ruinas de su marroquinería, emergería de la tumba para molerlo a golpes.

—¿Y los campeonatos quién los gana? —pregunta Fernando, aunque sospecha la respuesta.

—El Ruso. No sabés lo que juega ese muchacho.

Fernando no puede menos que notar la profunda admiración con la que el Cristo habla de su jefe. Parece no importarle el futuro incierto del lavadero de autos, ni el hecho de que, más temprano que tarde, deberá buscarse otro trabajo. Ese es un punto a favor del Ruso. Los empleados de sus sucesivos fracasos le prodigan un cariño que no conoce desmayos. Al Cristo se lo trajo de la agencia de remises —su penúltima aventura—. Según el Ruso, es la honradez personificada. Debe ser cierto. Pero su aspecto de Nazareno en las diez de últimas, las mejillas hundidas, el cigarrillo eterno en la comisura, la flacura de faquir, no parecen la imagen más adecuada para ponerlo al frente de ese negocio. Sobre todo con esa remera blanca, con manchas de antigüedad e índole diversa, y la leyenda "Agarrame esta" en enormes letras rojas, y la flecha también roja que señala más abajo del ombligo. Difícil que las señoras de Castelar se sientan particularmente inclinadas a confiar sus autos a semejante administrador.

En esos pensamientos anda Fernando cuando el Ruso hace su aparición. Sobrios vaqueros gastados, remera a rayas, lentes de sol de montura metálica y cristales verdes —Fernando calcula que pasaron de moda cuando todavía estaban en el secundario— y la cara de siempre: los ojitos chicos, la nariz enorme, los rulos indómitos. Una especie de "Pibe Valderrama" pero criado en un kibutz, como solía cargarlo el Mono. Y la sonrisa blindada, claro. Se abraza con Fernando y con el Cristo, y se deja caer en uno de los taburetes vacíos.

—¿De dónde venís a esta hora, Ruso?

—Hacete un café, Cristo. De dejar a las nenas en la escuela, Ferchu.

Fernando no puede evitar mirar el reloj.

—Lo que pasa es que los días así de lindos me quedo en la plaza leyendo el diario —aclara el Ruso, que entiende la indirecta—. Está mortal el día. ¿Viste?

La pregunta va dirigida al Cristo.

—Impresionante —convalida su encargado.

—¿Alguna novedad?

—Ps... no, Ruso. Hicimos ese servicio —señala el Volkswagen gris—. Ah. ¿Viste ese local que estaban reformando en Bartolomé Mitre, al fondo, cerca de la plaza?

—Sí. ¿Qué pasó?

—Tenías razón, Ruso. Van a poner un lavadero de autos.

—¡Ja! ¿Qué te dije, Cristo? ¿Qué te dije? —se vuelve hacia Fernando—. No, si yo tendría que ser adivino, mirá. Hace cosa de dos semanas le pusieron el cartel de alquilado al local. Y yo vine y le dije a este: "Seguro que ponen un lavadero". Dicho y hecho. Está bárbaro ese lugar para un lavadero.

Fernando intenta entender el motivo de la liviana alegría de su amigo.

—¿Pero a vos no te complica que te abran un lavadero acá a siete cuadras?

El Ruso hace un gesto de desdén.

—Uh... si es por eso... Tendría que estar enloquecido. ¿Sabés cuántos lavaderos de autos hay en Castelar, *baby*? —le hace un gesto al Cristo, para que concluya el concepto.

—Siete.

—Siete —confirma el Ruso—. Contando únicamente el radio céntrico.

Fernando se muere por preguntar, o por vociferar, más bien, lo que para él resulta el corolario del planteo: "¡¿Y no te das cuenta, pedazo de imbécil, que si seguís rascándote la panza, leyendo el diario y jugando a la Play Station te van a comer los bichos, acá?!". Pero no lo dice.

—¿Y qué andás haciendo por acá? ¿Hoy no laburás?

—Tengo una escuela a la tarde, Ruso. La mañana la tengo libre.

—Qué felices estos docentes, ¿no, Cristo? Y después piden aumento.

—No hinchés, que vine porque tenemos que hablar de algo.

—¿Qué pasó?

—Pasar no pasó nada, Ruso. Pero el otro día vos viste lo que fue la última conversación con Mauricio.

El rostro del Ruso se ensombrece. De repente, es como si el banco alto le resultase incómodo. Fernando vuelve a pensar lo mucho que lo afectan esas cosas. El Ruso odia discutir, enfrentarse a los demás, crisparse.

—Yo estaba seguro de que iba a pasar, Ruso. Que tarde o temprano Mauricio nos iba a dejar de garpe.

El Ruso frunce el ceño.

—¿Cómo "de garpe"?

—Claro, Ruso. Que nos iba a dejar en banda con este asunto de Pittilanga.

Fernando hace una pausa, para cerciorarse de que el otro lo entiende. Pero el Ruso lo mira pestañeando rápido, como con cierta perplejidad.

—¿A vos qué te pasa, Ruso?

—¿A mí? Nada, nada.

—¿Y por qué me mirás con esa cara?

—¿Con qué cara?

—¿Qué? ¿Para vos Mauricio estuvo bien con lo que hizo?

Al rápido parpadeo ahora se suma el golpeteo de los dedos sobre el mostrador, el resoplido hacia la frente, como para despejarse los rulos. Fernando empieza a irritarse.

—Te hice una pregunta.

—¿Eh? No, bien no estuvo, Fernando. Pero no sé... ¿qué es "bien"?

—Y, supongo que estar dispuesto a ayudar a los amigos hubiera sido "bien". Y dejarlos en banda es lo mismo que "mal". ¿Te confundo?

—No, no. Pero por otro lado lo que dice Mauricio también tiene... no sé, también...

—¿También qué, Ruso?

—Lo complicado que quedó todo, Fernando. Todo. Vos decís que hay que seguir, que hay que seguir. ¿Pero seguir cómo?

—No sé. Mirá qué piola. Si supiera.

—Y bueno. Capaz que Mauricio te dijo eso. Que mientras no se nos ocurra cómo seguir a lo mejor hay que esperar.

—¿Esperar qué?

—Esperar. No sé, Fernando, esperar. Esperar para ver qué conviene...

—¿Pero no te das cuenta de que si no lo vendemos a este tipo lo van a dejar libre, se va a quedar sin club, y la guita del Mono se evapora para siempre?

—Ya sé, Fer. No me grites. Ya sé.

—No te grito, pero al final estás con la misma cantinela pelotuda que tu amigo Mauricio.

—¿Mi amigo? Pero si es amigo de los dos... De los tres.

—La verdad que no te puedo creer. No te puedo creer. Al final resulta que el equivocado soy yo.

—Equivocado no, Fernando. Yo entiendo la urgencia.

—Y si entendés la urgencia, ¿cómo me decís que ahora hay que esperar?

—Porque no tenemos ni idea de cómo se hace esto.

—¿Y entonces qué? ¿Nos quedamos acá cruzados de brazos? ¿A que nos coman los caranchos? ¿Como vos con…?

—¿Como yo con qué?

Fernando se detiene en seco. Respira varias veces por la nariz, con las fosas dilatadas por el enojo y el esfuerzo de permanecer callado.

—Dejá. Dejalo ahí.

—Decime —el tono de la invitación del Ruso habla a las claras de que la ofensa está hecha, por más tácita que sea.

Fernando se gira hacia la barra y toma el último trago del café. Está agrio y helado. Siente que se ha engañado. Ha supuesto en el Ruso una solidaridad que no existe. Está solo.

—Hablemos de otra cosa. No discutamos al pedo. ¿Mónica cómo anda?

—Bien —por la cara que pone el Ruso, este tema de conversación no parece mucho más prometedor que el anterior.

—¿Algún quilombo?

—Quilombo no. Bah.

En ese momento se detiene un auto en la vereda. Solícito, el Cristo sale del local para conversar con el conductor.

—Lo que pasa es que me tiene loco con esto del lavadero. Dice que nos vamos a fundir, lo de siempre.

Fernando piensa en los torneos de fútbol en la Play Station y le cuesta no compartir el pesimismo de Mónica.

—Bueno. Supongo que la competencia debe ser complicada… —aventura Fernando.

—No creas —salta el Ruso, y se rasca la nariz aguileña como hace siempre que se dispone a hacer una confidencia. De hecho, se aproxima al oído de Fernando. Sin necesidad, porque están solos en la oficina—. Acá con el Cristo tenemos una teoría.

Fernando no se atreve a preguntar. Abre mucho los ojos, dispuesto a escuchar lo que sea.

—Cuantos más lavaderos abran, mejor.

Fernando asiente, en silencio. ¿Para qué preguntar nada, si total el cerebro del Ruso está blindado a todo?

—¿No me preguntás por qué?

—¿Por qué?

—Porque va a llegar un momento en que va a haber tantos que ninguno va a laburar un carajo.

El Ruso hace una mueca de satisfacción, como si su argumentación estuviese ahora sí completa y fuese irrebatible. Se vuelve hacia Fernando y tal vez detecta cierta inquietud en su interlocutor, porque agrega:

—Claro, boludo. Va a llegar un momento en que van a ser tantos lavaderos que ninguno va a ganar un mango.

—¿Y?

—Y que cuando pase eso, los demás se van a querer matar. Porque van a perder guita como beduinos. ¿Me seguís?

Oscuramente sí, Fernando empieza a comprender.

—Y ahí van a entrar a cerrar, los tipos. No saben lo que es la mala. No saben aguantar las pérdidas. ¿Ahora me entendés?

El Cristo se despide con un gesto del automovilista, que da marcha atrás y se pierde por la avenida. Se queda un segundo con los brazos en jarras y después vuelve a la oficina. El Ruso termina la idea.

—En cambio nosotros estamos acostumbrados a la mala. Nos movemos bien ahí, cuando la cosa se pone jodida. Los demás van a capotar uno detrás del otro, no sé si me entendés.

Fernando asiente, mientras vuelve a pensar en el asunto que lo llevó hasta ahí esa mañana. Al fin y al cabo, tal vez no sea demasiado importante contar con la ayuda del Ruso. Tal vez el Ruso sea, en términos empresariales, un inútil perpetuo.

—¿Y ese qué quería, Cristo? —pregunta el Ruso, por el automovilista que acababa de irse.

—Nada, Ruso. Un amigo del laburo anterior que le conté lo de los torneos de la Play y quería prenderse.

—¿Y vos qué le dijiste?

—Que no, que estamos completos —de repente duda—. Bah, no sé, Ruso. Le dije porque me pareció…

—Hiciste bien, Cristo. Hiciste bien. Más de cuatro es un quilombo.

Se da vuelta hacia Fernando.

—¿Querés otro café?

Volovolátil

En marzo de 2004 el Mono fue convocado a una reunión con los máximos directivos de la empresa suiza de la que, para ese entonces, ya era gerente de sistemas. Le ofrecieron un café y lo sentaron en un sillón bastante cómodo. Esa noche, cuando les relató el encuentro a su hermano y a su mejor amigo, el Mono dijo que entró a la reunión sintiéndose al borde del abismo.

Los suizos empezaron felicitándolo por su desempeño, congratulándose de haberlo contratado, admirándose por la veloz cadena de ascensos que lo había conducido a la gerencia.

El Mono, para sus adentros, tradujo esa halagüeña introducción a términos más abruptos y concisos. "Me van a echar a la mierda", dijo esa noche que pensó. Y que le pareció una ironía del destino haber sobrevivido a la catarata de despidos de 2001, en plena crisis, y que el voleo en el orto se lo diesen tres años después. "¿Entonces te echaron?", preguntó el Ruso, al que solía encantarle la manera en que el Mono contaba las cosas, pero en este caso se sentía devorado por la ansiedad. "Pará un cachito, Ruso", lo frenó el Mono, que por su parte era un convencido de que las cosas se cuentan de a poco y en colores. Reanudó el relato, diciendo que los suizos veían que la marcha del país era muy cambiante, muy volátil. En realidad el jefe había dicho algo así como "volovolátil" (porque al suizo el castellano no se le daba bien, pero el Mono lo había entendido de todos modos), y se había explayado sobre la necesidad de adaptarse a un mundo muy cambiante. "Peligro de gol, acá me embocan", había razonado el Mono. En ese momento el suizo que comandaba el encuentro había bajado la voz —actitud que, en Argentina, Suiza o Filipinas, denota que quien nos habla está a punto de formularnos una confidencia— para anunciarle que la empresa iba a fusionarse con otra, más grande, de capitales mexicanos.

El Mono —según les contó a la noche a su hermano y a su mejor amigo— dedujo que estaba frito para toda la cosecha. Tanta introducción conducía, seguro, al tan mentado voleo en el culo para el gerente de sistemas. Pero ahí fue cuando el tercer suizo, que hasta entonces se había mantenido callado como una puerta, levantó el dedo, señaló al Mono, y le dijo que él —el Mono, no el suizo— era la persona más apta para hacerse cargo de la gerencia regional del nuevo conglomerado.

"Mierda", dijo el Ruso cuando escuchó esa parte del relato. "Esperá, Ruso. Esperá que no terminé", lo frenó el Mono. Porque cuando el suizo se llamó a silencio, tal vez esperando escuchar las exclamaciones de alegría del gerente local devenido gerente regional, el candidato se había limitado a rascarse el mentón, acomodarse en su asiento y preguntar qué otras opciones se le presentaban. El jefe había creído que no se había hecho entender correctamente y había comenzado a reiterarle el extenso prólogo sobre el mercado volovolátil, pero el Mono lo había detenido asegurándole que sí había entendido la oferta que le hacían, pero que quería saber qué opciones se le abrían si declinaba aceptarla. Los suizos habían intercambiado rápidas y perplejas miradas de sus ojitos azules. Pues en ese caso, y tomando en cuenta el indefectible —curiosamente, eso de "indefectible" lo había pronunciado perfecto— achicamiento de la planta funcional, se verían obligados a prescindir de sus servicios. Con todas las indemnizaciones del caso, había agregado el suizo número dos, como anticipándose a un reclamo que el Mono no estaba formulando. Lejos de eso, y según les explicó esa noche al Ruso y a Fernando, el renuente candidato a la gerencia regional estaba barruntando numerosas cuestiones de manera simultánea. Pidió un día para contestar y los suizos, que habían supuesto una recepción mucho más calurosa para su propuesta, se sobrepusieron a su sorpresa, le estrecharon la mano y lo saludaron hasta el día siguiente.

8

En la terminal de ómnibus le indican cómo llegar a la cancha. No son más de diez cuadras, y Fernando decide hacerlas a pie. Un taxi es un derroche que no puede permitirse, y además el mediodía está fresco y soleado y dan ganas de caminar.

Se detiene frente a un teléfono público y hurga en el bolsillo más chico del vaquero. Deja caer las monedas sobre el aparato y las cuenta. Tres pesos con setenta y cinco tienen que alcanzar.

—Hola, mamá —dice cuando consigue comunicarse—. Habla Fernando.

—Hola.

—¿Cómo estás?

—Igual.

Fernando suspira. Odia esa respuesta de su madre. La sabe de memoria y puede anticiparla, porque siempre responde del mismo modo. Pero la odia. Como si lo hiciera responsable a él del dolor y del tedio.

—Oíme una cosa, mamá. Necesito que te fijes en la cómoda del living, en el primer cajón, si está el manual de instrucciones de la filmadora del Mono.

—¿Por qué?

—Necesito saber si dice cuánto dura la batería. Me vine a Santiago del Estero a filmar al jugador este Pittilanga, que te conté. A ver si así lo vendemos y recuperamos la guita para la nena.

Del otro lado, su madre hace silencio. Fernando continúa.

—Pero lo quiero filmar para poder mostrarlo a posibles compradores. Por eso me vine. Y necesito saber cuánto tiempo de batería tengo.

Fernando hace una pausa. En el fondo espera que su madre lo compadezca. Que diga qué bien, pobre Fernando, mirá que sacrificio estás haciendo por tu hermano y tu sobrina. Pero del otro lado de la línea sólo le llega silencio.

—¿Hola, mamá? ¿Estás ahí?

—Sí, Fernando. Pero me quedé pensando por qué le decís Mono si sabés que a mí no me gusta. Nunca me gustó. Siempre te lo dije.

Fernando vuelve a suspirar. No importa que acabe de comerse mil doscientos kilómetros arriba de un micro para tratar de salvar la guita del Mono y usarla para que Guadalupe —que dicho sea de paso es su única nieta— pueda tener un futuro más sólido, más seguro, más cerca de ellos. No. Por el tono de su madre, ese viaje no es más que su obligación o su capricho. Lo importante es que no se atreva a decirle Mono al Mono. "Para algo tu padre y yo le pusimos Alejandro. Para que lo llames Ale, o Alejandro."

—Está bien, mamá. Perdoname. Pero fijate lo del manual, y apurate que se me va a cortar.

Mientras espera, escucha como las monedas van cayendo a través de los mecanismos del teléfono. Si no se apura se me corta, piensa.

—Hola.

—Sí, mamá. ¿Lo encontraste?

—Sí, pero no sé qué necesitás que te diga.

—La duración de la batería, mamá. Fijate en el índice.

—Ah, no. No voy a poder. Tiene la letra muy chica.

Fernando lanza un tercer suspiro y se rasca la frente con el tubo del teléfono.

—¿Los lentes los tenés a mano, mamá?

—No, Fernando. Están en la cocina. ¿Sí o sí me necesitás a mí para que te diga?

Se escucha un sonido de aviso en la línea y se corta la comunicación. Fernando cuelga. Escucha un tintineo de monedas dentro del teléfono. Mete la mano en el compartimiento del cambio y saca una de veinticinco centavos. De un tiempo a esta parte los teléfonos públicos andan mejor. Casi nunca tienen los cables cortados, ni trampas preparadas para tragar las monedas. Mientras se pone de nuevo en marcha cae en la cuenta del porqué: todo el mundo usa celulares, y los teléfonos públicos son una excentricidad a la que sólo idiotas sin teléfono móvil, como él, acuden con regularidad. Por eso ahora funcionan. Una lástima de país, concluye con amargura: sólo están íntegras las cosas que nadie quiere.

Divisa la cancha recién al dar vuelta la última esquina, porque la única tribuna es muy petisa, y puede confundirse con el paredón de una fábrica o de una escuela. El único signo distintivo son las cuatro torres de iluminación que, escuálidas, se levantan en los ángulos.

Saca la entrada y pasa por un superfluo cacheo policial. Sube los diez escalones escasos y se sienta en la parte más alta. En los meses siguientes tendrá tiempo de hartarse de canchas cimarronas, pero como esa es la primera, la estudia con interés. El alambrado bajo, las áreas y el mediocampo sin rastros de pasto, las publicidades a medio descascarar de la pared que cierra el lateral opuesto.

Cuando enciende la filmadora recuerda la conversación con su madre. "Alejandro". No hay caso. No puede pensarlo Alejandro. Es el Mono. Siempre, desde chicos. Se pregunta si su madre mostraría la misma fiereza para defender su nombre de apodos chúcaros. Sospecha que no. Y sospecha, castigándose con gratuita severidad, que si nunca aceptó que le pusieran sobrenombres fue, precisamente, por cumplir con el mandato materno. "Fernando" le dijo y le dice su madre. Jamás de los jamases un "Fer", así de suave, así de próximo. Pero "Ales" sí. Los Ales los dijo a montones.

—Pst. Pst...

Fernando gira hacia el que lo chista. Es un cincuentón que usa una boina demasiado chica.

—¿No sabe cómo salió San Martín de Pico Truncado?

No, no tiene la menor idea. Confuso, niega con la cabeza. El otro le da las gracias con un gesto, de todos modos.

—Pensé que sería periodista, por eso —el de la boina señala la cámara.

—Ah... —Fernando entiende—. No, no. Periodista no soy.

Se sonríen sin énfasis como un modo de zanjar la conversación y vuelven a mirar al campo de juego. Aparecen los equipos y Fernando enfoca la cámara, aunque la deja en pausa para no filmar cosas inútiles. Tiene miedo de quedarse sin batería a mitad del partido. ¿Y si Pittilanga convierte un gol insólito después de que a él se le agoten las pilas? Difícil, se dice. Sobre todo lo del gol insólito.

Observa la cámara. La pantalla informa que el nivel de batería es óptimo. Tal vez dure todo el partido. Recuerda otra vez la conversación telefónica con su madre. Ni siquiera se sorprendió al enterarse de que ha viajado a Santiago del Estero para filmar ese partido. Lo mismo que si le hubiese dicho que estaba en Ituzaingó dando clase. En realidad, su madre suele escucharlo como quien oye llover. La próxima vez hará la prueba: "Estoy en Marte, mamá. Vine a ver si puedo hacer algo para salvar la guita del Mono, mamá. Vine a Marte por eso". Difícilmente sirva para algo.

Activa la grabación y ajusta el enfoque, porque acaban de ponerle un pase profundo a Pittilanga, que corre cuerpeándose con su marcador. La pelota sale por línea de fondo. Oprime pausa. Ahora no puede recordar en qué momento esa expedición le pareció una buena idea. Seguro que fue después de la pelea con Mauricio y de la cara de medias tintas que puso el Ruso cuando lo fue a ver al lavadero. Seguro que fue entonces cuando le atacó su habitual complejo de mesías.

Enciende otra vez cuando Presidente Mitre hilvana un ataque. Los visitantes tiran la pelota al córner. Fernando enfoca a Pittilanga, que espera el centro cerca del punto penal. Ensaya el mínimo giro de la muñeca que le permitirá tomar también el arco, si Pittilanga cabecea hacia allí. Viene el pelotazo, pero llovidísimo al segundo palo, de modo que el balón pasa un par de metros por encima de Pittilanga. Fernando vuelve a poner la pausa y baja la cámara.

Dólares

Esa noche, cuando el Mono los convocó para contarles los pormenores de la reunión con sus jefes suizos, Fernando y el Ruso necesitaron un par de minutos para digerir lo que el Mono acababa de contarles.

—A ver si entendí —quiso confirmar Fernando—. Te ofrecen ser gerente regional.

—Sí.

—Los tipos se fusionan y se agrandan. Y vos quedarías a cargo de todo el Cono Sur.

—Sí, digamos.

—El sueldo debe ser bárbaro. Mejor todavía que el actual. ¿Cierto?

—Psí. No pregunté detalles, pero sí.

Fernando hizo una pausa.

—Y pese a todo eso, vos les pediste un tiempo para pensarlo.

—Sí. Hasta mañana.

De nuevo se quedaron callados, hasta que el Ruso tuvo una ocurrencia y habló:

—¿Vos lo que estás pensando es si podés quedarte con el laburo de ahora, en lugar de con el nuevo?

—No, Ruso. Eso no corre más. O agarro esa gerencia regional que dicen o me rajan.

—¿Cómo que te rajan?

—¿Y en guita cuánto es? —preguntó Fernando.

—Me rajan, Ruso. Me indemnizan y me voy.

—Pero te quedás sin laburo...

—Ya sé, genio.

—En guita, te pregunto... —insistió Fernando—, ¿cuánto es?

—¿La indemnización o el sueldo nuevo que me ofrecen?

Fernando hizo un ademán para indicar que le contestara lo que quisiese.

—El sueldo nuevo no lo llegué a preguntar. Ya les dije. Pero ojo que voy a tener que andar viajando y todo eso, porque la región abarca Chile y Uruguay. Y no sé si Paraguay. No pregunté. Y tengan en cuenta que yo la tengo a Guadalupe. Esta hija de puta de Lourdes me vuelve loco con las visitas. Me las retacea todo lo que puede. Si encima yo ando a los saltos, de acá para allá, la cosa va a ser más complicada. Seguro.

Eso era cierto. Ni Fernando ni el Ruso quisieron ahondar, pero era cierto.

—¿Y la indemnización? —preguntó Fernando.

—Ahí está. A eso quería llegar —el Mono respondió con tanta energía que Fernando sospechó que la decisión ya estaba tomada. Y que lo que faltaba era que ellos le dieran la bendición. Eso era todo—. La gerenta de personal me hizo un cálculo por arriba. No me dio el número exacto. Es una mina macanuda. Aparte está buenísima.

—¿Cuál es? ¿Yo la conozco? —terció el Ruso, repentinamente interesado.

—Psí… creo. Mariana, se llama. Debe haber estado en esa fiesta de fin de año a la que vos me acompañaste. Una alta, morocha…

—¿No es una rubia, petisita, muy linda? —el Ruso acompañó sus palabras con el gesto de las manos.

—¿Cuánto te calculó de guita? —Fernando intentaba retomar el hilo del diálogo anterior.

—No. La rubia con la que te quedaste loco era Gabriela, la de Suministros. Esta es morocha, alta…

—¿Cómo estaba vestida?

—Monito, te pregunté algo… —Fernando optaba por interrumpirlos dulcemente.

—Yo qué sé, boludo. Si hace como dos años… Creo que con un vestido verde. Así, escotado…

—¿No era rojo?

—No, Ruso. La de rojo era Gabriela, la rubia, pero te dig…

—¡Me contestás de una vez, pedazo de pelotudo!

Cuando Fernando perdió la paciencia consiguió que los otros dos hicieran silencio. Pero lo miraron, ambos, como si fuera un extraterrestre. Por un instante, Fernando pensó en justificar su enojo, en señalarles lo evidente: estaban discutiendo el futuro laboral del Mono y no los atributos físicos de sus compañeras de la empresa. Pero los años de experiencia que acumulaba siendo hermano de uno y amigo de los dos lo disuadieron de intentarlo: para ellos, de ningún modo el monto de la indemnización era más importante que determinar fehacientemente quién era Gabriela y quién Mariana. Por eso se limitó a mirar al Mono para forzarle una respuesta.

—Mirá: la gerenta me dijo así, por arriba, mango más, mango menos, que me correspondían doscientos mil, doscientos diez mil, más o menos.

—¿Pesos? —preguntó el Ruso, con ojos asombrados.

—No, Ruso. Dólares.

—Mierda —fue todo cuanto el Ruso pudo articular.

9

Los dos golpes en la puerta vienen acompañados por el tintineo de las pulseras que Soledad usa siempre en la muñeca izquierda.

—Adelante —dice Mauricio, y la chica asoma la cabeza.

—Dice el doctor Williams que cuando puedas te acerques a su oficina, que tiene que hablar con vos.

—Según el urgenciómetro de convocatorias de Williams que manejás a la perfección... ¿qué puntaje le asignarías a su convocatoria?

La chica sonríe. Lleva un pantalón pinzado negro y una camisa blanca con voladitos que le destaca ventajosamente sus curvas numerosas.

—Yo diría que un... seis.

—¿Seis? Bien. Hay margen para un café. Siempre y cuando mi amable asistente esté dispuesta a prepararlo. ¿O quedó hecho de la mañana?

—No y sí —la chica hace una pausa—. No quedó de la mañana y sí; sí estoy dispuesta a prepararlo. Pero...

—¿Pero?

—El seis es una nota peligrosa. Tiene lo suyo. Cinco es relax. Siete es alerta. El seis es medio inclasificable.

—¿Sugerencias?

—Darte una vuelta por lo de Williams mientras yo te preparo el café.

Miradas en silencio. Sonrisa devuelta con otra sonrisa. Código algo meloso para el gusto de Mauricio, pero qué remedio. Hay que apechugar.

—Con una condición. Soy un jefe magnánimo, y vos estabas pasando un escrito. Si voy a interrumpir tu sagrada consagración laboral, por lo menos compartí el café conmigo.

Largas miradas silenciosas.

—Me parece justo.

Mauricio amplía su sonrisa. Es un momento crucial en el que debe tomar decisiones. La tiene a punto caramelo.

Suena el teléfono y Soledad vuelve atrás para atender. En la espera, Mauricio plantea un rápido ejercicio de pros y contras. Una contra: es su asistente personal y por lo tanto los riesgos de que después le venga con algún quilombo se multiplican peligrosamente. Una denuncia de acoso, sin ir más lejos. La otra vuelta le contaron una historia que le puso los pelos de punta. Otra contra: es la mejor secretaria que ha tenido. Cuando se pudra todo, como tarde o temprano deberá ocurrir, no sólo se quedará sin romance sino también sin asistente. Otra contra: es una piba sumamente inteligente, competitiva, de las que no dan puntada sin hilo. Un campo minado. Él no está para desafíos sino para ternuras. En resumen, un montón de contras. Pero, nobleza obliga, también existe un pro: la piba está buenísima, pero buenísima en serio. Buena como para empardar todas las contras.

Soledad se asoma de nuevo.

—Es el Ruso. ¿Le digo que estás?

Mauricio pone cara de "por supuesto". De paso, consolida su imagen de amigo fiel de sus amigos. Todo ayuda. Soledad cierra la puerta del lado de afuera mientras él levanta el auricular. Esos ejercicios de pros y contras son una imbecilidad, porque nunca le resuelven nada. Al final tiene que actuar por impulsos, como siempre. Y tan mal no le va. En general.

—Hola, Ruso, qué decís.

—Hola, Mauri —la voz del otro se escucha agitada—. Acá andamos, con un quilombo nuevo. Me llegó una carta documento.

—¿De quién?

—De los dueños del local de Morón.

—Ah. ¿Qué te ponen? Que les pagues los alquileres adeudados, bla bla bla bla, supongo…

—Sí… —el Ruso balbucea algunas palabras mientras ubica el párrafo al que quiere llegar— "bajo apercibimiento de iniciar acciones legales…".

—Sí, Ruso. Ya sé. No les des bola.

—¿Te parece?

—No te preocupes. Yo ya estoy con eso.

Hay una pausa. Después, la voz del Ruso es casi la de siempre.

—Menos mal, Mauri. Me cagué todo cuando la recibí. Encima la dejaron en casa y la vio Mónica. No sabés la escena que me hizo.

—Y, viste cómo son las minas.

—¡Yo le dije! Pero...

—No te hagás problema. Ya me van a llamar a mí y en ese momento arreglamos.

—¿Seguro?

—Pero sí, Rusito. Tranquilo. ¿Con el lavadero cómo vas?

—Y... yo qué sé. Tirando. Encima hace como un mes que no llueve. Ahora bajó un poco.

Mauricio sopesa la frase "bajó un poco". Si ya venía pésimo antes, mejor no imaginarse qué significa "bajar un poco".

—Igual —sigue el Ruso— acá con el Cristo tenemos la teoría de que si las cosas siguen así, un montón de lavaderos de autos van a tener que cerrar.

"Empezando por el tuyo, tarado", piensa Mauricio, pero se cuida de decirlo.

—Otra cosa, nene.

—Qué, Ruso.

—El otro día vino a verme Fernando, por lo del asunto de Pittilanga.

Mauricio resopla.

—¿Y?

—Y nada. Con esto de que vos dijiste que no seguís más... A ver qué pensaba yo...

—¿Y vos qué le dijiste, Ruso?

—Y... que no sabía.

Mauricio se tranquiliza. Menos mal que es el Ruso. Un pan de Dios, con la fuerza de voluntad de un flan y la autodisciplina de un infante.

—Hiciste bien, Ruso. Eso es tiempo perdido. No hay nada que hacer. Y cuanto más tarde en entenderlo peor para él. Y para nosotros.

—Lo que pasa es que medio se me ofendió, me parece…

—No le des bola, Ruso. Con Fernando es siempre lo mismo. O se hace lo que él dice o somos todos una manga de boludos. O de traidores.

—¡Eso pensé yo! Me miró como si lo estuviera cagando.

—No le des bola. Haceme caso. Tarde o temprano la va a entender. Pero si vos le seguís la corriente va a ser peor, porque va a seguir hinchando.

—Eso me dice Mónica, también.

Y claro. La pobre mina debe estar desesperada. Casada con un inútil incapaz de hacer ningún negocio coherente, lo que menos debe querer es que encima se distraiga con fracasos ajenos. Se despiden prometiendo verse pronto. Después de cortar, marca el interno de Soledad.

—¿Y los cafés, señorita secretaria?

—¿No me dijo que iba hasta la oficina de Williams y después lo tomábamos, doctor?

Mauricio sonríe.

—¿Sabe qué pasa? Que necesito ese café. Que Williams espere.

Desigualdades

Cuando el Mono tuvo que confesar la indemnización que podía corresponderle si abandonaba el laboratorio de los suizos, la noche en que los puso al tanto de su plan, lo dijo con timidez, casi con vergüenza. Fernando sabía por qué. De los cuatro, el Mono era, lejos, el que más dinero ganaba. A Mauricio no le iba mal, al contrario. Y cada vez le iba mejor, pero recién en el último tiempo estaba ganando buen dinero. Se había recibido de abogado para la misma época que el Mono de ingeniero, pero no había tenido la misma suerte, o no lo asistía el mismo talento que a su amigo. Trabajaba como loco. Se salteaba feriados y fines de semana. Ahora sí, se estaba acomodando en un estudio grande, sus jefes lo consideraban y el futuro parecía abrírsele ancho y venturoso. De todas maneras los remilgos del Mono no tenían que ver con Mauricio, que además no estaba presente esa noche. Tenían que ver con el Ruso y con Fernando. Los pobres del grupo. Y por un largo campo de distancia. Fernando no sabía con seguridad cuánto ganaba su hermano —y jamás lo ponía en el aprieto de preguntárselo—. Pero comparar su sueldo de gerente de sistemas con su propio salario de profesor de escuela secundaria era casi ridículo. Y el Ruso… bueno, era un asunto serio.

A veces a Fernando le despertaba curiosidad eso de cómo seguía la amistad cuando tu vida y la de tus amigos tomaban rumbos tan diferentes. De chicos todo era más homogéneo, más previsible. Se habían criado en esa clase media suburbana que poblaba el Castelar de los años setenta. Y todos, más o menos, se movían en la misma medianía. Padres oficinistas, comerciantes, talleristas, madres amas de casa casi todas. La historia de ellos cuatro y de todos los demás. Y sin embargo ahora, treinta años después, se movían en realidades que no tenían nada que ver una con otra. Sin ir más lejos, el living de la casa que el Mono alquilaba, sin decidirse a comprar, en el que estaban sentados esa noche, tenía un tamaño equivalente a la casita de propiedad horizontal que había pertenecido a su abuela y en la que ahora vivía Fernando. Y sin embargo, no podía decir que por eso su amistad se hubiese resentido. Hablaban igual. Compartían igual. Disfrutaban del mismo modo, y de las mismas cosas. Casi siempre. Salvo en momentos como este, cuando al Mono le daba pudor que su potencial indemnización por despido fuese una cantidad tal de guita como para dejar al Ruso a la deriva en el ancho océano de la incredulidad y el silencio.

De todos modos, el Ruso abandonó con facilidad esas aguas turbulentas. Primero soltó un breve "ja". Casi enseguida agregó un "ja-ja". Y una andanada de "ja-ja-ra-ja-ja". Y bastó ese inicio de carcajada para que el Mono se tentara igual que el otro y con eso le diera un nuevo espaldarazo a la risa del Ruso. Y así sucesivamente hasta que los dos terminaron en una sinfonía de carcajadas que Fernando, por experiencia, supo que no debía intentar interrumpir, más allá de que cualquiera en su sano juicio hubiera considerado más útil dedicar el tiempo a seguir conversando sobre lo que el Mono les estaba contando y sus consecuencias y derivaciones. Y no debía intentar interrumpirlo porque lo único que podía lograr era que los dos energúmenos lo tomaran a él para la chacota y la espiral risueña se prolongara infinitamente.

Por eso se mantuvo en silencio, viéndolos reír. Porque de todos modos, pensó, aunque le costara reconocerlo, verlos reírse a esos dos era un espectáculo que siempre merecía la pena.

10

Fernando entra en su casa y tira la mochila sobre la mesa. El ruido sordo que suelta al golpear le recuerda que contiene doscientas pruebas escritas que debe corregir antes del lunes. Resignado, va hasta la cocina y pone la pava al fuego. Al volver advierte que titila la luz del contestador automático. "Hola, Fernando. Te habla Nicolás, de Palmera Producciones. Cuando puedas llamame." Lo único que le faltaba para arruinarse el fin de semana es ese llamado.

Saca de la mochila el primer pilón de evaluaciones y la birome roja. Siguen las malas noticias, porque son de 4° B turno tarde, una manada de brutos de tal envergadura que corregir ese curso le llevará la vida entera. Para completar el cuadro desolador, la primera de todas es la de Jonathan Vallejo. En realidad no está seguro de si es Vallejo o Vallejos, porque el susodicho lo escribe a veces con "s" y a veces sin ella, según cómo lo encuentren el día o los vaivenes de su temperamento. Respuesta n° 1: "Ellos pienzan que fueron ellos los de la viya pero no eran. Aller se encontraron con ellos y se dieron cuenta que ellos no heran". Primero circula las cuatro faltas de ortografía y agrega las comas que Vallejo —o Vallejos— ha omitido. Después subraya los cuatro "ellos" y les agrega signos de interrogación, con la intención de llamar la atención del educando sobre el hecho de que es imposible determinar quiénes son los primeros "ellos", y los segundos, los terceros y los cuartos.

Nicolás de Palmera Producciones. La prueba palpable de que él, Fernando Raguzzi, es un imbécil. Después de filmar diez partidos de Presidente Mitre sin que Pittilanga metiese un solo gol, se le había ocurrido la genial idea de trucar los videos. Por lo general Pittilanga pateaba dos o tres veces al arco en cada partido. Bueno: si existía un modo de convertir esos disparos intrascendentes —que solían perderse por arriba del travesaño o terminar mansos en las manos del arquero— en tiros a los ángulos o en cabezazos inatajables, en una de esas algún inversor incauto estaría dispuesto a comprar el pase del delantero. Fernando le contó la idea al Ruso, que se entusiasmó hasta el paroxismo y a su vez se lo contó al Cristo, que contagiado del mismo fervor lo puso en contacto con Palmera Producciones. Ahora, mientras avanza dificultosamente en la maraña de idioteces y equivocaciones que Vallejo —o Vallejos— escribió en su prueba, Fernando se reprocha haber seguido semejante cadena de recomendaciones. Pero ya es tarde. Está metido hasta el cuello.

La primera vez que habló con el tal Nicolás —dueño, gerente, secretario y trabajador único de la compañía— este le aseguró que el trabajo podía hacerse por mil doscientos pesos. Fernando había aceptado. Tres semanas después, cuando vio la labor terminada, se quiso matar, no sin antes ultimar al genio de la animación computada. Era un trabajo tan burdo, tan ostensible, que se veía a la legua que se trataba de una farsa. La pelota describía parábolas sospechosas, los rostros de los jugadores se desentendían del supuesto recorrido del balón y —lo peor de lo peor— cuando la bola ingresaba en el arco la red no se movía en lo más mínimo. Cuando Fernando se lo hizo notar, Nicolás revisó la grabación con cierta perplejidad y no pudo menos que asentir con un "claro, claro". Fernando había pensado "oscuro, oscuro, la puta que te parió", pero no había dicho palabra.

Viéndolo retrospectivamente, esa habría sido la ocasión propicia para mandar todo al demonio, pegarle unas cuantas trompadas al dueño-gerente-operario de Palmera Producciones para aflojarse la frustración e irse con la música a otra parte. Pero no lo hizo. Primero, porque desde los quince años no se fajaba con nadie, y segundo, porque, siguiendo su costumbre proverbial, la indecisión le impidió cortar por lo sano antes de que fuese demasiado tarde.

Termina de revisar la prueba de Vallejo —o Vallejos— y la califica con un dos. Pedazo de bruto. La pone a un costado y se enfrasca en la siguiente. Chasquea la lengua. Esta es de Murúa, pero Murúa todavía no ha aprendido a escribir su nombre con inicial mayúscula y con tilde, y por lo tanto se presenta ante el mundo como "murua". De ahí en adelante, es fácil imaginar el resto.

Abre la agenda, se estira hasta el teléfono y teclea el número de Palmera Producciones. Naturalmente atiende el tal Nicolás.

—Hola, te habla Fernando Raguzzi.

—¡Ah, hola, Fernando! Hoy te dejé un mensaje.

Fernando se pregunta si el otro es idiota o se hace. ¿Qué otra cosa puede estar haciendo él sino devolviendo la llamada?

—Contame.

—Estuve pensando, viste... en este asunto de que los goles no quedaron bien trucados.

"No quedaron bien" —repite Fernando para sus adentros—. Todo un optimista, ese boludo.

—Sí. ¿Y?

—Que estuve hablando con unos muchachos que tienen una productora, también. Y les conté. Y a ellos se les ocurrió algo que en una de esas nos puede salvar.

—¿Qué cosa?

—En lugar de inventarle goles a este Pittilanga, usar los goles del equipo y trucarles el goleador. Quiero decir, ponerlo a Pittilanga en el lugar del que hace el gol. ¿Me seguís?

Algo le indica a Fernando que sería mejor no seguirlo. Pero igual lo sigue.

—Y vos decís que va a quedar bien...

—Bárbaro va a quedar. Te juro.

—¿Y eso cuánto va a costar?

Termina de preguntarlo y se arrepiente. Porque si el trabajo anterior fue un desastre, pero de todos modos él lo pagó puntual, ahora el tal Nicolás debería reparar el desastre sin volver a cobrarle. Pero en su atolondramiento le ha dejado abierta la puerta al otro para que pueda escabullirse.

—El trabajo lo haría con estos muchachos que te cuento. Los de la otra productora... Y yo creo que con una luca, luca y media, estamos hechos.

—¿Cuánto?

—Yo no te cobro nada, eh... Esa guita es la que me piden ellos. Yo mi parte la pongo de onda...

Fernando traga saliva. Resopla. Piensa. ¿Y si esto no funciona? La desesperación lo lleva a aceptar la propuesta. Se despiden y cuelgan. Fernando atrae hacia sí la evaluación de Murúa —o murua, según el susodicho—. Con leer las dos primeras respuestas le alcanza para advertir que, al lado de Murúa —o murua—, Vallejo —o Vallejos— es una especie de gigante del conocimiento.

Ser

—¿Sabés lo que yo podría hacer con una indemnización de doscientos mil dólares, Monito? —preguntó el Ruso, con los ojos brillantes y jadeando de tanto reírse.

—Sí, Ruso. Cagadas, podrías hacer —contestó Fernando, por su hermano.

Los dos lo miraron. En la expresión del Ruso no existía ni atisbo de ofensa. Giró para enfocar de nuevo al Mono, que hizo lo mismo. Y de nuevo se lanzaron a reír como locos, interrumpiéndose de vez en cuando para decir que sí, que Fer tenía razón, que el Ruso podía hacer doscientas mil cagadas con esa cantidad de dinero.

A las cansadas, y cuando se quedaron sin aliento, Fernando consideró oportuno continuar.

—Es una cantidad de guita interesante, pero…

—¿Pero?

—Pero no entiendo qué ventaja puede haber en que te echen, Monito. No sé. Me parece mucho mejor agarrar el ascenso que te ofrecen.

El Mono apretó los labios, se restregó las manos y se mantuvo con los ojos bajos, como si las palabras de su hermano mayor fueran atinadas pero incompletas. Fernando lo miró al Ruso, que agregó, en idéntica sintonía:

—Es cierto, Mono. Por más guita que sea, laburando con los mexicanos me parece que la vas a seguir juntando en pala. ¿O no?

—Sí. Es verdad —el asentimiento del Mono era a regañadientes—. Pero tengan en cuenta que voy a tener que andar viajando. Yendo y viniendo de acá para allá cada dos por tres. Y se me va a complicar todo, aparte de Guadalupe.

—¿Qué se te va a complicar? Además de la nena, digo…

—Todo, Ruso, se me va a complicar. Visitarla a mi vieja, verlos a ustedes, ir a la cancha, todo. Yo ahora estoy bien. Pero no me quiero enroscar en un quilombo. ¿Entendés?

—No, claro —el Ruso nunca quería contradecir a nadie, pero mucho menos a su mejor amigo.

Por un minuto se quedaron en silencio, cada uno metido en sus propios pensamientos.

—¿Vos qué pensás?

El Mono soltó la pregunta mirando directamente a su hermano, como si fuera un latigazo, o como si incluyese la certeza de que a Fernando había algo que lo molestaba y que era preferible que lo soltase cuanto antes.

—Por mamá y los viajes no te preocupés. Yo estoy siempre a mano.

—Ya sé, nene. Pero tenés cara de estar pensando. ¿Hay algo que no te cierra?

—Sí, Mono. Te conozco como si te hubiera parido. Y sé que te estás haciendo el boludo. Que hay algo que no decís, porque si no, no se entiende.

—¿No se entiende qué?

—Nada, Monito. Entraste a la reunión pensando que te echaban. Salís de la reunión ascendido y con un aumento. Pero estamos los tres acá en tu casa y no en plan de "festejemos". Estamos acá en plan de "voy a contarles algo que pensé". Bueno, boludo. Contalo y listo. Pero dejate de dar vueltas.

Volvió el silencio, hasta que de nuevo habló el Ruso.

—Este tendría que haber sido psicólogo, ¿no?

—Ajá. Se hubiera llenado de guita. O cura. ¿Nunca pensaste en ser cura, Fernandito?

Fernando sonrió.

—No es mi perspicacia. Es que ustedes son transparentes de puro brutos que son.

El Ruso lanzó una exclamación de falsa indignación y miró al Mono, esperando que el otro le siguiese la corriente, pero no fue el caso. Su amigo seguía reconcentrado, tenso, como decidiéndose de una vez por todas a empezar a hablar.

—Mirá, Fernando. Vos me conocés desde que nací —empezó.

—Exacto.

—Bueno. Si vos tuvieras que decir qué soy yo. ¿Qué dirías?

Fernando se volvió hacia el Ruso.

—No lo mirés al Ruso y contestame. Me refiero a... por ejemplo, no sé: Mauricio es abogado. Vos preguntás: ¿Mauricio qué es? Y respondés: "Abogado". Con vos, lo mismo. Fernando "es profesor". Y no de ahora. No porque trabajes. Siempre. No sé si me entendés.

—No.

—Sí que me entendés, no te hagas el tonto. Éramos chicos y vos siempre sabías todo. Y te jodíamos preguntándote cosas y vos siempre contestabas. O lo intentabas. Como si ser profesor fuera algo de nacimiento. Algo tuyo de siempre. ¿Ahora me entendés?

—Digamos que sí.

—Mauricio lo mismo. Siempre cayendo parado. Siempre con un argumento el tipo.

—Siempre garca —acotó el Ruso.

—Sí, también —concedió el Mono—. Lo mismo.

—¿Y yo? —el Ruso lo preguntó con tanto entusiasmo, con tanta ingenuidad, que Fernando pensó, como tantas veces, que lo único que podía hacerse con el Ruso era darle un beso en la frente—. ¿Yo qué soy?

—Vos sos... dejalo ahí, Ruso —el Mono no quería distraerse, o de lo contrario no hubiera desaprovechado semejante oportunidad de burlarse. Siguió hablándole a Fernando—. Eso es lo que te pregunto. Yo... ¿qué soy?

Fernando se tomó un segundo. ¿Qué quería que le contestase? Dijo lo primero que se le ocurrió como para salir del paso.

—Ingeniero en sistemas...

—¡Nooooo! ¡Ni en pedo! —el Mono se puso de pie, como si no pudiera seguir avanzando en sus argumentos sin ayudarse con el movimiento—. Lo decís porque no se te ocurre qué contestar. Vos sabés cómo elegí yo lo de sistemas. Te lo contamos mil veces.

—¿Lo cuento de nuevo? —se esperanzó el Ruso.

—No sé a dónde querés llegar, Monito, yo...

—A lo que te pregunté. Y no me digás ingeniero. Yo tengo tanta pinta de ingeniero como de geisha japonesa.

—¿Te traigo el kimono?

—Callate, Ruso. ¿Es así o no es así? —el Mono tomó el silencio de Fernando como un asentimiento—. Bueno. Ingeniero no soy. ¿Qué soy?

Fernando buscó un auxilio, aunque fuera fugaz, en el Ruso. Pero el otro lo miró con cara de quitarse de encima todo compromiso.

—¡No sabés! —concluyó el Mono—. ¿Te das cuenta? No me podés contestar. No por vos, quedate tranquilo. No es tu culpa. Soy yo. Ese es el asunto.

11

Mauricio, antes de golpear la puerta, se detiene frente al espejo para controlar el nudo de la corbata y el doblez del pañuelo en el bolsillo superior del saco. Mariel ha tenido razón al sugerirle comprar esa corbata marrón con el pañuelo haciendo juego. Para cosas como esa su mujer tiene un instinto infalible. Se felicita por haberle hecho caso. Bueno, en realidad siempre le hace caso en cuestiones como esa. Si Mariel le dice que el verde menta combina bien con el azul marino, adelante. Una fe ciega. Después de todo ella hace lo mismo con él, y en terrenos que Mauricio gusta de considerar menos triviales que la indumentaria. En esa complementariedad está el secreto de un matrimonio feliz. Ámbitos, esferas, incumbencias separadas: la clave para evitar peleas inútiles.

Golpea la puerta y escucha, pero la respuesta tarda en llegar. Mauricio duda. ¿Insistir y quedar como un ansioso? ¿Esperar en silencio como un pusilánime? También puede ocurrir que Williams no lo haya escuchado. Difícil. No importa que Williams ande siempre por el estudio con su aire ausente y sus ademanes desvaídos. Mauricio está convencido de que es una pose, y que nada escapa a su consideración y a su poder.

—Pase —dice la voz de Williams, finalmente, y Mauricio se felicita por haber esperado.

—Buen día, Humberto. Me avisó Soledad que necesitaba hablar conmigo.

—Sí… adelante, Mauricio —Williams hace el gesto de invitarlo a tomar asiento, pero siempre sus gestos tienen un vestigio de indolencia, como si fuesen hechos con el menor esfuerzo posible, con la mínima energía suficiente como para evitar que esos gestos queden sin hacer—. Tampoco era tan urgente…

Mauricio se acomoda, levanta un poco las botamangas de su pantalón para que no se arruguen y cruza las piernas, pero se cuida muy bien de apoltronarse demasiado. En esa oficina el único que tiene derecho a ponerse cómodo es Williams.

—El otro día… ¿Tomás un café? —se interrumpe y apoya la mano en el intercomunicador—. Sí, Elena, dos cafés, el mío como siempre, y para Mauricio…

—Cortado, con edulcorante.

—Cortado con edulcorante, Elena.

Williams cuelga, mientras Mauricio se juramenta ser capaz, alguna vez, de ejercer esa solvencia displicente sobre los seres y las cosas. Williams sonríe.

—Ayer estuve en Tribunales y me crucé con Coco Sanlúcar. Me habló bárbaro de vos.

Mauricio sonríe en un gesto que quiere ser modesto.

—La verdad que esa causa fue bastante complicada.

—Pues Coco me dijo que te manejaste a la perfección. Me dijo…

Williams se interrumpe cuando la secretaria entra con la bandeja y los cafés. No está diciendo nada que requiera secreto, pero a Mauricio le gusta ese silencio. Como si el elogio de Sanlúcar fuese más personal así.

—Me dijo "Tito (Coco es amigo del colegio, por eso le tengo que tolerar ese sobrenombre espantoso, pero qué querés que haga, son muchos años), ese pibe que te lleva la causa de Naviera Las Tunas es un fenómeno".

—Bueno, Humberto. Muchas gracias.

Williams apenas prueba el café y deja el pocillo en su plato. Mauricio lo ha visto hacer eso cien veces, y todavía le llama la atención. Complejo de clase media suburbana, eso de que las cosas no se dejan por la mitad. En Williams hasta ese gesto de minúsculo despilfarro es un vehículo sutil para ejercer la autoridad. ¿O es él, Mauricio, el que se deslumbra como un chico frente a la abundancia y el poder?

—Nada de gracias, querido. Te lo tenés más que merecido. Decime una cosa —lo mira. Por primera vez en la entrevista Williams lo mira directamente—: ¿Cómo lo ves a este pibe Sabino?

Mauricio se extraña un poco. Casi se desilusiona, porque le habría gustado que la conversación siguiera versando sobre él, sobre los cumplidos que había soltado el juez Sanlúcar sobre su dichosa persona. Pero se rehace.

—Bien. Muy bien. Es responsable, dedicado... ninguna queja.

—Bárbaro, Mauricio. Quiero que le sigas dando piolín. Que lo vayas soltando.

Mauricio se muere por preguntar por qué, pero se contiene. Mejor contentarse con entender lo que Williams calla, además de lo que dice. Sería lindo que dijera: "Foguealo a Sabino porque dentro de un tiempo te vamos a convertir en socio y él va a tener que hacerse cargo de tus clientes". Y poder responder con un grito de alegría, con un apretón de manos efusivo o alzando los brazos en un festejo casi deportivo. Pero esos entusiasmos no están bien vistos en el mundo Williams. Aquí las cosas son así. Una elegancia que no requiere impostaciones. Estos tipos no se fingen superiores. Detentan su supremacía como un derecho, como un hábito de toda la vida. Por eso la naturalidad, la displicencia. A Mauricio no le sale. Él se crió en Castelar, su viejo era bancario y su vieja es maestra jubilada. No importa. Ya va a aprender.

Volver

Sonó el teléfono, pero ninguno de los tres hizo amago de atender. Se escuchó el chasquido del contestador automático, pero quien llamaba no dejó mensaje. Fernando no sabía si hablar o seguir callado. ¿Qué tenía de malo ser ingeniero en sistemas? No entendía del todo semejante angustia de identidad en su hermano menor. Pero por otro lado, y contraviniendo su costumbre de poner palabras en los sitios donde amenaza con crecer la angustia, siguió callado, esperando que el Mono fuese hacia donde necesitase ir.

—No me pongas esa cara, Fernando. Entendeme en lugar de mirarme así. Yo siento... hace tiempo que siento —el Mono movía las manos, tanteando el aire frente a sí, pero tampoco ahí estaban las palabras que necesitaba—. ¿Viste cuando te perdés? ¿Cuando vas a algún lado y te perdés? Vos no te das cuenta en el momento. No es que girás en una esquina y decís "acá, justo acá, me estoy perdiendo". Si no, no te perderías. No funciona así. Vos te perdés pero no te das cuenta de que te perdés. Avanzás, avanzás, creyéndote que la tenés más o menos clara, hasta que llega un punto en que te parás y decís "me perdí, no tengo ni la más puta idea de dónde estoy metido". Bueno. Yo estoy así.

Fernando asintió pero no pronunció palabra. Y no sólo porque no quería interrumpir a su hermano, ahora que parecía haber encontrado una brecha para seguir hablando —aunque también—, sino porque estaba sorprendido. No estaba listo para semejante discurso introspectivo. O, más precisamente, para que ese discurso lo protagonizase el Mono. Si la parrafada que acababa de escuchar hubiera venido de labios de Mauricio, vaya y pase. Era un tipo lo suficientemente enroscado como para que saliera con algo así. Pero, ¿el Mono? ¿Desde cuándo se remontaba a semejantes abstracciones? Escucharlo hablar así era como asistir a un monólogo del Ruso centrado en el existencialismo sartreano. Eran tipos simples. De una simpleza que a Fernando lo atraía y lo maravillaba. Fernando los admiraba por eso. Ningún rebuscamiento. Ninguna complicación. Al pan, pan, y al vino, vino. Fernando los adoraba precisamente por eso, porque eran lo más parecido que conocía a la pureza, aunque le sonara cursi cada vez que lo pensaba en esos términos.

—Y que vos no puedas decirme qué carajo soy me confirma en lo que pienso. ¿Entendés? Yo no fui siempre así. Ahora soy. O desde hace años. Unos años. Catorce, para ser exactos.

Fernando empezó a entender. Hacía años que no se detenía a pensarlo. Lo lamentó por el Mono. Tal vez, de haberlo tenido presente, hubiera podido preguntarle, hubiera podido escucharlo.

—Yo "era", ¿entendés? Cuando estábamos en tercer año. En cuarto año del secundario. Yo... ¿qué era?

—Jugador de fútbol.

Fernando apenas balbuceó esas palabras, pero no hizo falta repetirlas porque los tres las habían pensado. Volvieron a callarse. Tal vez lo que le había ocurrido a Fernando también le pasaba al Ruso. Esa tristeza súbita por encontrar, en el fondo del alma de su amigo, un dolor así de viejo, y así de vivo.

—Ahí tenés. ¿Viste cómo te salió facilísimo? Yo era jugador. Era número cuatro. Marcador de punta. Jugaba en las inferiores de Vélez. Jugaba en sexta. Jugaba en quinta. Jugaba en cuarta. Yo era eso, Fernando. Jugador. El asunto es que eso no fui más. Desde que esos chotos me dejaron libre, jugador no fui nunca más. La cagada es que eso es lo último que fui. Después no fui más nada.

—Pará. Pará un poquito —de repente, a Fernando había dejado de cuadrarle la compasión y el respeto por el duelo de su hermano—. Tenés una hija que te adora.

—No hablo de eso.

—¿Y de qué hablás?

—Hablo de mí como persona. De mí con mis cosas.

—¿Tus cosas? Perfecto: mirá la casa que tenés.

—La alquilo.

—Si querés la comprás, Mono. Mirá el auto que tenés. No me jodás.

—No te jodo. Pero no me corrás con la guita. Me conocés desde siempre, Fernando. Vos sabés por dónde me paso yo la guita.

—Ahora de repente sos un filántropo.

No había terminado de decirlo, cuando Fernando se arrepintió de haber dicho eso.

¿Qué acababa de hacer? Su comentario no era solamente injusto. Era espantoso. Mil veces el Mono les había demostrado que el dinero estaba lejos de obsesionarlo. Le gustaba tenerlo. Le divertía gastarlo, como a cualquiera. Pero jamás había sido un avaro ni un materialista. ¿Por qué le había contestado de ese modo?

—Te interrumpí. Seguí diciendo —claudicó por fin y, en Fernando, era lo más parecido a una disculpa que los otros podrían escuchar.

—Eso. Que hace casi veinte años que vengo a los tumbos —y lo miró fijo—. Y me importa un carajo si entre tumbo y tumbo me llené de guita. No quiero vivir así el resto de mi vida. Quiero hacer otra cosa. Quiero volver a ser algo. ¿Me entendés?

No había sitio para prolongar la polémica.

—Sí. Te entiendo.

—Terminá de contar —pidió el Ruso, mientras se inclinaba hacia adelante en el sillón, como si supiera que lo más jugoso del encuentro estaba todavía por venir.

Fernando tomó conciencia de que ese encuentro no pretendía otra cosa que convencerlo a él de lo que fuera que el Mono se traía entre manos. El Ruso, como siempre, era un soldado leal a la causa del Mono. No importaba cuál fuera la causa.

—Dale, Monito. Terminá de contarme —concedió Fernando, resignado.

—Para empezar de nuevo con otra vocación ya estoy grandecito. No me voy a poner a inventar.

—Claro.

—Y no es que tenga que ponerme a buscar una vocación nueva. Vocación ya tengo. Tuve siempre.

—Ajá. Debo suponer que te vas a ir a probar de marcador de punta en Excursionistas… Digo, para retomar la cosa donde la dejaste.

—No, boludo. Aunque te digo que con el fútbol de mierda que se juega ahora... Si hay cada burro jugando en primera... Pero no. Ya sé que con treinta y siete años lo de jugador profesional no va a andar.

—¿Y entonces?

—Pará. Ahí va. A lo que voy es a que eso es lo mío. Ese mundo. Ese ambiente.

—¿Vas a ponerte a estudiar para director técnico?

—¡No! O capaz que sí, pero no ahora. Eso sería algo de largo plazo. Y yo quiero hacer el cambio ahora.

—¿El cambio de qué? ¿En qué te querés enganchar?

El Mono y el Ruso cruzaron una mirada tal que Fernando entendió que ahora venía la revelación dramática. Se preparó para lo peor.

—¿Vos te acordás del Polaco Salvatierra?

—Uy, Dios —fue todo lo que pudo articular Fernando cuando escuchó ese nombre. Porque había entendido.

12

El Ruso sabe que la tiene difícil. Viene de perder tres a uno en el partido de ida y el Chamaco armó un esquema con muchos defensores, difícil de penetrar. A sus espaldas siente que alguien golpea el mostrador para ser atendido y, sin dejar de apretar los botones del *joystick* ni apartar los ojos de la pantalla, le grita al Cristo que por favor responda al pedido. Este es el momento clave. Su jugada mortal, como la llama. Su estiletazo. Corrida hasta el fondo con el *wing* derecho, enganche y *dribling* hacia el área. Disparo al segundo palo. Y además tiene que apurarse, porque el uno a cero no le alcanza. Echa un vistazo fugaz al Chamaco. Mal rayo lo parta. Está bendecido por los dioses. Es un superdotado de la Play Station. El Ruso tiene que sudar la gota gorda para derrotarlo. A veces, cuando le envidia la facilidad que tiene, intenta consolarse diciéndose que el Chamaco es de otra generación, que estos pibes nacieron en medio de computadoras y no como él, que tuvo que aprender de grande. De nuevo los golpes en el mostrador.

—¡Dale, Cristo! ¿Estás sordo? ¡Atendé que estoy ocupado, boludo!

En ese momento el Chamaco gira la cabeza y se queda tieso mirando hacia la recepción. El Ruso no lo ve, porque está en el momento culminante de la jugada. Tan concentrado está que no advierte que su contrincante ha dejado de manipular el *joystick*. El delantero del Ruso penetra en el área penal, elude a dos defensores y convierte. El Ruso vocifera el gol y se lo dedica al Chamaco. Recién entonces ve que el otro se ha desentendido del partido y mira hacia atrás, hacia su espalda. Él también se da vuelta.

Ahí parada, del otro lado del mostrador, Mónica. Al Ruso se le congelan la algarabía y los pensamientos. Se pone de pie y camina hacia ella.

—¿Qué decís, gorda? ¿Qué andás haciendo por acá?

Su mujer no responde. Lo mira con toda la dureza de la que es capaz y le extiende un papel. El Ruso advierte que es una carta documento.

—Ah, Moni. No te preocupes. Es de los dueños del local de Morón. Ya lo vi con Mauricio el otro día. Me dijo que no me hiciera problema.

—No —responde su mujer, y sigue tendiéndole el papel—. Es de la tarjeta de crédito.

Ahora sí el Ruso recibe el papel para leerlo. Es cierto. Los términos son parecidos. Bajo apercibimiento, intímole, bla bla bla.

—Sí, es verdad. Pero es lo mismo...

Mónica no abre la boca. Por encima del hombro del Ruso, mira al Chamaco que, advirtiendo que su presencia estorba, hace un veloz mutis hacia la playa de lavado.

—¿Hasta cuándo vamos a seguir así, Daniel, me querés decir?

El Ruso baraja algunas respuestas posibles.

—¿Así por qué? —murmura al final, y apenas lo dice se da cuenta de que no fue una elección atinada.

—¿Vos me tomás el pelo? ¿Vos no te das cuenta de lo que está pasando?

—Sí que me doy...

—¡Estamos hasta acá de deudas! ¡Y vos como si nada, Daniel!

—¿Por qué como si nada?

—¡Porque estás jugando a la Play con uno de los empleados, la puta madre!

El Ruso traga saliva mientras piensa que Mónica, que jamás dice malas palabras, tiene que estar desbordada para decir semejante cosa.

—Que yo juegue a la Play...

—¡Vos jugás a la Play y a nosotras nos van a comer los bichos! ¡Tenés dos hijas, Daniel! ¡Dos hijas! ¿Hasta cuándo vas a seguir así?

El Ruso cambia la pierna de apoyo, incómodo. Extiende la mano señalando afuera.

—No te pongas así, Moni. Esto, tarde o temprano, va a caminar, vas a...

—¡Basta, Daniel! ¡Basta de mentir! ¿Tarde o temprano? ¿No te das cuenta de que este negocio también lo vas a fundir? ¡Como todos los otros!

—Vas a ver que no.

—¡Vas a ver que sí! ¿O qué te creés que pasa con un negocio en el que el dueño se dedica a jugar a la Play con sus empleados?

—¿Y qué querés que haga mientras esperamos que vengan clientes?

—¡Mientras vos esperás los clientes nos vamos a la ruina, Daniel! ¡O no te das cuenta!

El Ruso sigue con la mano extendida, señalando el playón de lavado, pero las palabras no le salen. En la playa está el Cristo repasando un Toyota negro. El Chamaco y Molina están sentados en el banco de madera, esperando que salga otro servicio. El Ruso no ve nada de malo en el negocio. Anda flojo, sí, pero prefiere pensar que está arrancando de a poco, y que ya va a levantar. Empieza a decírselo a Mónica, entre titubeos, pero ella lo corta en seco.

—Basta. No aguanto más. Yo te banqué muchas. Te banqué todas. Pero hasta acá llego. Si no lo hacés por mí hacelo por las nenas.

Los ojos de su mujer se llenan de lágrimas y el Ruso se quiere morir. No hay nada peor para él que verla llorar. Se siente una basura. Levanta la tapa de madera para pasar al otro lado del mostrador pero ella lo detiene con un gesto.

—No. Ni te acerques. Te pido por favor. Lo único —hace un gesto vago, señalando el lavadero—. Por lo que más quieras, hacé algo.

Y sin darle tiempo de contestar, sale con un portazo que deja temblando el blíndex de la entrada. El Ruso se rasca la cabeza y mira alrededor. Le cuesta entender semejante pesimismo. Es cierto que la cosa va lenta, pero no cree que sea para alarmarse. Tarde o temprano tiene que levantar. Ahí está el televisor, con el juego en pausa. Se pregunta si está bien o está mal pegarle el grito al Chamaco para que venga a terminar el partido. Pero en ese momento se acuerda de las lágrimas de Mónica y apaga el aparato, mientras piensa que la vida, últimamente, viene endilgándole lecciones demasiado drásticas: ni los amigos viven para siempre ni la paciencia de Mónica dura para toda la vida.

Empresarios

Dos días después de la conversación nocturna en la que el Mono le explicó sus planes a su hermano mayor, se presentó con el Ruso a una reunión pactada en casa de Salvatierra.

El Polaco los recibió vestido con un traje de lino blanco que ahora le iba un poco grande, como si también él extrañase los tiempos de vacas gordas y chicas rutilantes. Les ofreció cerveza, gaseosas, té helado. El Mono aceptó una gaseosa. El Ruso optó por el té: aunque lo aborrecía, nunca se lo habían ofrecido frío y quiso disipar su curiosidad al respecto.

Los sillones eran amplios, tapizados de cuero blanco. No eran del todo cómodos porque eran muy bajos y los almohadones se escurrían cuando uno se movía sobre ellos. El Ruso demoró horrores en encontrar una posición más o menos estable. Después adujo que lo complicaba sostener en alto el vaso de té, que comenzaba a empañarse.

El Mono se aclaró la garganta e hizo un gesto con la mano para abarcar la habitación en la que estaban.

—Linda la decoración, Polaco. ¿Lo armaste vos?

El anfitrión echó un vistazo displicente, como si el comentario del visitante lo hiciera reparar, por primera vez, en las paredes y sus ornamentos. Los muros estaban pintados de blanco. El techo era alto, propio de las casas de antes. En la pared más grande había una gigantografía de la selección argentina del Mundial Juvenil de Qatar. La elección de la foto no era casual. Tres de esos jugadores habían sido representados por el Polaco, cuando su estrella era bendecida por la suerte y el futuro prometía abundancias y triunfos. En las otras paredes había marcos con camisetas de fútbol. Todas originales, algunas de clubes argentinos y otras de clubes europeos. Escritas con anchos fibrones negros, las cruzaban las rúbricas de los jugadores que las habían usado, y que naturalmente habían sido también representados por el Polaco. El Ruso tomaba su té de a sorbos, mirando como un bobo esa especie de currículum mural que Salvatierra había diseñado para solaz de su autoestima y asombro de sus eventuales visitas.

—El otro día —entró en materia el Mono—, cuando nos cruzamos en la carnicería, me hablaste de que seguías vinculado con el mundo del fútbol...

—Sí —el Polaco se acomodó en su sillón, como si hablar de negocios requiriese una actitud corporal menos distendida—. En realidad, no sé bien cuál era su idea, qué saben del asunto, si lo que pretenden es invertir...

—Eso sinceramente no lo decidí. Todavía no. Quería que me asesorases un poco vos, que sos representante...

—Empresario —lo cortó el Polaco—. No es por nada, pero el término que mejor me define es el de empresario. Un representante se limita a eso. A representar a los futbolistas a cambio de una comisión. Un empresario tiene otras funciones. A veces representa. De hecho, muchos empezamos así. Pero un empresario combina esas funciones de representación con otras de tipo... digamos... patrimonial, diría yo. Compra, vende, coloca jugadores a préstamo, intermedia entre clubes... Es decir: maneja un capital que son los jugadores. Invierte, en una palabra. No sé si soy claro.

—Clarísimo —concedió el Ruso, que estaba asqueado del té helado pero se lo seguía tomando para no desairar a su anfitrión.

—Por eso yo les preguntaba...

—Las preguntas hacéselas a él —lo detuvo el Ruso—. El que tiene los trescientos mil dólares es él. Yo estoy más seco que una rosca de Pascua.

Salvatierra se volvió hacia el Mono, con expresión admirativa. El Mono se sintió en la necesidad de aclarar:

—Llego a eso juntando una indemnización y una guita que tengo ahorrada.

—Para arrancar, trescientas lucas verdes no es una cifra despreciable, Mono. Para nada.

—Vos decís para arrancar con una inversión...

—Porque a la larga, Mono, es lo que genera guita. Lo otro es mucho laburo y poco efectivo, ¿entendés?

—Yo se lo vengo diciendo —se envalentonó el Ruso, que había desprendido el gajo de limón del borde del vaso para succionarlo.

—Pero vos no empezaste así —el Mono quería ir de a poco. Entenderlo.

—¡Porque no tenía un mango! —se rió, socarrón, el Polaco—. Pero la guita fuerte la hice comprando y vendiendo jugadores.

—Y mal no te fue —lo interrumpió el Ruso, entusiasmado, y se ayudó con la mano en el gesto de quien marca eslabones o segmentos—: Primero fuiste representante, después empresario… y así.

Se detuvo un poco azorado (y los otros también se sumieron en un silencio incómodo), cuando cayeron en la cuenta de que los segmentos que seguían después de "representante" y "empresario" eran "delincuente", "convicto" y "anfitrión de ellos dos en la casa de su madre".

—Me fue bien hasta que me fue mal —Salvatierra adoptó el tono de compungida sinceridad de alguien que no pretende soslayar su debacle—. Miren: nunca hablo de ese asunto pero la confianza que me demuestran ustedes al venir acá me exige franqueza —hizo una pausa, como si masticase sus inminentes confesiones. Por fin, pareció decidirse—. Lo mío creció muy rápido. Demasiado. Supongo… supongo que no elegí del todo bien mis compañías. O mejor dicho: las elegí pésimo. Cuando me quise acordar, no me podía despegar sin que sonase a traición. Tuve que apechugar y quedarme a bailar con la más fea.

Hizo un gesto con la mano frente a su propia cara, como para espantar una mosca o los malos recuerdos. Después prosiguió.

—No lo dudes, Mono. De representante laburás como un perro y te usan de trapo de piso. Los jugadores, los dirigentes, los familiares… todos. Como empresario, la pelota la manejás vos. Si en serio contás con un capital, ni te lo preguntes.

El Mono acomodó el vaso de gaseosa sobre la servilleta de papel, para que no mojase la mesa ratona.

—Y… ¿cómo debería hacer para entrar?

—Tenemos dos opciones básicas —arrancó el Polaco, desentendiéndose de la melosa admiración que crecía, a ojos vistas, en el ánimo de sus interlocutores—. Darte participación porcentual de un jugador de los más caros o que seas dueño de un jugador de menor precio. Ojo —alzó el dedo y los miró alternativamente— que cuando digo "de menor precio" no significa "de menor valor". Para nada.

Se puso de pie, caminó hasta la pared de la gigantografía, y pasó la mano como para quitar una mancha o una telaraña de la cara de uno de los jugadores.

—Quiero decir. Si vos venís y me decís "Mirá, Polaco, quiero participar con el Pocho Insúa (es un suponer, porque el Pocho no es mío, te aclaro)... ¿Cuánto vale el Pocho hoy en día? ¿Tres palos? Bueno, calculá: suponiendo que alguien te quiera vender el diez por ciento de Insúa, lo podés comprar. Pero olvidate de manejar vos el asunto, no sé si soy claro.

—¿Y la otra opción? —el Mono tenía claro que era la más conveniente, pero quería escuchar todos los detalles, a ver si coincidían con sus intuiciones.

—La otra es comprar el cien por ciento de un pibe que esté creciendo. Pero no de cualquier pibe. Un pibe que vos lo agarrés de pichón, antes del primer contrato, y se venda a Europa dos años después por una torta de guita. No sé si me seguís: en ese caso, ¿quién te pensás que queda dueño de semejante torta?

Se pasó las manos por el cabello, peinándoselo hacia atrás. Seguía igual de rubio y de dientudo que a los ocho años.

—En el fondo es la vieja cuestión de qué conviene más, si ser cola de león o cabeza de ratón. Eso lo elegís vos.

—Supongo que te entiendo —el Mono adoptó una expresión que le pareció el colmo de astuta.

—Te la hago corta —afirmó Salvatierra, e hizo una pausa teatral que al Ruso le dio tiempo de terminar de succionar la cáscara de limón y dejarla dentro del vaso vacío—: Vos tenés que comprar el pase de Mario Juan Bautista Pittilanga.

13

Durante casi todo un año, Fernando dedica todos sus esfuerzos a vender a Pittilanga. Siempre le ha chocado la expresión usada por muchos periodistas al referirse a las transferencias de jugadores. Suelen decir que tal o cual jugador ha sido "ofrecido" a este club, "ofrecido" a aquel grupo inversor, "ofrecido" al entrenador de más allá. Ese "ofrecimiento" a Fernando le suena a humillación, a usura, a explotación. Pero después de seis meses de fracasar con perfección exquisita, él también ofrece a Pittilanga como si fuera un juego de ollas o una rifa de la Sociedad de Fomento.

Al principio selecciona cuidadosamente a quiénes dirigirse. Acude a los pocos que conoce porque sus apellidos se escuchan en boca de los periodistas deportivos. El problema es que no lo reciben ellos, ni siquiera sus asociados ni sus auxiliares. Lo entrevistan muchachitos a los que el traje todavía les sienta mal por la novedad y la falta de costumbre, que disimulan el pánico a fuerza de cama solar, abundante gel para el pelo y celulares de funciones inverosímiles. Aprendices cuyo peso en la organización a la que dicen representar luce equivalente al de un bote de remos en la Armada Real de Su Majestad. Bien mirada, esa circunstancia no deja de ser una buena noticia, sobre todo al principio. Es tal la inexperiencia de Fernando, y tan absurdos sus titubeos, que resulta preferible padecerlos frente a esos imberbes tan improvisados como él mismo. La situación tiene su costado cómico: un profesor de Lengua intentando vender a un jugador en el que no cree, por un precio que no vale, a un fulanito que no quiere comprarlo, pero que de todos modos tampoco sabría cómo proceder en caso afirmativo.

Con el tiempo Fernando mejora. Abrevia las introducciones, adopta posturas corporales menos temerosas, restringe sus cortesías para que no se las interprete como síntomas de debilidad y aprende a inventarle virtudes a Pittilanga sin que le tiemble la voz. Sin embargo, para cuando lo logra ya es un lucimiento inútil. Ha descendido en la escala de potenciales compradores hasta el nivel de los improvisados, los bisoños y los caraduras. Lo peor del caso es que ni siquiera esa fauna se interesa por Pittilanga. Ni de lejos. Con frecuencia terminan ellos ofreciéndole jugadores, anteponiendo sus mentiras a las de Fernando, intentando encandilarlo con sus propios espejitos de colores.

Al principio había sido tanta su fe, o su desesperación, que prefirió pedir una licencia sin goce de sueldo en las escuelas para disponer de todo el día sin distraerse con clases o evaluaciones. Pero a medida que pasan los días y las semanas, sus ínfulas se reducen al ritmo de sus ahorros. Al cabo de un primer mes retoma su trabajo del turno mañana, aunque se consuela pensando que los empresarios futbolísticos atienden sus negocios sobre todo a partir del mediodía. A mediados del tercer mes se reincorpora a sus clases del turno tarde, apostando a pactar los encuentros a partir de las seis o las siete.

Tarde o temprano va a lograrlo. El triunfo está al caer, a la vuelta de la esquina, detrás de la próxima puerta de blíndex, enmascarado detrás de la sonrisa carmesí de la siguiente secretaria. Y después del triunfo, la venganza. La dulce venganza de llamarlo a Mauricio y decirle: “Preparame los papeles. Pittilanga está vendido”, y cortar casi enseguida, dejándolo a solas con su pasmo y su vergüenza. Y cuando crezca, y sea capaz de entenderlo y valorarlo, contárselo a Guadalupe. La nena pensará que su tío es un héroe. Esas imágenes, recreadas al infinito, lo consuelan con su inercia hasta el sexto mes, hasta que le resulta evidente que no es verdad, que nunca sucederá semejante cosa. Ni la venta de Pittilanga, ni la humillación de Mauricio, ni su victoria por escándalo, ni la mirada de asombro de su sobrina.

Sigue porfiando, porque nunca se le ha dado bien eso de reconocer defectos y equivocaciones. Cada vez con menos ímpetu, con más realismo, más consciente del desenlace, más hundido en el revoltijo de buscavidas que el mundillo futbolero tolera como resaca de sus vaivenes generosos.

A sus amigos los ve de tanto en tanto. Los cumpleaños de cada cual, los de sus esposas, el de las Rusitas, una cena por mes, los tres a solas. El equivalente, entre ellos, a no verse el pelo. Nadie dice nada de la discusión que mantuvieron en el café, ni de las cosas que se dijeron, ni de las que callaron, ni de las que pensaron después, cada uno por su lado. Nadie dice nada, tampoco, de Pittilanga y sus desventuras en Santiago del Estero.

En todo ese tiempo, Fernando consigue ver a su sobrina apenas cuatro veces. La ex del Mono está particularmente irascible, y hace todo lo posible por sabotear los encuentros. En tres de esas ocasiones lleva a Guadalupe a lo de su abuela. La primera vez es un poco difícil. Fernando tiene que apuntalar una y otra vez a su madre para que no se derrumbe, para que no se ponga a llorar a moco tendido enfrente de su nieta. Los otros encuentros son más relajados. Lástima que sean tan pocos, que la madre de la nena lo ponga todo tan difícil.

La cuarta vez que logra que Lourdes lo autorice a llevarse a Guadalupe coincide con el cumpleaños de las Rusitas: Fernando la lleva a lo del Ruso para que los demás la vean, para que compartan, para que los lazos no se corten, si aún no se han cortado, teme Fernando, a la vuelta, de noche, mientras Guadalupe duerme en el asiento trasero durante el viaje hasta su casa.

En uno de esos encuentros infrecuentes que sostienen entre ellos tres, el Ruso propone ir juntos a la cancha. Fernando duda, pero Mauricio se apresura a decir que no, que con cómo está jugando Independiente no dan ganas ni de sacar el auto del garaje. El Ruso, que es de cansarse rápido, le da la razón y Fernando se siente un idiota por su vacilación inicial, por saber en el fondo que si Mauricio hubiera dicho que sí él se habría tragado el orgullo, los reclamos, todo lo que tiene atragantado desde la última vez que discutieron, y habría ido también.

Durante ese otoño y ese invierno no llueve casi nunca. Las canchas del Torneo Argentino A lucen como potreros miserables, sin pasto más allá de las esquinas. El Ruso, un poco en broma un poco en serio, interpreta la sequía como una prueba a la que Yavé ha decidido someterlo. En abril ha cerrado un lavadero en Morón y en junio otros dos en Castelar. Con el Cristo están seguros de que han llegado al punto de inflexión de la tendencia. Imaginarse a los dos inimputables, *joystick* de Play Station en mano, analizando las variables macro y micro de su negocio, a Fernando a veces lo mueve a la risa y a veces a la angustia. Entonces se miran con Mauricio, por encima de los ademanes con los que el Ruso sazona sus análisis, y se guiñan una complicidad que en el fondo a Fernando le da bronca, porque está seguro de que, en su ausencia, Mauricio debe intercambiar el mismo gesto de conmiseración y piedad con el Ruso para condenar sus propias intentonas.

Mauricio anda como siempre, es decir, cada vez mejor. En el estudio le aumentan el sueldo, y le dan a entender que su ascenso a la categoría de socio es inminente. Fernando y el Ruso no le preguntan en cuánto le aumentan el sueldo, pero la realidad les brinda una idea aproximada cuando lo ven llegar al cumpleaños de las Rusitas en un Audi negro que ellos jamás han visto afuera de una concesionaria. En septiembre a Mauricio se le ocurre llevar flores al cementerio, porque el 12 habría sido el cumpleaños del Mono. Fernando está a punto de decir que no, de pura bronca. El tipo está disponible para esos homenajes póstumos que no sirven para nada, pero es incapaz de poner el hombro para lo que sí valdría la pena. Fernando supone que también le revienta que se le haya ocurrido a Mauricio y no a él, siendo el hermano mayor del fallecido. De todos modos, como al Ruso le parece una idea brillante Fernando tiene que meter violín en bolsa y decir que sí.

Para peor el 10 de septiembre empieza a llover y no escampa hasta la noche del 13, y la imagen del cementerio así, todo gris y embarrado, le parte el alma. Y aunque no lo habla con los otros, está seguro de que a ellos les provoca la misma desazón.

Salto

—No me parece, Mono.

—¿Qué es lo que no te parece?

—Que te metas a hacer negocios con Salvatierra.

—Pará, que yo no dije que vaya a hacer negocios con él.

—No me tomés de boludo, Mono. Me lo acabás de decir.

—Yo te pregunté si te acordabas de él.

—Ah, sí. Me preguntaste para ejercitarme la memoria. No me jodas.

—Ponele que lo pensé. ¿Qué problema hay con el Polaco?

—¿Me preguntás en serio?

—Absolutamente en serio.

—Estuvo preso, Mono.

—Pero no por estafador.

—No, es verdad. Por robo de autos, drogas y no sé qué más.

—Pero no lo condenaron.

—Estuvo dos años guardado, Monito. No podés estar hablándome en serio.

—¡Dos años sin condena, Fernando!

—¿Y vos cómo sabés? Te lo dijo él.

—Sí, ¿y qué?

—No seas inocente, Mono. ¿Qué te va a decir?

—¿Y por qué no me puede decir la verdad?

—Bueno. Suponete que te dijo la verdad. Igual estuvo en cana.

—¿Y qué tiene que ver? ¿Entonces alguien que estuvo en cana no tiene derecho a hacer nada cuando salga?

—Yo no dije eso.

—¿Y cuando vos dabas clase en la cárcel? ¿Por qué dabas clase? ¿A ver?

Fernando demoró su contestación, como para detener el vértigo de una conversación cuyo sentido había perdido por completo.

—¿De qué estamos discutiendo, Mono?

—De que yo lo quiero contactar al Polaco Salvatierra y a vos te parece mal.

—A ver, Mono. Atendeme. Vas a cobrar una montaña de guita. En lugar de meterla en el banco la querés arriesgar comprando un jugador, o algo así.

—¿Meterla en el banco? ¿Me estás jodiendo? ¿Vos viste lo que pasó con el corralito? Este tipo vive en un frasco de mayonesa —dijo, dirigiéndose al Ruso, que presenciaba el contrapunto en silencio.

—Ponele que en el banco no —concedió Fernando—. Pero de ahí a tirarla a la marchanta.

—¿Y quién te dijo que comprar un jugador es tirarla a la marchanta?

—Porque no tenés ni idea de ese mundo, Monito.

—Mentira. Sí que tengo. Viví durante años en ese mundo.

Fernando pensó que no. Que su hermano había vivido en la periferia, en los suburbios, en la antesala de ese mundo. Y que cuando le tocaba dar el paso decisivo para entrar le habían cerrado la puerta en la cara. Y eso era parte del problema. En el entusiasmo del Mono, en el apuro, en la vehemencia, había una dosis de revancha, de cuenta pendiente. Pero no le daba el corazón para decírselo.

—Ponele que sí. Que es cierto que tenés idea. ¿Por qué no enfilás para otro lado? ¿O te pensás que Salvatierra es el único tipo que te puede conectar?

—¡Justamente! —dijo el Mono saliéndose de la vaina, como si la discusión hubiera recalado en el punto exacto donde él quería que lo hiciera—. Es el tipo justo, en el momento justo.

—No te entiendo.

—Salvatierra se pasó dos años en cana. Pero todavía tiene un montón de contactos y de jugadores.

—Ay, Mono. ¿Vos te creés que en dos años en gayola no se le habrán esfumado todos los contactos y los jugadores?

—Todos no. Hay contratos. Vencimientos. No me pongas esa cara, Fernando. Es así. Ya lo averigüé.

—¿Lo averiguaste con quién? ¿Con el Polaco?

—No, con otra gente.

—¿Y por qué no negociás con esa otra gente?

—Porque la ventaja del Polaco es precisamente lo mal que está —se giró hacia el Ruso—. ¿Tan difícil de entender, es?

El Ruso no opinó. Eran cuestiones de familia. Además, él no necesitaba que el Mono lo convenciera. Ya estaba convencido.

—Me parece un riesgo.

—Te lo acepto. Es un riesgo. Pero si el riesgo es grande, la ganancia también. Y además, otra cosa.

—¿Qué?

—¿Vos te pensás que si multiplico esa guita la guacha de Lourdes me va a poder hacer quilombo para verla a Guadalupe?

—Monito: ahora también tenés guita. Y los quilombos los tenés igual.

—Sí. Pero si tengo mucha más guita —Fernando hizo un gesto para frenar la escalada pero el Mono alzó la voz, para no ser interrumpido—, si tengo mucha más guita capaz que hasta me quedo con la tenencia de la nena, ¿entendés?

Fernando miró a su hermano. Estaba equivocado. Por más que juntara más guita, no iban a darle la tenencia. Lourdes era una hija de puta redomada, pero con la nena se portaba bien. Por más que le costara reconocerlo —porque la aborrecía—, tenía que aceptar que era una buena madre. O al menos —porque para ser buena madre tendría que actuar bien con el padre de la nena, es decir con su hermano, y no lo hacía ni por putas— se ocupaba de Guadalupe. De un modo egoísta, de un modo que buscaba excluirlo al Mono todo lo posible. Pero ningún juez iba a detenerse en eso. O tal vez sí, y Fernando era un incrédulo y un derrotista, y le estaba pinchando el globo a su hermano sin el menor derecho ni fundamento.

El Mono volvió a sentarse frente a Fernando. Lo miró directo a los ojos.

—¿Y si ese salto puedo darlo? ¿Y si ese salto lo doy con el Polaco?

14

Cuando se cumplen diez meses de tentativas inútiles, Fernando opta por un giro dramático. Nada de seguir descendiendo por la lúgubre pirámide cruenta de empresarios, intermediarios y supuestos inversores. Ya es suficiente. Está harto de entrevistarse con tipos mal vestidos, peor bañados. Tipos que proclaman a los gritos su derrota, su incapacidad, su desgana. No necesita ningún libro de autoayuda (aunque en esos meses ha leído unos cuantos, sobre todo una colección estadounidense destinada a pequeños empresarios emprendedores) para advertir lo obvio: si vuela a altura tan escasa, es natural que se cruce sólo con esos pajarracos vencidos.

No, señor. Debe volver al principio. Ahora que está fogueado, ahora que entiende los tiempos de una entrevista, sus delicadas estratagemas, sus cuidadosas sinuosidades, tiene que volver a golpear la puerta grande y obligarlos a que la abran. Nada de conformarse con cortesanos de cuarta categoría. Tiene que apuntar a los capos. A los que cortan el bacalao. Así, sin vueltas ni remilgos. Fernando no está ofreciendo la mercadería podrida que otros intentan vender alrededor de él. Fernando lo tiene a Mario Juan Bautista Pittilanga. Un pibe de veintiún años en la flor de la edad. Un delantero con cualquier cantidad de goles en sexta y en quinta. Un seleccionado del juvenil Sub-17 del Mundial de Indonesia. Un pibe que alternó en la Primera de Platense durante casi toda una temporada. Ahora está jugando mal, es cierto. Está excedido de peso, también. Está sufriendo el ostracismo de jugar en un torneo del Interior de tercera categoría. Mala suerte. Pero sigue siendo un jugador con un futuro enorme. Por algo lo compró el Mono, pagándolo lo que lo pagó. Por las mismas razones por las que ahora Fernando conseguirá venderlo.

Así que de vuelta a empezar por el principio. Directo al empresario más influyente de todos. Mastronardi, qué carajo. Consigue una entrevista para un jueves a las diez de la mañana. Aduce en la escuela que está enfermo y promete llevar luego un certificado médico. Se viste correctamente. Lleva su portafolios, una carpeta con información de Pittilanga, un DVD con las mejores jugadas de Pittilanga en Presidente Mitre, que incluye los dos goles que lleva hechos en la temporada.

Mastronardi no lo recibe a solas, sino con dos de sus asistentes. Fernando se felicita íntimamente. La cosa viene en serio. Les interesa el asunto. Tal vez están arrepentidos de haberlo rechazado hace casi un año. Mastronardi le tiende una mano blanda, desagradable. No importa. Lo esencial es ser claro, directo, conciso y convincente. Fernando puede serlo. En quince minutos hace una síntesis de la biografía de Pittilanga, de sus virtudes, de sus potencialidades. No omite sus puntos flacos, porque está convencido de que, si realmente se han interesado como para darle una entrevista, habrán hecho sus propias averiguaciones. Mejor confirmarlas que desmentirlas. Convencerlos desde la franqueza de que es una buena oportunidad, un excelente negocio. Llega el momento de hablar de cifras. Fernando se siente un jugador de póker con una buena combinación de naipes en las manos.

En un rapto de inspiración decide que no va a pedir los trescientos mil que pagó el Mono. "Cuatrocientos mil dólares", dice. "O trescientos mil por el cincuenta por ciento." Lo dice con la mirada bien sostenida en la de Mastronardi. Después mira a los otros dos, que lo observan atentos y serios. Mastronardi golpea un par de veces con su lapicera sobre el escritorio. Suspira. Mira a sus ayudantes, que le devuelven un gesto hermético. Vuelve a encararse con Fernando. Dice que tiene que pensarlo, que programen otra reunión para dentro de unos días. Fernando se atreve a pensar que sí, que lo que está sucediendo es aquello para lo que lleva diez meses preparándose. De modo que dice que no, que lamentablemente no puede esperar porque tiene otras ofertas, que necesita llevarse hoy mismo una respuesta.

Mastronardi abre mucho los ojos y voltea hacia los suyos. De nuevo la mirada inescrutable. Le pide que por lo menos les dé unos minutos para pensarlo a solas. Fernando siente una mezcla tal de tensión y algarabía que a duras penas se contiene de gritar. Se pone de pie, asiente y saluda con un gesto.

Vuelve a la antesala y le pregunta a la secretaria dónde puede encontrar un baño. Ella indica que Mastronardi tiene uno en la oficina que acababa de abandonar, pero Fernando prefiere dejarlos deliberar sin interrumpirlos. La mujer sugiere que use el del pasillo, que está más allá de los ascensores, pero que tenga cuidado porque hay albañiles trabajando y materiales dispersos.

Fernando sigue las indicaciones, doblando dos veces a la izquierda en sucesivas bifurcaciones. Es cierto lo de los albañiles y sus trastos. Se abre paso hasta los mingitorios atravesando un revoltijo de cajas de cerámicos, baldes sucios y bolsas de material. Mientras orina piensa que falta poco, aunque parezca mentira. Lo sobresaltan unas voces, unas risas estentóreas. Alza la cabeza. La pared del fondo del baño no existe. Provisoriamente la reemplaza un enchapado de durlock, que ni siquiera llega hasta el techo. Se escucha correr el agua de un lavatorio. Y las voces de varios hombres, que ríen a pata suelta.

—Es una cosa impresionante. Lástima no haberlo filmado.

Fernando se queda de una pieza, porque esa es la voz de Mastronardi. Por una combinación de razones arquitectónicas difíciles de creer, el baño de su oficina es contiguo al que Fernando está ocupando, y puede asomarse a la intimidad de sus deliberaciones. Lo celebra con astucia: una ventaja adicional con la que no contaba y que lo llena de júbilo. Se dispone a escuchar sin perder palabra.

—A mí me lo había dicho Becerra, el que labura con Leonetti.

Es la voz de uno de los auxiliares.

—Yo también te conté, Luciano. Lo que pasa es que no te acordás.

Ese es el otro. Fernando sigue escuchando.

—Ahora: lo que no se le puede negar es el entusiasmo —retoma Mastronardi.

—¡La fe! El tipo se tiene una fe ciega.

—No puede ser, Luciano. Es una pose.

—¡Nada que ver, jefe! —tercia el primero de los dos—. Yo lo entrevisté hace una pila de meses. Por eso los llamé. No tiene desperdicio.

Ahora Fernando entiende por qué la cara de uno de los ayudantes le resultaba familiar. Pero no tiene tiempo ni energía para pensar en eso. A gatas puede seguir escuchando.

—Estuvo impactante. ¿Cómo fue que dijo? —Mastronardi imposta la voz—. "Cuatrocientos mil dólares. O trescientos mil por el cincuenta por ciento."

Otra vez se lanzan a las carcajadas. Fernando se apoya en la pared. Pero se siente tan débil que termina sentándose sobre una pila de bolsas de cemento.

—¿No tendremos un lugar en la empresa para él, jefe?

—Ni en chiste, nene.

—¡Piense que en los últimos meses el tipo se ha vuelto casi famoso! En cualquier momento lo vemos en los programas televisivos de chimentos.

Más risotadas. Mastronardi habla más bajo, pero igual se lo escucha perfectamente.

—Che, bajen la voz que los va a oír. Vos sabés que algo me habían contado del tipo este. Parece que es maestro de escuela, o algo así.

—¿Y qué hace vendiendo un jugador?

—Y yo qué sé. Evidentemente el fútbol da para todo. Cualquiera está para cualquier cosa. No sé dónde vamos a parar.

—¿Y qué le va a decir, jefe?

Nuevas risas, ahora contenidas.

—Mirá. Qué querés que te diga. Por un lado me da un poco de pena, pero no me quiero perder la cara de éxito si le decimos que cerramos la operación. ¿Te lo imaginás?

—¡Noooo!

—¿Lo llamo?

—No, no. Aguantá un toque más. Cuanto más lo hagamos esperar más nervioso se va a poner.

—Podemos decirle que no estamos decididos… que sufra un poco.

—¡Ja! ¿Y si nos hacemos los que discutimos entre nosotros, a ver qué hace?

—Puede ser, puede ser. Servite unos cafés, Hornos. En dos minutos lo llamamos.

Fernando se levanta y camina hasta la puerta. Aunque es de vaivén, no se cierra a sus espaldas porque se traba en unos escombros. Se deja ir por el pasillo, dobla una vez a la derecha y llama al ascensor. En la planta baja se abre paso entre los que esperan subir y camina con pasos ausentes hacia la entrada del edificio. Alguno se lo queda mirando, un poco por su expresión de fantasma enfermizo, y otro poco porque les llama la atención la enorme mancha blanquecina de cemento que tiene su traje a la altura del trasero.

Amor

Como en tantos otros asuntos, el único de los amigos del Mono que estuvo de acuerdo en que se fuera a vivir con Lourdes fue el Ruso. Fernando hizo todo lo posible por disuadirlo y Mauricio, que en esa época estaba pasando por lo más sacrificado de su derecho de piso en Williams y asociados (trabajaba sábados, domingos y feriados), apenas intervino en los debates.

El Mono la conoció cuando empezó a trabajar para los suizos. Lourdes era supervisora en el área de producción del laboratorio, y de vez en cuando tenían que reunirse para acordar criterios y afinar estrategias. El Mono la encaró en el cuarto o quinto encuentro, y la invitó a salir.

Por desgracia —había de sostener Fernando desde entonces— la tal Lourdes le dijo que no. Y fue una desgracia porque en esa época el Mono pegaba buen levante y se había desacostumbrado a los rechazos. Si ella le hubiera dicho que sí —se amargaría Fernando en el repaso inútil de aquellos sucesos— el asunto no habría pasado a mayores. Una o dos cenas, cama en el mejor de los casos, y a otra cosa mariposa. Al fin de cuentas era una linda chica, pero distaba de ser inolvidable. Pero al Mono la negativa de la doncella le acicateó el orgullo y le agigantó las expectativas. Y como el "no" se lo dijo con ojos tristes de vaya-uno-a-saber-qué-doloroso-enigma-guarda-ese-corazón, al Mono esa mujer se le convirtió en una obsesión, un poco porque le entusiasmaban los proyectos imposibles y otro poco porque, como a casi todos los hombres, le fastidiaba mucho que le dijeran que no.

La cortejó, la asedió, la sedujo, la conversó, la esperó, la atrajo, la cautivó, la convenció de la profundidad de sus sentimientos y la seriedad de sus intenciones, hasta que Lourdes le aceptó una invitación a cenar.

El Mono, jubiloso, se aplicó a preparar la salida como si se tratase del asalto a la fortaleza de Curupaytí y no dejó aspecto sin planificar, desde la loción para después de afeitarse y el restaurante preciso, hasta las flores silvestres y la sobria elegancia de la ropa interior, y si no incluyó una serenata de mariachis fue porque le pasaron el dato demasiado tarde y los músicos habían aceptado un festejo de bodas de plata en Lomas del Mirador.

No obstante, la noche romántica que el Mono había planeado hasta en sus minúsculos incidentes no arrancó del mejor modo. Porque Lourdes, cuando su fragante pretendiente la invitó a sincerarse, a que le contara de ella, a que le abriera su corazón a la luz de las velas (mientras el Mono secretamente se convencía de que jugarla de profundo y comprensivo le garantizaba otras futuras y venturosas aperturas), se lanzó a contarle la trágica historia del amor que la unía a Ianich Letoin, uno de los ingenieros suizos de la firma. El tal Letoin no sólo era suizo, gordito, rubicundo y blanduzco —pensó el Mono mientras escuchaba a la damisela— sino también casado —como informó Lourdes entre hipos desolados.

Cuando Fernando, al día siguiente, se enteró de los pormenores del encuentro, le dijo que una mina así no le convenía, que era para quilombo, que mejor se buscara otra. Pero no hubo caso. El Mono estaba perdido de amor por la fulana esa. Y encima andaba por los aires, porque la larga tarea de escucha y ablande que debió padecer en la primera parte de la noche se trocó en un sinnúmero de ternuras en la segunda, con lo que el Mono se consideró más que bien pagado, y el más feliz de los hombres.

15

Fernando llega a su casa, deja la mochila y la campera de cualquier modo sobre la mesa de la cocina, orina con la puerta abierta, vuelve a la cocina y pone la pava para el mate. Busca en la agenda telefónica y marca un número. Le responden enseguida.

—Palmera Producciones, buenas tardes.

Fernando puede imaginar la escena. Nicolás —dueño, gerente, secretario y trabajador único de Palmera Producciones— en calzones y remera, encorvado sobre su computadora, jugando algún juego en red con un número indeterminado de inservibles como él, contesta el teléfono sin dejar de prestar atención a lo que ocurre con los monstruos de la pantalla.

—Hola, Nicolás. Te habla Fernando, el de los partidos de fútbol.

—Ah... sí, Fernando. ¿Qué decís?

De fondo, lejanamente, se escucha el frenético tecleo de Nicolás. Una de dos: está programando un sistema a la velocidad del rayo mientras conversa con Fernando o algún dragón desmesurado está a punto de comérselo en el universo virtual de su jueguito. Segunda opción, seguro.

—Te llamo por el asunto de trucar los goles. ¿Te acordás?

Pausa, mientras el imbécil rebobina. Enseguida vuelve el tecleo. Se ve que se acordó, y que el dragón sigue atacándolo.

—Sí, padre. Perfecto. Te lo están desarrollando los pibes estos de los que te hablé. Debe faltar poco y nada.

Fernando suspira. No es culpa de Nicolás. Él mismo es el imbécil. Dos mil cuatrocientos mangos tirados a la basura. Peor. Dos mil cuatrocientos mangos para que el idiota de Nicolás pueda vegetar a sus expensas.

—Bueno. Atendeme.

—Te escucho, flaco.

—Seguro que vos tenés los videos en VHS, yo te dejé una copia de todo.

—Ehh, sí, por acá debo tenerlo.

—Bueno, necesito que los juntes.

—Okey.

—Y tenés unos discos compactos con los trucos que vos les metiste —"esos que parecen una película de ciencia ficción de los años cincuenta", piensa Fernando—. Y unas planillas con datos que te acerqué la vez pasada.

—Sí, padre. Eso lo tengo todo.

—Bueno, necesito que los juntes también.

—Hecho.

—Y cuando te entreguen estos muchachos lo que están haciendo ellos…

—Sí, la otra truca, la definitiva. Eso me lo mandan todo en DVD.

—Macanudo, en DVD. Bueno, vos juntalo todo, casetes, planillas, DVD, ¿sí?

—Lo junto, vos tranquilo.

—Y cuando lo juntes necesito que me hagas un favor.

—Decime.

—Metételos bien en el orto.

Consejos

¿Quién te asegura que es tuyo, Mono?, le preguntó Mauricio con esa salvaje sinceridad con que trataba los problemas ajenos, como si le restaran tiempo para atender a las cosas importantes. El Mono, confuso, miró a Fernando y al Ruso, que de repente habían preferido dejar los ojos bajos o vueltos hacia la calle.

En el fondo, la pregunta era atinada. Cruel, pero atinada. El Mono los había reunido de urgencia, porque tenía novedades impostergables. Lourdes estaba embarazada, de dos meses para ser exactos, y le había propuesto que se fueran a vivir juntos. Fernando, reprimiendo las ganas de abofetearlo, le había preguntado si se cuidaba al tener relaciones. El Mono primero contestó que sí, después que no, y después que más o menos, con una cara de asombro y desorientación parecida a la que Fernando veía en sus alumnas cuando les hacía la misma pregunta. Pero sus alumnas tenían quince años y no treinta, como el idiota de su hermano menor.

Y en el silencio que sobrevino Mauricio hizo esa pregunta envenenada que, bien en el fondo, los tres se estaban formulando, o los cuatro, porque el Mono demoró en responder y cuando lo hizo dijo "creo que sí". Y en ese "creo" entraban todas las dudas, propias y ajenas. Entraba que Lourdes no había dejado de ver al suizo, que su relación con el Mono se mantenía en los márgenes de la legalidad, que sus encuentros tenían la dosis de caos y de secreto y de improvisación como para que no pudiera estar seguro de nada, que no quedaba claro en calidad de qué iban a compartir un techo, que la tal Lourdes era el monumento a la indefinición y la vaguedad y el no estoy segura de nada, y que así las cosas ni Mauricio ni mucho menos Fernando estaban de acuerdo con que se fuera a vivir con ella.

El Ruso fue el único que dijo que sí, que le diera para adelante. Y cuando Fernando le preguntó por qué, el Ruso dijo porque la quiere. Y lo dijo sin darse vuelta, sin encararse con ellos, ni con Fernando que lo miraba con furia ni con el Mono que lo hacía con gratitud, porque en el fondo el Ruso tampoco estaba seguro de qué era lo que le convenía a su mejor amigo. A duras penas sabía lo que el Mono deseaba, que era conquistar del todo a esa mujer, tenerla para él por completo, y lo conocía tanto que sabía que el Mono estaba seguro de que sí, de que si vivían juntos se disiparían las dudas y las indefiniciones de Lourdes y su amigo sería feliz.

16

Diga lo que diga el imbécil de Fernando (que con su mezcla de idiotez y mesianismo es incapaz de ver más allá de su ombligo y los problemas originados en ese ombligo), Mauricio atraviesa un momento delicadísimo.

Contrariando todas las normas de la prudencia y el sentido común, ha dejado almacenados en su teléfono celular los mensajes que le envía Soledad, su secretaria devenida amante ocasional devenida amante cotidiana devenida no te dejo respirar ni a sol ni a sombra. Al principio los archiva porque le generan orgullo, una satisfacción de picaflor empedernido. Pero con el correr de las semanas y los meses, cuando Soledad se va tornando una costumbre cada vez más asumida, más previsible, más costumbre, Mauricio toma la decisión de ir cerrando el capítulo me-acuesto-con-esta-chica del modo más indoloro posible. Y es entonces cuando lo traiciona su espíritu forense. Sospecha (Mauricio siempre sospecha, de todo, y siente que en general acierta) que Soledad puede ser menos proclive al rompimiento de lo que sería deseable. Y si Soledad se pone reticente, la cosa puede terminar en escándalo. En esa línea, no es descabellado pensar que pueda meterle una denuncia por acoso sexual. Al fin y al cabo, Mauricio es su jefe. Y es entonces cuando se le ocurre la idea fatal de archivar los mensajes para utilizarlos, llegado el caso, como prueba de que nadie está obligando a esa jovencita a encamarse con él.

Mauricio habla con Soledad, alguna lágrima, algún reproche tibio, algún amague de redefinir frecuencias e intensidades, algún conato de arrepentimiento, nada grave, pero al final hay un adiós en términos afables, la sangre no llega al río. Pero como con las mujeres nunca se sabe, conserva los mensajes. Para esos días le llueven un montón de vencimientos en la causa de Naviera Las

Tunas, que es la más compleja de las que tiene entre manos, y su vida se convierte en un caos de audiencias, entrevistas, almuerzos, cenas y noches en el estudio hasta las mil y quinientas. Soledad es un recuerdo, pero quiere la mala suerte que Mariel —que tiene mucho tiempo libre para pensar en pavadas— empiece a perseguirse con la posible infidelidad de su legítimo. Y en un descuido le revisa el celular y le encuentra cuarenta y siete mensajes de Soledad que no dan lugar a demasiadas dudas sobre el carácter personalísimo que ha adquirido el vínculo abogado-asistente.

Sobreviene el caos. Mauricio sale de la ducha y se topa con Mariel que, celular en mano, exhibe la prueba del delito. Delito que, bien mirado, ya no es tal (piensa Mauricio mientras Mariel le grita con el rostro desencajado), ya que su conducta encuadra más bien en la figura de desistimiento voluntario, porque si bien es cierto que Mauricio se estuvo encamando con su secretaria, ha desistido de esa conducta con antelación a la rabieta de su mujer. Mauricio está convencido de que, si eso fuera derecho penal, no habría problema simplemente porque no hay delito. Lástima que Mariel no parece dispuesta a tomar en cuenta esos argumentos, y muy por el contrario le pega unos cuantos golpes débiles que a su marido le provocan menos daño que sorpresa, y después la emprende a los gritos por toda la casa a punto tal que ahora sí Mauricio se alarma porque tarde o temprano van a escuchar los vecinos. Pero Mariel no entiende razones. Peor, cuanta más prudencia pide Mauricio más desaforados son los gritos y los insultos de Mariel.

Mauricio duerme esa noche y las diez siguientes en la habitación de huéspedes, que en realidad es la habitación que destinaron al primogénito —que todavía no concibieron—, pero ese es otro problema, o el mismo, porque Mariel le grita que va a suspender el tratamiento de fertilidad que está haciendo desde hace seis meses, porque al final él es un hijo de puta o qué se cree, que ella va a andar sometiéndose a todos esos estudios y pinchazos y vejaciones para darle un hijo y todo para qué, para que el muy hijo de puta se ande cogiendo a la primera chirusa que se le cruza en el camino, y Mauricio se limita a callar y esperar que se le pase, pero transcurren dos días y no le dirige la palabra, y otros tres y sigue sin mirarlo, y lo único bueno es que no hace amagos de llenar una valija con sus cosas y mandarse mudar, y Mauricio tiene tiempo de preguntarse qué quiere él, qué quiere hacer con ese matrimonio, porque esa es la pregunta pertinente. Al principio, los primeros dos o tres días, se pregunta qué siente por ella, si la quiere o no, si la ama o no, pero esas no son preguntas que a él le guste contestar, porque en el fondo no vienen al caso. Lo que importa es lo concreto, lo que se hace y no lo que se siente. Y si hay algo de lo que Mauricio está convencido —y esos días durmiendo en la otra pieza y comiendo solo en la cocina se lo confirman hasta el hartazgo— es de que él no quiere separarse, no piensa atravesar el fracaso de un divorcio. Seguirá casado con Mariel cueste lo que cueste y caiga quien caiga, porque le gusta la vida que tiene y esa vida incluye ciertas posesiones y ciertas estabilidades, y para ejemplo de tipo solo lo tiene a Fernando que se casó y al tiempo se separó, y después no fue capaz de armar nada más o menos serio. Y si hay algo o mejor dicho alguien que a Mauricio le sirve de ejemplo ese es Fernando, ejemplo por la contraria, ejemplo por la negativa, porque la vida de Fernando es lo último que Mauricio quiere ver, quiere tener y quiere vivir.

Al décimo día Mariel acepta cenar a la misma mesa y conversar después, y Mauricio se da cuenta de que es ahora o nunca, es un partido que tendría que tener perdido pero tiene una chance de que no, un penal en el último minuto, y si lo tira afuera no hay nadie más a quien echarle la culpa, de modo que se sienta con toda su prudencia y toda su templanza dispuesto a negociar una salida digna de esa crisis.

Mariel le dice que la única manera de que lo perdone es que le prometa que nunca más en la vida y él que sí, que lo promete, que nunca más. Que ya mismo la echa a esa chirusa de la oficina y que no le quiere ver más el pelo y él dice que momentito, que no es tan simple. Mariel pestañea un tanto perpleja, porque no espera que Mauricio empiece a poner objeciones en la segunda cláusula, pero su marido le dice que lo piense bien, que no se deje llevar por la rabia y el despecho, porque si la piba quiere le puede hacer un juicio por acoso, y es decir esas palabras y toda la aparente calma de Mariel se van al tacho y empieza de nuevo con gritos e imprecaciones, pero Mauricio consigue frenarla diciendo que piense, que piense, que se tome un segundo, y que se dé cuenta de todo lo que tienen para perder. Porque están en un momento económico de crecer, de progresar, a él están por hacerlo socio en el estudio, y un escándalo como este puede arruinarlo todo, y es mucho más razonable conversar con alguno de los otros abogados y proponerle un trueque de asistentes, y está a punto de decir que eso se usa mucho pero se contiene a tiempo y menos mal, porque si no Mariel se haría la idea de que todos los abogados de la firma son una banda de mujeriegos que se andan pasando las secretarias una vez que se las cogen pero menos mal que no lo dice. Y Mariel pone cara de duda y Mauricio sabe que eso es suficiente, que esa duda alcanza, que tendrá el tiempo de acomodar los tantos en la oficina con el mínimo dolor de cabeza posible. Y la tercera condición, dice Mariel, es que hagan terapia de pareja para superar esta situación. Y Mauricio por un momento se olvida del real equilibrio de fuerzas y dice que no, que ni loco, que no va a andar gastando plata en una pelotudez como esa, pero basta que Mariel empiece de nuevo a los llantos y a los gritos para que a Mauricio le caiga la ficha de que no tiene margen de maniobra, de que hay un tiempo para sembrar y otro para cosechar y este es el momento de sembrar, o de aguantar, y decir que sí, aunque lo horrorice la mera posibilidad de andar contándole sus cosas a un desconocido o, peor, a una desconocida, pero Mauricio dirá que sí, que bueno, que está bien, que van a hacerlo, que cualquier cosa con tal de que ella lo perdone y vuelva a ser la de siempre.

Y la conversación termina ahí, Mariel levanta los platos y se pone a lavarlos y Mauricio por acto reflejo levanta la mesa y la sigue pero ella no está dispuesta a nada más por esta noche, y se lo deja claro cuando él se acerca en ademán de abrazarla, ella le clava los codos y lo mira con furia, y Mauricio entiende que todavía falta, que ha sido demasiado optimista, que todavía le faltan unos cuantos días de dormitorio de huéspedes y comidas en silencio y, aunque no quiera ni pararse a considerarlo, bien cabe la posibilidad de que Mariel se ponga insobornable con eso de la terapia de pareja, que lo enarbole como condición *sine qua non* y ahí Mauricio está frito, pero no lo quiere ni pensar, y se le hacen las mil y una dando vueltas en esa cama en la que duerme mal y se levanta con la espalda entumecida, y maldita la hora en que se le ocurrió guardar los mensajes de la pelotuda de Soledad, que al fin de cuentas no estaba tan buena, o sí lo estaba, pero no hay polvo que justifique después tener que apechugar con semejante quilombo.

Decepción

No siempre el afecto más profundo es garantía de nada, ni a la hora de establecer una pareja ni a la de dar un consejo certero. Lo primero lo comprobó el Mono a los dos o tres meses de convivir con Lourdes, y lo segundo lo corroboró el Ruso para la misma época, cuando se dio cuenta de que se había equivocado al apoyar el deseo del Mono de irse a vivir con ella.

No hubo semana, en los catorce meses que compartieron la misma casa, en que no protagonizaran alguna discusión en la que se sacaran de quicio y se gritaran cosas espantosas. Ni hubo semana en la que no pasaran varios días enterrados en un silencio fúnebre, sin mirarse a los ojos ni dirigirse la palabra. Por supuesto que tuvieron algunos días buenos, algunas reconciliaciones apoteóticas, pero no los suficientes como para compensar los gritos y las distancias.

Y mientras tanto, el embarazo siguió adelante y la panza fue creciendo. Más de una vez Fernando se asombró de la tenacidad de la naturaleza. Lourdes y el Mono se odiaban casi siempre. Los pocos hilos que los unían se iban cortando sin chance de reparación. Pero el hijo que crecía en el vientre de Lourdes maduraba hacia el momento de nacer con la prepotente perseverancia de su impulso, ajeno a la tempestad desatada entre quienes habrían de criarlo.

17

—¿Te puedo preguntar algo, Fer?

Están apoyados contra la vidriera del lado de afuera, y a Fernando lo intranquiliza que estén ahí. No es comerciante —nunca lo ha sido— pero tiene escuchado mil veces que si uno tiene un negocio, jamás de los jamases tiene que pararse en la puerta sin hacer nada, porque está dando a entender que no tiene nada que hacer porque nadie entra al local a comprar nada. No sabe cómo decírselo al Ruso sin sonar ofensivo o magistral. Pero por otro lado no puede sacárselo de la cabeza. Por eso hace cinco minutos le propuso entrar a la oficina a tomar mate —el Ruso dijo gracias, pero no— y hace uno le propuso entrar a ver cómo juegan a la Play Station el Cristo y Molina, bajo la atenta supervisión del Chamaco. Pero el Ruso de nuevo se negó. Y a Fernando lo pone nervioso esa pasividad, esa indolencia. Y su exhibición pública. Cada auto que pasa, cada transeúnte, los ve a los dos ahí, sin nada que hacer, en la vereda de ese lavadero vacío. Y con el día precioso que hace.

—¿No querés que vayamos adentro? —insiste Fernando. Tal vez ahora sí el Ruso acepte.

—No, acá estamos bien —responde su amigo, y Fernando traga saliva. Al final tiene razón Mauricio cuando lo acusa de neurótico. Pero no puede sacarse de la cabeza que tienen que salir de ahí.

—¿Y si damos una vuelta manzana? —propone.

—Eh... bueno —acepta el Ruso, con cierta perplejidad.

Ahora sí. Que le pregunte lo que quiera. Es todo oídos.

—¿De qué querías hablar?

—Cuando... cuando vos te separaste de Cristina...

Es el turno de Fernando para la vacilación. ¿A qué viene el Ruso con ese tema?

—Sí, qué pasa —responde con cautela.

—No... yo me preguntaba —al Ruso le cuesta entrar en materia—... pensaba, ¿no? Cómo... cómo fue que lo decidieron, que llegaron a eso, digo...

Fernando, que camina con las manos en los bolsillos del vaquero, se rasca un muslo a través de la tela.

—¿Tan mal están con Mónica, Ruso?

—No, tan mal no estamos —dice el Ruso, pero su voz tiene tantas dudas que se nota que miente—. O sí, no sé. Ni me habla, boludo. No sé qué hacer.

Dan vuelta la esquina. Fernando ve una piedra en la vereda. Redonda, no muy grande. Un poco más allá hay un poste de teléfono. Se aproxima con una carrerita y le pega a la piedra pensando que si logra pegarle al poste, gana. No sabe qué, pero gana. Le erra por poco.

—Pero eso no significa que te vayas a separar, Ruso. ¿O vos querés separarte?

—¿Yo? Ni en pedo, Fer.

—¿Ella te dijo algo de separarse?

El Ruso reflexiona.

—No. Así de separarse, no habló. Pero dice que está harta, que así no vamos a ningún lado, que cada vez nos va peor...

—¿Peor con qué? ¿Con la guita o entre ustedes?

—Y... yo digo con la guita. Pero llega un punto que no sabés. Siempre con cara de culo. Siempre enojada...

Fernando rumia la descripción del Ruso.

—Mirá, Ruso. Me parece que yo no soy el más indicado para darte consejos.

—¿Por qué?

—Porque cuando me casé me fue como el orto, Ruso. Por eso.

—Pero vos con Cristina... no sé, no siempre te fue como el orto.

Fernando se toma unos metros para pensar. Dan vuelta en la siguiente esquina.

—Es cierto. Siempre no.

—Yo me acuerdo de ustedes y me acuerdo que se querían mucho.

Fernando sonríe sin ganas. Es cierto. Se querían mucho. Se querían mucho ¿y después? Se querían mucho ¿y entonces? No necesita ningún esfuerzo para recordar las palabras de Cristina, al final de la discusión número dos mil quinientos. "Con vos yo fui muy feliz, Fernando. Pero fui. Fuimos. Ya no somos. Y si seguimos, si no nos damos cuenta, vamos a hacer bolsa los recuerdos." Contundente, la petisa. Y sabia. Y valiente, porque Fernando sabe que jamás se habría decidido.

Doblan la tercera esquina. Han hecho casi toda la cuadra en silencio. Fernando se pregunta qué decir. No quiere que su amigo siga en esa angustia.

—Es distinto, Ruso. Nada que ver tu historia con la mía.

—¿Por?

—Por mil cosas, yo qué sé. Lo tuyo es un mal momento. Ya va a pasar.

Se cruzan sus ojos un instante y Fernando ve, en los ojos del otro, las ganas de creer.

—Es como esos equipos que tienen una temporada de mierda. No sé, recambio de jugadores, un técnico que no da en la tecla. Después pasa...

—Como nosotros después de ganar el campeonato 2002.

—Exacto. Como nosotros después de ganar ese campeonato. Igualito. A la larga, la cosa se acomoda.

—¿Estás seguro?

Ay, Ruso. Si yo estuviera seguro de algo en esta puta vida, piensa Fernando.

—Más bien, ya vas a ver.

Llegan de vuelta al lavadero. Para su sorpresa, hay un auto en el inicio del ciclo de lavado. El Chamaco lo está llenando de espuma. Ellos, por su parte, entran a la oficina. El Cristo se encuentra en batalla encarnizada contra Molina, Inter contra Juventus, dos a dos. El Ruso festeja alborozado lo parejo del *match*, ocupa una de las sillas para espectadores y le hace un gesto a Fernando para que se siente en la restante.

Guadalupe

Fue una hija. Eligieron el nombre de Guadalupe, y para todos sus familiares, amigos y allegados fue una sorpresa la armonía que exhibieron al escogerlo. Fue —pensó Fernando después— como estar en el ojo del huracán, ese momento de calma ilusoria que sobreviene en la mitad de esas tormentas espantosas. Uno los veía en la clínica, a Lourdes extenuada, al Mono regocijado, a la bebita rozagante, y podía pensar que tal vez tuvieran una chance de ser felices juntos.

Pero fue un momento, una ilusión, una entelequia que duró apenas un poco más que cualquiera de esas reconciliaciones con las que se habían engañado. La vida en común volvió a ser una pesadilla desde entonces hasta que Guadalupe cumplió siete meses.

Más de una vez el Mono lo conversó con sus amigos. Mauricio, de entrada, le sugirió que se separaran. Fernando dudó un poco más. Le daba pena que la nena se criase, de movida nomás, con el padre lejos. El Ruso fue el que más lo instó para que perseverase. Que lo hablaran, que se dieran tiempo. Que tarde o temprano encontrarían la manera. El Mono le hizo caso todo el tiempo que pudo, pero al final, una noche cualquiera, y no precisamente en medio de una de las peleas vociferadas, sino a mitad de uno de los silencios lúgubres que seguían después y que se prolongaban durante días y días, le pidió a Fernando que lo pasara a buscar, juntó sus cosas, las cargó desordenadas en el baúl del auto y se fue.

18

Las dos semanas posteriores a la visita que hacen a la tumba del Mono serán, para el Ruso, las más difíciles del año transcurrido desde la muerte de su mejor amigo. El día del aniversario, sobre todo, se siente horrible, los tres en silencio bajo la garúa, los ramos de flores que no saben cómo cargar, cómo ubicar junto a la lápida. Pero los días siguientes no son mucho mejores. Llama tres veces por teléfono a Fernando y no lo encuentra. Le deja mensajes en el contestador, pero el otro no los responde. Con Mauricio habla una sola vez, por el asunto de la intimación de la tarjeta de crédito: jovial, elocuente, Mauricio le da seguridades de que no corre peligro y de que todo está bajo control. Y nada más. Claro que es bueno que Mauricio lo tranquilice de ese modo, pero cuando corta la comunicación el Ruso se queda vacío, a la expectativa aunque no sepa de qué. Y cuando le cuenta a Mónica le sucede lo mismo. No le alcanza el suspiro de alivio de su mujer. Seguro que es bueno que Mónica se lo tome así. Como también es bueno que ella sonría, esperanzada, cada vez que el Ruso deja sobre la mesa del comedor, a la nochecita, el fajo con la recaudación del día y Mónica advierta que va creciendo. Es bueno que lo note y que lo diga, y que él pueda responderle que sí, que la verdad es que se está trabajando mejor.

Es bueno pero no es suficiente, ese es el asunto. Eso es lo que está mal. Está mal que Mauricio no le pregunte una palabra sobre Fernando. Está mal que se muestre tan contento, tan en paz con sus cosas, tan cómodo con la vida tal como es y tal como está. ¿Y él? ¿El Ruso es muy distinto? El Ruso sospecha que no. Por eso una mañana de miércoles de fines de septiembre, mientras camina por Mitre y se aleja de la estación, el Ruso se da cuenta de que no puede permitir que la amistad con Fernando termine muriéndosele a fuerza de descuidarla, y entonces tuerce por Monteverde y se toma el 238 a Morón y saca un pasaje a Santiago del Estero para el micro que pasa a las ocho de la noche.

Principios de paternidad

Antes de tomar una decisión tendrías que hacerle un examen de ADN. Eso lo dijo Mauricio, una noche que se juntaron los cuatro, semanas después de que el Mono se fuera del departamento de Lourdes.

Independiente jugaba el partido adelantado del viernes a la noche, y Fernando pensó que sería buena idea que se juntaran los cuatro a verlo, a charlar, a tomar algo. Mauricio se encargó de las bebidas, y trajo Coca Cola y fernet como para abastecer a un ejército. Y el Ruso, que había quedado encargado de la picada, adujo problemas de caja y por todo concepto trajo un salamín y dos bolsas de maní.

Por añadidura, Independiente hizo un partido horrible y empató cero a cero. Y con el estómago casi vacío, con el rendimiento espantoso del equipo, con la angustia del fracaso familiar del Mono, se dedicaron a mamarse con método y sin apresuramientos, porque lo que les faltaba de alegría les sobraba de fernet. En algún momento el Ruso preguntó si había vuelto a verla y el Mono dijo que no, pero que tenía que verla pronto, sí o sí, para ponerse de acuerdo sobre un par de asuntos importantes. Cuáles, había preguntado Fernando, con los ojos entornados y un mareo descomunal. Un régimen de visitas y una cuota de alimentos, dijo el Mono, arrastrando las palabras, a medias por la curda y a medias por la tristeza.

Y fue en el silencio que siguió que Mauricio soltó aquello del ADN. Mauricio era capaz de razonar con precisiones de cirujano aunque estuviera así de borracho. Simple, como que dos y dos son cuatro: si vas a poner guita en la crianza de un bebé, si vas a disponer de parte de tu patrimonio para sostenerlo, asegurate de que sea tu hijo, estaba diciendo Mauricio, a quien estar en pedo no le cercenaba los reflejos del espíritu práctico.

Todos lo miraron al Mono, porque la cuestión estaba ahí, flotando como un fantasma de ponzoña. De ponzoña y de silencio, porque no lo hablaban nunca, no tocaban la cuestión desde aquella vez que el Mono los había juntado para pedirles opinión sobre si le convenía juntarse a convivir con Lourdes o no. Cada cual por su lado había escudriñado los rasgos de la beba, en un intento torpe por detectar parecidos. Además, al suizo del laboratorio no lo conocían, de manera que no tenían modo de compararle las facciones. Cada cual, por su lado, había deseado con todas sus fuerzas que sí, que la nena fuera del Mono, porque lo querían y no le deseaban otra brutal desilusión. Además, siguió Mauricio, te vas a gastar una fortuna en el juicio civil por las visitas y la patria potestad y todo eso.

El Mono no los miró: siguió con los ojos clavados en las baldosas del patio de la casa de Fernando, sobre las que los cuatro estaban sentados disfrutando que era octubre y la noche estaba hospitalaria. Estiró la mano hasta una botella de fernet que estaba por la mitad y se la mandó al gollete como si contuviera agua. Te va a hacer mal, boludo, le dijo Fernando sin énfasis, pero no lo detuvo. El Mono se atragantó, tosió y escupió un poco de lo que había tomado. Resopló, recuperó el aliento, cerró los ojos y volvió a empinar la botella hasta vaciarla. Después quiso tirarla contra una pared para romperla, pero cayó sobre un arbusto de laurel cuyas ramas amortiguaron el golpe y evitaron que se hiciera trizas.

Mierda, dijo el Mono, desencantado. Mauricio apretó con fuerza el pico de una botella nueva, e hizo girar la tapa para abrirla. Lo digo en serio, insistió, como queriendo dar a entender que su observación merecía una respuesta, más allá del medio litro de fernet que el otro acababa de zamparse. Vos qué pensás, le preguntó el Mono a su hermano. Fernando remontó los mocos. El piso de baldosas le estaba dando frío. Capaz que Mauricio tiene razón, soltó por fin, y se sintió rendido, como si lo hubieran acorralado y ya no tuviese ganas de correr.

Yo quiero decir algo, anunció el Ruso, que era el que menos había tomado porque el alcohol no le sentaba y lo ponía mucho más triste que entonado. Carraspeó, esperando. Hablá, dijo el Mono. Dale, convalidó Mauricio.

Yo tengo algo que decir, insistió, pero no porque lo confundiera el alcohol, sino porque le daba pudor entrarle al tema. Volvió a carraspear. Yo pienso mucho en eso de los hijos. Los hijos carnales, los hijos adoptados, todo eso. Por mi hermano, lo pensé mucho. Por eso de que su mujer no podía, y tuvieron que adoptar. ¿Los hijos de tu hermano son adoptados?, preguntó Mauricio, turbio. Más bien, boludo, ¿no sabías o tenés un pedo tan grande que no te acordás? Mauricio pestañeó, como si no supiera la respuesta a la disyuntiva, o como si no llegase a interpretar que lo era. El Ruso continuó. ¿Y saben lo que pensé? No, ¿qué pensaste?, preguntó el Mono. En las Rusitas, pensé. En mis nenas. ¿Qué? ¿Las Rusitas son adoptadas?, preguntó Mauricio. No, pelotudo, ¿cómo van a ser adoptadas? ¿No te acordás de Mónica embarazada? Sí que me acuerdo. ¿Y entonces?, preguntó el Ruso, y Mauricio asintió, como dándole razón. Me refiero a que el ADN a mí me chupa un huevo, me entendés. Ponele que a mí me vienen a decir que la Luli es adoptada. O Ana, que Anita es adoptada. ¿Pero son adoptadas?, insistió Mauricio. ¡Pero te digo que no, pedazo de boludo! ¡Es un decir! Ponele que viene un día la policía a mi casa y me dice que hubo un error, que en la clínica se confundieron, en la nursery, y me dieron otra nena. ¿Cómo otra nena? Claro, boludo. Que se equivocaron con la etiqueta esa que les ponen en la pata a los bebés. Y que a mí me dieron otra, no la mía.

El Ruso abrió las manos, como si su argumento fuera definitivo, pero los otros tres se quedaron esperando aclaraciones. ¿Entienden el caso? Los tres afirmaron con la cabeza. Mauricio volvió a llenar los vasos.

Quiero decir, siguió el Ruso, que si a mí me vienen a decir ahora, cuando las Rusitas tienen tres años, que no son mis hijas, que son hijas de otro, a mí me importa tres carajos, ¿entienden? Porque a las que les cambié los pañales es a ellas dos, a las que les doy la mamadera es a ellas dos, a las que les canto para que se duerman es a ellas dos. ¿Qué me importa de qué espermatozoide salieron? No son mis hijas por eso. Son mis hijas por lo otro.

Se hizo un silencio. El Mono se incorporó, empujó uno de los vasos, que se volcó sobre las baldosas, cruzó el patio de rodillas hasta la pared de enfrente y se abrazó a su mejor amigo.

19

El viaje se le hace corto porque duerme toda la noche como un bendito. Menos mal que la tarjeta de crédito pasó bien al momento de pagar el pasaje, porque pudo viajar en el "Sleep Suite Class", que tiene unos asientos espectaculares, incluye cena a bordo y hace el viaje directo. Una vez en Santiago del Estero, el Ruso pregunta aquí y allá y le indican fácilmente cómo llegar al Club Presidente Mitre. Nadie le pide cuentas en el portón de ingreso, y se suma a otra docena de familiares y curiosos que se instala en la única tribuna para ver el entrenamiento.

El director técnico sigue siendo Bermúdez, el que conocieron el año anterior. Les ordena a sus dirigidos que troten tres vueltas a la cancha, reparte pecheras y se hace a un lado. A Pittilanga le toca una de las amarillas. Desde esa distancia, parece que ha engordado. No mucho, un par de kilos. Sigue siendo alto como una puerta, pero se lo nota más desgarbado, más cargado de hombros, más panzón, menos enérgico. Con la pelota sigue igual que como lo vieron la primera vez. Afronta la cosa con coraje. Sabe mover los brazos, mantener la vertical, defender el balón de espaldas a la valla contraria. Pero cuando se trata de levantar la cabeza, de buscar el arco, de descargar en un compañero, Pittilanga carece de argumentos. En el conjunto, no desentona. Casi todos son horribles, peores que él. Hay dos o tres que son ligeros y pueden intentar una gambeta o un desborde, sin mayores lujos ni sutilezas. De todos modos nadie parece angustiarse por eso. Para esos pibes, jugar el Torneo Argentino A es el techo de sus carreras. Y lo saben. El problema es Pittilanga. Porque vale trescientas lucas verdes y ningún otro jugador de Presidente Mitre vale eso. En realidad —se corrige el Ruso— Pittilanga tampoco los vale. El Mono ha pagado eso por él. Pero eso no significa que verdaderamente los valga.

Daniel se pasa media hora entre el tedio del entrenamiento —de vez en cuando Bermúdez detiene la práctica, da unas órdenes, señala defectos— y los vistazos subrepticios hacia un viejo que está sentado un par de metros a la derecha y se ceba unos mates que al Ruso se le antojan sublimes.

—Oiga, don —lo encara, cuando no puede más—: qué le parece si nos asociamos: yo compro bizcochos y usted me convida mate.

El viejo acepta y el Ruso se hace una escapada hasta el buffet.

—¿Abro los dulces o los salados? —pregunta cuando vuelve.

—Eeeeh... arranquemos por los dulces, si le parece.

El Ruso asiente, se sienta junto al viejo y abre el paquete de bizcochos. A la cuarta o quinta ronda de mate ya tiene un bosquejo de la biografía del viejo. Es de La Banda, jubilado municipal, cuatro hijos, siete nietos. El sexto es el que juega en Mitre, marcador de punta por izquierda.

—¿Y a usted qué lo trae por acá? —pregunta el viejo a su vez.

El Ruso le explica que es uno de los dueños del pase de Pittilanga. El viejo asiente, comenta que Pittilanga es "un poco menos malo que la mayoría", y después pregunta:

—¿Es cierto que jugó en una selección juvenil Sub-20?

—En una Sub-17. La de Indonesia —aclara el Ruso.

—¿Y después qué pasó? —pregunta el viejo.

El Ruso sonríe, pero sin ganas, mientras sopesa la cortesía del viejo. No ha hecho la pregunta completa, cruda, directa. No ha preguntado cómo es posible que un pibe seleccionado entre los veinte mejores jugadores de diecisiete años de toda la Argentina termine, cuatro años después, jugando en este equipo de zaparrastrosos, sin desentonar con el resto.

—Y... vio cómo es el fútbol...

—Es cierto —concuerda el viejo, mientras golpea el mate contra el borde del escalón de la tribuna para despegar los restos de yerba y poder cambiarla.

Cuando se acaban los bizcochos dulces siguen con los salados. El viejo ceba buenos mates. El Ruso se lo dice y el viejo sonríe.

Bermúdez pita el final del partido y da por terminado el entrenamiento. El Ruso baja de la grada para saludar a Pittilanga.

El pibe se sorprende de verlo y suelta una de sus sonrisas escasas. El Ruso comprende que Pittilanga se ha ilusionado con que traiga novedades importantes, y aunque le da un poco de pena le aclara que no, que vino a verlo por acompañarlo nomás, para ver cómo anda y si necesita algo. Conversan un rato de bueyes perdidos, se dan la mano y el Ruso promete volver pronto.

El Ruso regresa al centro y se pasa la tarde dando vueltas por la plaza, la peatonal, visita un par de iglesias, come algo. A las diez de la noche camina hasta la terminal y a las once sube al micro que lo lleva de vuelta a Buenos Aires.

Malas nuevas

Cuando Fernando llegó al café, advirtió que el Mono lo esperaba sentado a una de las mesas del fondo.

—¿Llegué tarde? —preguntó con cierta extrañeza, mientras lo saludaba con un beso en la mejilla.

—No, Fer, para nada. ¿Por?

—Esto de llegar y que me estés esperando... no sé, no estoy acostumbrado a un espectáculo semejante.

El Mono descartó el sarcasmo con una sonrisa torcida y buscó con la mirada al mozo. Aunque ninguno de los dos reparó en esa circunstancia, era la segunda o tercera vez que el Mono llegaba a una cita antes que su hermano. Todas las otras veces, las miles de veces, la puntillosa puntualidad de Fernando se había hecho trizas en el jocoso descalabro de horarios incumplidos en el que el Mono vivía a sus anchas.

—¿Cómo andás? —preguntó Fernando casi de espaldas, vuelto hacia la barra, también en el intento de ubicar al mozo.

—Bien —respondió el Mono. Pero era una convención. Un acto reflejo que Fernando, en el afán de pedir su café, no advirtió.

—¿A qué debo el honor, Monito? La última vez que me invitaste expresamente a tomar un café, si la memoria no me falla, fue cuando te echaron del laburo los mexicanos. ¿Te acordás?

—No. Ah, sí. No, pero esa vez estábamos con el Ruso.

—Hablando del Ruso, estará al caer, ¿no?

—No. El Ruso no viene. No le avisé que me juntaba con vos.

Para Fernando fue una sorpresa. La segunda, después del ataque repentino de puntualidad que acababa de experimentar su hermano menor.

—¿Cómo es eso? ¿No le avisaste a tu alma gemela, boludo?

—No, no le avisé. Si te aviso a vos es porque quiero hablar con vos, no con los demás.

Fernando no insistió, pese a la sorpresa. El Ruso y el Mono tenían una amistad casi simbiótica desde los ocho años. Iban a todos lados juntos, se reían de los mismos chistes, pedían los mismos gustos de helado. Pero no sólo a los ocho, sino a los casi cuarenta. Por eso la aparente naturalidad de Alejandro para explicar la ausencia del otro era lo más antinatural del mundo.

—Está bien —aceptó Fernando—. Así que lo que vas a decirme no se lo dijiste ni al Ruso ni a Mauricio, ni a mamá, ni a...

—A nadie, Fernando. Primero lo quiero hablar con vos.

El Mono clausuró las especulaciones de Fernando en un tono tan severo, y tan inhabitual en él, que se sintió perdido. ¿A qué venía tanto misterio? Fernando hizo lo que hacía siempre para prepararse frente al dolor: imaginó algo terrible. Algo angustiante. Algo que lo dejara tieso de espanto. Así, cualquier noticia que trajera su hermano iba a ser menos terrible. Se murió el jugador, decidió Fernando. A este boludo se le murió el jugador que compró y se quedó sin un mango. Y ahora no tiene dónde caerse muerto. O peor. Lourdes se juntó con un pelotudo que vive en Asia y se la lleva a Guadalupe para allá. Miró fijo a su hermano. La cara que traía era de que podía ser cualquier cosa. Fernando se asustó en serio.

—¿Qué te pasa, boludo? Te pusiste pálido —le preguntó Alejandro.

—¿Yo? No. ¿Yo? ¿Por?

—¿Te pasa algo?

—¡Nada, boludo! —y la negativa sonó un poco más abrupta de lo que hubiera querido. Suavizó el tono—: Dejate de misterios y contame.

—No es tan fácil, Fer. No... no sé cómo empezar.

—Empezá por el prin...

—Tengo cáncer.

Las dos palabras del Mono barrieron con todas las demás y se instalaron, atroces y simples, ocupando todo el espacio alrededor. El mozo, ahora que habían dejado de convocarlo, se aproximó dócil y dispuesto a levantar el pedido. El Mono pidió dos cafés, pero Fernando ni siquiera lo notó. Le habían quitado el mundo de debajo de los pies, los objetos, los sonidos.

—¿Qué?

Soltó la pregunta porque sí, o para que las cosas recuperasen la palpitación y el movimiento, o para darle la oportunidad al mundo de acomodarse otra vez sobre sus bases.

—Ya me oíste, boludo —dijo el Mono en un susurro, y sonrió, y Fernando se preguntó qué carajo le causaba gracia, pero el idiota sonreía.

—¿De qué? —después, cuando recordase esa conversación, Fernando mismo se sorprendería de su dominio, de su conato de sangre fría para soltar esa pregunta, como si la interrogación tuviese que ver con el sabor de una empanada o de una torta.

—Páncreas.

Otra vez se quedaron callados, porque Fernando se había gastado toda su serenidad en la pregunta anterior y porque el Mono no parecía capacitado para guiarlo hacia ningún lado.

—Bueno —arrancó Fernando, por fin. Para donde pudo pero arrancó—. El páncreas es una glándula, ¿no? ¿Para qué mierda sirve? Que te la saquen y se acabó.

El Mono se rascó la cabeza, y de nuevo sonrió.

—Es lo que digo yo.

—Claro —convalidó Fernando.

—Claro —lo imitó Alejandro, sin dejar de sonreír—. Pero parece que no pueden. No sé por qué mierda, pero no pueden.

El mozo trajo los cafés.

—¿Y qué vas a hacer?

Fernando iba a recordar mil veces esa conversación. Evocaría las palabras de los dos. Lo que fue pensando. Lo que fue temiendo. Pero no se acordaría del esfuerzo sobrehumano que hizo por no llorar. Una estupidez. Un ahínco inútil. Pero buena parte de su atención y su energía estaba puesta en que no se le escapara una lágrima.

—Yo qué sé, boludo. No sé. Haré lo que pueda. ¿Qué querés que haga?

Aunque nunca hablaron sobre esa conversación, el Mono estaba empeñado en la misma pulseada pueril de no soltar una lágrima. Un típico desafío tácito de vereda y de varones.

—Ya… ¿ya averiguaste del tratamiento?

—Estoy en eso. Mañana tengo que ir al médico. Te quería preguntar si me acompañabas.

—Seguro, boludo. Falto a la escuela y vamos.

—No, pero si tenés que faltar, no. Dejá.

—¿Qué problema hay? No pasa nada. Tengo licencia por familiar enfermo.

—No sabía que tenías eso.

—Y, vos porque desde que sos empresario futbolístico te rascás las pelotas. Pero los simples mortales tenemos licencias así.

Sonrieron sin ganas. Fernando fue el primero en hablar.

—¿Desde cuándo lo sabés?

—Dos semanas.

—Bueno, pero entonces algo se podrá intentar. Dicen que cuando uno al cáncer lo agarra con tiempo…

—Ajá. Dicen que sí.

—Dicen.

Fernando levantó la cabeza para ubicar al mozo y pedir más café.

—Necesito que me des una mano, Fer.

—Decime. ¿Con qué?

—Necesito que me ayudes.

—Con qué.

—Con un montón de cosas. Para empezar, porque al Ruso no le dije nada. Y yo no me animo. Lo mismo con Mauricio.

Fernando, con gestos mecánicos, vació un sobre de azúcar en su café. Miró largamente la lluvia de piedritas brillantes hundirse en el líquido. Agarró otro sobre y repitió la operación. Hizo lo mismo con un tercero. De todas maneras no iba a tomárselo. No era ni siquiera un modo de ganar tiempo. No era nada.

—¿A mamá ya le dijiste?

—Todavía no —el Mono se tomó el segundo café—. Pero a mamá le digo yo.

Fernando sopesó la posibilidad de vaciar un cuarto sobre de azúcar en el pocillo, pero la descartó.

—La reputísima madre que lo remil parió —dijo por fin.

—Por fin decís algo coherente, pelotudo —contestó el Mono.

20

Dos semanas después de la conversación de alto el fuego, Mauricio y su mujer asisten a la primera sesión de la terapia de pareja. En el ínterin las cosas han evolucionado poco y nada. Mauricio ha conseguido volver al dormitorio conyugal, y esa es su única gran victoria. Todo lo demás son frases lacónicas, lágrimas sueltas y silencios en el auto, ni se te ocurra tocarme y cosas así.

Mauricio confía en que su dócil aceptación de la audiencia con el loquero matrimonial sirva para allanar el camino de una vez por todas. El loquero resulta ser loquera, mediana edad, anteojos, rulos, un aura de serenidad que a Mauricio lo saca de quicio desde el momento del apretón de manos, aunque se cuide de manifestarlo.

A las primeras preguntas, Mauricio toma la iniciativa. Lo pone sumamente nervioso que la psicóloga anote todo, asienta a cada cosa que ellos dicen, se los quede mirando en cada silencio. Se muere de ganas de ver qué carajo anota la muy guacha, pero se contiene.

La buena noticia es que Mariel no las tiene todas consigo. Mauricio había temido que hiciera buenas migas con la fulana, que se hicieran aliadas, que lo arrinconaran con interrogatorios y exigencias. Pero Mariel no está nada cómoda. Ahí tenés, piensa Mauricio. Jodete. Vos quisiste que viniéramos. Ahora jodete. La tensión que percibe en su mujer lo afloja, paulatinamente lo tranquiliza. Mauricio no la pasa bien (no hay modo de pasarla bien con una mina sentada enfrente con cara de escrutarle a uno todas las taras que lleva a cuestas desde su nacimiento), pero lo consuela sentir que Mariel lo pasa peor.

El mejor momento es cuando la psicóloga le pide a su mujer que hable de las fortalezas de su matrimonio. Mauricio se burla íntimamente del léxico de esta gente. "Fortalezas." ¿Por qué no dicen una palabra menos solemne, menos pretenciosa? ¿Piensan que es menos serio decir "qué te gusta de estar casada con este tipo"? ¿Temen que uno les discuta los honorarios si hablan como cualquier hijo de vecino?

Pero bueno, la cosa es que le pregunta a Mariel por las dichosas fortalezas. Y Mariel empieza a explayarse sobre la cuestión de las esferas de acción de cada uno. Así las llama con frecuencia. Mariel se jacta de que siempre han sido una pareja muy complementaria, llena de compensaciones recíprocas, de retribuciones bilaterales. Mauricio sabe que, en el fondo, lo considera un imbécil al que no puede responsabilizárselo prácticamente de nada en la vida cotidiana. Pero sabe también que lo respeta como abogado. Ella no fue capaz de avanzar más allá de segundo año de la carrera de contador público. Que él sí se haya recibido, que trabaje donde trabaja, que le vaya como le va, equilibra las cosas a ojos de su mujer.

Y en eso está, en lo de las esferas complementarias, cuando muy gentilmente la terapeuta la interrumpe preguntándole qué tienen en común. "Ustedes dos", aclara, cuando Mariel se la queda mirando con expresión confusa. "Claro —continúa la psicóloga—, entiendo bien esto de que cada uno se ocupa de ciertas cosas, pero no me queda claro qué aspecto de sus vidas sí comparten, sí enfrentan juntos, como una pareja." Pobre Mariel, piensa Mauricio: la tipa la ha cortado en pleno lucimiento, y no sabe qué contestar. Se queda callada. Callada y confundida. Mauricio tampoco se esfuerza demasiado en sacarla del brete. El silencio y la cara de otario tienen la doble ventaja de hacerlo quedar a él como muy respetuoso de lo que su media naranja tiene para decir y, sobre todo, es un exquisito desagravio que Mariel, que TANTO ha insistido con esa aventura insólita de ventilar sus problemas frente a una perfecta desconocida, se lleve la ingrata sorpresa de no saber qué decir ni por dónde escapar.

En el auto, a la vuelta, Mauricio hace pie en la cara de velorio de Mariel y le pregunta qué le ha parecido la terapeuta, y su mujer se lanza a criticarla con toda la fiereza de que es capaz, que es mucha. Que qué se cree esa infeliz, con esos aires de perdonavidas, con esos anteojitos de te entiendo, con ese cuaderno en el que anota vaya a saber qué, y cómo se atreve a criticar la manera en que ella maneja la relación, y Mauricio se limita a asentir y a estar en un todo de acuerdo. Cuando se siente seguro se atreve él mismo a lanzar alguna crítica, algún sarcasmo que a Mariel lejos de incomodarla le causa gracia, y terminan imitando los modales suaves y el gesto serenísimo de la psicóloga a las risotadas.

Llegan a su casa eufóricos, y como quien no quiere la cosa Mauricio se anima y le da un beso y Mariel no lo rechaza y se abrazan y se quitan la ropa y se van a la cama con una entrega y una convicción que a Mauricio le agrada y le sorprende, y final feliz porque lo de la terapia de pareja ha sido flor de un día y en el expediente caratulado Soledad puede considerarse si no absuelto por lo menos sobreseído y de todo se aprende y en la puta vida vuelve a archivar los mensajes de texto.

Silencio

A Mauricio lo llamó a la mañana siguiente. Fernando le dijo que tenía que hablar urgente con él por un tema personal, y el otro propuso las cinco de la tarde, porque no tenía ningún cliente citado a partir de esa hora. Fernando le dijo que sí pero a las seis, para tener tiempo de llegar desde la escuela. Siempre era igual con Mauricio. Fernando daba clases los jueves en el turno tarde desde hacía nueve años, pero su amigo parecía incapaz de retener un dato así de sencillo. ¿Era porque en el fondo —y no tan en el fondo— despreciaba su profesión, o simplemente porque, como todo lo que no lo afectaba personal y directamente, resbalaba por la periferia de sus intereses y se sumía velozmente en el olvido? Ninguna de las dos opciones hablaban demasiado bien de Mauricio, pero Fernando presumía que no había una tercera.

La secretaria le sonrió al reconocerlo. Lo hizo pasar y le ofreció café. Fernando la vio tan bella, tan sonriente y tan elegante que no pudo menos que preguntarse lo que se preguntaba siempre, es decir, si su amigo recibía únicamente servicios profesionales de semejante belleza. Cuando se quedó solo se sintió mal, porque un pensamiento así no tenía nada que ver con la preocupación que traía consigo y que se proponía compartir con su amigo. Un flojo o un idiota, incapaz de sostener la tristeza sin fatigarse y distraerse.

Mauricio lo hizo pasar, lo abrazó y lo sentó en uno de los sillones bajos y mullidos. Fernando tuvo otra distracción. Traje contra vaquero, corbata brillante contra cuello desprendido, gemelos contra mangas arremangadas, cuero y lustre contra zapatillas de lona, pelo brillante de gel contra pelada al rape.

—¿Qué decís, Fer? ¡Cuánto misterio esta mañana!

—Cierto. Pero no daba para hablarlo por teléfono.

—¿Qué pasa, pibe?

—El Mono.

—¿Qué pasa con tu hermano?

—Que tiene cáncer y está jodido.

El discreto encanto de la sencillez. Nada de rodeos ni de circunloquios. Y Mauricio, un caballero. Ninguna incredulidad, ninguna indignación, ninguna rebeldía. Apenas una sucinta repregunta.

—De qué.

—Páncreas.

Y eso había sido todo. O casi, porque faltaba el final con el sello inconfundible de Mauricio. Se recostó en el sillón, se acomodó la corbata dos o tres veces con gesto ausente, resopló, hizo esa mueca extraña que lo acompañaba desde chico consistente en doblar el labio superior como para olérselo, todos los ritos que lo ayudaban a pensar. Después se incorporó, abrió la puerta y le dijo a la secretaria que llamara a su casa y le avisase a Mariel que tenía una reunión y que no lo esperara a cenar. Mientras tanto Fernando también se puso de pie y se acercó a despedirse. Ni se le cruzó por la mente la idea de proponerle tomarse un café los dos, o llamarlo al Mono, o quedarse un rato más ahí mismo en la oficina intentando absorber el golpe. Fernando sabía que lo único que quería Mauricio era disparar, alejarse, perderse, desconectarse. Cortar todos los puentes con las otras personas, como si el dolor fuese una plaga que llegase, siempre, por esos puentes. Sabía que iba a meterse en un cine a ver cualquier película, empezada o desde el principio, y que iba a llegar a su casa bien pasada la medianoche para no tener que hablar con su mujer, y que al Mono no iba a llamarlo ni al día siguiente ni al otro, porque Mauricio estaba convencido de que frente al dolor, y mucho más frente a la posibilidad de la muerte, el único comportamiento posible es callar, callar y seguir callado.

21

A la vuelta de Santiago del Estero el Ruso pasa varios días turbulentos. Mónica lo trata con una frialdad ostensible. No está enojada con su viaje intempestivo. Tuvo un conato de fastidio cuando se enteró de que se iba, pero el Ruso halló las palabras adecuadas: "Fernando se ocupa de todo desde hace un año. Tengo que darle una mano". Palabras mágicas. Porque Mónica, a Fernando, lo tiene por las nubes. Según ella Fernando es responsable, dedicado, serio, inteligente. Tiene estudios, un trabajo estable. El Ruso puede recitar todas las cualidades de su amigo, de tantas veces que Mónica se las ha reseñado. Un currículum mortificante, porque el Ruso no es tonto y sabe que ensalzar a Fernando es el modo que tiene Mónica de decirle a él, al Ruso, que está harta de que sea todo lo contrario. Pero comparaciones aparte, al darle a entender el Ruso que el "pobre Fernando" está hasta las narices y que necesita ayuda, suspende cualquier potencial protesta.

Y todo sigue igual. Ni mejor ni peor que antes del viaje. Ella erizada de reclamos, de impaciencias agazapadas. Y el Ruso entre la conciliación y el enojo. Hay días en los que se promete no dirigirle la palabra, no requerirla, no rozarla por nada del mundo. Pero siempre sucumbe a buscarla por todo lo que la necesita.

En el lavadero de autos las cosas siguen en franca levantada. El Cristo ha demostrado ser un empresario nato: empieza por ofrecer café a los que esperan y cuatro meses después tiene montado un maxiquiosco bien surtido. El Ruso no puede creer que, por una vez, haya dado con el empleado adecuado. "Los" empleados, en verdad. Porque los lavadores también son fenómenos, un pan de Dios. Hay tanta demanda de lavados que toman un ayudante, un sobrino de Molina, un chico alto, flaco y carilindo al que de inmediato le cae el sobrenombre de "el Feo" por la cabeza.

Como no le gusta que lo llamen así, y se los hace saber, consigue que lo persigan con el apodo hasta debajo de la cama.

Lo único malo de la prosperidad es que se complica llevar a cabo los campeonatos de Play Station. Hacen lo que pueden, pero en las horas pico están los cinco trajinando con los autos y no hay modo. A veces se quedan jugando un par de horas después del cierre. Lo mismo los días de lluvia. El Chamaco comenta que su mujer le tiró la bronca, porque es el único lavador que conoce que va a trabajar los días de tormenta. El Chamaco se defiende diciendo quc su jefe es un tirano, un hinchapelotas que les descuenta el día si faltan, aunque llueva o truene. El Ruso está de acuerdo. Él tampoco le dice a Mónica que los días que llega tardísimo es porque la velada dc juegos se ha extendido más de la cuenta. Además le gusta que le hagan fama de patrón autócrata y arbitrario.

La llegada del Feo plantea algunas dificultades para los torneos de fútbol electrónico. Primero porque hay que transformar los torneos cuadrangulares en pentagonales. Pero sobre todo, porque el Feo tiene un modo de jugar desconcertante. Arma el equipo con ocho defensores y pone sólo un delantero de punta. Desde siempre, tienen un acuerdo de caballeros: cada contrincante tiene el derecho de inventar —"editar", en la jerga de los iniciados— un jugador para su equipo, y llenarlo de las virtudes que se le dé la gana. Todos —el Cristo, Molina, el Ruso, el Chamaco— crean un delantero perfecto, ágil, veloz, ambidiestro y con buena pegada. El Feo no. El Feo construye un defensor alto, pesado, rústico. Y con ese engendro a lo Frankenstein, el novato les desparrama las delanteras y les desbarata los ataques. Los otros lo acusan de defensivo, de avaro, de resultadista, porque gana uno a cero con todos atrás y jugando horrible. Pero el Feo no se inmuta, y les contesta que él no está para floreos adolescentes sino para romperles el culo. Y los otros, mal que les pese, se ven obligados a darle la razón, porque gana casi siempre.

Un jueves de tormenta, mientras Castelar se inunda de bote a bote, el Ruso hace tortas fritas, el Chamaco trae unos salames que preparó en julio pasado y los cinco se trenzan en un torneo largo con partido y revancha todos contra todos. Y es en ese momento, mientras el Feo le gana uno a cero a su tío, como siempre, que el Ruso sale de la trastienda con una tanda nueva de tortas fritas, los ve, y lo asalta una certeza rotunda de haber solucionado el enigma que lo obsesiona desde que fue a ver a Pittilanga a Santiago del Estero o desde tanto tiempo antes que no puede precisar cuánto es.

—¡Soy un pelotudo! —declara, y los demás no le prestan demasiada atención porque saben que su patrón es dado a las declaraciones grandilocuentes, y por eso prefieren servirse las tortas fritas antes de que se enfríen.

Pero cuando deja la bandeja sobre la mesa, y vuelve detrás del mostrador, y abre el cajón de la registradora, y chista porque apenas hay algunos billetes chicos, y se palpa el pantalón para ver si tiene un poco más de dinero, el Feo pone pausa en el juego porque a todos les extraña su comportamiento, y el Cristo se hace portavoz del personal y le pregunta qué bicho le ha picado. El Ruso le devuelve una mirada de ojos muy abiertos, de pura excitación.

—Ahora no puedo, Cristo. Te explico a la vuelta.

—¿A la vuelta de qué?

—Me voy a Santiago del Estero. Me acabo de dar cuenta.

—¿Otra vez a Santiago? ¿Dar cuenta de qué? —pregunta el Cristo.

Pero las preguntas quedan en el aire, porque el Ruso avanza hasta la puerta, abre un diario viejo para cubrirse de la lluvia, y sale a la calle dando saltitos para no empaparse las zapatillas en los charcos.

Reminiscencias

Maldita mi estrella, se dijo Mauricio durante los diez días que pasaron después de que Fernando le dio la noticia de la enfermedad del Mono. Cuando lo escuchó, cuando lo vio destrozado, cuando se quedaron en silencio en el estudio, cuando Mauricio buscó sin encontrar una palabra de consuelo, o de esperanza, o una que al menos le diera a Fernando la sensación de que lo acompañaba, Mauricio tuvo la pésima idea de ofrecerse para lo que necesitara. Decime en qué te puedo ayudar, le dijo. Maldita idea. Porque Fernando, contra todos los pronósticos —los pronósticos de Mauricio, por lo menos—, había levantado la cabeza y había dicho que sí, que había algo en lo que podía ayudarlo. Decíselo vos al Ruso. Te lo pido por favor. A mí no me da el alma. Yo no puedo.

Eso había dicho Fernando, mal rayo lo parta. Y Mauricio no había tenido la rapidez mental o el descaro necesarios para negarse, medio minuto después de ofrecerse. Varios días anduvo fantaseando que sí, que sí habría podido decirle a Fernando que no, que le pidiera cualquier cosa menos eso. Pero en el momento, cuando pudo, cuando debió haberlo hecho, se quedó callado. Y el tren había seguido de largo.

Pensó en consultarle a su mujer. Se suponía que las mujeres manejan mejor los sentimientos. Pero füe una idea ridícula. Mariel recibió la noticia de la enfermedad del Mono con sorpresa, tal vez con una sorpresa entristecida, pero eso fue todo. Mantuvo la expresión apesadumbrada por un rato, hizo algunas preguntas. Pero después pasó. Como un nubarrón, o un viento repentino. Mariel siguió con otra cosa. Algo del médico al que tenían que asistir juntos por lo del tratamiento de fertilidad. Buena jugada. Mauricio no podía decirle "sigamos hablando del Mono, no me salgas con eso". Porque eso era un tema importante. Sobre todo para Mariel. Tal vez —quiso pensar Mauricio— fue una reacción inconsciente de su mujer: frente a esa noticia tan lindante con la muerte, oponer otra vinculada con la vida. Cursi, pero a Mauricio le sirvió para justificar el silencio posterior de Mariel acerca de la enfermedad del Mono. Silencio que no fue tan distinto, después de todo, del suyo propio.

Al quinto día llamó al Ruso por teléfono. Sin un plan prefijado lo hizo. Como para ver si la charla le daba algún resquicio por el cual entrarle al encargo. Pero el Ruso lo sepultó en un discurso infatigable sobre su nuevo emprendimiento comercial inminente: un lavadero de autos. Que había estado pensando, que tenía el sitio exacto, que esta vez estaba convencido, que tenía una guita como para arrancar, que lo del juicio por el local de Morón él creía que lo tenía cocinado. Mauricio lo escuchó, lo corrió para donde disparaba y colgó sin decir esta boca es mía.

Al octavo día volvió a intentarlo. Pero otra vez fue en vano, porque el Ruso entendió que su llamado tenía que ver con el juicio de la tarjeta de crédito, y se puso a hablar de eso y de algunas ideas que se le habían ocurrido para la mediación prejudicial, y en eso se les fueron los quince minutos que conversaron. Se les fueron era —Mauricio lo sabía— un eufemismo. Mauricio los dejó transcurrir, porque de nuevo no sabía cómo empezar, y en el fondo esperaba —ansiosa, cobardemente— que en el lapso transcurrido el Ruso ya se hubiese enterado por otra fuente de lo que pasaba con el Mono.

Y ese era otro problema. Otro asunto pendiente. Mauricio sabía que tarde o temprano tendría que llamarlo al Mono. Ir a verlo. Y no quería. Ojos que no ven... Pero tendría que ver. Mierda.

Al final, entrevió una solución desesperada. No era una solución ni era nada, pero en la confusión de querer sacarse de encima todo aquello le pareció que podía ser una salida. Llamaría al Mono, hablarían de lo que le pasaba, Mauricio le comentaría sus remilgos para encararlo al Ruso... y en una de esas el Mono podía llegar a ofrecerle encargarse él de la conversación con su mejor amigo. ¿O no? Mauricio era consciente de que Fernando le había pedido que fuera él. Pero al fin y al cabo, el pedido era de Fernando, no de su hermano. Y si el Mono era el directamente involucrado, ¿no era mejor que él se lo dijera en persona al Ruso?

Cargado de dudas y todo, Mauricio terminó por llamar. El Mono lo atendió con alegría. Fue una suerte, porque estaba locuaz y confiado. Habían ido al médico con Fernando y tenían varias cosas para hacer, tratamientos para intentar. Mauricio se alegró sinceramente y escuchó todo lo que el otro tuvo para contarle.

A las cansadas, salió el tema del Ruso. Salió por el dichoso asunto del lavadero de autos. El Mono estaba al tanto, y le preocupaba que fuera otro fiasco. Le preocupaba, además, que se metiera en otro quilombo sin subsanar los anteriores. Mauricio lo tranquilizó un poco: los juicios estaban más o menos encaminados. Lo de la tarjeta de crédito, también. Y él tenía un dinero como para ayudarlo.

—Menos mal —respiró el Mono—. Porque yo no tengo un mango. Con este asunto de Pittilanga metí hasta el último peso, y no veo cómo voy a recuperarlo, la verdad...

Tal para cual, pensó Mauricio. El boludo del Ruso era una máquina de hacer pésimos negocios. Y el Mono no había tenido mejor idea que copiarlo al fracasado aquel, metiéndose a empresario futbolístico. Se sintió mal por pensar en eso. No era momento.

—Che —la voz del Mono lo sacó de sus cavilaciones—. Me contó mi hermano que te ofreciste a contarle al Ruso...

Mierda. Recontramierda. Por lo que decía, por cómo lo decía, no sólo no había hablado con el Ruso, sino que estaba esperando —igual que Fernando— que Mauricio se ocupara.

—Sí, Mono —Mauricio empezó a accionar frenéticamente el botón de su lapicera—. Lo que pasa es que no sé cómo entrarle, te digo la verdad... Vos viste cómo es el Ruso... Y es un tema jodido...

Se hizo un silencio en la línea. Cuando el Mono habló, su voz sonó afectuosa, cálida, como si quisiera protegerlo.

—No te hagas tanto rollo, Mauri. El Ruso será medio boludazo pero no es un chico. Por lo menos para esto. No es lo que te pasó a vos. Nada que ver.

Mauricio enmudeció.

—Hola. ¿Estás ahí? —preguntó el Mono.

—Sí. Eh... sí.

—¿Me escuchaste lo que te dije?

Por supuesto que lo había escuchado. Mono hijo de puta. Ahora la jugaba de analista. Era sorprendente que se acordara de eso. Sobre todo, partiendo de la base de que él, Mauricio, lo tenía absolutamente olvidado. O no, pero casi.

Su hermana lo había ido a buscar a la escuela. Una alegría. Una sorpresa. Rarísima, porque ella también iba a la escuela al turno mañana. Al Dorrego y a quinto año del secundario, pero a la mañana igual que él. ¿Qué hacía yéndolo a buscar? ¿Y si era para llevarlo al cine? ¿Y si se iban a comer pizza? Lo desubicó un poco que dijera de ir a la parroquia. Pero fueron porque con su hermana mayor Mauricio iba al fin de la galaxia, si hacía falta. La mejor hermana del mundo tenía. Se sentaron en uno de los bancos de adelante. Había poca gente. Lo normal, si era casi la hora de almorzar. Bárbaro eso de ir juntos a la iglesia, pero mejor una porción de pizza. Y cuando Mauricio iba a decírselo su hermana le apoyó la mano en la pierna y le dijo te tengo que contar algo de papá. Tenés que saber. Y Mauricio se había puesto a mirar las baldosas negras y blancas de la iglesia para que no se le salieran las lágrimas. Y mientras la hermana le empezaba a decir algo de tenés que prepararte Mauricio se había agarrado fuerte de los faldones del guardapolvo porque las manos se le cerraban sin querer, se le cerraban en puños sin querer, se le iban hacia su hermana para que se callara y dejara de decir eso de aprovechalo porque queda poco tiempo. Callate. Callate de una vez. Y él que había pensado que era para comer pizza o para ir al cine a Morón. Pedazo de boludo.

—Sí, te escuché, Mono —dijo al fin.

—No te enojés, Mauri...

El Mono empezaba a disculparse, y era peor. Porque tenía razón. De alguna manera retorcida, tenía razón, carajo. Había vuelto a entrar en esa iglesia cuatrocientas cincuenta veces. Triste o feliz. Cientos de veces había vuelto. Pero siempre se acordaba de ese día. Las baldosas. La fuerza para mantener los ojos secos. Los puños cerrados. La rabia. La parroquia siempre iba a ser eso.

—No me enojo, pelotudo —era verdad—. Solamente me sorprendo. ¿Desde cuándo te volviste tan perspicaz?

El Mono resopló una sonrisa.

—Debe ser la medicación que me están dando, boludo. Me parece que le saca lustre a los neurotransmisores.

Mauricio, a pesar suyo, se rió. Y le dio las gracias. Tácitamente, pero se las dio.

—Qué forro que sos, ¿eh?

Enseguida se despidieron y cortaron.

Al día siguiente, Mauricio llamó otra vez al Ruso y lo citó en su casa, aprovechando que Mariel salía con sus amigas. Abrió una cerveza, puso unos maníes en un cenicero limpio y le contó todo. En diez palabras, a lo bruto, pero se lo contó.

22

Cuando el ómnibus entra en el centésimo pueblo de su itinerario, el Ruso no puede más y se acerca a preguntarles a los choferes a qué hora calculan llegar a Santiago. "Mediodía", le responden, y el Ruso vuelve a su asiento.

Si la puta tarjeta de crédito hubiera pasado aprobada, habría podido viajar otra vez en el Sleep Bussines Bus, o Class, o Flash o como carajo se llame, que hacía el trayecto en doce horas, y no en esa catramina espasmódica que lleva dieciséis horas entrando en todos los pueblos habidos y por haber en las provincias de Santa Fe, Córdoba y Santiago del Estero.

Pero no. A la tarjeta se la rechazaron. La vendedora de la terminalita de Morón se la devolvió, después de intentar procesar la venta un par de veces, mirándolo con desdén y aprensión, como si tanto la tarjeta como su titular tuviesen lepra. El Ruso tuvo que raspar el fondo de los bolsillos y a duras penas le alcanzó para el Executive Service. "Executive" las pelotas, piensa ahora que son las once y el micro entra en el pueblo número ciento uno. El Ruso habría querido llegar temprano, ver el entrenamiento completo, desayunar como Dios manda, preparar a Pittilanga de algún modo para decirle lo que ha venido a decir.

No logra hacer nada de todo eso, porque el micro entra a la terminal a las doce treinta y cinco. El Ruso se trepa a un taxi rogándole que lo acerque lo más posible a la cancha de Mitre, hasta la suma de diez pesos porque es todo lo que tiene. Esa, por lo menos, le sale derecha: le toca un taxista compasivo que, cuando el viaje marca diez pesos, apaga el reloj y lo lleva gratis el resto del trayecto.

El Ruso corre desde la entrada del club hasta la cancha. Por suerte el entrenamiento no ha terminado y, exhausto, se deja caer en un escalón de la tribuna. De lejos lo saluda el abuelo del marcador de punta. El Ruso replica el gesto, pero está tan fatigado que no puede articular palabra. Para colmo ha venido corriendo sin quitarse la campera, y ahora que se queda quieto al sol el sudor empieza a ensoparlo. En su fastidio lo ganan los malos pensamientos: todo su capital asciende a tres o cuatro pesos en monedas que guarda en el bolsillo más chico del pantalón. ¿Qué almuerzo podrá comprar con semejante miseria? ¿En qué va a ocupar el tiempo hasta las diez de la noche, cuando salga el maldito Executive Class que lo lleve de vuelta a Morón? ¿Cuánto crédito le queda en el celular como para llamarla a Mónica?

Pero en ese momento Bermúdez pita el final del partido de entrenamiento y el Ruso sabe que su verdadero problema está a punto de comenzar, cuando le salga al encuentro a Pittilanga, le sonría con cara de inocente y le proponga sentarse a conversar.

Visita al doctor

Una sola vez fueron los cuatro juntos a ver al médico, un oncólogo del que al Mono le habían hablado maravillas. No se lo pidió expresamente, pero los otros tres entendieron que quería, que necesitaba, su compañía. Después de tenerlo un mes haciéndose placas, ecografías, tomografías y resonancias magnéticas, el médico clínico le dijo que lo fuera a ver a Daniel Liwe, que al parecer era una eminencia en la materia. El Ruso consideró un buen augurio que se llamara igual que él. Todos mis tocayos son genios, argumentó.

Esperaron un buen rato en una sala de espera vacía. Callados, aunque el Ruso intentó algunos temas. Pero estaban tensos, alertas, deseando que por fin alguien les pusiera nombre a los hechos y las posibilidades.

Cuando el médico salió de su consultorio para llamar al Mono, se sorprendió cuando los cuatro se pusieron de pie. El Mono fue el primero en estrecharle la mano. Después Fernando y el Ruso. Pero cuando Mauricio trató de repetir el gesto, Liwe alzó la mano y dijo "No más de tres personas". Ellos vacilaron. "A la consulta —aclaró el médico— pueden pasar un máximo de tres personas. El enfermo y dos acompañantes". Mauricio retrocedió y volvió a sentarse.

Cuando ocuparon las tres sillas que estaban dispuestas de un lado del escritorio, Fernando pensó que esa exclusión de Mauricio no era la mejor manera de empezar la consulta. ¿En qué podía perjudicar que fueran cuatro en lugar de tres? Trató de calmarse: si era, nomás, "una eminencia", sus motivos tendría.

—Vengo de parte del doctor Casillas —empezó el Mono—, que me dijo…

—Permítame los estudios —lo cortó Liwe.

A las espaldas de su hermano, Fernando cruzó con el Ruso una mirada de disgusto. Mientras tanto, el médico extraía los estudios de sus sobres y los iba estudiando, uno por uno.

—¿Llenó la ficha con sus datos personales? —preguntó, sin levantar la vista.

—Este... sí... se la dejé a la secretaria. ¿Por?

—¿Le dejó fotocopias de los estudios?

—No, no, no sabía —el Mono se revolvía en su silla.

—No nos dijeron —terció el Ruso.

El médico levantó el auricular del teléfono.

—Sí, Victoria. Acá no me trajeron fotocopias. Sáquelas usted. Gracias.

Liwe giró su silla para quedar frente a su computadora. Mientras empezaba a teclear, entró la secretaria. El oncólogo le alcanzó casi todos los papeles, sin dejar de mirar la pantalla. El Mono carraspeó. Tenía el cuerpo adelantado hacia el escritorio, pero se había quedado quieto. Fernando y el Ruso volvieron a mirarse. Fernando estaba cada vez más incómodo.

—¿Quiere que le vayamos contando? —preguntó Fernando, y se arrepintió enseguida. Ese plural, tal vez, lo dejaba al Mono en una posición de inferioridad, de dependencia. Como si no pudiera explicar y valerse por sí solo. Pero no toleraba más el silencio, la postura estática de su hermano, el reflejo de la pantalla en los anteojos de Liwe.

—Así está bien —respondió el médico, haciendo un gesto vago hacia los papeles que su secretaria no se había llevado.

Giró de nuevo la silla y volvió a quedar enfrentado a ellos. Alargó la mano hasta un recetario, sacó una lapicera del bolsillo superior del guardapolvo y empezó a escribir.

—¿Y... entonces? —preguntó el Mono, al que sin querer se le iba la voz.

—Acá le hago las órdenes de lo que tiene que hacer.

—¿Cómo, las órdenes? —preguntó el Mono.

—¿Órdenes de qué? —soltó el Ruso.

—La semana que viene... —empezó el médico, pero se interrumpió, como si hablar lo distrajese de lo que tenía que escribir.

Llenó varias órdenes. Fernando contó cuatro. Después las puso en fila sobre el escritorio y les aplicó su sello, que era de esos automáticos con la almohadilla incorporada.

—¿La quimio dónde se la va a hacer? —preguntó Liwe.

—No… no sé… Yo no sabía que tenía que empezar con quimioterapia.

—Y sí, tiene que empezar —respondió el médico, y Fernando no supo si su cara era de suficiencia, de tedio o de fastidio—. Por eso le pregunto.

—Lo que pasa es que yo quería saber cómo va a ser el tratamiento. Qué… modo, qué… alternativas —el Mono buscaba las palabras, y Fernando supo que la que no se animaba a usar era "posibilidades".

—Todo lo que tenga que ver con sus dudas, quiero que se lo pregunte a la doctora Álvarez, que es la especialista en cuidados paliativos —dijo Liwe, y levantó los ojos hacia el Mono por primera vez—. Conmigo vemos el tema estrictamente oncológico. Lo demás, con ella.

Fernando se preguntó si su hermano menor habría reparado en la expresión "cuidados paliativos". Lo miró: era tal la confusión que denotaba la expresión del Mono que intuyó que no.

El médico se puso de pie. Ellos tres demoraron en imitarlo, como si les costase comprender que hasta ahí había llegado la consulta. Pero como Liwe se mantuvo parado, inexpresivo, terminaron por incorporarse. El médico les tendió una mano blanda. Cuando se la estrechó, Fernando comprendió lo que más le había molestado. El médico seguía mirando a la nada, una nada ubicada un poco por encima del hombro de sus interlocutores.

Salieron a la sala de espera. El Ruso, que iba detrás, cerró la puerta detrás de sí. Mauricio les salió al encuentro, pero con un cabeceo lo disuadieron de preguntar. Pasaron a la recepción, donde estaba la secretaria. En ese momento, el Ruso les dijo que esperaran, que tenía que volver.

Fernando lo miró a Mauricio, que le devolvió un gesto de interrogación. El Mono estaba en la suya, con la cabeza baja y las manos llenas con todos los sobres de los estudios y las órdenes. La secretaria los miró sin entender. Entonces escucharon los gritos del Ruso. En realidad escucharon el ruido del picaporte de la puerta del consultorio, al abrirse de un manotazo. Y lo que oyeron después no fue un crescendo de discusión. Nada de eso. Fue un monólogo brutal, monolítico, dicho a los gritos.

"¿Sos médico o sos qué, pedazo de hijo de puta? ¿No te das cuenta, no te das cuenta de que el Mono está enfermo, pelotudo? ¿Que tiene miedo de morirse? ¿O a vos te chupa un huevo? ¡Ni lo miraste, pelotudo, ni lo miraste! ¡No nos dijiste una mierda! ¿No te diste cuenta de que te quería preguntar? ¿No te diste cuenta, imbécil? ¿Vos qué? ¿Vos no... vos nunca tuviste miedo? ¿Estás vivo, forro, o qué? ¿Qué te escondés, qué te escondés, boludo? ¡Cagón! ¿Viste qué feo que es tener miedo, pelotudo? ¿Ahora nos entendés a nosotros, choto? ¿Ahora entendés? ¡Sorete! ¡Frío! ¡Pecho frío! ¡Para qué atendés cáncer, pedazo de hijo de puta! ¿Para qué atendés? ¿Por qué no te dedicás a otra cosa? ¡Hacete bancario, pedazo de forro! ¡Hacete astronauta! ¿Pero médico? ¡Tratás con gente, sorete! ¡Tratás..."

No pudo seguir porque en ese momento lo sacaron entre los tres, y se llevaron unos cuantos golpes en el forcejeo, porque el Ruso estaba fuera de sí. Tenía la cara colorada por el esfuerzo, la furia y la impotencia. En frases incoherentes —y mientras lo arrastraban de nuevo por la sala de espera, la recepción y el pasillo— gritaba que lo soltaran, que lo dejaran, que lo iba a cagar a golpes. La voz se le estrangulaba más y más, porque no quería perder tiempo en respirar, y porque los alaridos que había proferido le habían arruinado la garganta. Lo embutieron de mal modo en el ascensor y bajaron los diez pisos que los separaban de la calle.

A mitad de camino, y mientras veían pasar los números de los pisos pintados en la pared, habló el Mono:

—Vamos a tener que cambiar de oncólogo. Me parece que con Liwe no va más.

Fernando sonrió, porque conocía la voz de su hermano y supo que, por detrás de la angustia, él también sonreía.

—Creo que va a ser lo mejor —Mauricio coincidió.

23

Cuando el Ruso lo invita a sentarse a la sombra, Pittilanga acepta pero lo mira un poco extrañado.

—Pensé que iba a verlo dentro de un tiempo...

—Yo te avisé que pensaba venir seguido.

—Seguido sí, pero vino hace dos semanas.

—No. Sí. Es verdad.

El Ruso, aterrorizado, advierte que ha hecho mil doscientos kilómetros y no tiene ni idea de cómo empezar a decir lo que tiene que decir, o proponer.

—Pasa que estuve viéndote jugar, la vez pasada...

El pibe le sostiene la mirada pero no pronuncia palabra. Nada que al Ruso lo ayude a seguir.

—¿Esta semana cómo anduviste?

Ceño fruncido, extrañeza, ligero recelo del jugador. Pero responde.

—Yo qué sé. Como siempre, supongo...

Pittilanga se mira los botines sucios, tira del hilo deshilachado de una media, golpea los tapones sobre un contrapiso bajo el banco de suplentes. El Ruso tiene una idea. No es buena, pero por lo menos es una idea. Que hable el pibe. En una de esas...

—Decime una cosa, Mario: ¿vos cómo te ves?

—¿Cómo me veo de qué?

—Cómo te ves. Jugando, digo. Con el fútbol. Con tu carrera, digo. ¿Cómo te ves?

—¿A qué viene la pregunta?

—A nada, pibe. Pero me interesa. Me interesás. ¿Y a quién le puedo preguntar cómo andás vos si no es a vos?

El pibe cambia un poco de posición, gira la cabeza hacia la puerta del vestuario. Está incómodo, piensa el Ruso. Le da vergüenza estar acá con un desconocido.

—Yo qué sé... No sé qué quiere que le diga...

Yo tampoco sé, pendejo, piensa el Ruso, pero necesito que me des algún pie como para entrar en tema sin que te calientes y me mandes a la mierda.

—Me refiero a cómo te ves vos mismo con tu carrera, Mario. Si te ves siempre igual o si te ves progresando, pasando a otro club más importante, volviendo a Platense, llegando a Primera...

—Sí, más bien. Yo trabajo para que pase eso. Hoy estoy acá pero siempre el jugador quiere progresar.

Respuesta inútil, piensa el Ruso. Pittilanga acaba de contestar como si eso fuera una nota periodística hecha a un jugador consagrado o en camino de serlo. Y no es ni lo uno ni lo otro. Siguen en cero.

—¿Usted cómo me ve? —contraataca el muchacho, y el Ruso se sobresalta ante esa iniciativa inesperada.

—¿Yo?

—Sí. Usted.

El Ruso toma conciencia de que se ha metido en un embrollo.

—Psst... qué te puedo decir.

—Lo que piensa, dígame.

El Ruso titubea, mueve las manos, finalmente arranca.

—Veo que le ponés muchas ganas, mucho profesionalismo, te matás entrenando...

Pésimo comienzo. Él también está contestando obviedades que no sirven para nada.

—Pero soy un desastre...

—¡Un desastre! No, ¿por qué?

—¿Y entonces qué soy?

Sos un paquete, un burrazo, un torpe, una mentira, una yegua, un chasco de trescientos mil dólares, piensa el Ruso.

—Ehhh... sos un pibe que está aprendiendo, buscando su camino, viendo cómo pega el salto al fútbol profesional... eso sos.

El muchacho sonríe sin alegría, se agacha para desprenderse los cordones de los botines.

—¿Por qué no me dice la verdad?

En la voz de Pittilanga hay una entrega, un bajar la guardia, una puerta a la posible sinceridad, y el Ruso decide aprovecharla antes de que la idea estúpida que lo trajo por segunda vez hasta Santiago del Estero demuestre que es únicamente eso: estúpida.

—Para mí, lo tuyo no es un problema de actitud, o de técnica, o de estado. No, no es eso.

—¿Y qué es?

El Ruso busca las palabras, pero no están en ningún lado.

—Yo te estuve mirando, te estuve estudiando. La otra vez, cuando fuimos los tres a verte a 9 de Julio, el viernes pasado, hoy mismo…

—¿Y?

Es ya. Basta de demoras.

—¿Nunca se te ocurrió jugar de defensor?

Palidez I

—¿Sabés qué estaba pensando, Fer?
—¿En qué, Mono?
—… ¿Te pasa algo?
—¿Por?
—Estás pálido, Fernando. ¿Querés que le avise a la enfermera?
—No. Me duele un poco el brazo, pero no debe ser nada.
—Pará que la llamamos. ¿Qué perdemos?
—No, Mono, dejá. No hace falta. Ya se me va a pasar.
—¿Hacía mucho que no dabas sangre, Fer?
—Creo que es la primera vez. No, a ver… Una vez dimos para una compañera de la escuela. Para el padre, bah. Pero fue hace como veinte años.
—¿Y esa vez cómo te fue?
—Bárbaro. Me desmayé a los cinco minutos y me tuvieron que despertar entre veinte chabones.
—¡Ja! ¿Así que sos impresionable, príncipe?
—¿Vos no tendrías que esperar afuera, pelotudito? Ahora la llamo a la enfermera y le digo que te saque.
—¿Seguro que no querés que la llame? En serio te digo.
—No, Mono, cortala. Hablame, así me distraigo.
—¿Sabés en qué estaba pensando recién?
—Ya me lo preguntaste y ya te dije que no. ¿En qué?
—Es una pelotudez, en realidad.
—Viniendo de vos es natural, Mono.
—Andá a cagar.
—No puedo, estoy donando sangre para el boludo de mi hermano.
—…
—¿Qué era lo que pensabas?

—No, nada. Dejá.

—¿Ahora te vas a hacer el estrecho? Dale. Contá.

—Es algo serio, boludo. Quiero decir, es medio imbécil, pero al mismo tiempo es en serio, y no quiero que te lo tomes a la joda.

—Pero vos mismo me avisaste que era una pelotudez.

—Sí, porque parece una pelotudez. Pero en el fondo yo creo que no es ninguna boludez.

—De acuerdo, entonces. Contame.

24

Pittilanga vuelve a fruncir el ceño, pero no está enojado —todavía, piensa el Ruso—, sino sobre todo confundido.

—¿Qué? —pregunta con tono de estar perdidísimo.

—Jugar de defensor, digo. Si nunca lo pensaste.

—¿Cómo "de defensor"?

—De defensor, pibe. De defensor. Marcador central, dos o seis, en la cueva. Defensor…

—¡Ya sé lo que es un defensor! ¿Me está jodiendo? ¿Defensor? ¿Cómo voy a jugar de defensor? Soy delantero, toda la vida, desde chico, siempre delantero —en su voz ahora sí hay impaciencia, orgullo, una creciente indignación—. ¿Qué se cree?

—No te enojes, Mario, hacé como que no te dije nada —el Ruso alza las manos, en un ademán de restar importancia a lo que acaba de decir. Pero es un ademán, nomás. Sabe que no hay manera de retroceder.

—¡Ah, sí! ¡Qué fácil! Usted viene, me saca charla, se hace el tonto y me termina diciendo por qué no pruebo de jugar de defensor. Se piensa que soy pelotudo, yo. Eso, y decirme que soy un animal, que no sirvo para una mierda, que soy un desastre, es lo mismo.

—Yo insisto: ¿nunca probaste?

—¡Ni probé ni voy a probar, la puta que lo parió!

—Ehhh…. Tampoco te lo tomes así, pibe.

—¿Y cómo mierda quiere que me lo tome? ¿Usted es el dueño de mi pase o el enemigo? Ah… ya entiendo…

La pausa súbita en la andanada de reproches hace que el Ruso se vuelva a mirarlo. Pittilanga ha entrecerrado los ojos, con astucia.

—¿No será que andan pidiéndole un defensor, y me quiere enchufar a mí en el negocio?

—¿Qué? —ahora es el Ruso el que no entiende.

—¡Claro! Me juego lo que no tengo que a ustedes les deben haber ofrecido una operación, una venta, yo qué sé, y me quieren meter a mí en el medio, llenarme la cabeza para salir del paso y ganarse un mango. Pero a mí, de boludo no me toman. De boludo no me toman, que le quede claro.

El Ruso suspira. En el fondo, lo lógico es que su estúpida idea termine así.

—Perdoná, pibe. Lo entendiste mal, o yo no me supe expresar... Hacé como que no te dije nada.

—¡Un carajo no me dijo nada!

El Ruso piensa que es la primera vez que lo escucha gritar. Lejos, a sus espaldas, se abre la puerta de chapa del vestuario. Los compañeros de Pittilanga, duchados y cambiados, se van para sus casas. Sopla un vientito leve que levanta unas hojas secas.

—Mirá —el Ruso habla con calma, porque ha decidido decir toda la verdad y eso siempre lo tranquiliza—, capaz que yo no entiendo nada de fútbol, capaz que soy un boludo, capaz que tendría que cerrar el culo...

—Capaz que sí.

El Ruso tuerce la cara pero pasa por alto la ofensa.

—Pero te voy a decir dos cosas. Dos cosas que son verdad. Para que las sepas, o para que las pienses.

—¿Ahora se va a ofender?

—No, nada que ver —se ataja el Ruso, y es sincero—. La primera tiene que ver con nosotros, los dueños de tu pase. Vos sabés que el que te compró fue Alejandro Raguzzi, ¿no?

—Sí.

—Bueno, el Mono —para nosotros nunca fue Alejandro, siempre fue el Mono— no era un empresario del fútbol. Había jugado, eso sí. Era bueno, muy bueno. Marcador de punta por derecha. Siempre de cuatro. Pero lo dejaron libre en cuarta división y nunca más. Después estudió para analista de sistemas. Era un bocho, el pelotudo. Y era mi mejor amigo, también. Bueno, la cosa es que lo echaron de un laburo groso, cobró una guita, muy buena guita. Salvatierra le habló de vos, y el Mono te compró. Fue cuando te convocaron al Mundial de Indonesia. Pero el año pasado se agarró un cáncer que lo hizo mierda. Seis, siete meses.

El Ruso hace silencio. Somos tan poquita cosa que nuestra biografía entra en cinco minutos. Nos quieran lo que nos quieran los que quedan acá. Cinco minutos y te sobra tiempo.

—Nosotros tres tenemos menos idea que el Mono. Nos metimos en esto para ver si se puede recuperar la guita, no te voy a mentir. Porque el Mono puso todo en tu pase. Y tiene una hijita… Yo sé que no es tu culpa. Te lo digo para que entiendas, nomás.

—Está bien, jefe. Yo lo lamento, lo que me cuenta. Pero no puedo hacer nada con eso.

—Eso es la primera cosa que te quiero decir. Y sí, vos no tenés nada que ver. Pero con la segunda cosa sí. Y encima estoy jugado, así que más bronca que la que me tenés no me vas a tener. Atendeme, Mario: vos no estás para jugar en Primera. En Primera en serio, digo. Acá, vaya y pase. Pero vos sabés tan bien como yo que esto es pan para hoy y hambre para mañana. A vos se te termina el préstamo y volvés a Platense. Y Platense te deja libre. Y el pase libre te lo metés en el culo. Y las trescientas lucas de tu pase se hacen humo, ya sé. Ya sé que lo que te digo vos lo podés tomar como que lo digo por conveniencia. Pero es así. Si no estuviéramos nosotros de por medio, por el asunto de la guita, te lo diría igual.

—No le creo.

—Tenés razón. Capaz que no te lo diría, pero porque me da no sé qué criticar a la gente. Me da pena. Pero por eso no te lo diría. No porque pensara en serio que tenés posibilidades de triunfar en Primera. Y vos lo sabés. En el fondo lo sabés.

El pibe mira hacia el vestuario, como si temiese que las frases del Ruso pudiesen llegar, como una premonición, a oídos de Bermúdez. Pero no hay nadie más que ellos dos.

—Me parece que usted no me entiende. Yo no… yo no sé hacer nada más que esto. Hace diez años que estoy dale que dale con esto.

—Te entiendo.

—No. No me entiende un carajo. Yo dejé la escuela. Por los entrenamientos. Desde los once que entreno. Esto es un trabajo. Siempre fue. Mi viejo me tenía que llevar, mi hermano grande, un quilombo con el laburo, los horarios, los partidos. Usted… capaz que para usted jugar al fútbol es divertido, juega porque le gusta. Para mí es un trabajo. Yo tengo que comer, de acá. Yo no sé hacer nada, si no.

—Pero justam…

—De los pibes que arrancamos en Novena división, ¿sabe cuántos quedamos?

—Yo te entiendo…

—Tres, quedamos. Tres. Yo no paré nunca. Yo… yo me cansé de ver pibes que eran mejores que yo, que se las daban de *cracks*, y les terminaron dando una patada en el orto.

—¿Y quién te dijo que ahora no te llega el turno a vos?

El Ruso lo dice sin ánimo de ofender y Pittilanga lo entiende del mismo modo, y no se calla porque esté molesto sino porque no encuentra más fundamentos para seguir hablando.

—Jugando así… ¿vos te ves en Primera A?

—Capaz que en la A no, pero capaz que en el Nacional B sí. Y ahí hago una diferencia, una guita.

—La veo difícil.

—Usted la ve difícil porque esa me sirve a mí pero a ustedes no. Si yo sigo jugando siempre en el ascenso los que se joden son ustedes.

—¿Y cuánto te creés que vas a cobrar en el ascenso? ¿Fortunas vas a cobrar?

—No. Pero puedo tirar unas cuantas temporadas.

—Y cuando termines esas cuantas temporadas te vas a quedar en Pampa y la vía, en la ruina te vas a quedar. ¿Después qué vas a hacer? ¿Te ponés un quiosco?

—¡Capaz que sí! —el pibe vuelve a engranar—. ¡Capaz que me pongo un quiosco! Usted no tiene ni idea de dónde vengo yo. Ni idea. Para usted poner un quiosco es una mierda y en una de esas para mí está bárbaro. ¿O no puede ser?

No es ningún idiota, piensa el Ruso, que lamenta haber pecado de imprudente. No lo quiso ofender con lo del quiosco. Pero es bien cierto que los horizontes de ese pibe pueden ser otros.

—Lo que yo digo —el Ruso busca otro camino— es que tenés una chance. Una chance en serio. Una chance de probar otra cosa.

—Ja. Seguro. Jugar de defensor y consagrarme. El nuevo Passarella.

—¿Y qué sabés?

—No va a funcionar.

—Jugar de delantero tampoco funciona. ¿O no te das cuenta de que no funciona?

—Déjese de joder.

—¿Qué perdés?

—No me hinche las pelotas.

—Decime qué perdés.

—Tiempo, pierdo. Posibilidades.

—¡¿Posibilidades?! —ahora es el Ruso el que adopta el tono irónico, mientras señala lo que tienen alrededor, la tribuna baja, la cancha rala, el alambrado roto y la línea de álamos escuálidos que, contra el paredón, cierran el otro lateral—. ¿Jugar en esta cancha de mierda con este equipo de mierda? ¿Me lo decís en serio?

El pibe gruñe, despectivo, y escupe al piso, un metro delante de los dos. Por un minuto se quedan mirando cómo al escupitajo se lo traga la tierra.

—En vez de calentarte, pensá un poco. ¿Vos querés terminar acá? Yo te estuve mirando. No sólo el otro día, que vine. Mi socio, Fernando, te estuvo filmando un montón de partidos.

—Ya sé. Ya lo vi.

—Bueno. Te aseguro que me los vi completos. Y creo... no lo tomes como que me agrando... pero me parece entender por dónde viene el problema.

—¿Qué? ¿Lo olfateó? —dice el pibe, con un gesto hacia la nariz del Ruso, y una carcajada de sarcasmo.

Al Ruso pocas cosas lo sacan de sus casillas, pero que se metan con el tamaño de su nariz es una de ellas. Siente crecer el fastidio que tiene agazapado muy atrás, muy en el fondo de su ánimo, un fastidio que arrancó en el micro y sus dieciséis horas de carro lechero y que no ha parado de crecer.

—Mirá, nene. No me hace falta olfatearlo. Porque miro fútbol desde hace mucho. Desde antes de que se te pasara por la cabeza jugar al fútbol. Desde antes de que nacieras. Desde antes de que fabricaran el forro pinchado que usó tu viejo el día que te fabricaron a vos.

El Ruso toma aire. No se arrepiente de la barbaridad que acaba de decir. Pendejo insolente.

—Vos podés seguir jodiendo con hacerte el goleador todo el tiempo que quieras. Bueno, en realidad, no. Te queda menos de un año a préstamo y volvés a Platense sí o sí. Y ahí no te van a tener en cuenta ni en pedo. Te van a pegar un voleo en el orto y si te he visto no me acuerdo.

—Pero...

—Pero nada. Y si no la querés entender no hay Dios que pueda hacerlo por vos. No le hacés un gol a nadie y vos lo sabés.

—El otro día metí un gol.

—Metés un gol cada diez partidos. Y los goles que metés vos yo también los meto, quedate tranquilo. Con esta panza, las rodillas rotas y cuarenta y dos abriles, te aseguro que los meto.

Se abre la puerta de chapa del vestuario y sale Bermúdez, que saluda con un gesto a la distancia y se va. El Ruso le devuelve el saludo y lo mira a Pittilanga, que sigue con los ojos clavados en el piso.

—Se te cerró el arco, como dicen. O no sé: creciste cinco centímetros más de lo que necesitabas, o cinco menos. O engordaste un par de kilos de más y ese par de kilos te cambió para siempre el panorama. No lo sé. Esto del fútbol es muy, muy fino. No son muchos los tipos que llegan. Y los que llegan tienen algo. Bueno, pibe: ese algo vos no lo tenés. Ahí arriba, peleando para meter un gol, seguro que no lo tenés. Vos dirás "y este narigón de mierda qué sabe". Bueno, te aseguro que sé. Yo de la vida mía no te puedo decir un carajo porque soy un pelotudo hecho y derecho. Pero con los demás soy mucho menos boludo de lo que parezco. Te lo garantizo. Conozco a la gente. Escucho. Miro. Y por eso te digo lo que te digo. En la puta vida vas a triunfar como delantero. Por más que chilles y patalees. No naciste para eso. Lo siento. Ofendete. Calentate. Lo que carajo se te cante. Pero delantero no sos ni vas a ser.

Pittilanga hace presión con la punta de los pies sobre los talones, para quitarse los botines. Sigue sin levantar la vista. De vez en cuando resopla, aunque el Ruso no sabe si de frustración, de bronca o de impotencia.

—Pero así como te digo esto te digo que, en una de esas, tenés una chance abajo. Aunque te me cagués de la risa. No me importa. Porque si te reís lo hacés de pendejo. O peor, de ignorante. No lo estás pensando. No con la tranquilidad que te pido que lo pienses. Tenés que probar de jugar abajo. Y no como marcador de punta. Sos demasiado grandote. Demasiado lento, y te van a pasar como alambre caído. Como central. De dos o de seis. ¿Qué perfil preferís?

Pittilanga frunce la boca en un gesto indescifrable. No parece importarle.

—Nunca jugué como defensor central.

Al Ruso se le ocurre la frase justa. Se demora un segundo porque lo detiene una mínima prudencia, pero es apenas eso, un segundo.

—¿Me estás jodiendo? Todos los partidos jugás de defensor central. Para los contrarios, pero de central.

Listo. Está dicho. Enojate todo lo que quieras. Para su sorpresa, Pittilanga suelta una risita. Desganada, enmascarada en un resoplido, pero risita al fin.

—¿Por qué no te vas a la concha de tu madre? —insulta, por fin, pero el Ruso entiende que lo hace sin verdadero enojo.

—Me lo preguntan seguido, pendejo, pero no nos vayamos de tema. ¿Sabés por qué se me ocurrió que podés andar bien como marcador central? Hablando en serio...

El muchacho lo mira. Y el Ruso percibe que no sólo lo hace sin enojo. Lo mira con interés.

—Porque sabés de lo que se trata. Aunque no te salga una, sabés de lo que se trata. Sabes cómo es eso de tener que encarar hacia el arco con un tipo encima, que te pechea, que te saca, que te topa. Sabés cómo se te achica el arco, cómo se te aleja, cuando vas a patear. Cómo se te seca la boca cuando la cosa viene fulera y en la tribuna murmuran, putean bajito. Qué grandes se ven los arqueros cuando te salen a achicar, en un mano a mano. Cómo te cagan a codazos cuando saltás en el área a cabecear en un centro. Vos todo eso lo sabés. Aunque no te salga una, eso lo sabés.

—Pero yo soy delantero...

—¡Eras! ¡Fuiste! ¡Uno cambia! Además, así la responsabilidad la tienen los otros. Vos no. Los contrarios la tienen. Al revés de como es ahora. Ahora vos la tenés que meter en un cuadrado de siete metros por dos metros y pico.

—No es un cuadrado. Es un rectángulo.

—La puta madre. Me tocó un analfabeto científico. No te hagás el pícaro, que me entendés perfectamente. El delantero la tiene que embocar en un "rectángulo", ya que insistís, que tiene siete metros. Nada más. Siete. Y con un arquero parado ahí en el medio. En cambio el marcador, el tipo que todas las semanas te marca a vos, tiene cincuenta metros para cada lado para tirarla a la mierda. ¿Entendés? Si vos sos delantero y le errás al arco la hinchada te caga a puteadas. ¿Digo bien? En cambio, si sos defensor y para evitar el peligro vos le metés al balón una quema furibunda que la saca del universo, te aplaude todo el mundo. ¿Me seguís?

Ese es el núcleo de su teorema. Es la primera vez que lo formula en voz alta, pero la idea lo obsesiona desde el día anterior, cuando emergió de la cocina del lavadero de autos con la bandeja de tortas fritas en la mano para toparse, otra vez, con la estrategia infalible del Feo para jugar a la Play.

—No puedo —la voz de Pittilanga lo saca de sus cavilaciones.

—¿Qué es lo que no podés?

—Hacer lo que me decís. Vine como delantero de área. No puedo ir a jugar de último hombre.

—Es cuestión de animarse, de probar.

—Ni en pedo. Bermúdez me va a matar si le digo algo así.

—¿Bermúdez? Vos dejámelo a mí.

—Usted no lo conoce. Es un loco de mierda.

—Vos quedate tranquilo. Yo me encargo.

Pittilanga lo mira de nuevo. Sonríe. Y el Ruso intuye que debe hacer mucho, mucho tiempo, que a ese pibe nadie le hace un favor.

Paralelismos I

—Vos sabés lo que significa Independiente para mí, ¿no es cierto, Fer?

—Psí… Mono ¿Por?

—Hemos hablado mil veces, de esto de ser hincha, de estar siempre pendiente de lo que pasa con el equipo…

—Ajá.

—Bueno, estuve pensando… Prometeme que no te lo vas a tomar a la joda…

—Ya te dije que no, Mono.

—Bueno… yo siento que a Independiente y a mí nos pasa lo mismo.

—¡¿Qué?!

—Parece una idiotez, pero dejame que te lo explique. ¿Cómo era Independiente cuando nosotros éramos chicos?

—¿Qué tiene que ver?

—Vos decime. ¿Cómo era? ¿Cómo le iba?

—Bárbaro, le iba. Nos cansamos de ganar campeonatos. Pero no…

—¡Quieto! Y decime, ahora, en el presente, ¿cómo le va?

—Como el culo.

—Verdaderamente para el orto.

—Para la reverendísima mierda.

—Exacto.

25

Por supuesto que después de la ardorosa reconciliación producida a la vuelta de la primera y última sesión de terapia de pareja, las cosas entre Mauricio y su mujer siguen un curso más previsible y rutinario. Pero en las peleas subsiguientes Mauricio sabe hacer jugar a su favor esa teoría de las esferas individuales con la que Mariel ha intentado, infructuosamente, deslumbrar a la terapeuta.

Son un equipo. Son complementarios. Tienen virtudes que se apuntalan mutuamente. Son como una empresa, una pequeña empresa que no para de crecer. Ahí está: ese es el ejemplo perfecto. Es una estupidez medir el éxito de una pareja a partir de criterios tan intangibles como las palabras o las sensaciones. ¿Por qué no medirlo por cosas más evidentes y palpables? ¿Dónde estaban siete años atrás? Recién casados, en el departamento de Morón que tenía el tamaño de un cenicero y una hipoteca descomunal. ¿Y ahora? Por algo ella puede darse el lujo de no deslomarse trabajando. Eso vale, eso pesa, eso existe. O que pueda mantenerse flaca, linda y saludable también tiene un precio. Un costo. Una inversión requerida. Y él no se lo echa en cara. Al contrario. Para él es un placer. Pero a veces hace falta poner las cosas así, blanco sobre negro, para verlas. Le encanta poder tenerla así. ¿Cuántos de sus amigos pueden decir lo mismo? ¿Y sus amigas? ¿Se ha comparado alguna vez Mariel con ellas? La mayoría parecen sus hermanas mayores. Diez, quince años mayores. Sus tías, parecen.

Ellos dos son, de verdad, un equipo. A Mariel le encanta el deporte. Puede entenderle perfectamente esa metáfora, ¿o no? Un equipo en el que cada uno es el mejor en su puesto. Complementarios. Indestructibles. Les pongan a quien les pongan delante. Un equipo capaz de aprovechar las virtudes de cada miembro. La imbécil de la psicóloga no se dio el tiempo para entenderlo. Esa es su virtud, su ventaja: el equipo, la visión de conjunto.

Ella conoce a la perfección los defectos de él. Mauricio no pretende negarlos. Pero van de la mano con ciertas virtudes. Es un ansioso, sí. Un histérico, corrige ella. Bueno, sí, un histérico: pero esa energía también es temeridad, osadía. Siempre va al frente. Y eso en el estudio jurídico vale oro. ¿O no? Es un egoísta. Sí. Ella tiene razón. Pero ¿qué goleador no es un poco morfón? Está en su naturaleza. Pero ese egoísmo va de la mano con la disciplina, con el esfuerzo, con la ambición. La ambición en el buen sentido. La ambición de ir a más, la ambición de ir mejorando, subiendo. Mauricio le dice que mire un poco alrededor. La casa. Los autos. Hasta se permite un guiño picaresco, en una de esas charlas con atisbos de discusión, y mientras enumera logros y materializaciones le toca ligeramente los pechos. También costaron sus buenos pesos. El dinero mejor gastado en toda su vida, se ataja Mauricio. Pero no fueron baratas las lolitas. Y Mariel sonrió.

Así van las cosas. Para colmo de bienes, el tratamiento de fertilidad va bien encaminado y el médico le dice a Mariel que ya están listos para ensayar la fecundación. Mauricio está feliz. Así como a veces las cosas parecen combinarse para salir mal, a veces se conjugan para salir bien. Sin ir más lejos, el día que Mariel lo visita para contarle lo del tratamiento, quiere la casualidad que Soledad esté de licencia por examen, y aunque esa historia ya terminó, mejor así, que ni se vean, para que nada ni nadie les opaque la alegría.

Paralelismos II

—¿Cuántos campeonatos ganó Independiente desde que nací hasta que cumplí los veinticinco?

—No sé, Mono.

—Dieciocho, Fernando. Los tengo contados. Siete campeonatos locales y once copas internacionales.

—¿Y?

—Ahora decime, del año '95 para acá. ¿Cuántos campeonatos?

—Uno.

—El de 2002.

—El de 2002. El único. ¿Copas internacionales?

—Ninguna.

—Ninguna. Exacto.

—No entiendo a qué querés llegar, Mono.

—A mí me dejaron libre en 1989. El Rojo duró un poco más. Hasta el '95. Después, una lágrima.

—Sigo sin entender…

—Que nos morimos los dos, Fernando. El Rojo y yo.

—…

—…

—Es una boludez lo que decís.

—Ninguna boludez.

—El Rojo no se va a morir. Y vos tampoco, Monito.

26

Llegan con tiempo, porque el Ruso insiste y porque la ruta está menos cargada de lo que habían supuesto. Está tan ansioso que casi arma un escándalo cuando se detienen en Saladillo a cargar gas natural comprimido.

—Vamos a llegar tarde, Fer.

—Estamos con tiempo de sobra, Ruso.

—En serio. Carguemos a la vuelta. Es la tercera vez que parás.

—Perdón, su señoría. Tengo un tubo chico que me rinde cien kilómetros. ¿Qué pretendés?

—Seguí un cacho a nafta, eso pretendo.

—Mirá, Ruso. Hoy es primero de mes y los docentes cobramos el quinto día hábil. ¿La nafta la pagás vos?

El Ruso farfulla alguna protesta, pero el argumento le resulta definitivo.

—Además… ¿desde cuándo ese ataque de puntualidad, Ruso?

—Ningún ataque, ¿por?

Lo mira con tal expresión de inocencia que Fernando sabe de inmediato que le está ocultando algo. Nunca ha sido bueno para esconder secretos. Por algo cuando jugaban al truco los cuatro el único que aceptaba formar pareja con él era el Mono. Toda la vida. Entran al pueblo, estacionan cerca de la cancha y se ubican al tope de la grada para tener algo de ángulo. Al Ruso le llama la atención la destreza de Fernando para aprestar el equipo de filmación y se lo dice.

—Y qué querés. Después de quince partidos, si no aprendí a filmar me tengo que pegar un tiro. Pero sigo sin entender para qué querés que filme. Ya te dije que al final eso también se fue al carajo.

El Ruso le hace señas de que mire el campo de juego. Están saliendo los equipos y Pittilanga viene en la hilera de los suyos.

—Menos mal —dice Fernando—. El año pasado una vuelta me fui hasta Trenque Lauquen y resulta que Pittilanga se había lesionado en la semana previa y yo no sabía nada.

—Me contaste.

—Mil doscientos kilómetros al pedo. Y a la vuelta llovía a baldazos.

—Sí, me contaste.

—Pues te lo voy a contar de vuelta y vos vas a poner cara de qué barbaridad, pobre Fernandito.

—Qué barbaridad, pobre Fernandito.

Pittilanga mira hacia la tribuna, desde la que una decena de hinchas locales lo insulta sin énfasis. Alza un brazo y saluda hacia donde están ellos situados. Fernando se sorprende porque el pibe es bruto como un arado y jamás le ha visto un gesto como ese.

Cuando los jugadores se acomodan para comenzar, Pittilanga, que ha estado probando a su arquero con algunos disparos sencillos, en lugar de trotar hacia el mediocampo se ubica cerca de su arquero, como defensor central.

—¿Qué pasa con este boludo? ¿Lo viste, Ruso?

—Ajá.

—¿Pero cómo puede ser? ¿Me querés decir qué carajo intenta hacer?

—Aguantá, Fernando.

Fernando nota que no hay sorpresa en su voz, ni inquietud, ni alarma. Por acá viene el misterio que el Ruso se trae entre manos.

—No te puedo creer, Ruso. Vos sabías de esto.

—Ajá.

—Estamos perdidos. Es un desastre. No puede ser... —Fernando se siente confuso, mareado—. ¿Cómo te enteraste? ¿Cuándo fue? ¿Quién lo decidió? —se pone repentinamente de pie—. Me voy a hablar con el técnico.

—Dejate de joder, Fernando. Sentate y esperá.

El partido arranca como un calco de todos los que han visto. Un campo de juego lleno de pozos como cráteres, la pelota viboreando en itinerarios impredecibles, todos de punta y para arriba, a la carga Barracas, un atentado al buen gusto. Lo nuevo, lo distinto, lo inquietante, es verlo a Pittilanga parado de último hombre, apenas a la salida de su área. Después de unos minutos de maraña intrascendente en el mediocampo, los locales meten un pelotazo en profundidad para el centrodelantero. Es petiso y ligero, y Fernando sabe que Pittilanga será incapaz, con su lentitud, con su corpachón de oso, de equiparar la velocidad del atacante. Cuando el delantero domina la pelota de espaldas al arco, Pittilanga le mete una tranca homicida que lo hacha a la altura de las pantorrillas.

—Mirá el tiro libre que acaba de regalarles el animal este —comenta Fernando en un murmullo, porque tampoco es cuestión de hacerles notar a sus vecinos de tribuna que simpatizan con los visitantes.

—Ajá —es toda la respuesta.

Fernando lo mira a Bermúdez, que observa el partido de brazos cruzados junto a la línea del lateral. No le ha hecho reproches a su novel defensor ni da mayores señales de alarma.

—¿Bermúdez sabe de esto?

—Ajá.

—¡¿Te vas a pasar toda la puta tarde diciéndome "ajá", pedazo de boludo?!

—Esperá —dice el Ruso, absorto en el juego, mientras se muerde una uña.

Por fortuna el tiro libre sale apenas por encima del travesaño, y Pittilanga se aleja de su área como todos los demás. Pero como los locales tienen un poco más de equipo, o al menos de ambiciones, cada vez atacan con más gente. Presidente Mitre se refugia cada vez más cerca de su arquero. Pero a diferencia de los dieciséis partidos que Fernando lleva vistos hasta entonces, el tiempo pasa sin que a Mitre le conviertan goles. Y aunque le cueste reconocerlo, el responsable principal del empate no es otro que Mario Juan Bautista Pittilanga. Porque después de esa torpeza infantil que le ha costado la tarjeta amarilla al minuto cinco del primer tiempo, ha encontrado poco a poco su sitio en la defensa y en la cancha, les ha tomado el tiempo a los pelotazos y a las gambetas de los delanteros, y se ha cansado de cortar avances.

Es, por supuesto, el mismo armatoste rudimentario que Fernando conoce de memoria y, por lo tanto, incapaz de poner un pase con criterio a los mediocampistas. Pero no le hace falta, porque sus compañeros de zaga se habitúan pronto a dejarle a él el trabajo sucio de ir al piso y cortar los ataques y las aproximaciones, y a auxiliarlo en la tarea posterior de alejar el balón del área. Asombrado, Fernando advierte que el arquero lo aplaude de tanto en tanto, y que sus compañeros le dedican, al pasar, palabras de aliento. Fernando se da vuelta hacia su amigo.

—¿Cómo sabías de esto?

El Ruso hace señas de que no lo distraiga y le señala la filmadora que Fernando, en su perplejidad, no ha puesto en marcha.

—Vos filmá, que el Ruso se ocupa de todo lo demás.

—¿Me vas a contar cómo fue?

El Ruso sigue mirando el partido.

—Te la hago corta —concede, como después de una larga introspección—. Hablé con él y me costó. Mil cosas, le dije. Pero... ¿sabés con qué argumento lo convencí?

—¿Con cuál?

—Con el de las bisagras de una puerta.

—¿Qué?

—¿Vos tampoco lo entendés? Que jugar al fútbol de defensor o de atacante es como manipular una puerta en sus bisagras.

—No entiendo un carajo.

—Por eso yo soy empresario y vos sos un vulgar docente, pendejo.

—Te digo en serio.

—¿Vos probaste de sacar alguna vez una puerta de las bisagras?

—Sí, más bien.

—Bueno: ¿y probaste de volver a ponerla?

—Sí.

—¿Y no te dio cincuenta veces más laburo encajarla en las tres bisagras que sacarla de las tres bisagras? —el Ruso hace una pausa—. Bueno: con el fútbol es lo mismo. Como defensor, sacás la puerta. Como delantero, tenés que estar poniendo la puerta.

Fernando revisa que el foco de la filmadora sea el correcto y chequea el nivel de batería.

—¿Sabés una cosa, Ruso?

—Qué.

—A veces no sé si sos un genio que tiene larguísimas lagunas de pelotudez o un pelotudo que tiene mínimos chispazos de genio.

El Ruso se vuelve a mirarlo.

—¿Y no existe la posibilidad de que sea un genio a secas?

Fernando sonríe. Le dan ganas de abrazarlo, de decirle todo lo que lo quiere. Pero no tiene la menor intención de hacerlo.

—No, Ruso.

—Qué feo que tengas esa opinión de mí.

Terapias alternativas I

—Yo no creo en esas cosas, Mono, pero... yo qué sé... al fin de cuentas, ¿qué perdés?

—A ver si entendí, Rusito. Vos decís que te dijo tu mujer que su tía Beba se hizo ver por un manosanta.

—No, pará. Yo no dije "manosanta". Un tipo que vos vas y te cura... de verte, de tocarte...

—Bueno, boludo. Un manosanta.

—Manosanta suena al sketch del Negro Olmedo, Mono.

—Bueno, a ver, perdón que me meta, pero se están yendo por las ramas. No importa cómo se llame. Pónganle el nombre que quieran.

—Bueno, Mauricio. Un "sanador". ¿Ahí te gusta? Un sanador que atiende en Florencio Varela y le sacó un tumor del ovario.

—Pará, Monito. No se lo sacó, así, como si fuera una operación.

—Bueno, Ruso, ¿cómo lo dirías? Se lo extirpó... se lo...

—No se lo extirpó, boludo. Justamente. La mina tenía el tumor y se tenía que operar, y como le daba cagazo lo fue a ver a este y a la semana ya no tenía dolores.

—Ya me lo dijiste, Ruso...

—Y cuando se hizo los estudios de nuevo, para el prequirúrgico, el tumor no lo tenía.

—Nada. Cero. La tipa estaba sana.

—...

—...

27

—Sí, Mauricio, dos cosas: Sabino me dijo que le corrieron vista como querellante en la causa de Muñoz, y que quiere ver algunos puntos con vos.

—De acuerdo, Sole, que venga cuando quiera.

—Esperá, esperá. Porque lo otro es que lo tengo a tu amigo Fernando en el pasillo, que quiere hablar con vos.

—Ah... ¿no lo hiciste pasar?

—Tenía miedo de que necesitaras decirle que no estabas, como la vez pasada. Si lo hago pasar acá, te iba a escuchar. Disculpá, no...

—No, no, Sole, no te preocupés. Hiciste bien. Dame un toque...

Mauricio se toma un minuto para recapitular. Se vieron por última vez hace un mes, en lo del Ruso, por el cumpleaños. Todo tranquilo, frío pero tranquilo. Encuentra la solución.

—Hagamos así: a Fernando hacelo pasar, y a Sabino mandámelo en media hora, así puedo cortar la entrevista con Fernando.

—Perfecto. Ya lo hago.

Mientras cuelga, Mauricio piensa en lo bien que hizo en mantener a Soledad como asistente. Su primer impulso, cuando saltó todo por el aire, fue desprenderse de ella. Con todo el dolor del alma, pero desprenderse. Pero lo pensó mejor, y lo conversó con la chica. Trabajaban bien, se entendían. Ella estuvo de acuerdo. Y en los meses transcurridos todo ha funcionado sobre rieles. Ni reclamos ni escenitas.

Se abre la puerta y entra Fernando, vestido como para ir a la cancha: vaqueros gastados, chomba deslucida, zapatillas de lona. ¿Con ese atuendo va a dar clases en las escuelas? Se acuerda de sus profesores en el San José. Otra época, seguro, pero qué distinto. Mauricio se incorpora, se abrazan y se palmean.

—¿Qué decís, Fer?

—Bien, todo bien. ¿Y vos?

—Todo en orden. Laburando. ¿Hoy no tenés escuela?

—Los viernes termino a mediodía. Así que ya empiezo mi fin de semana. Ventajas de la docencia, que le dicen. Una pobreza apenas digna, pero que incluye el descanso.

—Dale, pobreza. ¿Cómo anda todo?

Fernando revolea los ojos y hace un ademán vago, sin dar a entender nada concreto.

—No sé si estás al tanto de las novedades de Pittilanga —arranca Fernando.

—Algo me contó el Ruso, el otro día. Estaba superentusiasmado con algo de un cambio de posición en la cancha. Mucha bola no le di, te digo la verdad. Vos viste cómo es el Ruso y sus entusiasmos...

—Sí, es verdad. Pero en este caso hay que darle la derecha. Al Ruso, digo.

—¿No digas?

Fernando resume los últimos acontecimientos. Los viajes del Ruso a Santiago del Estero, sus conversaciones con el malogrado *crack* y con el director técnico, los resultados del experimento.

—No te digo que es Beckenbauer pero se defiende el tipo —termina Fernando.

—La verdad que me dejás sorprendidísimo. Contento, pero sorprendido. Yo, la verdad, ni me imaginé.

—Yo tampoco, te juro. Pero la cosa parece que camina.

La conversación se desliza como esos patines de franela que a Mauricio lo obligaban a usar, de chico, para no marcar el parquet encerado de la casa de su abuela. ¿Cómo seguir? ¿Escuchando o preguntando?

—A vos te parece que ahora se lo podrá vender, en una de esas...

—Esperemos que sí. El cambio de posición fue hace seis partidos. Con el Ruso nos estamos turnando y los filmamos todos. El primer año lo hacía yo solo, pero ahora que me ayuda el Ruso es mucho más liviano.

—Sí, te entiendo. Yo lo que pasa es que con el laburo, mi jermu...

—No, no, no te digo nada.

¿Demasiado bueno para ser verdad? Fernando no le echa culpas y parece sincero. Mauricio se pregunta si las cosas están bien o, como en esas películas de terror que le gustan a Mariel, todo parece bien hasta que de repente atacan los vampiros o aparece un loco enmascarado con una motosierra.

—A lo que voy —sigue Fernando— es a que el embale del Ruso nos vino bárbaro. Como está orgullosísimo de su pálpito se ofrece a ir todo el tiempo. Yo lo tengo a raya porque si no Mónica lo va a cagar a tiros.

—Eso sigue complicado...

—Y, vos viste cómo es el Ruso. El asunto es que tenemos los seis partidos. Bueno, en realidad cinco porque hace dos semanas, en General Pico, Pittilanga tuvo una tardecita que mama mía. Para el olvido o el suicidio. Ese lo descartamos.

Mauricio sonríe, mientras se muerde las palabras que le vienen a la boca: "¿Se fueron hasta General Pico, par de locos?". Se detiene a tiempo. ¿Para qué exponerse? ¿Para qué situarlos en el papel de héroes? Si, total, ellos ya se ponen ahí sin ayuda. Sobre todo Fernando. Pero de todos modos se siente incómodo. Una indefinible ansiedad, una especie de tristeza. ¿Culpa? Representarse a esos dos boludos viajando por medio país para filmar los partidos de ese pibe. Y lo peor no es que lo hacen. A juzgar por la cara de satisfacción de Fernando, están chochos de hacerlo.

—Bueno. ¿Y ahora? —pregunta Mauricio, como para salir de ahí, para desligarse de esa mochila que, pensándolo bien, no tiene por qué cargar.

—Ahora viene un asunto complicado, doctor.

Mauricio se acomoda y, cauteloso, se dispone a seguir la estrategia propia de las negociaciones complicadas. La ha tomado de un seminario al que lo mandaron del estudio, una vez. Un yanqui experto en *counceling*, o algo así. Dos círculos, dos conjuntos, uno con lo admisible y otro con lo inadmisible. Y anotar mentalmente en cada conjunto.

—Contame.

—Yo creo que la cosa funciona. Jugando de defensor, yo creo que venderlo es posible.

—Bárbaro —concede Mauricio. Eso va al conjunto de lo admisible.

—El problema es que todo el año pasado me la pasé visitando empresarios, representantes, toda esa mierda. Y quedé como el demonio, creo. Para mí que estoy quemado.

Alarma: ¿y si Fernando pretende que él lo releve en las negociaciones? Porque es verdad que el estudio tiene tratos con algunos miembros de esa fauna del mundo futbolero. Y Mauricio no piensa mezclar los tantos. Donde se come... Eso va derecho al círculo de inaceptable.

—Con el Ruso —sigue Fernando— le estuvimos dando un montón de vueltas al asunto.

Nuevo escalón de peligro. Esos dos inimputables lo han resuelto entre ellos y lo tienen cocinado. Fernando no viene a preguntar qué hacer, sino a notificarle a él lo que ellos ya han decidido a sus espaldas. Y si viene a notificarle es que pretenden de él cierta participación. El segundo conjunto de su diagrama imaginario se va llenando de objeciones y de amenazas.

—Y lo que se nos ocurrió fue tirar unos tiros por el lado de los medios.

Mauricio tiene un instante de perplejidad. ¿Los medios?

—El Ruso en el lavadero tiene puesta todo el día esa radio que hace sólo programas de deportes.

—Sí, la Cosmos.

—Esa. ¿Viste que hay un programa, al mediodía, de ese periodista Armando Prieto?

—Sí —Mauricio está tan desorientado que no sabe en cuál de los conjuntos debe apuntar este segmento de la entrevista.

—Un programa de radio y a la noche tiene televisión. Y lo ven en todos lados.

—Y ustedes quieren tocarlo para que hable de Pittilanga —tantea Mauricio.

—¡Exacto! Pero ocurre que este Prieto parece que es un hijo de puta.

—Dicen que sí.

—Por eso. Pero en una de esas, capaz que si le ofrecemos una mordida, el tipo acepta darle manija a Pittilanga. Salvatierra nos puede hacer el contacto, parece.

Mauricio intenta pensar rápido. ¿Qué esperan de él? Fernando, tal vez por adivinarle la vacilación, explica un poco mejor el plan. Que este tal Prieto empiece, como quien no quiere la cosa, a decir que hay un defensor así y así, en el Torneo Argentino A, que es un tapado, que qué sé yo… que parece que es una joyita…

—Con el Ruso estamos convencidos de que camelos así se sueltan a montones —cierra la idea Fernando—. Y seguro que hay periodistas que cobran por mandar fruta. Todo es cuestión de tirar la boya y esperar que pique. Y ahí es donde viene la consulta para vos.

Mauricio apenas respira. Tanto lo alarma el cariz que toma el discurso del otro que a él ni se le pasa por la cabeza corregirle esa metáfora mal hecha: lo que se tira es un anzuelo y no una boya. Pero no le parece oportuno andar buscando precisiones. En toda esa elucubración falta un punto central, que es de dónde piensan sacar la guita para sobornar al periodista. Cuando lo comprende, se siente como si Fernando acabase, con movimientos primorosos, de depositar una granada sobre el escritorio y de quitarle la espita. Se exige serenidad. Serenidad y silencio.

—Con respecto a ese asunto de la guita, con el Ruso pensamos que a lo mejor podemos ofrecerle un arreglo parecido al que apalabramos con Bermúdez, el director técnico de Mitre.

Un mínimo alivio. Tal vez no se trata de acudir al "Mauricio Bank" a pedir un préstamo, incobrable como todo lo que puedan pergeñar esos dos. Fernando prosigue.

—Pero no sabemos qué cifra tirarle. Y es en eso donde tal vez puedas ayudarnos, porque estás mucho más experto en esos chanchullos.

Mauricio siente tanto alivio que ni ganas tiene de ofenderse, aunque la traducción inmediata de esa referencia a su erudición sería más o menos "tal vez puedas ayudarnos, porque sos experto en sobornos de toda especie". ¿Quieren asesoramiento letrado? Fenomenal. Un placer.

—Mirá, Fer. Yo creo que lo que podemos hacer —qué bueno eso de soltar ahí una primera persona del plural, solidaria, de esas que unen al equipo— es arrancar con un diego, un diez por ciento. Nunca te conviene comprometer una guita fija, exacta.

Porque si después los números no son los que se esperan, te ponés en un aprieto. En cambio así, si el negocio cierra bien arriba, todos contentos. Y si se hace por dos mangos, andá a cantarle a Gardel: cobrá tu parte y jodete.

—Entonces tendríamos que estar sacando algo de trescientos cincuenta mil, para las comisiones de Bermúdez y de este tipo.

—¿Pero no decís vos que Pittilanga anda bien de zaguero?

—Supongo que sí...

—Treinta y cinco lucas, por un laburo en el que no se ensucia, no corre riesgos de ninguna índole. ¿Qué más puede pedir?

—¡Qué linda palabra, "índole"! —se burla Fernando.

—¿Viste? —le sigue la corriente—. ¿O te creés que los profesores de Lengua son los únicos que saben hablar?

—Hay otra cosa —dice Fernando, y Mauricio deja la cháchara y vuelve al estado de alerta—. El contacto con Prieto ya lo hicimos, a través del imbécil del Polaco Salvatierra. Para algo sirve, todavía, después de todo.

—Genial —¿genial?

—Y Prieto quiere reunirse en un restaurante de Puerto Madero, el sábado que viene no, sino el que sigue.

Otra vez el peligro. Mauricio ya ha perdido la noción del tamaño de los conjuntos de su mapa mental, pero si Fernando le pide que se encargue de la reunión con el periodista, está decidido a decirle que no, que de ninguna manera. Ni en pedo. "Inaceptable."

—Y entonces...

—Que con el Ruso pensamos que al tipo lo tengo que impresionar.

"¿Tengo?" Entonces va a ocuparse Fernando. Bendito sea Dios.

—Seguro. Impresionarlo.

—Si voy así vestido —Fernando exhibe su pilcha— estamos fritos. En cambio, si voy ataviado con uno de esos trajes de corte italiano hechos a medida que usás vos...

—"Ataviado." Esa sí que es de profesor de Lengua —ahora Mauricio se permite retrucar el chiste. Todo está en orden.

—Es probable. Si vos me facilitás un atavío de esa índole...

—Ja, qué gracioso —Mauricio quiere que terminen pronto esos puntos suspensivos.

—Pero aparte del traje necesitaría un auto como Dios manda. El Duna no está precisamente para impresionar a nadie. O sí, pero por el lado del horror.

—¿Necesitás el mío?

—Y, nos pareció con el Ruso que caer a la reunión montado en un Audi A4 que raja las piedras sería un golpe de efecto interesante.

Mauricio repasa el mapa de conjuntos. Temió que le fueran a pedir dinero pero eso no ocurrió. Temió que le pidieran que se hiciera cargo de la negociación y tampoco pasó. Prestarles el Audi es un precio módico para salir bien librado.

—Hecho, Fer. Prieto se va a caer de culo cuando te vea llegar.

En ese momento, como si estuviera escrito en un guión, se asoma Soledad para avisar que Sabino está esperando para revisar lo de la querella. Esas coincidencias son las que a Mauricio, de vez en cuando, le dan la sensación de que la vida es perfecta.

Terapias alternativas II

—¿Vos qué pensás, de esto de ver a un manosanta, Fer?

—Ya te dije que no es un manos…

—¡Sh, Ruso! Callate. Quiero saber qué opina mi hermano.

—No sé, capaz que vale la pena probar lo que dice el Ruso.

—¡Lo que yo digo, Mono! ¿Qué perdés? ¡No perdés nada!

—No es tan simple, Ruso. Es otra vez agarrar la carpeta con los estudios, y otra vez agarrar el auto que ni siquiera, porque no puedo manejar, así que es otra vez pedirle a alguien que me lleve hasta el culo del mundo…

—¿Y qué? Los estudios ni te los va a pedir. A la tía Beba ni le preguntó por qué había ido.

—Yo problema en llevarte no tengo, Mono.

—Ya sé, Mauricio, no lo digo por eso. Pero no me saquen de tema. Vos, Fer, ¿qué decís que haga?

—Capaz… ya sé que estás podrido, Monito. Pero como dice el Ruso, en una de esas es una chance piola. Y no sé… dejarla pasar… yo lo intentaría. Me parece, digo.

—…

—…

—…

—…

—En concreto, Mono. ¿Qué perdés?

—¿Puedo contestar yo, Ruso?

—Dale, Mauricio, para algo sos el abogado del grupo.

—Pierde la tranquilidad de cerrar esto de una vez por todas, Ruso. Pierde porque tiene que volver a esperanzarse con algo. Bah, pierde sobre todo si esa esperanza es al pedo, entendés. Volver a darse manija. Volver a especular con que en una de esas. Volver a hacerse estudios.

—Pero estudios no le va a pedir…

—Bueno, lo que sea. Pierde al tener que volver a escuchar a alguien —no importa quién, sea médico, sacerdote o curandero— que le dice que sí, que se puede curar, que en una de esas, que quién le dice…

—Vos porque sos un pesimista de mierda, Mauricio.

—Sí. Y hasta ahora le vengo pegando casi siempre, ¿no te parece?

—…

—…

—…

28

Llega a lo de Mauricio a las nueve menos cuarto, toca el timbre y le abre Mariel.

—Hola, soy la chica que cumple quince. Vine a buscar el vestido —dice, por hacerse el gracioso.

—Hola. ¿Cómo estás, Fernando? —el saludo de Mariel pasa por alto su chiste—. Pasá. Mauri todavía duerme.

La sigue a través del living y del comedor hasta la cocina. Ella lleva puesto un equipo deportivo verde claro, y Fernando se pregunta —sin apasionamiento, con la fría paciencia que se les dedica a especulaciones puramente teóricas— cómo sería hacerle el amor a esa joven señora. No es la primera vez que se adentra en esas consideraciones, porque varias veces la cuestión ha surgido en conversaciones mantenidas en vida del Mono, con él y con el Ruso, y jamás lograron un acuerdo total al respecto. Estos últimos —puro primitivismo, pura pulsión, afirmaba Fernando— se habían manifestado claramente a favor de lo placentero que sería bajársela. Y les había llamado la atención que él ofreciera reparos. Era cierto —había concedido Fernando— que era una mujer muy, pero muy linda. Hermosa, lo corregían ellos. Hermosa, aceptaba él. Le viste los ojos, le preguntaban. Preciosos, convalidaba. Le viste las tetas, la cintura, la cola. Buenísimos, concedía, y los otros asentían con miradas de lasciva evocación. Pero era un poco… —y ahí el asunto se le tornaba indefinible—… demasiado "muñequita" había opinado alguna vez. Pésima elección del término, porque esos dos monigotes enseguida habían empezado a palmotearse recíprocamente y a relacionar eso de "muñequita" con los juguetes eróticos inflables en los que al parecer —a juzgar por la fluidez con que los detallaban— tenían alguna experiencia o por lo menos una recóndita añoranza. Alguna otra vez Fernando había descripto su falta de entusiasmo diciendo que la encontraba sin gracia, como si le faltasen sal y pimienta. Otro error exorbitante: los dos simios se habían puesto a relacionar esa imagen con las comidas, los condimentos y la deglución de manjares. A esas alturas del debate Fernando había preferido claudicar y decirles que sí, que estaba para darle, y listo. Un modo de dejar a esos dos bebés contentos y conformes.

—Acá tenés el traje —ella le echa un vistazo rápido y experto—. Te separé este porque es ancho de hombros, y vos sos un poco más grandote que Mauricio.

—Sí. Me estoy matando en el club náutico. Canotaje en el arroyo Morón, sabés.

—¿Eh? —ella lo mira y sonríe levemente, una gentileza para no dejarlo otra vez huérfano con su broma. Pero enseguida retoma su idea—. Está recién sacado de la tintorería.

Listo, Mariel, basta de chistes. Él no será un dechado de humorismo, pero la mina es una piedra. Es impenetrable. La palabra le calza justo, aunque es una suerte que jamás la haya usado con el Monito y el Ruso, porque se habrían hecho un sórdido festín. Pero no encuentra otra calificación mejor. Siempre sonriente, siempre atenta, siempre serena, siempre arreglada. Pero por encima, por afuera. La mina no puede ser eso sólo. O sí, y él en realidad es demasiado rebuscado y persigue vidas secretas, íntimas ocultaciones donde no hay nada más que lo visible. Una mina linda y listo. Superficial. O mejor dicho, hueca. Pura forma y nada de sustancia.

—Mauri no me dijo si también necesitabas zapatos. Por si acaso te separé estos —señala una caja de cartón, en el piso, en la que descansa un par perfectamente lustrado.

—Hiciste bien —dice él, resignado al talante monocorde y al espíritu práctico de su interlocutora, y señala sus zapatillas de un azul escasamente entusiasta.

—La camisa, la corbata y las medias las tenés en el baño.

—Bárbaro, Mariel. Gracias —se agacha a levantar la caja de zapatos y aferra la percha con la otra mano—. ¿Por acá, no?

—Sí. Tenés la luz al lado de la puerta.

Fernando se viste con lentitud. Hace tanto que no se pone un traje y que no se anuda una corbata que comete varios errores con los botones y el nudo. Pero el resultado final es satisfactorio.

Así afeitado, así peinado, así vestido y así calzado parece un ejecutivo importante. O se le parece lo suficiente como para calmarle un poco la zozobra. Acomoda su propia ropa en la percha y sus zapatillas en la caja. Mariel lo espera comiendo un yogur descremado.

—¿Cómo te quedó?

—Bien. Bárbaro.

—¿No querés dejar la ropa ahí?

—No. Me la llevo conmigo porque tenemos que combinar con Mauricio cuándo y dónde le devuelvo la nave.

Ambos giran la cabeza hacia la puerta al escuchar pasos en la escalera. Mauricio entra con el pelo revuelto, en bata y ojotas.

—¿Qué decís, Fer? Buen día, mi amor.

—¿Lo de "mi amor" es para mí o para ella? —pregunta Fernando adoptando un tono compungido.

—Porque ella está adelante, tontito —aunque para otras cosas Mauricio sea un pelotudo, por lo menos sabe seguir la corriente de los chistes. Fernando abre los brazos para mostrar su atuendo—. ¿No me decís nada?

—Estás precioso, Fer. Prieto va a caer rendido a tus pies —dice Mauricio mientras se sirve café.

Fernando mira a Mariel. Raspa con la cuchara los restos de yogur, con cara de estar muy lejos, o en ningún lado. Qué mina estúpida, vuelve a concluir, y da el tema por agotado.

—¿Con el auto cómo hacemos? —le pregunta a Mauricio—. Te lo traigo acá a tu casa cuando termine, digo yo. Calculo que a eso de las dos, o las tres…

—¿No se encuentran a las doce? Difícil que terminen tan temprano. Hacemos una cosa —bosteza Mauricio mientras se sienta frente a su taza de café—. Llevámelo al club. Yo me voy con Mariel en el auto de ella.

—Pero tenemos tenis de cinco a seis, Mauri.

—Por mí no hay problema —dice Fernando, incómodo—. Si llego antes, los espero. Además, aprovecho a pasearme por tu club así vestido. Algo tengo que levantar, quiero creer —piensa en agregar algo vinculado con las minas que están al pedo en el club todo el día, pero le parece demasiado evidente su ataque a la beldad vestida de verde, de modo que calla.

—De acuerdo, pillo —Mauricio señala una repisa—. Ahí tenés las llaves del Audi.

—Del garaje mejor sacalo vos. Soy malo con la marcha atrás y la primera. Pero en primera por lo menos voy para adelante… —ve la súbita expresión de alarma de Mauricio—. Es un chiste, pelotudo.

El otro sonríe. Mariel le saca un hilo suelto a su campera deportiva. Seguro que le ha molestado la palabra pelotudo, pero no porque se la haya dicho a su marido sino porque ha osado proferirla en su cocina. Fernando entiende al fin lo que más nervioso lo pone de esa mujer: esa quietud, esa distancia, esa frialdad es peor que la simple altanería. Lo hace sentir un estorbo, un objeto que sobra, un bolso dejado en cualquier sitio que molesta el paso. Se pregunta si ella será así con todo lo ajeno a su propio mundo o sólo con lo que Mauricio ha traído del mundo anterior a conocerla. Su pasado. Sus amigos.

—Igual acompañame al garaje, por si tenés alguna recomendación de última hora —se preocupa por que su voz suene neutra, oficial, oficinesca, para despedirse de ella—. Chau, Mariel.

—Chau, Fernando.

Terapias alternativas III

—Vamos a hacer una cosa, señoras.

—¿Qué, Mono?

—¿Qué cosa?

—Nos ponemos de acuerdo en algo, y lo cumplimos. Los tres. Los cuatro: ustedes tres y yo. ¿De acuerdo? Yo voy a ver a este "sanador" de Florencio Varela. Llevo los estudios, no los llevo, para el caso da lo mismo. No le avisamos nada a mi vieja. En eso tiene razón Mauricio. Me parece que en lo demás también, pero en fin. No le decimos nada a ella. Vos, Fernando, me llevás a Florencio Varela y lo vemos al sanador. Eso sí: pase lo que pase, resulte lo que resulte, diga lo que diga, hasta ahí llegó mi amor. Se acabó. Se acabaron las consultas, las interconsultas, las recontra-requete-interconsultas, y nos dejamos de joder para el resto de la cosecha. ¿Estamos?

—...

—...

—Estamos.

—Está bien.

29

Un mozo de aspecto impecable le sostiene la puerta vaivén para que no tenga que molestarse en abrirla y a Fernando le viene a la memoria una escena de la película *Titanic*: Leonardo Di Caprio, que es pobre como una laucha pero va vestido de frac, entra con aires principescos al comedor de primera clase. Y los mozos, encandilados por su apariencia, lo tratan como a un señor. Acá es lo mismo. Eso sí, Fernando desea que su aventura no tenga el trágico descenlace de la historia del muchacho, congelado hasta los tuétanos en las gélidas aguas del Atlántico Norte. Se presenta y le indican el sitio que tiene reservado. Naturalmente, Prieto no ha llegado.

Se acomoda en una mesa que da a la dársena del río y comprende que ha cometido un error importante. Los otros comensales —no muchos, porque todavía no es pleno mediodía— van vestidos con ropa sport. Elegante, fina, pero sport. Es sábado. Y él es un idiota, porque se ha vestido como si fuese un día laboral. Se exige tranquilidad. Basta de neurosis. A lo hecho, pecho, como diría la nona.

Por la rambla adoquinada ve pasar a un grupo de chicos con pinta de estudiantes. Claro. Ahí nomás está la Universidad Católica. No puede evitar compararlos con sus propios alumnos y le viene a la mente una de sus eternas preguntas sin respuesta: ¿por qué la gente con dinero es más linda que la gente sin dinero? Ese grupito, de hecho. Dos chicos y tres chicas. ¿Por qué ninguno es feo? ¿O es el entorno opulento el que los embellece? Fernando tiene un montón de alumnos y alumnas feas. Él mismo se considera feo. El Ruso es feo. El Mono era pasable, pero tampoco una maravilla. Mauricio es el más lindo de los cuatro. ¿Por eso habrá hecho guita? ¿Será que la belleza llama a la guita? ¿O al revés? Porque esos pibes tienen guita que les viene por generaciones. No la han ganado ellos. Como mínimo, sus papis, durante el menemismo. Detecta en sus pensamientos un ligero matiz de resentimiento. Viva la revolución, se burla de sí mismo. ¿Se cuela cierta frustración personal en sus elucubraciones? Quiere creer que no. No en este caso. Sacude la cabeza, negándose a sí mismo. Basta de pensamientos oscuros, o va a terminar colgándose de una viga del techo antes de su entrevista con Prieto.

Se acerca un mozo al que le explica que espera a una persona. El otro le deja una copa de vino tino, una bandeja con pan y un par de cazuelitas de aspecto apetitoso. En diez minutos da cuenta de casi todo. Mira a las otras mesas y se reprocha su voracidad. Esa gente come de a poco, y no con sus urgencias de náufrago. Sacude las migas como puede, para borrar los rastros de la depredación, pero las cortecitas se clavan de punta en el mantel y cuesta quitarlas. Al final deja la cosa más o menos en condiciones. Mira el reloj. Las doce y media. La puta madre. Hace media hora que lo tiene esperando. Necesita ir al baño, pero no quiere dejar la mesa por miedo a que el tipo llegue, la vea vacía y se vaya por donde vino.

Finalmente Prieto aparece con cuarenta minutos de retraso. El *maître* lo saluda como a un *habitué*, y señala la mesa en la que Fernando lo aguarda. Se levanta para estrecharle la mano. Ni se le cruza la idea de reprocharle la tardanza. En esta negociación, el lado débil es él y no el periodista. Además, la impuntualidad no deja de ser otro deporte argentino. El segundo en importancia, tal vez, luego del gran pasatiempo nacional de manejar los autos como forajidos y hacerse papilla en las rutas.

Como sea, allí está Armando Prieto. No muy alto, no muy joven, con el pelo más canoso que como aparece en la tele, pero con el mismo bronceado tecnológico. Lleva una camisa clara, de cuello abierto y mangas arremangadas, y un pantalón pinzado al tono. Lo normal para un sábado a la mañana. Fernando vuelve a sentirse un muñequito de torta.

—Así que vos sos amigo del Polaco —rompe el silencio Prieto, mientras con un ademán llama al mozo.

—Sí. De chicos. Del barrio —no viene al caso enmendarle la plana, y decirle que más que amigo era un conocido, un conocido al que detesta. Igual se maravilla pensando que los sobrenombres tienen vida propia. Este tipo no sabe, no puede saber, que eso de "Polaco" lo inventó su hermano, treinta años atrás, partiendo de la certeza falaz de que todos los rubios nacieron en Polonia.

—Mirá vos —agrega Prieto, por decir algo—. ¿Tomás vino?

Fernando asiente y le indica que elija a su antojo. Prieto alza la carta hacia el mozo y le indica uno que cuesta más de cien pesos. Después piden los platos.

—No sé si Salvatierra te contó más o menos cómo viene la mano... —aventura Fernando, como un modo de entrar en tema. No le pregunta si lo puede tutear. Se lanza directamente porque supone, o quiere creer, que el tuteo los acerca un poco, los aproxima.

—Sí, algo me dijo. Me contó que vos sos el dueño del pase con unos amigos...

—Sí. Con otros dos. El pibe se llama Pittilanga.

—Eso. Y juega en el Torneo Argentino, de delantero.

—En realidad, no.

Fernando, con cierta turbación, comienza a explicar. Era previsible que Salvatierra, con lo limado que tiene el cerebro, lo presentase a Pittilanga como delantero. Pero tener que arrancar con lo del cambio de puesto es como confesar una debilidad, una improvisación. De nuevo lo asalta la conocida sensación de ser un mago pésimo, al que se le adivinan los trucos. Pero apechuga y empieza a narrar, directo y conciso. En diez minutos, en cinco, recorre la biografía de Pittilanga desde su formación en inferiores, su paso por el Sub-17, su posterior estancamiento, su salida a préstamo. Y termina aclarando la confusión sobre los puestos. Le parece que Prieto aprecia lo escueto de su relato. Debe ser un tipo ocupado, piensa Fernando. No tendrá tiempo para circunloquios. Se felicita por su estrategia. Para algo sirve su entrenamiento en auditorios de cuarenta adolescentes dispuestos a persistir en la ignorancia. Si logra capturar la atención de semejante público (aunque sea por lapsos breves), cuánto más el de un solo tipo, que por añadidura —y si se ponen de acuerdo— sacará una tajada de todo aquello.

—Y ustedes lo que necesitan... —deja picando Prieto cuando Fernando termina.

—Es darle manija.

En ese momento llegan los platos. Prieto vuelve a llenar las copas de vino y le entran a la comida, aunque Fernando está tan nervioso que no tiene hambre. Come para no desairar el apetito del otro.

—Qué mundo jodido este del fútbol, ¿viste? —comenta Armando Prieto, mientras corta la carne.

—Bueno. Vos debés saberlo más que nosotros. Uno desde afuera…

El periodista revolea los ojos, como si su experiencia fuese demasiada como para expresarla en palabras.

—Es todo guita. Todo.

Fernando asiente. Sin querer, se acuerda de sus últimas conversaciones con el Mono. Esas en las que habían hablado tanto de Independiente. De su amor por la camiseta. De su nostalgia por las glorias del pasado. De las incertidumbres de esa emoción ridícula que compartían. ¿Cómo le hubiera caído una conversación como esta?

—Y más ahora. Más en los últimos años, viste. Cuando yo empecé en esto, hace una pila de años, no sé, capaz que era distinto… —le suena el celular y lo gira hacia su lado para ver quién lo llama—. Disculpame un segundo, te pido. Sí, qué decís. Acá en un almuerzo, una reunión. Decime.

Mientras habla, Prieto saca una pequeña agenda electrónica y ubica en la pantalla los casilleros de la semana entrante.

—A ver, esperá. No: el lunes hablo de los partidos del fin de semana. Ahí no hay problema. El miércoles hay copa. Si pierde River tengo tema para todo el jueves, pero si gana… ¿El viernes?

Fernando tiene gran facilidad para leer patas arriba. Un buen modo de detectar las atrocidades ortográficas de sus educandos y corregirlas *in fraganti*. En la casilla correspondiente al martes lee "Especular con la venta de Riquelme otra vez a Europa". Prieto apoya el lápiz electrónico sobre el miércoles, que figura vacío.

—No, lo de Riquelme lo largo el martes, que es un día muerto. El asunto es el miércoles.

Con algo de esfuerzo, Fernando alcanza a escuchar la voz estridente del otro, pero no distingue sus palabras. Parece una especie de apuntador, que está sugiriéndole temas para el programa de radio. Seguro que Prieto prefiere denominarlo "productor". Productor de pelotudeces, piensa Fernando. Es patético pensar en los miles de tipos que, el martes, estarán pendientes de la venta de Juan Román Riquelme vaya uno a saber a dónde. Falta determinar el bolazo del miércoles.

—¡No! ¡Lo de la pelota lo hablamos hace poco! Tenés que anotarlo, Nacho —Prieto pone voz de reproche—. Me podés hacer meter la gamba mal, si no. ¿No te acordás que llamamos a un par de arqueros, para que opinasen al aire? Ah, ¿viste? Eso lo tenés que tener presente vos, no yo.

Hace una pausa, mirando el mantel. Es como si Fernando no estuviera. Mejor. No sabría qué cara devolverle.

—Ah, esa es buena —Prieto se incorpora en la silla, como si abruptamente se hubiera entusiasmado y anota en la agenda: "Tamaño de los arcos"—. Sí, eso lo entiendo, pero... Podría ser, yo qué sé. ¿Te parece? —Prieto empieza a juguetear con un pedazo de papa de su plato, haciéndolo patinar sobre la salsa—. Che, me gusta, me gusta.

Fernando lo ve agregar en la agenda: "Agrandar los arcos. Debate. Oyentes. ¿Opinión de jugadores?".

—Bueno, Nacho. Misión cumplida. Sí. Sí. Nos vemos en el canal mañana a la noche. Chau. Sí, sí. Chau.

Se encara de nuevo con Fernando, que concluye, entristecido, que no es el único mago mediocre al que se le notan los hechizos.

Decadencia I

—Te lo discuto de acá a la China, Fernando. Pensá en los hinchas. ¿Cuántos hinchas tiene Independiente?

—¿Independiente? Un montón, Mono. Sigue habiendo un montón.

—"Sigue." Pero cada vez hay menos pibes del Rojo. Son todos de Boca, ahora. O de River, como mucho.

—¿Y qué querés? Si en la tele están dale que dale con Boca y River…

—Más a mi favor, Fernando.

—Juegan los domingos, cobran más guita de la tele, todos los programas están meta y meta con…

—Pero ojo, que hay otros cuadros que suman pibes. San Lorenzo seguro que está sumando.

—¿San Lorenzo?

—Seguro, boludo. Y Vélez lo mismo.

—¿Vélez? ¿Pero cuántos son los de Vélez?

—No importa. Y no sacudas el brazo que te vas a sacar la aguja, y necesito tu sangre. Si no, tu brazo me importaría un carajo, te aclaro. Pero estoy hablando de tendencias. Ellos tienen cada vez más. Nosotros cada vez menos.

—No creo que sea tan así, Mono.

—Cuando éramos chicos, los pibes se hacían de Independiente a montones. Te sobraban los hinchas.

30

Durante un rato, Armando Prieto mantiene la conversación lejos del tema de Pittilanga. Fernando no se impacienta y hablan de fútbol, de política, de periodistas, de programas de televisión. En realidad habla Prieto, y Fernando se limita a darle el pie necesario para que construya su monólogo sin sobresaltos. Al principio le resulta interesante y aprovecha para satisfacer su curiosidad de hincha de fútbol de toda la vida. Pero después va perdiendo interés, porque Prieto reúne dos defectos que él detesta: habla sin interesarse en lo más mínimo por la persona que tiene delante, y pontifica sobre los temas más diversos como si de su boca brotasen todas las verdades. Un especialista nato. Un todólogo consumado. Un argentino hecho y derecho, mal rayo nos parta, se lamenta Fernando, de un talante cada vez más siniestro. Por otro lado, las anécdotas que hilvana y los recuerdos que cita se engarzan unos con otros con tanta perfección que Fernando sospecha que los debe repetir hasta el hartazgo. Una película de esas que en el cine se ven con chispazos de luz y se escuchan con fritura, de tanto pasarlas.

Recién cuando les sirven el café Prieto hace una pausa y lo mira como si recién lo descubriera. Bueno: por lo menos ha notado que está frente a un ser humano y no frente a un micrófono.

—Bueno, Fernandito —empezamos mal, piensa Fernando, que odia que la gente use términos cariñosos y confianzudos cuando no hay, de por medio, ni cariño ni confianza—, sería importante que me dijeras lo que tenés pensado con respecto a lo de este pibe Pintalingi...

—Pittilanga.

—Eso, Pittilanga. Qué nombrecito se echó, eh...

Fernando carraspea. Viene la parte más difícil. No es bueno para los negocios. Y peor en este caso, en el que el negocio es la mar de turbio.

—Nosotros necesitamos instalar a Pittilanga —“instalar”, le gusta su propio eufemismo— como un jugador conocido. Un tipo que juega bien, que es una especie de tapado, que en cualquier momento pasa a un equipo grande…

—Ajá —se limita a responder Prieto, y Fernando lo maldice para sus adentros. De repente se le han disipado las ganas de monologar al turro.

—Y bueno, Armando —¿y si le digo “Armandito”?, se burla íntimamente—, la clave del asunto es que necesitamos hacerle prensa. Y no se nos ocurre nadie mejor que vos. Te digo la verdad. ¿Quién tiene más llegada que vos, en la Argentina, en toda América? —¿Y quién es más corrupto, más arrastrado, más sorete que vos como para aceptar una propuesta como esta?, piensa Fernando.

—¿Pero ustedes cómo lo habían pensado?

Qué hermoso circunloquio. Qué admirable rodeo para evitarse la única pregunta válida a esa altura de la *suaré*, que sería: “¿cuánto me van a garpar?”.

—Bueno, Armando. En nuestra inexperiencia la verdad que no sabemos del todo bien cómo encararlo. Es decir, sabemos que esa publicidad tiene un costo, un valor. Nadie te lo va a hacer gratis. Y nos parece perfecto, ojo.

—A ver, Fernando. A ver. No lo tomes a mal, porque lo que te voy a decir te lo digo por tu bien —Prieto se acoda en la mesa y exhibe las manos. La pureza en estado de gracia—. Este es un ambiente muy jodido, muy pesado. Está lleno de gavilanes, sabés. Tenés que ser muy vivo para aguantar, para resistir. Yo, ja, yo a veces me río de las pelotudeces que dicen los jugadores sobre lo difícil que es jugar al fútbol, de lo duro que es, de lo que les cuesta triunfar, ser transferidos, las pretemporadas. Toda esa sanata pelotuda que usan como si lo de ellos fuera la apoteosis del sacrificio. Aparte te putean, viste, cuando los criticás, cuando los ponés en su sitio, agarran y te mandan decir: “Pero vos qué sabés —Prieto remeda en un tono vulgar y compadrito—, si no tenés vestuario, si en tu puta vida jugaste a esto”, te dicen. Y yo, sabés qué, me les cago de la risa, Fernando. Yo hace treinta años que vivo de esto. ¿Sabés la de jugadores que he visto pasar? ¡Generaciones! ¡Generaciones de boludos que se creyeron reyes y terminaron en el olvido!

Se toma una pausa porque lo llaman por el celular. O no es importante o no quiere cortar su propio arrebato de indignada inspiración, porque ignora el llamado y trata de retomar el hilo.

—Ya pasó esa época heroica de la camiseta, el potrero, el picado y toda la pelotudez esa. Ahora todos son profesionales. Todos. Los de adentro de la cancha y los de afuera. Y vos lo habrás estado viendo, en este tiempo. Ojo que yo también estuve averiguando sobre el pibe este... Pintilaga. Esto de que lo estuvieron tratando de vender por varios lados, con unos, con otros.

Otra vez, piensa Fernando. Escucha eso de "lo estuvieron tratando de vender" y es como estar en pelotas en un afiche sobre la avenida 9 de Julio. Tarde o temprano, todo el mundo termina recordándoselo.

—A ver: me refiero a que no es fácil. Ya lo viviste en carne propia, quiero decir. Nadie da puntada sin hilo. Todos le buscan la vuelta para ganar guita. La época del fervor por los colores ya pasó. Suponiendo que alguna vez haya existido. Porque yo tampoco me la creo esa de que antes las cosas eran más puras, más limpias. Un carajo. Lo que pasa es que no se sabían. No trascendían. Ahora, como tienen un micrófono y una cámara en el orto las veinticuatro horas, todo se termina sabiendo, entendés. Y la cosa es simple. O te prendés o te quedás afuera. O entendés los códigos del asunto o te pasan a beneficio de inventario. Y cuando hablo de códigos no me refiero a esa pelotudez canchera que te declaran estos infelices diciendo fulano tiene códigos, o mengano no tiene códigos, esa cosa de barrio, de taitas, que se las dan de leales, de tener un reglamento de compañerismo de no sé qué mierda. No: yo hablo de entender los códigos de este negocio. ¿Me seguís?

¿Lo sigue? Sí. Sin ganas, sin entusiasmo, pero lo sigue. Otra vez se acuerda del Mono, amando y sufriendo por Independiente en su lecho de muerte. Qué boludo. Qué boludos los cuatro. Hasta Mauricio, por detrás de su barrera de cinismo.

—A ver —insiste Prieto después de una pequeña pausa, y Fernando fantasea con la idea de que, si vuelve a utilizar esa muletilla de "a ver" le va a clavar el tenedor de postre en una de esas manos de exquisita manicura—. El fútbol es un espectáculo. Un negocio del espectáculo. La pelota la manejan los dueños del espectáculo. No sé si soy claro.

Sos claro como la puta que te parió, piensa Fernando.

—Ahora: imaginate que yo tengo un prestigio que mantener. Es el único capital que tiene alguien que trabaja en los medios. Su imagen. Su...

Lo va a decir, lo va a decir, el muy hijo de puta lo va a decir...

—Su credibilidad.

¡Lo dijo! ¡El muy hijo de puta lo dijo!

—Y si yo te lo recomiendo al aire a este Pintilinga tiene que haber una mínima garantía de que el tipo juega a algo.

—Sí, Armando. Te puedo pasar unos videos.

—No, Fernando. Yo no tengo tiempo de andar mirando videos de los partidos de Presidente Mitre. Tengo que contar con tu garantía, me seguís.

—Eso seguro, no te preoc...

—Y otra cosa. Importante. Ni en pedo puedo aparecer mezclado en la compraventa de un jugador. Nunca. Si no, se me va todo el circo a la mierda.

Por primera vez en lo que lleva de reunión Fernando se siente descolocado. Hasta ahí la cosa ha seguido un derrotero previsible. Nauseabundo, pero previsible.

—La operación conmigo no puede ir atada a la venta del pibe. Lo siento, pero es algo que tendrán que ver cómo manejarlo. Pero yo no puedo estar a la espera de que lo vendan a la Polinesia o a Desamparados de San Juan.

Se inclina sobre la mesa, acercándosele.

—A ver —otra vez, otra vez con el "a ver, a ver"—: ¿te parece que puedo estar llamándote una vez por semana a ver si se hizo la operación? Y otra cosa: ¿cómo harían? ¿Me incluyen en el contrato: "Un diez por ciento para el periodista que nos hizo la propaganda por radio y televisión"? No jodamos, pibe.

"Pibe." Fernando no puede menos que admirar la pertinencia del apelativo. Así, con cuatro letras, el reverendo conchudo ese acaba de trazar la verdadera ecuación de fuerzas entre ellos. Basta del cariñoso Fernandito o del correcto Fernando. No. Ahora es "el pibe". El boludito inexperto que le propone un negocio interesante pero con un par de puntos flacos. No hay problema. El señor periodista es paciente y se aviene a explicar esas deficiencias y a proponer las soluciones del caso. No seas tonto, pibe. Escuchá y aprendé con los que saben.

—Eso hay que hacerlo bajo cuerda, y al toque. Como para empezar a hablar.

Prieto gira sobre su izquierda para llamar la atención del mozo y pedirle otro café. Fernando carraspea y se acomoda en su silla, pensando que por lo menos hay algo bueno en que a uno lo traten de pibe: que no queda más alternativa que correr para donde señalan los mayores que hay que disparar.

Decadencia II

—¿Y qué querés, Mono? ¿Cómo los pibes no se iban a hacer hinchas de Independiente si salíamos campeones cada dos por tres?

—Exacto, Fernando. El Rojo estaba joven. Estaba pleno. Estaba… no sé cómo explicarte. Pero ahora estamos jodidos. Ahora los únicos que se hacen del Rojo son hijos de hinchas del Rojo, como mucho. Es una cuestión de respeto, de herencia.

—Y está bien.

—¡Pero no alcanza, Fernando! ¡No alcanza! Guadalupe es del Rojo porque la volví loca. Loca la volví. Le compré la camiseta antes de que saliera de la incubadora. La hice socia a los dos meses.

—Y está bien…

—¡Pará con eso de que "está bien"! ¡Está como el culo! ¿Y cuando yo no esté? ¿Qué hacemos con Independiente? ¿No te das cuenta de que agonizamos? Nos vamos a morir.

—No va a dejar de existir Independiente. Mirá los quilombos que tuvo Racing y ahí está. San Lorenzo se quedó sin cancha, y hasta que…

—De la cancha no me hablés. Te pido que de la cancha no me hablés.

—¿Qué pasa con la cancha?

—¿Cómo que qué pasa? ¡No tenemos cancha, Fernando!

—No tenemos porque estamos haciéndola de nuevo, Mono. Ya la van a terminar.

—¿Quién te dijo que la van a terminar? ¿Vos viste cómo está? Se nos cagan todos de la risa. Parece Yacyretá, parece. El año del arquero la van a terminar. Vamos a terminar jugando en San Telmo, Fernando.

—Estás exagerando, Mono.

—Una mierda, estoy exagerando. Y en el fondo lo sabés. Sabés que no exagero. Sabés que digo la verdad.

31

Una vez que Prieto sale del restaurante y se pierde de vista, Fernando mira el reloj: las tres de la tarde. Tuvo razón Mauricio. Entre la espera y la reunión se le fueron más de tres horas. Llama al mozo y pide la cuenta. Se la traen con una copa de champagne. Se siente tentado, cuando ve lo que tiene que pagar, de decirle al mozo que por favor se lleve de vuelta la copa y se la descuente. Trescientos ochenta pesos. Qué hijos de puta.

Se quiere morir cuando calcula la propina. Un diez por ciento son casi cuarenta mangos. Ni loco va a dejarles cuarenta pesos de propina. Hace de tripas corazón y deja cuatro billetes de cien pesos sobre la bandeja. Se queda con el ticket, que no es un ticket sino una comanda que aclara "no válido como factura". Semejante restaurante y evaden impuestos. País de mierda, vuelve a pensar. Pero se lo mete en el bolsillo por si alguno de sus "socios" quiere, después, verificar el gasto. Es una precaución inútil porque no van a mezquinar con eso, pero es tal la rabia que siente que desea, que necesita enojarse con alguien, y ellos son los que tiene más a mano. Otra vez está solo, se dice, profundizando la línea masoquista. Igual que en esos meses en los que intentó filmar los goles que Pittilanga no fue capaz de hacer. Igual que en esas reuniones estériles en las que se cansaron de tomarle el pelo. ¿Dónde estuvieron los dos guachos mientras él engullía esa ensalada de sapos con el afamado periodista deportivo Armando Prieto? Mauricio rascándose en el club. El Ruso al frente de su mugroso lavadero de autos.

Sale a la vereda. De inmediato uno de los valets le pide el talón de control y corre a traerle el auto. A estos también tiene que darles propina. ¿Cuánto? ¿Debe guardar proporción con lo que gastaron? ¿Depende del auto al que uno está por subirse? Saca un billete de diez pesos y se lo da al pibe que le trae el auto y le sostiene la puerta. No se detiene a pensar si el "gracias" del empleado es de gratitud o de sarcasmo. Arranca por la avenida a escasa velocidad, más atento a sus preocupaciones que al tránsito.

Está como al principio. O peor, porque cuantas más alternativas se le queman, menos opciones parecen accesibles. Dobla hacia el río, cruza uno de los puentes giratorios y enfila hacia la Costanera Sur. Aunque es una tarde nubosa y destemplada hay gente corriendo, algunos sentados al sol en sillas plegadizas, de tanto en tanto un grupito pateando una pelota. Estaciona y detiene el motor.

Lamenta no tener un teléfono celular. Necesita hablar ya mismo con el Ruso. Una idea está tomando forma en su cabeza, pero le produce demasiada desconfianza como para seguir adelante sin consultarlo. Se oprime el tabique nasal con el pulgar y el índice de la mano derecha. Una forma de serenarse que suele dar resultado. Pero en esta ocasión no puede prosperar, porque una voz que habla a veinte centímetros de su oreja izquierda casi lo hace saltar por el aire.

—Hola, corazón. ¿No te aburrís?

Con el alma en la boca, escurre el cuerpo lejos de la ventanilla y gira para ver. Debe tener el rostro desencajado, porque la persona que se ha acodado en la ventanilla se retira un poco, antes de volver a hablar:

—¡Ay, mi amor! ¡Te asusté! ¡Perdoname!

Con la garganta latiéndole, Fernando termina de componer la imagen: la mujer tiene el pelo largo, los ojos negros y grandes, mucho maquillaje, y un par de tetas prominentes que a duras penas se sujetan debajo de una musculosa anaranjada. Sin proponérselo, Fernando se asoma ligeramente para verle las piernas. Largas, fuertes y definitivamente masculinas. "Bingo", se dice, y recuesta la cabeza sobre la confortabilísima butaca del Audi.

—Se te ve tenso, corazón...

Fernando piensa cómo contestar. No quiere ser ofensivo, pero ¿cómo darle a entender que no entra en sus planes para el sábado a la tarde relacionarse con un travesti que trabaja en la Costanera Sur? Alza una mano y sonríe débilmente, mientras tantea el lugar de la llave de contacto.

—¿No me invitás a subir?

—No, gracias.

"No, gracias." Sospecha que no es la respuesta más certera. Pero en fin.

—Eh, ¿tan apurado estás que no podés tomarte un ratito?

Fernando vuelve a mirar al travesti. Trata de ponerse en su lugar. Tener que trabajar de eso, en ese lugar, un sábado a esa hora, acercándose a la ventanilla de cualquier idiota al que se le dé por detenerse en su parada. Pobre tipo. O pobre tipa.

—No, en serio. Gracias igual.

—No hay de qué bombón. Cuando quieras —le responde con un mohín y una teatral sacudida de cadera.

Fernando pone en marcha el auto mientras la ve alejarse hacia otro auto que está detenido cincuenta metros más adelante. Tiene una idea. Toca bocina, y la travesti se da vuelta, sonríe y desanda su camino, dando pasitos cortos encima de sus tacos. Fernando se apea para evitarle confusiones.

—Se me ocurrió pedirte un favor.

—Ay, goloso…

—No, esperá. Es un favor inocente. ¿Tenés celular? Te lo alquilo. Necesito hacer una llamada urgente. O dos.

La travesti lo mira frunciendo el ceño, como si el pedido saliese de los menús habituales.

—No seas mala. ¿Cómo te llamás?

—Celeste. ¿Y vos?

—Fernando. Perdoná que te joda, pero no tengo celular.

Celeste se da vuelta y mira ostensiblemente el auto. Después lo observa a él, con cara de "no me mientas".

—El auto es prestado. Te lo juro. Y celular no uso.

—Qué chico antiguo. Me encanta. Te da una cosa retro que te queda bien.

Fernando sonríe.

—No tengo idea de cuánto salen un par de llamadas. Sumale un plus por el favor, y el tiempo que te detengo, claro.

Celeste se lo queda mirando, como si buscase descifrar algo que se le escapa, pero por poco. Enseguida hurga en la cartera diminuta que lleva y saca un teléfono chato y dorado, con aspecto de muy nuevo. Se lo tiende quebrando la muñeca y sacudiendo las caderas, fingiéndose impaciente.

—Me agarraste con la guardia baja, cielo. Hablá tranquilo que es con abono.

Fernando contempla el aparato. ¿Es impresión suya o a ese artefacto le faltan botones? Celeste advierte su vacilación.

—Ay, mi amor. ¿Te tuvieron congelado como a Walt Disney? Traé. ¿A qué número querés hablar?

Fernando recita el número del lavadero de autos. Celeste oprime los botones y cuando escucha que se comunica vuelve a cedérselo.

—Hola, Cristo. Necesito que me des con el Ruso. Ya. No, que se deje de joder con la Play. Es urgentísimo.

Se vuelve hacia Celeste y le hace el gesto de que tome el tiempo, para calcular el costo. Celeste hace un ademán de restarle importancia.

—Hola, Ruso. Atendeme, que tengo poco tiempo. No. Como el culo. Por eso te llamo. Necesito que hables con tu hermano. ¿Sigue teniendo el local ahí por Warnes?

Tal vez para no importunar, Celeste se hace a un lado. Le da un par de vueltas al auto, admirando sus líneas, las llantas cromadas, el interior inmaculado, mientras Fernando habla, apoyado sobre el capot.

—Llamalo y llamame de nuevo. No puedo esperar. Ah, aguantá —gira hacia Celeste—. ¿Me decís el número?

Celeste se lo dice y Fernando lo repite.

—Ya sé que es un celular. No, cómo va a ser mío. Me lo prestaron. Después te explico. Te espero. Oíme una cosa: esto es superimportante. Hacelo bien, Ruso. Si no, cagamos. Oíme: te lo digo en serio. Si se pincha esto, estamos sonados. Dale. Te espero.

Cuelga y le ofrece el teléfono a Celeste.

—No, mi amor. Si te tienen que volver a llamar, tenelo vos.

Fernando se apoya sobre el capot del Audi para esperar. Celeste se sienta al lado. Fernando se pregunta de qué hablar. No quiere pasar por descortés, pero su experiencia al respecto es nula. ¿Cómo romper el hielo? Seguro que no con una frase al estilo de "¿Siempre venís a hacer la calle a la Costanera?". Celeste lo saca del apuro.

—Qué auto hermoso, corazón.

—Sí. Un autazo. Es de un amigo. Me lo prestó.

—Qué buen amigo que tenés. Cuando quieras me lo presentás.

Fernando hace una mueca parecida a una sonrisa, pero no demasiado.

—Che. La verdad que me salvaste.

—Y eso que no quisiste que fuésemos a dar una vuelta. Ahí te salvabas en serio, Ferchu. ¿De qué te reís?

—Que eso de Ferchu me lo decían de pibe. Hace tiempo que nadie me dice así.

—¿Tu mujer no te lo dice?

Fernando no tiene ganas de explayarse sobre su estado civil.

—No. Me dice Fernando.

—¡Ay, qué formal!

"Un poco, sí. Capaz que por eso me separé tan pronto", piensa Fernando. Pasa un auto con una familia a bordo. El hombre que maneja se los queda mirando largamente. Uno de los chicos, el que va detrás del padre, también. Fernando concluye que deben ser un espectáculo algo inusual, los dos ahí repantigados sobre el costado del Audi, a las tres y media de la tarde de un sábado de otoño. Celeste habla como pensando en voz alta.

—Estos guachos se hacen los escandalizados, y de cada tres que te miran así, a uno lo tenés de vuelta en la semana, buscándote con cara de babosos.

—¿No digas?

—Uh… no sabés. ¿Querés una pastilla?

—¿De qué tenés?

—Mentol.

—Gracias.

Fernando nota que tiene las uñas largas y pintadas de rojo subido.

—Qué lindas uñas, Celeste. ¿Te las hacés seguido?

—Ay, qué galán —agradece el cumplido con una sonrisa amplísima—. Yo vivo con una amiga. Trabaja por acá cerca. Nos atendemos entre nosotras. La depilación, las uñas, todo. Si no, te imaginás.

—Me imagino…

Fernando la mira. Piensa en el esfuerzo cotidiano que tiene que hacer Celeste para ser Celeste. En la fuerza del deseo. En la voluntad inclaudicable de ser algo que queremos ser. El teléfono lo saca de su cavilación. Antes de hacer alguna chambonada Fernando le tiende el teléfono a Celeste para que le indique cómo atenderlo.

—Hola —dice Fernando—. Sí. ¿Hablaste? ¿Seguro? ¿Vos le explicaste todo? Mirá que si no... ¿Con quién tengo que hablar? No, para anotar no tengo. A ver...

—Decila en voz alta —se involucra Celeste—, que yo tengo una memoria fotográfica. ¡Ay, qué boluda! ¿Cómo se dice cuando te acordás todo lo que te dicen?

—¡Terrada 2345!

—Terrada 2345. Listo.

—Te llamo en otro momento, Ruso. Después te explico.

Esta vez se atreve a oprimir el botón rojo para cortar la llamada. Se lo alcanza después a Celeste.

—Decime cuánto te debo, nena.

—Ay, nada. Fue un favor.

—Te digo en serio.

—¿Vos los favores los cobrás?

—No.

—Bueno, tonto. Yo tampoco.

—Pero seguro que te estuve espantando los clientes.

—Ufa, che. Fue un recreo.

Decadencia III

—¿Hoy jugamos a la noche, no es cierto?

—Sí, Mono. Bueno, a las siete de la tarde.

—¿Ves, Fernando? ¿Cómo te pueden hacer jugar a las siete de la tarde de un viernes? ¿Cómo hacen los hinchas que laburan para llegar hasta nuestra cancha un viernes a las siete?

—No es en nuestra cancha, Mono. Jugamos de locales en Racing.

—¡Me cago en diez, ya lo sé! Es un decir. ¿A Boca y a River, los hacen jugar los viernes?

—No.

—¿Ves? Son los dueños del domingo. Los señores juegan el domingo a la tarde porque son los reyes, son los dueños. Solamente los boludos juegan cualquier día a cualquier hora. ¡Y nosotros agachamos la cabeza como los pelotudos que somos!

—Pará de calentarte que te va a hacer mal. Estás todo colorado, Mono.

—Estoy perfecto. Ya me calmé. Ya me calmé. Bueno. Jugamos hoy a la tarde. ¿Con quién?

—Con Newells.

—¿Lo vas a ver?

—Y… sí...

—¿Por qué me decís "sí" con cara de que te están apretando un huevo en una morsa?

—¿Cómo es la cara de huevo apretado en una morsa?

—No te hagás. ¿Pusiste carita de pena o no?

—Y…, digamos que es muy posible que nos llenen la canasta.

—¿Ves? A eso me refiero. Eso es lo que digo. Agonizamos. Nos morimos.

Mariel abandona la cancha ligeramente ofuscada pero Mauricio no piensa darle importancia. Si quiere entender sus motivos, que lo haga y si no, que se vaya al demonio. Da igual. Por eso espera que Artuondo y su noviecita guarden sus cosas en los bolsos, elogia el saque del juez de Primera Instancia en lo Comercial, admira en silencio las piernas de su jovencísima acompañante y los invita a la confitería del club a tomar algo después de ducharse. Por suerte, aceptan. Mauricio se disculpa y aprieta el paso para alcanzar a su esposa. Mariel camina rápido, y recién se pone a su altura en la puerta de los vestuarios.

—Eh, che. Cambiá la cara, querés —la frena deteniéndola por el brazo.

—Soltame. Te hacía con tus amiguitos.

—Ahora vamos a tomar algo, por eso te vine a hablar. No seas jodida, que lo tengo cocinado.

—¿Jodida por qué?

¿Me casé con un hombre?, se pregunta Mauricio. Se arma de paciencia.

—No te pongas así, Mariel. Esto son negocios, no placer. Cuando quieras ganar nos anotamos en algún torneo y cagamos a pelotazos al que se nos ponga delante. Pero hoy no.

—No entiendo qué tiene que ver hacer negocios con dejarte ganar.

—Vos no entendés cómo son los tipos, Mariel.

—No, es cierto. Explicame.

Mauricio suaviza su gesto de fastidio. Calcula que los otros se habrán quedado haciéndose arrumacos en las canchas. Tiene un par de minutos.

—Ay, Mariel. A nadie le gusta perder. Y menos delante de la noviecita. Y lo necesito de buen humor a Su Señoría.

—A la noviecita la vi de muy buen ánimo. Y a vos mirándole las tetas, también.

—No empecés, te lo pido por favor.

—No, claro. No queda bien que la loca de la esposa del abogado haga una escena en la entrada de los vestuarios.

—¿No estás exagerando un poquito? Pensá un poco. Mirá por lo que estamos peleando.

Mariel respira hondo. Parece que dará el asunto por zanjado, pero le queda una bala en el cargador.

—¿Vos estás seguro de que sabés por qué estamos peleando?

—Sí. Porque sos más competitiva que yo, lo que es mucho decir. Y no te bancás que me haya dejado ganar.

Por el rabillo del ojo advierte que los vencedores se acercan al lugar en el que ellos discuten. Mariel, que también lo ha notado, sonríe con toda la cara y se estira para darle un beso ligero en los labios. Después se pierde en el vestuario. Mauricio se pregunta por qué no podrá actuar siempre así, con esa claridad, con esa inteligencia. Entra a su vez en el de hombres, fingiendo no haber visto al juez y a la niña, y aminora la marcha para que el magistrado lo alcance. El partido que a Mauricio le interesa ganar esta tarde empieza ahí, mientras se encaminan a las duchas. Por supuesto que no entra en materia directamente. Elige una vía lateral, que a ambos les permite fingir que no hay premeditación alguna. Lanzan un par de generalidades, una manera de marcar la cancha. Algún comentario sobre el estrés del trabajo, las audiencias, el momento particular de la causa de Naviera Las Tunas. Listo: nombrado el expediente, lo demás se acomoda en los casilleros que corresponde. La conversación va y viene. Se interrumpe cada vez que Mauricio le presenta a algún socio del club que le parece interesante. Cuando se retoma la charla, siempre es de costado, de a poco, para que nadie se ofenda ni se asuste. Al momento de peinarse y cerrar los bolsos, lo fundamental está convenido. Plazos, cifras, porcentajes y atenciones para con el señor juez y los señores peritos contables designados en la causa.

Desde el vestuario se encaminan a la confitería, dispuestos a esperar un buen rato a que las mujeres estén listas. Mauricio aprovecha para elogiar a la joven compañera de tenis que se ha agenciado su contrincante. La define así, a propósito, con esa falsa ampulosidad, para que el viejo verde se despache a su antojo enalteciéndola y, de paso, vanagloriándose.

Pero apenas atraviesa la puerta vaivén Mauricio se sorprende con la presencia de Fernando, que espera sentado a una de las mesas más próximas a la entrada. Claro. Se ha olvidado por completo, pero esta mañana quedaron en encontrarse en el club para que el otro le devuelva el auto y Mauricio lo lleve a su casa. Una contrariedad, teniendo a sus invitados ahí. Dejarlos con Mariel y que lo esperen es una descortesía, por más que tenga todo el pescado vendido. Y hasta la casa de Fernando tiene un tirón. Entre la ida y la vuelta, lo menos una hora. Imposible. Mejor decirle a Fernando que lo espere. Total, no debe tener nada importante que hacer. Eso. Va a decirle que lo espere una horita hasta que él se desocupe.

No. No es tan sencillo, porque en una de esas Artuondo quiere que vayan a cenar, y sería una grosería negarse. Mejor que Fernando se tome un remise. Él le da la plata. También puede decirle que se lleve el auto y se lo devuelva mañana. No el Audi. Ni loco, porque Fernando no tiene garaje y no va a dejar que el Audi duerma afuera. Pero sí el Peugeot de Mariel. Esa es una buena opción. De paso queda como un grande con su amigo. Le toca el hombro al juez para que detenga su marcha. La verdad que Fernando, con ese traje formal y prestado, parece trasplantado quién sabe desde dónde. Una casa velatoria o un casamiento vespertino.

—Doctor, le presento a mi amigo Fernando Raguzzi.

—Fernando, te presento al doctor Aníbal Artuondo, juez del Fuero Comercial.

Fernando adelanta la mano y estrecha la del juez, pero se toma un instante para mirar a los ojos a Mauricio, alzando levemente el ceño. Una fracción de segundo. Lo que se tarda en pasar la seña del ancho de espadas. Lo último que falta es que a Fernando se le dé por la perspicacia. Tarde o temprano le va a preguntar por esa tarde de tenis con un juez. Y desde su torre de superioridad, ese pedestal de pureza que a Mauricio le da cien patadas al hígado. Además, están por llegar Mariel y la niñita. Necesita desarmar ese inminente quinteto cuanto antes.

—¿Anduvo bien el auto, nene? —la pregunta suena levemente más aguda de lo que hubiese sido deseable. Tranquilo, se dice.

—Perfecto. Ningún problema —contesta Fernando, que sigue como en suspenso.

—Le presté el Audi a mi amigo, esta mañana, y me lo vino a traer.

—¿Tiene un Audi, Guzmán? ¡A ver cuándo me lo presta a mí!

—¡Ja! ¡Por lo que vi ahí afuera no anda precisamente a pata, doctor! —Mauricio hace algunos cálculos rápidos. La camioneta gigantesca de Artuondo debe valer sus buenos mangos. Como el Audi, o poco menos. Menos mal. No es buena ocasión para poner a competir virilidades.

—Necesito hablar un minuto con vos —dice Fernando.

—¿No querés llevarte el Peugeot de Mariel? En realidad no hicimos planes con Aníbal, pero en una de esas nos vamos a cenar y…

—Te agradezco, pero tengo que aclarar un temita con vos antes de irme. Son dos minutos.

—Yo te espero en aquella mesa —se excusa el juez—. Necesito hidratar el cuerpo.

—Sí, Aníbal, seguro —Mauricio advierte que el juez acaba de inaugurar el tuteo. Algo magnífico en un mal momento. Y qué incordio este Fernando. Tiene que despacharlo rápido. Que resuma su informe. Suena jocoso cuando le dice al juez—: El barman es un pibe macanudo. Decile que te prepare algo propicio para hidratar a un tenista.

El juez tuerce el rumbo hacia la barra y Mauricio se encara con Fernando. Ahora habla poco más que en un murmullo.

—Fer, me agarrás en medio de algo. ¿No te enojás si hablamos mañana? Es domingo y tenemos tiempo de sobra.

—Hay que hablarlo hoy, Mauricio. Lo lamento. No sabía que estabas con gente.

—Eso no es nada. El tema es qué gente, y por qué.

Está cambiando de idea. En un primer momento había pensado escamotearle la verdad de esa tertulia. Sobre todo para evitarse los sermones y las caras de condena. Pero ahora, metido en la urgencia hasta la nariz, tal vez sea preferible blanquear las cosas, reconocer la importancia de lo que trae entre manos para que Fernando entienda que tiene que irse pronto. Que actúe como amigo, qué tanto.

—No te avisé porque me imaginé que ibas a llegar temprano, Fer, pero resulta que este tipo...

—Esperá. Mejor nos sentamos. Te prometo hacer lo más rápido posible. Pero hay un par de cosas que te las tengo que decir ahora.

—Pero...

—Es por tu bien.

Mauricio lo mira, cada vez más preocupado. Y como Fernando no hace el menor amague de quitarle solemnidad a lo que acaba de decir, su consternación va en aumento. ¿Cómo "por su bien"? Fernando se sienta y Mauricio lo imita sin quitarle los ojos de encima, como si el otro fuese un mal presagio, o una amenaza. Que hable. Que hable de una vez.

—¿Qué pasó? ¿Con Prieto anduvo todo mal? —que vaya al punto, que evite los circunloquios, que se las tome pronto de ahí.

—No. Todo no. No salió del mejor modo, pero tampoco es que salió como el culo.

—A ver, explicate, por favor. ¿Se ofendió por lo de sobornarlo? Capaz que fuiste demasiado directo, demasiado...

—Para nada. Le encantó la idea. Ese no fue el problema.

—¿Y entonces? ¿Se zafó con el porcentaje que te pidió? Mirá que eso se conversa, se ve...

—No, Mauricio. El tipo no quiso un porcentaje. Quiso la guita contante y sonante.

—¿Cómo la guita?

—Sí, Mauricio. La guita. La guita en la mano. Ahora, por adelantado.

—Pero eso no se puede. No se estila.

—¿Ah, no se estila? ¿Y cómo sabés qué carajo se estila?

La conversación se ha deslizado hacia una discusión en voz baja. Mauricio echa un vistazo al juez que, sentado a su mesa con aire ausente y pacífico, juguetea con los hielos de su whisky. Se encara otra vez con Fernando y se miden a través de la mesa. La chica que atiende ese sector se acerca a Mauricio y le extiende un menú.

—No, te agradezco... yo estoy allá —dice, señalando la mesa del juez. ¿Cuánto llevan hablando? ¿Cuánto falta para que venga la pelotuda de Mariel a darle una mano, aunque sea para tenerle la vela a Artuondo?

—A mí sí, por favor. Traeme un café con leche —le dice Fernando a la moza, y después se encara con él—. Mirá, Mauricio, no vine a polemizar con vos sobre cómo conviene manejar la negociación con este turro. Las cosas son como las ponga él. Y si no, no son.

—Bueno, en una de esas tienen que no ser.

Fernando lo mira otra vez, antes de responder.

—A lo mejor a vos se te ocurrió alguna alternativa, en estos días.

Mauricio traga saliva y le sostiene la mirada, pero no contesta. ¿Ahora se va a venir con un reclamo?

—La cosa es simple: Prieto quiere la guita ya, por adelantado. Nada de cobrar cuando se haga la venta, ni un porcentaje, ni nada.

—¿Y cuánto pidió?

—Veinte mil dólares.

—¿Qué?

—Veinte lucas.

—¿Cuánto?

—¿Me lo vas a preguntar muchas veces más? Porque siguen siendo veinte lucas verdes, por más que me lo sigas preguntando.

Decadencia IV

—¿No es un poco dramático tu planteo, Mono?

—¡No, Fernando! ¡Es la verdad! Vos lo sabés, yo lo sé, todos sabemos que lo más probable es que hoy nos llenen la canasta. Y si no es hoy, es la fecha que viene. Y la otra y la otra y la otra. No tenemos esperanza, entendés. No es un mal momento. No es una mala temporada. Es así. Somos un desastre, y vamos a seguir siendo un desastre. Y cada vez nos vamos a parecer menos a los que fuimos, y va a llegar un punto en que no nos vamos a reconocer. Nos va a quedar el nombre. Fotos viejas. ¿No lo entendés, Fernando?

—...

—Desde el '95, un campeonato. Estamos en el 2008, Fernando. Un campeonato en catorce años, macho. Y seguiremos contando.

—Todos los equipos pasan...

—Un carajo. Vos sabés lo que era Independiente. Una fija. O casi. De locales era un festín. A Boca lo teníamos de hijo. El único que siempre nos tiró la camiseta y nos ganó fue River. A los demás, papita pal loro.

—Bueno...

—Ahora somos un horror, Fernando. ¡Banfield nos tiene de hijos! ¡Banfield!

—...

—¡Lanús!

—...

—¡La otra vuelta nos ganó Arsenal! ¡Cuando éramos chicos jugaba en la C Arsenal! Y ahora nos pintó la cara, Fernando.

—¿A dónde querés llegar?

—¡A ningún lado! ¡A eso! A que antes jugar con el Rojo era un desafío para cualquiera. También perdíamos, ya lo sé. No soy tan boludo. No digo que ganábamos siempre. Pero siempre estaba la chance de que ganáramos, de que diéramos vuelta los partidos, de que volteásemos al más pintado en cualquier cancha. Y jugando bien. O tratando de jugar bien. ¿Te acordás? ¡"La mística del Rojo"! ¿Te acordás o no te acordás? ¿Yo exagero o era así?

—...

— ¿Yo exagero?

—...

33

De nuevo hacen silencio. Mauricio advierte que Fernando levanta la vista a sus espaldas y saluda con un gesto, pero sin sonreír. Mariel y la novia de Artuondo acaban de pasar la puerta. Mauricio echa un vistazo a su mujer deseando que entienda sin necesidad de mayores explicaciones. Ella lo mira un segundo y sigue derecho hacia la mesa del juez. Bien. Mina gauchita. Cuando el juez las ve les sonríe y se acomoda en la silla. Mauricio no los escucha, pero evidentemente está haciendo algún comentario referido a la intempestiva entrevista que él está sosteniendo, porque los tres se vuelven a mirarlo. Mauricio les hace un saludo y un gesto de que enseguida se reunirá con ellos.

—¿Pero cómo pensás juntar veinte mil dólares?

Fernando hace una mueca. Mauricio decide que si se sigue haciendo el misterioso y el importante lo va a mandar a la mierda.

—Me preocupa la conjugación verbal que estás proponiendo, Mauricio —ahora se las da de irónico, el infeliz—. No me parece que se trate de cómo la "pienso" juntar, sino cómo la "pensamos" juntar.

—¿Y vos suponés que yo tengo veinte mil dólares para invertir en esto?

—¿Y vos suponés que yo sí? ¿O el Ruso?

—Mirá, Fernando. No es el mejor momento como para que hablemos de esto. Yo lo tengo al tipo este esperando, no me puedo poner a pensar ahora, mejor te llamo mañana

—No. Tenemos que darle una solución ahora.

—Imposible.

—¿Por qué?

—¿Pero vos me estás jodiendo? Venís muy suelto de cuerpo a decirme que el tipo quiere veinte lucas verdes para la semana que viene.

—Para la semana que viene no. Para mañana.

—Y vos le dijiste que sí...

—Si tenés alguna idea mejor, soy todo oídos. Tengo el celular de Prieto, así que lo llamo y cambio los planes.

—¿Cómo que cambiás los planes? ¿Fuiste tan pelotudo de decirle que sí?

—Sí. Pero como vos sos mucho más piola que yo, ahora me vas a dar una alternativa más eficiente, más barata y más segura para venderlo a Pittilanga. Y nos vamos a ahorrar veinte lucas verdes, de paso.

Mariel le echa un vistazo de significado ostensible. Mauricio alza el dedo pulgar como para indicar que todo está bien. El gesto más estúpido del mundo.

—Te repito que esto hay que verlo mejor...

—No hay nada para ver, Mauricio. La pregunta que tengo que hacerte es simple: ¿vos tenés veinte mil dólares para adelantarnos y pagarle a este hijo de puta, cosa de que después te los reembolsemos cuando vendamos al pibe?

—¿Pero vos me estás jodiendo?

—Para nada. Necesito saberlo.

—Te repito. ¿Me estás jodiendo? ¿De dónde querés que saque veinte lucas?

—No sé. Capaz que tenés algo invertido. No tengo idea.

—No, no tengo.

—¿Ni diez? ¿Ni cinco?

—¡Ni diez ni cinco, Fernando, la puta madre!

Fernando no se inmuta. Sigue mirándolo. Midiéndolo.

—Entiendo.

—¿Qué entendés?

—Esto de que no tenés la guita. Es atendible. No es tu culpa.

—¿Mi culpa? ¿Adónde querés llegar?

—Al final de la historia, quedate tranquilo. Ya te libero enseguida.

—¿Qué final?

—Que cuando salí de la reunión con Prieto me puse a pensar que estábamos fritos. Yo veinte lucas verdes no tengo. El Ruso, menos. Vos, tal como me comunicás, tampoco.

—Dejá de hacerte el formal, querés.

—No me hago, Mauricio. Pero yo salí de ahí teniendo que encontrar alguna solución. Y en realidad, mal que te pese, permitime corregirte, Mauricio. Las veinte lucas verdes las tenés. O bueno, las tenías.

Es en ese momento, tal vez por la gravedad con la que Fernando pronuncia esas últimas palabras, o porque la atmósfera se ha ido tornando más y más densa hasta volverse de plomo entre los dos, o porque las cosas adquieren sentido en la cabeza de Mauricio antes de que pueda ponerles nombre, que Mauricio mira por primera vez las llaves con las que el otro ha estado jugueteando durante toda la conversación. Recién ahora las mira. Un llavero con dos llaves de paletas doradas y otra plateada, cilíndrica y alargada, de las que se usan en los pasadores. Las llaves de la casa de Fernando. No son las del Audi.

—No sé de qué me estás hablando —alcanza a decir, con voz desfallecida.

—Sí sabés. O te lo imaginás. Tu cara es de que te lo imaginás —Fernando hace una pausa, la última, y sigue—. Me fui hasta Warnes. Me hablaron de un tipo y fui.

—¿Te hablaron? ¿Quién te habló?

—El Chamaco. El lavador que trabaja con el Ruso. El tipo, el conocido del Chamaco, tiene una casa de repuestos de la puta madre. Todos autos importados. Pero parece que también es dueño del desarmadero más grande de Buenos Aires.

—Pará, pará —Mauricio siente que le quitan el piso sobre el que apoya los pies.

—Por supuesto que el Audi valía mucho más de veinte lucas. Pero qué querés. Me dio quince. Los otros cinco veré cómo mierda los junto.

Mauricio siente crecer su indignación. No puede hacer un escándalo ahí. Y menos con Artuondo a diez metros, por más que ya vaya por el cuarto whisky. Lo más indignante es que Fernando también lo sabe. Por eso están hablando ahí.

—Te pido que no te hagás el indignado, Mauricio. Hasta ahora te la viniste llevando de arriba, como el mejor.

—La puta que te parió.

Fernando hace una pausa y lo mira. No hay ira en su expresión. Sólo concentración, como si estuviese anotando el insulto en una nómina más larga. O más vieja.

—No vine a pelear. Después puteame todo lo que quieras. Pero no había otra alternativa. Por algo te empecé preguntando si tenías la guita. No la tenés. O sí, la tenías con el Audi. No te hagás la víctima porque tenés seguro, Mauricio. Eso sí. Tenés que esperar tres días para denunciarlo.

—Vos estás loco. O sos mucho más pelotudo de lo que yo creía.

De nuevo Fernando demora en responder.

—Es posible. Las dos cosas son posibles. Pero no nos vayamos de tema. El del desarmadero necesita tres días. O para desarmarlo todo o para pasarlo a Paraguay.

—¿Vos me estás diciendo que mi auto está en lo de este delincuente, y que en una de esas en los próximos días va a viajar a Paraguay, a mi nombre, y con mi responsabilidad civil?

—Te sugiero que no levantes la voz. Te lo digo por vos. A mí me da lo mismo, pero esta gente se puede molestar con un escándalo. Te juro que no era mi intención, Mauricio. No porque te debamos algo. Al contrario. Todavía seguís bastante en rojo.

—¿De qué hablás?

—Dejémoslo ahí.

—Vos, tu hermano y tu amigo me tienen las pelotas por el piso.

Fernando carraspea. Acomoda la taza vacía en el plato. Parece reflexionar.

—Yo pensé que yo, mi hermano y mi amigo éramos también tus amigos. Pero a lo mejor estás en una etapa de replanteo.

Hace una pausa, como dándole a Mauricio la oportunidad de retrucar. Pero como no hay réplica, sigue:

—Lo que te digo es que ahora te tocó colaborar. Son tres días. El martes hacés la denuncia. Seguro que en tu compañía de seguros te dan un auto para aguantar hasta que cobres.

—¿Vos te das una idea del quilombo en el que me estás metiendo? ¿Vos sabés lo que me puede pasar si esos tipos usan el Audi para un afano, un secuestro, algo así, si yo no hago la denuncia? ¿Te das una idea o sos demasiado boludo como para darte cuenta?

—Eso último ya me lo preguntaste. Y sí, soy demasiado boludo. Pero ese es otro tema. Lo que te aseguro es que si hacés la denuncia ahora te vas a ver metido en un quilombo de la puta madre. Yo también, pero vos no zafás. Tres días son. Si lo desarman acá, una vez que tiren a la mierda el rastreador satelital ya están tranquilos. Pero lo de los tres días es por si lo mandan a la frontera.

—¿Y quién te dio derecho a vos para meterme a mí en trato con esos delincuentes de mierda?

No es un grito, pero se le parece. Tanto, que desde la mesa contigua se dan vuelta a mirarlos. Fernando sigue impertérrito.

—Es cierto. Te acabo de mezclar con unos delincuentes de mierda. Pero no me digás que no estás acostumbrado —mira al juez un largo instante, y después vuelve a encararse con Mauricio—. En todo caso la diferencia es que, esta vez, no te toca a vos elegir los delincuentes.

Fernando se pone de pie, saca diez pesos del bolsillo y los deja para pagar el café con leche. Se señala la ropa que lleva puesta.

—El traje este te lo hago llegar por el Ruso en la semana. Como un boludo me dejé mi ropa en el baúl. Completa. Así que yo también perdí lo mío, no vayas a creer —la última frase la dice desde la puerta, señalándose las piernas—. No sabés cuánto quería ese vaquero.

Palidez II

—¿El brazo te sigue doliendo, Fer?

—No, ahora no.

—Tenés mejor color.

—¿Sí, Mono?

—Sí. Antes estabas blanco tiza. Ahora estás un poquito verde. Verde esperanza, capaz.

—Menos mal, boludo.

—...

—...

—Será que con todo lo que te dije de Independiente te empezó a doler el corazón y te hice olvidar del brazo. Por eso no te das cuenta.

—...

—Es así, Fernando. El Rojo se muere. Hace tiempo que se muere, pero recién se está notando ahora.

—...

—¿Y ahora qué te pasa?

—Nada.

—¿Nada? ¿Con esa cara?

—¿Qué querés que te diga? ¿Que tenés razón?

—Si la tengo, sí. Me gustaría.

—...

—...

—Bueno. Tenés razón, Mono. En todo lo que dijiste de Independiente tenés razón.

—...

—...

34

Fernando la cita en el bar de la esquina de la plaza de Ituzaingó, un viernes a última hora de la tarde, porque Lourdes le ha explicado que más temprano se le complica por el trabajo.

De todas maneras, ella llega casi media hora tarde. Fernando se hace el propósito de no enojarse por su impuntualidad, aunque es un defecto que lo saca de quicio, porque necesita que esa conversación sea lo más serena posible. Cuando por fin Lourdes se le sienta enfrente, y mientras esperan los cafés, Fernando se pregunta qué pensaría el Mono ahora, diez años después, de la mujer con la que tuvo a Guadalupe.

Sería injusto decir que ha envejecido. Tiene... ¿cuántos? ¿Treinta y cinco?, ¿treinta y seis? Sigue siendo joven. Sigue siendo linda. Mantiene la buena figura, más allá de sus dos embarazos. Fernando calcula cuántos años tendrá el hermanito de Guadalupe, el que Lourdes tuvo con el suizo. Seis. Matías tiene seis años.

—¿Cómo andan los chicos? —pregunta Fernando, como un modo de empezar bien.

Al escuchar esa mención, a Lourdes se le afloja el gesto.

—Bien, bárbaro. Ahora están con Claudio.

Claudio es la nueva pareja de Lourdes. Se juntó con él después de separarse del suizo. Hace un par de años que están juntos. A Fernando le gustaría preguntar cómo anda eso, pero no tiene la confianza suficiente. Espera que las cosas anden bien. No por Lourdes, a quien le sigue guardando un rencor profundo por todo el daño que le hizo a su hermano. Pero sí por Guadalupe, para que viva en una casa que se parezca lo más posible a una familia, piensa Fernando, que tiene patrones más bien clásicos al respecto.

—¿Tus cosas, bien? —pregunta Lourdes, como cediendo a los requisitos de la cortesía.

—Bien, sí, bien —asiente Fernando, pensando en el modo de entrar en tema.

—¿Tu vieja?

—Bien, ahí anda. Tirando —contesta Fernando, que no tiene deseos de ser demasiado preciso.

¿Qué sería ser preciso? ¿Mi vieja? Amargada, tozuda, enojada, dispersa para todo lo que no sea odiar al mundo y venerar la memoria del Mono. Mejor abreviar en eso de "bien, tirando".

—Te hice venir porque quería conversar un tema que tiene que ver con Guadalupe —mejor ir al grano, se dice Fernando.

—Mirá, con el tema de las visitas yo hablé con el abogado y…

—Esperá. Dame un segundo.

Fernando la frena en seco. Una cosa es la cortesía y otra bien distinta tener que tolerar que lo tome de boludo, o que pretenda asustarlo.

—Yo sé que con el Mono tuvieron los mil quilombos por ese lado.

"Los mil quilombos." Lindo eufemismo para todos los tironeos, las angustias, los malos ratos, las amenazas, las denuncias que esa hija de mil putas le tiró por la cabeza a su hermano.

—Justamente, por eso…

—Te pedí que me dejaras hablar. Si estás de acuerdo, me parece mejor que seamos sinceros. Todo lo que podamos.

—Dale —responde Lourdes mientras le suena el celular.

Tiene el tino de apagarlo, pero cuando lo manipula se le resbala y cae al piso. Fernando no puede evitar mirarle el escote mientras ella se agacha a recogerlo, aunque enseguida desvía la mirada. ¿Será un acto reflejo masculino o él es un perverso? Buenas tetas. Siempre las tuvo. Pobre Mono. Siempre fueron su debilidad. Mejor volver al asunto.

—Ahora que el Mono murió lo de las visitas es un engorro. Vos bien sabés que tendría que haber un régimen para mi vieja, o para los tíos.

—Yo no te digo que no, pero prefiero que lo hables con el abogado.

—Al abogado tuyo lo tengo montado encima del huevo izquierdo, Lourdes, y vos lo sabés porque para eso lo contrataste y le pagás sus buenos mangos. Buenos mangos que, dicho sea de paso, se los sacaste al Mono.

Error, piensa Fernando, mientras ve a Lourdes guardar con ademanes enérgicos el teléfono celular, los anteojos oscuros y las llaves del auto en la cartera en el ademán de quien está por irse.

—Perdón. Se me escapó.

Lourdes lo mira con ojos asesinos, pero detiene sus aspavientos. Ojos que matan, la verdad, piensa Fernando, que de todos modos le sostiene la mirada. Pobre Mono, vuelve a pensar.

—No tiene sentido que volvamos sobre cosas viejas. Mejor pensar en el futuro.

—No creo que vos y yo podamos entendernos.

—Me parece que si somos prácticos sí. Prácticos y sinceros, Lourdes.

Ella se acomoda el pelo. Mira alrededor, como buscando algo.

—Fumar no se puede. Lo lamento. Si querés vamos afuera, pero hace frío.

—No importa —dice Lourdes, soltando de nuevo los cigarrillos y el encendedor dentro de la cartera.

—Empecemos dejando algo en claro. Vos a mí no me tolerás, y yo no te tolero a vos. Y no tiene sentido que busquemos las razones ni que nos expliquemos por qué. En el fondo, no hay modo de que nos entendamos.

Lourdes lo mira, abriendo mucho los ojos.

—Honestidad brutal, que le dicen.

—Que le dicen, sí. Pero hay algo en lo que sí estamos de acuerdo.

—¿Ah sí? ¿En qué?

Fernando está a punto de enfurecerse otra vez con el tonito sarcástico de Lourdes, pero hace el esfuerzo de no perder los estribos. Si puede conseguirlo con sus alumnos, tiene que poder con esta turra. Respira dos, tres veces. Ya pasó.

—Mirá, Lourdes. Siempre pensé que eras una hija de puta fría, calculadora, manipuladora, histérica, mal cogida, neurótica, egoísta, mentirosa...

Contrariamente a lo que Fernando ha esperado, Lourdes lo deja seguir la enumeración hasta que se le consumen los epítetos o se le acaban las ganas.

—Y seguro que vos pensas de mí otras cosas peores. Pero no viene al caso. Lo que sí me importa es que hay algo que yo estoy seguro de que tenés y de que es bueno. Muy bueno.

—¿No digas?

—Sí digo. Yo creo que a Guadalupe la querés mucho.

Lourdes lo mira fijo. Fernando también. Los ojos de la mujer se llenan de lágrimas. Fernando ahora sí baja la mirada. Las lágrimas ajenas siempre lo vulneran, y no puede darse el lujo de sentirse tocado.

—¿Es así o no es así?

—Sí. Seguro que es así.

—Bien. Yo también. Nosotros también. Cuando digo nosotros me refiero al Ruso, a Mauricio y a mí.

—Los tres mosqueteros —dice Lourdes, en un tono en el que la emoción ha sido de nuevo desplazada por el sarcasmo.

—La queremos tanto que queremos hacerte una propuesta. A vos, no a tu abogado. Es más: si lo participás de esto, hacé como que no hablamos una palabra. Cualquier acuerdo al que podamos llegar hoy, si el tipo mete el hocico, olvidate.

—Suena a que me vas a proponer algo ilegal.

—Para nada. Un acuerdo de caballeros. O de dama con caballeros.

—Te escucho.

—Con Mauricio y el Ruso estamos manejando una inversión, una guita importante.

—No traigas a colación palabras como "inversión" porque me hace acordar de que no vi un peso de la indemnización que le dieron a Alejandro cuando lo echaron los suizos.

¿Nunca en la puta vida le vas a decir Mono, conchuda?, piensa Fernando, mientras toma un sorbo del agua que acompaña el pocillo de café. Todo el mundo le decía así. Hasta los suizos. Todo el mundo menos Lourdes. Como si desde el principio hubiera querido dejar claro que nada de lo que el Mono fuese más allá de ella, por encima, por debajo o por afuera de ella, importaba nada, servía para nada.

—Los suizos no lo echaron. El Mono se fue por las suyas.

—Mi abogado dijo que en retiros así siempre se arregla una guita. Una guita fuerte.

Y sí, piensa Fernando. Doscientos mil dólares son una guita fuerte.

—Tu abogado se equivocó.

—No creo.

—¿Me tratás de mentiroso?

El tono ha vuelto a tensarse pero a Fernando no le preocupa. Le viene bien esa tensión. Porque, efectivamente, está mintiendo, y mentir lo pone nervioso. Lo hace sentir estúpidamente culpable. ¿Culpable con esa mina que hizo todo lo posible por entorpecer los encuentros entre su hermano y Guadalupe? ¿Culpable con esa reventada que, mientras convivía con el Mono —Fernando está seguro—, seguía viendo a escondidas al suizo pelotudo ese? ¿Culpable con esa hija de puta?

—Yo no te trato de nada.

—Ah.

Bien, piensa Fernando. Le ha salido bien el tono de hombre digno y ofendido.

—La guita de la que te hablo no tiene nada que ver con el Mono. Y no tengo por qué decirte de dónde viene. Conformate con saber que es completamente legal. Completamente.

—Sí —y Lourdes suelta una sorpresiva, repentina carcajada—, la verdad que me cuesta imaginármelos a ustedes con la valentía de meterse en algo oscuro…

Fernando vuelve a pensar lo que a menudo piensa con los alumnos. El que se enoja pierde. El que se enoja pierde. Como un mantra. ¿Así que nos tenés por tres pelotudos? Mejor, Lourdes. Mejor. Porque en la puta vida vas a ver un mango de eso.

—Con más razón entonces. Es una guita legal, que queremos que le sirva a Guadalupe.

—¿Y cuánta guita es?

—No estoy autorizado a decírtelo.

Lourdes hace una mueca burlona, como si se sorprendiera por la solemnidad de la respuesta.

—No estoy autorizado y no quiero, porque como sé que sos una ambiciosa de mierda, y una materialista del carajo, tengo miedo de que te pongas en pelotuda y eches las cosas a perder. No sé bien cómo, pero necesito que te quede claro que de esta guita vos no vas a ver un mango. Y en el fondo no sabemos, ni el Ruso ni Mauricio ni yo, si con este Claudio que estás ahora vas a estar dos meses o cuarenta años. O si la semana que viene te enamorás de un noruego y querés irte a la mierda con el noruego, me entendés. O si los suizos del laboratorio te ofrecen un ascenso en la planta que tienen en conchadetumadrelandia y vos de repente te vas a conchadetumadrelandia y te llevás a Guadalupe, me seguís.

—¿Pero con quién te creés que estás hablando?

—Con vos, Lourdes, pero no nos vayamos de tema. Quedémonos con lo que sirve, con lo que sí funciona, que es lo que te dije antes. Vos a Guadalupe la adorás, y nosotros también.

Fernando hace un silencio y espera a ver si Lourdes tiene algo para retrucar. Silencio. Perfecto. Se sabe al mando. Se sabe en el control.

—Por eso, de ahora en adelante, y empezando dentro de unos meses, vos vas a recibir una mensualidad. Aparte de la pensión, te digo. Vas a recibir una mensualidad que te vamos a pasar nosotros.

—¿A cuento de qué?

—A cuento de nada. Una guita que te vamos a dar para que le pagues a Guadalupe un buen colegio. Bueno en serio, no de esos elegantes al pedo. Bueno y donde la quieran. Hay colegios así que no son tan caros.

—¿Ustedes pretenden decirme a mí a qué escuela la tengo que mandar?

—Vas a tener derecho a opinar y te vamos a escuchar, Lourdes. Pensá... pensá que venimos a ser como el padre de Guadalupe. En lugar de uno tiene tres, qué le vas a hacer. Pero la ventaja es que este padre te va a poner mil dólares todos los meses.

—¿Mil dólares?

—Mil. Mango sobre mango. De acá a que Guadalupe cumpla veintiuno.

Se hace un silencio. Lourdes, más allá de las prohibiciones, saca un cigarrillo, lo enciende y da una larga pitada.

—¿Pero entonces cuánta guita tienen?

Por el momento tenemos cero, me cago en vos. Pero ya vamos a tener, piensa Fernando. Espero.

—Ya te dije que es asunto nuestro. Y cuando la nena cumpla veintiuno, el resto lo arreglamos con ella.

—Pero ¿qué? ¿Asaltaron un banco?

No, yegua, tenemos los derechos federativos de un jugador que es un perro que no le mete un gol a nadie.

—Nada que ver. Todo legal. De acá a los veintiuno Guadalupe recibe a través tuyo ciento diez mil dólares. Pero eso sí: donde te mandás una cagada, te cortás sola, te juntás con un hijo de puta que la trate mal a la nena, lo que sea, olvidate. La guita la encanutamos y se la damos toda junta después.

—¿Y por qué no esperan, entonces? —lo desafía ella.

—Lo pensamos, porque no te tenemos confianza. Pero por otro lado nos interesa que Guada crezca bien. Que estudie, que se pueda dar algunos gustos. Tampoco que se zarpe, te aclaro. Pero nos parece justo que la disfrute desde ahora. Y al Mono le habría gustado.

—No sé —dice Lourdes, pero es un no sé que a Fernando le suena a que sí, a que no tiene nada que objetar.

—Eso sí. No sólo nos hacés caso en el uso de la guita, en la educación de la nena, sino que acordamos un buen régimen de visitas y nos lo respetás. Y cuando digo visitas me refiero a mi vieja y a nosotros tres. Y digo vacaciones, salidas, esas cosas.

Se acerca el mozo y le indica a Lourdes la prohibición de fumar. De mala gana, ella aplasta el cigarrillo en el pocillo vacío.

—Y lo mismo con los permisos. Ahora es una nena, pero dentro de nada empieza con las salidas y los boliches y los bailes y las fiestas de quince y los noviecitos.

—¿Pero ustedes qué se creen? ¿Que yo no la puedo cuidar?

—Nada que ver, Lourdes. Para el caso no nos interesa. O sí, nos interesa. Y sabemos que la cuidás. Pero la queremos cuidar nosotros también. Si querés esa guita, nos vas a tener que tolerar esta especie de patria potestad compartida, o recontracompartida con nosotros tres. ¿Me seguís?

Lourdes levanta la cartera de la silla contigua y la apoya sobre la mesa. La abre. Saca los cigarrillos y el encendedor, en un gesto automático, pero cuando toma conciencia los vuelve a guardar. Deja otra vez la cartera en la otra silla.

—Eso sí. El mes que ustedes no ponen el dinero, olvídense —de nuevo lo mira con ojos centelleantes. De nuevo el odio, el gesto amargo.

—Un mes que tus amigos y vos dejen de poner la guita y se corta el acuerdo. Se corta. ¿Me entendés?

—Te entiendo. Igual me vas a tener que esperar dos o tres meses, hasta que disponga del efectivo.

—Yo te espero todo lo que quieras. Pero hasta entonces ni se te ocurra verla a la nena.

—¿Te acordás de que mi vieja tiene derecho a verla?

Lourdes vuelve a levantar la cartera y se cruza de brazos con ella, como si fuese un escudo.

—Sí, tu vieja sí. Pero ustedes no.

Fernando levanta la mano para avisarle al mozo que traiga la cuenta. Mientras espera, se la queda mirando. ¿Hasta cuándo estuvo el Mono enamorado de esa mujer? ¿Hasta que se juntaron y su vida se transformó en un tormento? ¿Hasta que se separaron? ¿Y si la quiso siempre? ¿Y si hasta que se enfermó de cáncer y se murió siguió enamorado de esa yegua? ¿Qué fue lo que lo enamoró? ¿Qué le vio? ¿Qué virtudes fue capaz de inventarle? ¿O amar a una mujer es siempre eso de inventarle virtudes a una mina por el solo hecho de que nos atrae; nos atrae y queremos tenerla?

—Está bien —dice Fernando, mientras paga—. Hasta que tengamos la guita, seguimos como hasta ahora. Cuando te empecemos a pasar las cuotas, cambiamos. ¿Te parece bien?

—Me parece bien —contesta Lourdes, mientras se levanta y se va.

Tiempo restante

—¿Sabés qué es lo que más me jode, Fer?

—¿Qué, Mono?

—...

—...

—Que ya no puedo hacer nada. Que me quedé sin tiempo de intentar nada.

—¿Y qué ibas a intentar?

—No sé. Meterme en la política del club. Participar. Ser candidato a presidente, a miembro de comisión directiva, algo. Ahora como que no me queda nada que hacer.

—Supongo que no, Mono. Sufrir, nomás.

—...

—...

—Che, Fer.

—Qué.

—¿Viste que cuando hablé antes de que Independiente se moría sin remedio, lo mismo que yo, vos no dijiste nada?

—...

—...

—Yo no dije que vos te ibas a morir, Mono.

—No te hagas el gil.

—No me hago.

—...

—...

—Sí te hacés, Fernando. Pero gracias igual.

—¿Gracias de qué?

—Porque si yo le digo así a cualquier otra persona me interrumpe con la boludez de la esperanza y el milagro, porque nadie se banca que lo que hay es esto y punto. Esa gente me saca. Me rompe las bolas. Para mí que no se bancan tener que apechugar con que me voy a morir y listo.

—No sé, Mono. Primero, que no sabés. Si te vas a morir, digo. Y después… yo qué sé… cada cual hace lo que puede. Capaz que piensan que así te dan fuerzas para seguir, para no rendirte.

—¿Y vos?

—¿Yo qué?

—¿A vos no te parece bien eso de darme fuerzas?

—Yo hago lo que vos me pediste. No te compadezco ni hablo pelotudeces. ¿Vos me pediste eso, o no?

—Es verdad.

—…

—…

—¿Pero lo hacés porque te lo pedí o porque de verdad pensás que estoy al horno?

—…

—…

35

—¿No te parece que fue un poco arriesgado eso de encararla a Lourdes con la propuesta de la cuota mensual?

El Ruso lo pregunta sin ánimo de ofender, mientras repasa con un trapo rejilla los focos delanteros de un Fiat Idea color caramelo. Fernando está de pie, a su lado. Se sobresalta con el chistido repentino de la manguera de alta presión que el Chamaco acaba de accionar para aflojarle la mugre al auto que sigue. El Feo, por su parte, dispara chorros de espuma sobre la carrocería mojada.

—No.

Es tan escueta y concluyente la respuesta que el Ruso detiene su labor para mirarlo de frente.

—¿Sabés por qué lo hice? —sigue Fernando—. Porque le tenía más miedo a hablar y ponerme de acuerdo con la hija de puta esa que a negociar a Pittilanga con quien carajo sea. Ahora estoy más tranquilo. Sé que tengo un quilombo por delante. Tenemos. Pero esta ya la pasé.

El Ruso vuelve a secar los focos. Fernando dice algo más:

—Y me sentí bien, Ruso. Fue como si pudiera saber el último capítulo de un libro que viene mal, pero el último capítulo me demuestra que termina bien, ¿entendés? Si todo este quilombo nos lleva a la conversación con Lourdes, y a ese acuerdo, entonces está bien. Vale la pena. Yo quiero llegar a eso que ya viví, que ya se dio, entendés.

El Ruso se incorpora con un quejido, porque le duele un poco la espalda.

—Perfectamente te entiendo.

Se pone la rejilla al hombro.

—Te vas a empapar la remera —le señala Fernando.

El Ruso se mira y ve que tiene razón, pero deja el trapo mojado donde está.

—Es cierto, mamá. Pero tengo calor y agradezco a Dios la mojadura.

—Sos un boludo.

—Y vos un obsesivo.

El Ruso abre la marcha hacia la oficina.

—Vení que pongo la pava —dice, desde el umbral.

Resignación

—Che, Fer…

—Qué, Mono.

—Te hice una pregunta.

—…

—…

—…

—Te pregunté si vos no me consolás porque yo te lo pedí, o porque pensás que estoy al horno.

—Te escuché, Mono.

—¿Y?

—¿La verdad?

—Más bien.

—Por las dos cosas.

—…

—…

—…

—…

—…

—¿Estás llorando, Mono? Con esta manguera enchufada no me puedo dar vuelta y no te veo. Vení más acá.

—No lloro, boludo, me estoy riendo.

—¿Y de qué te reís?

—Estaba pensando en lo de la resignación.

—Qué pensabas.

—Que ser del Rojo nos ayuda, boludo. Ya nos acostumbramos a esperar lo peor.

—Cierto.

—…

—…

—…

—...

—¿Le ganaremos a Newells, Fer? ¿Vos qué decís?

—...

—...

—...

—¿Ni en pedo, no?

—Ni en pedo, Mono.

—...

—...

—La puta que lo parió.

36

Están sentados en la oficina del lavadero de autos. El Cristo ceba mate pero lo hace sin ganas, y la yerba se ha lavado hace rato. Los otros dos, absortos, tampoco le formulan reclamos y toman, sin chistar, cuando les toca el turno. Afuera el Chamaco, Molina y el Feo le dan la terminación a un servicio.

—¿Hoy cómo venimos? —pregunta de repente el Ruso, saliendo de su ensimismamiento.

—Para ser fin de mes, venimos bien. No se juntan autos porque los tres —dice el Cristo, señalando a los lavadores— están requetecancheros. Casi nunca me necesitan ahora. Y eso que la cantidad de lavados sigue subiendo. Pero cada vez trabajan más rápido.

—¿Así de simple?

—Así de simple.

—¿O sea que te puedo echar a la mierda sin problemas, Cristo?

—Te perderías al mejor encargado de lavadero automático de toda la zona oeste, Ruso.

—Es cierto.

Fernando levanta una mano como para hacerlos callar, porque aunque la radio está puesta a buen volumen, a veces la tapan los ruidos de la calle o el de las máquinas del lavadero.

—¿Estás seguro de que Prieto va a hablar hoy, Fer?

—No. Seguro no estoy. Antes de ayer le llevé la guita. Pero seguro no estoy.

—¿Te firmó algo cuando le pagaste? —el Cristo pregunta revolviendo la bombilla entre la yerba húmeda, como para sacarle los últimos vestigios de sustancia—. Porque mirá que es un paquete de guita.

—Sí, Cristo. Me firmó un recibo que dice "en concepto de cometa y/o soborno por hablar bien de Mario Juan Bautista Pittilanga".

—No, claro, qué boludo...

Siguen escuchando. Prieto habla de los problemas de River Plate. Lleva casi media hora con eso.

—¿En serio este tipo tiene mucha audiencia? —el Cristo estira las piernas, sin levantarse, intentando atraer hacia sí el tacho de basura que descansa en un rincón—. Te digo que a mí me parece bastante plomazo.

—Sí. La gente lo escucha. Aunque te parezca mentira —corrobora Fernando.

—Pará, pará: de fútbol sabe —se involucra el Ruso.

—Qué va a saber....

—En serio, Fer. Será asqueroso como una cucharada de moco, pero el tipo sabe...

Fernando desdeña el comentario con un gesto, y trata de concentrarse de nuevo, pero el Cristo mete un ruido atroz al arrastrar el cesto por el piso.

—¿No querés traer papel celofán y me lo metés por las orejas, también? Digo, así evitamos el silencio...

—Qué humor que tenemos, Fernandito...

—Qué humor no, boludo. Pero estoy tratando de escuchar y ustedes dos están meta y meta hablar pelotudeces.

El Ruso y el Cristo se miran y, como casi siempre, se entienden perfectamente. Mejor dejar las cosas así. Después de todo, a Fernando le ha tocado bailar con la más fea. Tratar con el periodista para sobornarlo, tratar con el desarmadero para vender el Audi, tratar con Mauricio para explicárselo. Y en ese orden de complejidad creciente. Y como postre, llevarle el dinero al chantún de Prieto, que lo recibió con ademanes de príncipe y lo guardó sin contarlo. Eso fue el martes. Y hasta ahora no ha dicho una palabra.

—¿Vos lo escuchaste todos los días, Ruso?

—Sí. El lunes habló de los partidos del fin de semana. El martes, mucho de Boca.

—Y ayer debe haber hablado del tamaño de los arcos, ¿no?

—Sí... ¿Cómo sabés?

Fernando se pregunta si vale la pena desengañar a su amigo sobre las virtudes profesionales de Prieto. Decide que no. Escucha que suena el bip de la una del mediodía y en el programa dan paso al informativo. Fernando se hamaca en su silla, contrariado.

—Bueno, todavía falta una hora de programa —el Ruso trata de infundirle ánimos.

—Sí. Pero no sé por qué me parece que no va a decir una letra, el guacho este.

—También está el programa de tele de la noche —tercia el Cristo—. En una de esas lo dice ahí.

—¿No le ofreciste llevar unos videos, para la tele? Con todos los que tenemos...

—No, Ruso. Pará —el Cristo se adelanta de nuevo—. Si se pone a pasar videos va a quedar rebotón. Eso y decir al aire que va prendido en la venta es lo mismo.

El Ruso lo piensa un instante.

—Sí. Tenés razón.

—Lo único que se me ocurre es que se haya cebado y quiera más guita —dice Fernando, lúgubre.

—No, Fer. ¿Cómo va a querer más guita sin decir una palabra? Como mucho querrá hacernos desear.

Se miran con expresión de no tener ninguna respuesta para todas esas dudas.

—¿Con Mauricio volviste a hablar? —pregunta el Ruso, más que nada por volver a poner en marcha la conversación y sacarlos de esa incertidumbre.

—No. Desde el sábado, cuando lo vi en el club. ¿A vos te dijo algo?

El Ruso recuerda la rabia, la ofuscación muda de los ojos de Mauricio cuando lo fue a ver el lunes al estudio. Habían hablado de pie, el Ruso apoyado en el escritorio y Mauricio aferrado apretadamente a un estante de la biblioteca. No lo había acusado a él, al menos no directamente. No había pruebas en contra del Ruso, porque Fernando se había cuidado de dejarlo afuera, de dar a entender que se había asesorado directamente con el Chamaco, y Mauricio podía tener sus sospechas y querer asesinarlo en consecuencia, pero no tenía certezas, y su espíritu leguleyo se detenía

—frustrado, pero se detenía— ante esa inconsistencia. Se había contentado con insultar a Fernando con tanto encono, con tanta paciencia, que el Ruso entendió que, tomándolo como el exacto portavoz que en el fondo era, procedía así para que él le repitiese al ausente todos sus reproches y sus amenazas. Sin embargo, y contrariando sus costumbres, el Ruso se había callado casi todo.

—Ayer hablé de nuevo por teléfono y me dijo que había hecho la denuncia —"y que ojalá encuentren el auto a medio desarmar y vayan todos en cana, empezando por el hijo de puta de tu amigo", había agregado Mauricio. Pero también eso el Ruso se lo calla.

—Supongo que ya lo habrán pasado a Paraguay.

—O desarmado…

—Sí. O desarmado. Pero para mí que lo pasaron. Estaba flamante.

Doblajes

—¿Qué es ese ruido que se escucha de fondo, Mono?

—¿Qué ruido?

—Esas voces que chillan.

—Ah… el dibujito animado que está mirando Guadalupe.

—¿Hasta cuándo se queda con vos?

—Hasta mañana, Ruso. Mañana la lleva Fernando.

—¿Te parece que fue buena idea traértela hoy? Digo, por cómo te estás sintiendo…

—Y qué querés, Ruso. La hija de puta de Lourdes hace todo lo posible para que no venga. Cuando consigo obligarla no me puedo echar atrás.

—Aparte ella quiere venir, Ruso.

—¿Sí, Fer?

—Seguro. Siempre viene contenta. Mañana la llevo a la casa.

—Decí que las Rusitas son más grandes. Si no, las traía a jugar.

—Cuando sea más grande Guadalupe, Ruso. Ahí se van a emparejar.

—…

—…

—…

—Che, ¿es idea mía o el doblaje de ese dibujito es insoportable?

—¿Viste lo que son las voces, Ruso?

—¿Qué dibujo es?

—No me sale el nombre. Uno de un pendejito… ¿Vos te acordás, Fer?

—Esperá, sí… *Los padrinos mágicos.*

—¡Ese! Son insoportables.

37

El Ruso se lo queda mirando. Le conoce de memoria los minúsculos síntomas de la preocupación. Morderse la yema del dedo pulgar. Tamborilear sobre la mesa como si fuese el teclado de un piano, pero bajo la premisa infantil de nunca utilizar dedos adyacentes: pulgar, anular, índice, meñique, mayor; pulgar, anular, índice, meñique, mayor. Cada vez más rápido. Pero hay algo más en el rostro de Fernando. Una ansiedad, un desconcierto distintos. Su amigo es un tipo ordenado, previsor, organizado. El Ruso lo admira por eso. No sólo por eso, pero también. Esa capacidad para anticiparse a las cosas, para estar listo frente a las eventualidades. A veces le extraña que Fernando, siendo así, lo acepte como amigo. A él, que es una máquina de improvisar. De improvisar equivocándose, encima. Pero la cara de Fernando, la cara de hoy, es de saberse superado por los hechos. Un tipo acostumbrado a jugar al ajedrez al que, de repente, le ponen un par de dados en la mano para que juegue al pase inglés. Tal vez es una imagen estúpida, pero no se le ocurre otra.

—¿Qué me mirás? —pregunta Fernando de repente, deteniendo el tamborileo en el momento de apoyar el anular.

El Ruso niega con la cabeza y mira el reloj de la pared. Se vuelve hacia el Cristo.

—¿Se puede subir más el volumen, Cristo?

El otro asiente y gira la perilla. *Vamos al entrenamiento de River*, está diciendo Prieto, sobre el final del separador musical que usa siempre.

—¿Hasta cuándo va a seguir con River este pelotudo? —pregunta Fernando como para sí mismo.

El Cristo vuelve a sentarse después de cumplir el encargo. La voz del periodista llega nítida. *Lo tengo a Ventura en línea*, dice Prieto.

—¿Quién es Ventura? —pregunta el Cristo.

—Es el movilero que le cubre los entrenamientos de River —aclara el Ruso.

¿Alguna novedad por esos lados, Ventura? Se hace un silencio interrumpido de vez en cuando por una voz entrecortada. *A ver si mejoramos la comunicación* —la voz de Prieto ha virado rápidamente al fastidio—. *Mientras los cráneos de la producción mejoran este papelón, les cuento...* Deja la frase inconclusa, y el Ruso no puede evitar un pensamiento compasivo hacia el pobre productor radial sobre el que Prieto está descargando su ira.

Le quiero preguntar a Ventura, siempre y cuando alguna vez vuelva a salir al aire, por... ahí me dicen que lo tengo en línea. Veamos. A ver, Ventura. ¿Usted me escucha? "Perfectamente, Armando. No sé cómo me recibe." Perfectamente, Ventura —lo remeda Prieto, quien al parecer todavía tiene bastante veneno para destilar—. *Le preguntaba si había alguna novedad en el entrenamiento de River. "Bueno, como suele ocurrir los jueves el plantel trabajó a puertas cerradas, pero tenemos el probable equipo para enfrentar a..." Espere, espere* —lo interrumpe Prieto—. *Para el equipo tenemos tiempo. Le pregunto alguna novedad más importante, más pensando en el futuro...*

El pobre Ventura se queda callado, como si no supiese cómo procesar la arremetida de su jefe. De repente el Ruso repara en que Fernando se ha puesto de pie, como hace cuando, en el relato radial, Independiente tiene a favor una jugada de riesgo. Prieto sigue: *Tenga en cuenta que el campeonato ya termina. Mejor para River, por otra parte. Pero me llegó el dato, mi estimado, de que River está preparando una incorporación... pero una incorporación...*

Ahora el Ruso también se pone de pie.

"Bueno, no sé en qué está pensando usted, Armando, pero me llegó el dato de que un delantero que juega en Europa, un ex River..." Frío, frío, Ventura. Ni de cerca. Mejor dicho: el jugador del que me hablaron juega mucho más cerca de acá. Aunque no tan cerca, si lo pienso... "¿Usted dice de acá de la Argentina?" Ay, Ventura. La idea es que usted, que es un hombre empapado en las cosas de River, en su cotidianeidad, me informe a mí, y no que yo le informe a usted. Se escuchan algunas exclamaciones de los que acompañan a Prieto en estudios y celebran el sarcasmo. *"Bueno... me*

hablaron de un mediocampista de Banfield que..." Frío... frío... Ventura. Se me va a terminar congelando, y más ahí cerca de la costanera como anda usted, que hace tanto frío. ¿Llevó abrigo? Le pregunto porque me interesa sinceramente su salud, Ventura...

Nuevas risas en estudios. El Ruso se pregunta si el tal Prieto está especialmente hijo de puta ese día, o si siempre se comporta igual y él no se había percatado. *"Bueno, si me tira alguna punta..."* —el tono de voz del pobre pibe hace equilibrio entre la resignación y el fastidio—. *Quédese tranquilo, Ventura, que lo voy a ayudar para que usted pueda después recorrer un poco los pasillos y confirmarme este chimento. Resulta que en los últimos tiempos River ha tenido muchos problemas defensivos. Pero muchos problemas. Y alguien allegado al club, pero muy, muy allegado al club, este sábado me comentó... Este sábado me comentó... ¿seguro que no está al tanto, Ventura?* —más risas en el estudio—. *Bueno, como le decía. Me comentaron... me comentaron que está en carpeta, y que lo vienen siguiendo con mucha, pero mucha atención, a un muchacho que juega de marcador central en un equipo del Torneo Argentino A. ¿Necesita más datos, Ventura, o con eso ya tiene para arrancar? "¿Del Argentino A? Es raro que una institución como River tenga en la mira..." Ya lo sé, mi estimado. Ya lo sé. Por eso le digo que es un caso raro. En realidad se trata de un muchacho cuyo pase pertenece a un club del Nacional B, cuya cancha está en el Gran Buenos Aires... "¿Almagro?" No, joven amigo* —más risotadas—. *Almagro no es, joven... Yo creo que si le doy el dato que tengo en la punta de la lengua usted lo saca. Pero no sé si dárselo, qué quiere que le diga. Lo pienso, pero no quiero meterme en asuntos que son de su competencia, Ventura. "La verdad que me deja sorprendido, Armando." Ya sé, Ventura, ya sé. Por eso el conductor del programa soy yo y el que se muere de frío cubriendo entrenamientos es usted, m'hijo. Pero lo tengo de muy, pero de muy buena fuente. Por eso me animo a decírselo. Yo le doy las piezas del rompecabezas. Y vemos si usted lo completa. El jugador del que le hablo ahora tiene veinte, veintiún años. No más que eso. Y jugó en la selección juvenil Sub-17 que jugó el mundial de Indonesia.* El Ruso y Fernando se miran. El Cristo alza los brazos. *"¿Puede ser Felipe Castaño, Armando?" Déjeme terminar, Ventura. Felipe Castaño no es. Castaño oscuro está su panorama, Ventura. Pero el jugador no se llama así. El jugador se llama... el jugador se llama… Capaz que mejor lo dejamos en suspenso hasta dentro de un rato. Termine nomás su informe, Ventura. "Y, Armando, ahora me deja con la duda." No se preocupe, joven amigo. Es entendible su ignorancia, si me permite que le ponga ese nombre. Esto lo sé por una reunión que tuve en el fin de semana. Y la verdad que me sorprendió. Obvio que salí de ese almuerzo que tuve y de inmediato lo chequeé, no sé si me entiende. Y parece que lo que me informó este allegado a River era completa, pero completamente cierto. "Un defensor, dice usted." Defensor central. Una historia original, Ventura. Este pibe jugó, en esa selección juvenil, como delantero de punta. Pero desde hace un tiempo lo ubicaron como zaguero y parece que rinde una barbaridad… "Tíreme el equipo en el que juega, por lo menos, Armando…" Tiene razón, Ventura. Mire si de tanto trabajar le sale una hernia. Un equipo del Noroeste… "¿San Martín de Mendoza?" Ay, Ventura. Lo voy a mandar a rendir Geografía Argentina del secundario, m'hijo. Mendoza queda en Cuyo, no en el Noroeste. De la provincia natal del caudillo Taboada, Ventura. "Este…" Ay, Ventura. Ay, Ventura. Veo que no sólo hay que mandarlo a estudiar Geografía. Historia Argentina tampoco le vendría mal, muchacho. "¿Gimnasia y Tiro de Salta?" Ay, Ventura. Ay, Ventura. "¿Presidente Mitre? ¿Juega en Santiago del Estero?" Por fin, Ventura. En Presidente Mitre. Pero ya que estoy se la doy completa. "Si quiere yo averiguo el resto…" No, mi querido. Ahora ya estamos bailando. En Presidente Mitre está a préstamo. Los derechos federativos le pertenecen a Platense. Y el jugador se llama… el jugador se llama… ¿todavía no lo saca? "La verdad que no, Armando…" Es natural, porque River se está moviendo con el mayor sigilo para que no se lo soplen. "Pero acá no se sabe nada, Armando, le juro que…" Ultrasecreto, Ventura. Lo están manejando desde el mayor secreto. Pero usted sabe que a nosotros nos importa dar la información. No nos interesa el bienestar de los dirigentes. Que nadie los ha mandado a ser dirigentes. De manera que lo siento si esto les complica la maniobra, pero no vamos a quedarnos sin la primicia porque sí. ¿No le parece? "Seguro, Armando, como usted diga." Desde la dirigencia lo que le van a decir es que no hay nada. Ningún interés. Le van a decir que es un rumor infundado. Una bola echada a rodar sin consistencia. Pero usted confíe en lo que yo le digo. Usted confíe en mi fuente. Haga una cosa. "Sí, Armando." Usted vaya y dígaselo en la cara. Pregúnteles con nombre y apellido. Después me cuenta qué cara le ponen. Lo van a querer matar. Así que estoy pensando si mejor no le mando a alguno de los muchachos acá de la mesa, para que lo defiendan…* Nuevas risas. Algún comentario jocoso. *No, es que tanto cuidarlo del frío y ahora capaz que me lo boxean, Ventura. La verdad es que no querría. ¿Puedo confiar en que no me lo fajen?* "Quédese tranquilo, Armando." *Bueno. Pero después no diga que no le advertí, mi joven amigo. Usted vaya… busque algún dirigente… y pregúntele qué hay del pase de Mario Juan Bautista Pittilanga. ¿Se lo repito? Pittilanga. Vaya. Vaya y después me cuenta.*

Sicarios

—Yo ya los tengo incorporados, pero es cierto. Escuchás quince minutos de *Los padrinos mágicos* y te empiezan las alucinaciones, te juro.

—¿En nuestra época eran así los dibujitos?

—Ni en pedo, Ruso. Nada que ver.

—Las Rusitas me tuvieron loco con *El laboratorio de Dexter*.

—Nada que ver, Ruso. Prefiero mil veces a Dexter antes que a los padrinos mágicos. ¿Sabés qué haría si tuviera mucha pero mucha guita, Ruso?

—¿Qué, Mono?

—Abriría una cuenta en Banco Nación, ¿viste como se hace por solidaridad, cuando alguien necesita guita para un trasplante, una cirujía jodida, un tratamiento en la loma del orto, esas cosas? Bueno, pero yo juntaría guita para contratar un sicario.

—¿Un qué?

—Un sicario, boludo. Un asesino a sueldo que los cague a tiros.

—¿A los padrinos mágicos?

—A los padrinos mágicos... a Timmy...

—¿Quién es Timmy?

—El pibe, el protagonista, Mauri. El que tiene justamente a los padrinos mágicos.

—Ah, veo que no te perdés un capítulo...

—¿Y qué querés, si te perforan los tímpanos?

—La verdad es que son insoportables.

—Yo unos mangos pongo, Mono. No te digo una fortuna, pero con unos pesos colaboro.

—Yo también. Si es para callar a esos hijos de puta, me prendo.

—Así me gusta. ¿Para qué somos amigos, si no?

En el aula no hay más sonido que los pasos de Fernando, de ida y vuelta por los pasillos que separan los bancos, hasta que se detiene en el frente y gira para mirar a sus alumnos mientras responden la evaluación. Retrocede sin dejar de observarlos, se apoya en la pared junto al pizarrón y se arrepiente de inmediato: seguro que tiene toda la espalda sucia de tiza. Vuelve a preguntarse, por enésima vez, cuál de sus estúpidos colegas le quita el polvo al borrador golpeándolo contra la pared, en lugar de hacerlo en un sitio ventilado y fuera del aula.

—¿Ven bien o necesitan que encienda la luz? —pregunta en voz alta.

Varios le responden a coro que no, que mejor no, que así está bien. Pero a Fernando le pesan las antiguas admoniciones de su abuela, cuando le encendía de prepo la luz de la pieza porque este chico se la pasa leyendo y va a terminar quedándose ciego. Por eso camina hasta el interruptor y enciende la luz. De los doce tubos fluorescentes encienden únicamente cuatro. Dos de ellos comienzan inmediatamente a parpadear sin pausa porque tienen el arrancador dañado.

—Mejor apague, profe, porque así marea —opina Castillo, sin levantar los ojos de la prueba.

Fernando le hace caso, aunque se promete ventilar el tema de los tubos de luz en la próxima reunión plenaria de personal. Titulará su intervención: "La gran disyuntiva docente: la clase a oscuras o la aventura de las fotopercepciones psicodélicas". Es posible que su posición no coseche demasiadas adhesiones, y que sólo sirva para confirmar la opinión que de él tienen casi todos sus colegas, a saber: que es un mal llevado y un pedante.

La mano levantada de Cáceres lo saca de sus ensoñaciones.

—Venga, profe —dice el chico.

—A ver, Cáceres. Intentalo: “Por favor, profesor. ¿Puede venir?”.

—Por favor, profe. Venga.

Fernando considera que pudo ser peor y se aproxima.

—¿Qué significa “vislumbrar”?

—Significa entrever, advertir algo que permanecía oculto. ¿Entendés?

—No.

—Eh… significa que algo que no veías, de a poco, gradualmente, empezás a verlo. Vislumbrar es cuando te das cuenta de algo, o te empezás a dar cuenta. Algo que no entendías, y que de repente empezás a comprender. ¿Ahora te queda más o menos claro?

Cáceres asiente y vuelve a lo suyo; que es, en la sospecha de Fernando, perpetrar una evaluación que merezca una calificación de entre uno y tres puntos.

Tal vez las dos cosas son ciertas. Él es un pedante y un mal llevado y la directora y la vice unas idiotas, y la mayoría de sus colegas unos reverendos pelotudos, empezando por el pelotudo (o pelotuda, que bien podía darse el caso) que sacude el borrador contra la pared, la mancha toda, y de paso prepara las cosas para que él se ponga a la miseria uno de los pocos suéteres presentables de que dispone. Otra mano alzada.

—¿Qué necesitás, Mendoza?

—Vis…

—Vislumbrar.

—Eso, profe. ¿Qué es?

—A ver, muchachos —alza la voz, para que todos atiendan—. Lo explico para todos —veinticinco cabezas se alzan hacia él—. Vislumbrar significa ver algo… empezar a verlo, darte cuenta de algo, de la solución a un problema que tenías, o algo que todavía no sabías. Eso es vislumbrar. ¿Está claro? ¿Lo entendés, Mendoza?

—Sí, profe. Gracias.

Mientras intenta recordar en qué parte de la evaluación utilizó ese verbo, lo sobresalta la vibración, en la cintura, de su teléfono celular. El origen de la llamada lo desconcierta un poco, y Fernando lo atribuye a que hace muy poco que usa un móvil, y no está muy ducho en el asunto. Es un número muy largo, mucho más que los habituales. De súbito se percata de que los primeros números corresponden al código de área de Santiago del Estero.

—Chicos. Escúchenme un segundo: tengo un llamado importante en el celular. ¿Les molesta si atiendo?

Varias cabezas se mueven indicando que no.

—Atienda tranquilo, profe. Pero capaz que le conviene ir al pasillo porque hay mejor señal —sugiere Sierra, y varios se ríen.

—Te agradezco, Sierra. Pero si me voy en una de esas te sentís tentado de copiarte. Y como seguro que no sabés ni qué copiarte, ni de dónde, te confundís y te angustiás. Mejor me quedo.

Se hace a un costado y habla en un murmullo. En una de esas, alguno está efectivamente pensando y no quiere interrumpirlo.

—Hola.

—Hola… con Fernando, por favor. Fernando Raguzzi.

—Sí, soy yo.

—Ah, qué dice. Habla Bermúdez, el director técnico de Mitre.

—Qué sorpresa, Bermúdez. ¿Cómo le va? ¿Algún problema?

—Bien, bien, problema no: pero con novedades.

—¿Novedades? Cáceres, hacé el favor de mirar tu hoja. Disculpe, Bermúdez, ¿qué me decía?

—Si está ocupado lo llamo en otro momento, si no.

—No, no, no se haga problema. Me decía…

—Me avisó recién el presidente que llamaron de Europa. De Ucrania. Parece que querían pedir condiciones por el pibe, por Pittilanga.

—¿Qué?

—De Ucrania, llamaron. Por el pibe. El nombre del club no lo entendí. Pero querían pedir condiciones…

Fernando traga saliva. Se apoya de nuevo en la pared junto al pizarrón. Esta vez no le importa llenarse de tiza.

—¿Hola? ¿Me escucha?

—Sí, sí, Bermúdez. Está, está bien —es la primera vez que escucha lo que hace un año y medio está esperando escuchar, y ahora no sabe cómo sentirse—. Supongo que volverán a hablar.

—Sí, seguro. Yo les di el teléfono suyo. El suyo y el de su amigo Daniel. Pero los quería poner sobre aviso. Bah, yo digo, porque supongo que capaz que les interesa.

—Sí, sí. En principio sí. Por supuesto que depende de lo que ofrezcan —tiene la presencia de ánimo como para guardar las formas—. Pero sí. Claro que nos interesa.

—Bueno, bueno. No le quiero robar más tiempo.

—No, por favor. Gracias. Hablamos.

—Hablamos.

—Chau, Bermúdez. Gracias.

—Chau, que le vaya bien.

Fernando guarda el celular en su estuche.

—Disculpen la interrupción, chicos, pero era importante —dice en voz alta.

—No hay problema, profe —responden unos cuantos.

Ahora sí advierte que ha vuelto a mancharse. Se gira para sacudirse unas cuantas palmadas enérgicas sobre el pulóver.

—Profe, venga.

Fernando levanta la vista. La que lo llama es Yanacón.

—Por favor, ¿puede venir, profe? —se corrige la niña, sin que él tenga que recordárselo. Bien. La educación argentina está vivita y coleando.

Se acerca a su banco.

—¿Qué significa "vislumbrar"?

—Decime, Yanina. ¿Vos no escuchaste cuando lo preguntó Cáceres, o cuando lo preguntó Mendoza y yo lo expliqué para todos?

Yanina Yésica Yanacón (qué ocurrentes los papás, al combinar así los nombres) lo mira desde el pináculo de la inocencia. Fernando suspira y explica, otra vez, el significado del verbo vislumbrar.

Prometido

—El viejo… ¿Qué nos dejó, Fer?

—No te entiendo, Mono.

—A vos y a mí. Papá nos dejó a Independiente. Las copas, la mística, el éxito…

—…

—¿Es así o no es así?

—Ponele que sí, Mono.

—Bueno: ¿y yo?

—¿Vos qué?

—A Guadalupe… ¿yo qué le dejo?

—No empecemos, Mono.

—Dejate de joder y contestame, Fernando.

—Un montón de cosas, le dejás.

—De futuro, digo.

—¿Cómo "de futuro"?

—Claro. De pasado te entiendo. Le dejaré recuerdos, fotos, lo que hicimos juntos. ¿Y de futuro?

—…

—¿Ves? A eso voy. No tengo nada para dejarle. De acá para adelante, digo.

—…

—…

—¿Y qué le querrías dejar?

—Yo le quiero dejar a Independiente, Fer. Pero un Independiente que sea un regalo en serio, entendés. Como decir "Tomá, te dejo el amor por este cuadro, este equipo que es buenísimo. Tenelo para siempre".

—…

—…

—Quedate tranquilo, Mono.

—¿Con qué?

—La nena te va a salir de Independiente. Lo demás no sé. Digo, lo de las copas y la mística, no te puedo asegurar nada. Capaz que vuelve, capaz que no. Pero te la vamos a sacar del Rojo.

—...

—...

—¿Me lo prometés?

—...

—¡Che! ¿Me lo prometés?

—...

—...

—Prometido, Mono. Prometido.

39

Mauricio explica la situación ayudándose con algunos apuntes que saca de su maletín. Usa un tono claro y un vocabulario preciso y sintetiza los posibles escenarios que se abren en el futuro inmediato. Al Ruso le resulta un poco extraña su frialdad, su cautela, aunque sin duda las prefiere antes que los estallidos de cólera y de recriminaciones que temía en sus pronósticos más tenebrosos. Después de todo, es la primera vez que Mauricio y Fernando se ven después del episodio del Audi, dos meses atrás. ¿Dos meses? ¿Ya han pasado dos meses? Qué cosa rara resulta el tiempo. A veces se hace de chicle y otras se evapora así, como ahora.

Tal vez se le ha pasado rapidísimo porque lo han tenido de che pibe, como bola sin manija, trayendo y llevando los recados, las ironías y los desplantes que Fernando y Mauricio se han propinado durante todo ese tiempo. Los ha dejado hacer, porque no tenía otro remedio o porque guardaba la esperanza de que se reconciliasen. Para protegerlos uno del otro se ha callado los reproches más hirientes y las injurias más irritantes. A Mauricio, por ejemplo, le ha ocultado que Fernando no perdió oportunidad de burlarse de su preocupación por el cobro del seguro, ni de recriminarle todas sus traiciones y cada uno de sus abandonos. A Fernando, a su vez, le ha evitado la protesta indignada de Mauricio, que tuvo que tolerar que la compañía de seguros investigara con lupa y ceño fruncido los pormenores de su denuncia de robo, porque no entendían que hubiera fallado el localizador satelital que ellos mismos habían provisto.

Daniel a cada cual le ha dicho a todo que sí, y ahora está satisfecho. Si sus maniobras sinuosas y sus pasos de bailarín y sus numerosos ocultamientos sirvieron para calmar los ánimos y restañar heridas del pasado reciente y del lejano, bien ha valido la pena. Por lo menos ahí están los tres. A la misma mesa, como gente civilizada, escuchando la información que Mauricio ha recabado.

—Por lo que pude averiguar, los tipos estos del Chernomorets son serios. Ya compraron a varios jugadores, y operan siempre de la misma manera.

—¿Cómo? —pregunta Fernando.

—Contactan primero al club y después al representante. En este caso, que no hay representante claro, aunque esté Salvatierra dando vueltas, a los dueños del pase.

—Algo que no hablamos y que quiero proponer —interviene el Ruso—: Yo quiero ser el que viaje a Ucrania acompañándolo al pibe para firmar los papeles.

Los otros dos lo miran sin sonreír. Es evidente que no están para chistes. Mauricio sigue adelante.

—Las negociaciones se hacen acá, en Buenos Aires. Tienen una especie de agente, un intermediario, que les maneja las cosas, para todo lo que tiene que ver con conversaciones previas. Si el asunto les cierra, mandan a dos o tres de la comisión directiva, a finiquitar todo, a poner el gancho y cerrar el trato.

—Hay que contactar a ese —acota Fernando.

—Ya lo hice —contesta Mauricio, con una cortesía tan helada que al Ruso lo incomoda casi como un insulto—. Karmasov, de apellido. Ya me llamó el otro día.

El Ruso se sobresalta, porque no ha supuesto que las cosas estuviesen ya tan encaminadas. Fernando sigue impasible, pero Daniel está seguro de que lo hace para no darle el gusto a Mauricio.

—Ofreció doscientos veinte mil —informa Mauricio.

—¿Y vos qué dijiste? —se precipita el Ruso.

—Que por menos de cuatrocientos mil no lo vendíamos ni en pedo.

—¡Cómo le pediste eso, si vale trescientos como mucho! —Daniel se desespera.

—Cortala, Ruso —lo frena Fernando—. Dejalo terminar.

—Lo que vale no lo sabemos —dice Mauricio.

—Pero ni en pedo vale cuatrocientos.

—Es una negociación —Mauricio lo dice así, rotundo, en un tono que de tan paciente resulta provocativo—. Él ofrece, yo digo que es poco, él hace una contraoferta, nos hacemos los duros, terminamos arreglando. Pero si el primer número fue doscientos veinte, a trescientos tienen que estirarse sí o sí.

—Y ahora cómo sigue —pregunta Fernando, y al Ruso le parece que su amigo intenta apurar el trámite y de paso, quitarle la iniciativa a Mauricio, borrarle ese gestito de piola consumado.

—Cuando nos veamos con los ucranianos ofrecerán un poco más. Doscientos cincuenta, supongo. Diremos de vuelta que no, que por menos de trescientos cincuenta no lo largamos. Ahí seguro que terminamos arreglando.

—Pero... ¿si se echan atrás? —pregunta el Ruso, a quien le interesa mucho más su propia angustia que esos juegos de poner a prueba la virilidad en los que los otros dos parecen empeñados.

—¿Por qué se van a echar atrás?

—Digo, capaz que en el ínterin ven a otro pibe, les gusta...

—Seguro que van a ver a otros, y que se los van a llevar también. ¿O vos te creés que se van a venir de Ucrania para firmar este contrato nada más? Los tipos vienen acá con una torta de guita y se llevan pibes a carradas. No es que vienen a comprarlo a Pittilanga y se van. Lo manejan así —Mauricio hace el gesto de bajar y subir la mano como una cortadora—, en serie. Pittilanga es uno más de los que se van a llevar. Para que juegue en el Chernomorets, para ponerlo a préstamo en otro lado, lo que sea. Es parte de un paquete. Y menos mal, porque por él solo no vendría nadie, ni en pedo. ¿Entendés, Ruso?

Por la entonación de la pregunta, Daniel comprende que tiene que contestar que sí, pero en el fondo experimenta una absurda desilusión. Es lógico lo que dice Mauricio. No es más que un pibe común y corriente del que los ucranianos han escuchado hablar a un periodista famoso. Ya que están, lo compran. Nada más que eso. Aprovechan el viaje y lo incluyen en el próximo paquete. Pero toda la situación se desluce. No sabe bien por qué, pero pierde color.

—Otro asunto importante es el del quince por ciento que supuestamente le corresponde al pibe.

—¿Qué quince? —pregunta el Ruso.

—¿Por qué "supuestamente"? —pregunta Fernando.

Mauricio hace un gesto de contrariedad. Mínimo. Pero lo hace.

—Del total del pase, habría que darle el quince por ciento al jugador. Es así —eso lo dice dirigiéndose al Ruso. De inmediato se vuelve hacia Fernando—. Y digo "supuestamente" porque si tenemos que restarle un quince por ciento, lo que se achica es la guita que queda para Guadalupe. Si se hace en trescientos mil, un quince son cuarenta y cinco mil. Y para la nena quedan, en lugar de trescientos, doscientos cincuenta y cinco. Y todavía hay que ver el tema de los impuestos, que seguro también resta.

Se hace un silencio, y el Ruso percibe la incomodidad de Fernando. No quiere fallarle a Guadalupe. Pero tampoco quiere perjudicarlo a Pittilanga.

—No me parece —murmura, al final, Fernando.

—No te parece ¿qué?

—No me parece dejarlo al pibe sin su quince por ciento.

Nuevo silencio. Mauricio lo mira al Ruso, esperando tal vez cierta solidaridad, pero Daniel sigue callado.

—Esas cosas se hacen todo el tiempo —arguye Mauricio—. Si el pibe quiere ir a jugar a Europa, bien puede poner algo de su parte. ¿No les parece? Después de todo va a cobrar en euros.

—¿En Ucrania se manejan con euros? —pregunta Daniel.

—Para el caso da igual, Ruso —Mauricio no quiere que el tema se siga ramificando.

—Bueno —más allá de su tono dubitativo, el Ruso desea darle la razón a Mauricio. Han llegado tan lejos. Están tan cerca de conseguir lo que se propusieron...— Siendo así...

Pero en ese momento habla Fernando.

—El pibe siempre se portó bien con nosotros.

—¿Y qué? —Mauricio parece estar haciendo esfuerzos por controlarse—. ¿Acaso el Mono se portó mal con él? ¿O nosotros? ¿No puede hacer un esfuerzo?

—¿Te parece poco esfuerzo aceptar la locura de cambiar su puesto de toda la vida? ¿Hacerle caso al Ruso y ponerse a jugar de defensor? ¿Tragarse su orgullo? ¿Empezar de cero?

Lo que dice Fernando es verdad, y el Ruso se avergüenza de no haber pensado lo mismo. Ocurre que a veces Fernando puede resultar insufrible: esa honestidad, esa rectitud, a uno lo dejan en infracción al primer renuncio. Sin proponérselo, puede hacerte sentir un miserable. En eso, a veces Daniel se siente tentado de compartir el tedio de Mauricio frente a ese virtuosismo de barrio, como él suele denominarlo. Pero sólo a veces.

Mauricio hace otra mueca de disgusto.

—Como quieran —concluye, y lo mira al Ruso, como dándole a entender que ese es el momento de apoyarlo en su propuesta—. Pero darle el quince al pibe significa achicar el margen o encarecer la operación y ponerla en riesgo.

Antes de que Daniel pueda hablar Fernando agrega:

—También está lo de Bermúdez.

—¿Qué con Bermúdez? —pregunta Mauricio, casi perdiendo la paciencia.

—Le ofrecimos el diez por ciento para que aceptara cambiarlo de puesto.

—¿Qué? ¿Me están jodiendo?

El Ruso decide intervenir. Mejor que la cosa sea con él, y no con el otro.

—Algo le tenía que ofrecer, Mauri. Si no... ¿cómo lo convenzo?

—¿Pero vos qué te creés? ¿Que es joda esto? ¿Que la guita la regalan?

—No, pe... pero...

—Tiene razón Daniel —de nuevo Fernando suena inexorable, pero ahora el Ruso le agradece la inexorabilidad—. Si no fuera por la idea del Ruso nos hubiésemos metido el pase en el culo. Hace rato.

Mauricio masculla algo, lo suficientemente bajo como para que los otros no distingan si está pensando o, sencillamente, insultándolos. Hace unos garabatos en una de sus hojas de apuntes.

—Decídanse, loco. O el quince de Pittilanga, o el diez de Bermúdez. Para las dos cosas no alcanza ni en pedo. O son setenta y cinco lucas menos.

Tiene razón. Daniel sabe que tiene razón. Lo mira a Fernando, que le devuelve la mirada. Que algo, que alguien lo convenza. Que se deje de joder con su ética de Manual del Alumno Bonaerense.

—Y bueno, Fer, en una de esas —el Ruso avanza a tientas.

—Como sea —dice Fernando por fin, y en su voz hay una nota de claudicación. Mínima, pero la hay—. Supongo que tendremos que sentarnos con los tipos y ver qué resulta.

—Claro —el Ruso se entusiasma, porque siempre necesita creer en algo—. Eso es lo que digo yo. Una vez ahí, en la reunión, vemos cómo la piloteamos.

Mauricio los mira. Parece que algo va a decir, pero termina callándose.

El mismo I

—¿Está bien o el agua está muy caliente, Fer?

—Está perfecto, Ruso.

—¿A vos te doy, Mono?

—No. No puedo. La pichicata que me están dando me da vuelta el estómago que no sabés. Vivo cagando fuego.

—...

—...

—Vos te lo perdés. ¿Mauricio?

—Yo sí. Gracias.

—Che, Mono. Me dijo mamá que el otro día el médico te habló de probar con una medicación nueva...

—Este control remoto anda para la mierda...

—¿Querés exprimirlo, boludo?

—No, tarado, pero no agarra. Deben ser las pilas. Tomá, Mauricio. Probá vos que estás más cerca.

—¿Qué querés ver?

—¿Hoy no hay un partido del Nacional B?

—Creo que sí.

—Ponelo.

—¿Es en el 17 o en el 18?

—El 18, creo.

—No. Es en el 17. ¿Me escuchaste lo que te pregunté, Mono?

—Sí, Fer. Te escuché.

—Bueno, y qué pensás. ¿Vas a probar o no?

—¿Podemos hablarlo en otro momento, Fer? Ahí está el partido. Juega Rafaela, pero no me acuerdo con quién.

—¿Aldosivi?

—No. Aldosivi jugó el adelantado del jueves.

—¿Unión?

—No.

—Mono...

—Qué…

—Te pregunté algo.

—No sé, Fer. Después lo pienso. No sé. Ahora no quiero saber nada.

—No nos podés contestar eso, Mono.

—Le estoy contestando a mi hermano mayor, Ruso. No a vos.

—Es lo mismo.

Aparte: ¿por qué no puedo? ¿Por qué?

—¿Por qué va a ser? Porque estás enfermo y tenés que…

—Sí, Ruso. Estoy enfermo. Es verdad. Hace seis meses que estoy enfermo. Pero sabés qué pasa. No sé si me lo van a entender. No es lo único que estoy.

—…

—…

—…

—Ustedes no lo entienden porque me quieren, y se preocupan, y saben que estoy jodido, y les gustaría poder ayudarme y, y, y al final nos hemos pasado seis meses hablando de esta mierda. ¿Entienden?

—…

—…

—…

—Ya sé que estoy enfermo. Pero no es lo único que estoy. Uno no está todo el tiempo con eso en la cabeza. O yo no estoy. No sé los demás. Pero yo no. No puedo estar dándome máquina veinticuatro horas al día. ¿O ustedes están todo el día pensando en lo mismo? Yo no, ni en pedo. No puedo estar todo el día meta y meta dándome manija con el cáncer, boludo. De si me dijeron esto, o me dijeron lo otro, de si me hace mal este tratamiento, de si mejor hago el otro, de si los análisis me dieron mejor o me dieron para el orto, de si le doy bola al oncólogo o le doy bola al clínico, o le doy pelota al que me hizo la última tomografía y me recomendó lo que mierda sea. ¿No se dan cuenta? No puedo estar todo el día pensando en eso. Hace seis meses me dijeron que tenía cáncer y que estaba al horno con papas. Bueno. Pero yo sigo vivo.

—Por suerte, Monito…

—No, Ruso, no me entendés. Cuando digo que sigo vivo no estoy con la sanata pelotuda de que sigo luchando, de que sigo apostando por la vida y toda la boludez. Me refiero a que me siguen pasando cosas. A veces tengo hambre, a veces tengo ganas de coger, a veces tengo bronca, a veces quiero llamarla a Lourdes y decirle que es una hija de puta. Pero no bronca por estar enfermo. Digo bronca por lo que sea, ¿entienden? No es que me enfermé y me convertí en otro, boludo. Sigo siendo yo.

—...

—...

—Hola, Elena. Humberto me estaba necesitando, creo.

—Sí, doctor. Adelante.

Mauricio avanza pensando que no comparte los criterios de selección de personal de su jefe. Elena tiene sesenta años y un corpachón más apropiado para un defensor central de fútbol que para la asistente del socio principal del estudio.

En su oficina, Williams habla por teléfono. Para variar. Mauricio jamás lo sorprende haciendo otra cosa. Nunca estudia un expediente ni prepara un escrito. Ni siquiera pierde el tiempo con la computadora. Es de otra generación: esa debe ser la razón. Los socios más jóvenes haraganean igual que él, pero lo hacen frente a una pantalla y con cara de circunspectos. Williams —lo ha dicho— no sabe ni cuál es la tecla de enter. El teléfono, en cambio, se le da bien. Es casi una prolongación de su brazo.

De todos modos Mauricio no le pierde el respeto por eso. Impone un aura de dignidad, de serena superioridad que le impacta profundamente. Desde las canas no muy numerosas hasta la cutícula perfecta de las uñas, pasando por el nudo de la corbata y las arrugas bien llevadas. Mauricio quiere envejecer así. Ignacio y Gonzalo, los otros socios, no le llegan a Williams a la suela de los zapatos. Son tan socios como el viejo, pero les falta ángel. Lustre. Pueden llenarse de guita y andar en autos que rajan las piedras. Pero Williams juega en otra categoría. En esa quiere jugar Mauricio. Algún día.

Con un gesto, Williams lo invita a sentarse. Habla por teléfono y se ríe. Escucha más de lo que dice. Interviene de vez en cuando, pero deja que el otro hable sin interrumpirlo. Por fin se despide con palabras afectuosas y se encara con el recién llegado.

—¿Cómo estás, Mauricio?

—Bien, Humberto. Me avisaron que necesitaba hablar conmigo.

—Sí, sí. ¿Tomás algo?

—Le agradezco, pero acabo de tomar un café.

—Bien, bien —dice Williams y se queda callado, mirándolo.

Es algo importante, se dice Mauricio. Ese "bien, bien" es una introducción, un prólogo.

—¿Te molesta si te doy un consejo? —le pregunta Williams, y se lo queda mirando.

—Sí... digo no, no me molesta —titubea Mauricio—. Sí, démelo, me encantaría...

—Lo que pasa es que... ¿vos cuántos años tenés?

—Cuarenta.

—Cuarenta. Bueno. Imaginate que lo que te voy a decir te lo dice un tipo que te lleva treinta años. Es decir, un viejo choto.

Si estuviera más tranquilo, más enfocado, Mauricio contestaría alguna estupidez para adularlo. Algo al estilo de "nada de viejo choto", o alguna imbecilidad parecida. Pero no puede. ¿Dónde quiere llegar con eso de la edad?

—Un buen abogado tiene que tener siempre la cabeza fría. Siempre. El que se calienta, pierde. ¿Me seguís?

—Sí.

—Bien. En realidad te estoy diciendo esto y sé que lo sabés. Mil veces te he visto laburar y sé que es así. Y por eso te estamos considerando tanto para mejorar tu situación en el estudio. Si no, ni se nos ocurriría tenerte en cuenta...

"Te estamos", "ni se nos ocurriría". No hay nada malo en esas expresiones, pero le resultan extrañamente distantes, o vagamente amenazadoras, aunque no comprenda el porqué.

—Pero hay cosas que todavía las manejás medio... verde. No sé cómo explicarte. Te movés un poco... —Williams parece buscar un calificativo lo más indoloro posible—. Un poco tierno. Este tema del jugador que querés vender a toda costa, con tus amigotes de la infancia....

A Mauricio se le viene el alma a los pies. Problema uno: cómo se ha enterado Williams de lo de Pittilanga. Problema dos: de nuevo las palabras, las malditas palabras: "a toda costa" y sobre todo "amigotes", que suena a barra de muchachotes grasas, a torpeza de adolescentes con demasiado barrio sobre las espaldas. Se aclara la garganta, pero no puede evitar que la voz le salga estrangulada.

—Lo que pasa es que es un tema...

—Vos te preguntarás cómo este viejito sabe que tenés una reunión prevista para pasado mañana en el Hotel Miranda a eso de las cinco...

Claro. Lo divertido es que él se rompa el coco intentando descubrir cómo se ha enterado. Si estuviera menos nervioso, Mauricio tendría que admitir que sí, que es admirable.

—Pero... —balbucea Mauricio, y se detiene. ¿Pero qué? ¿Qué tiene que ver la palabra "pero" con lo que Williams viene diciendo? Nada. Imbécil.

—Karmasov, el ruso que les hace de intermediario, es amigo de Fernando Vidal. Vos lo conocés.

—Sí, claro —si lo conoce Mauricio no lo recuerda, pero da lo mismo. Williams no necesita que él conozca o no conozca, sino que diga que sí para no interrumpirle el cuento.

—Vidal es allegado a Boca, y este ruso suele estar muy metido en el mercado de ventas a Europa. Sobre todo en los mercados menos fuertes. La cosa es que me crucé en el club con Fernando, que te recordaba a vos, y me comentó de la operación esta que estabas intentando.

Williams sonríe mientras hace una pausa y lo observa: un rato del hámster corriendo en su ruedita.

—Lo que te voy a decir es un consejo. Nada más. Vos lo tomás o lo dejás. Esto no es parte del trabajo.

Qué no va a ser, viejo mentiroso, piensa Mauricio. Esto no sólo es parte del trabajo. Es la médula del trabajo, aunque no lo diga. O sobre todo porque no lo dice. Williams se retrepa en su sillón y se acoda en el escritorio:

—No sé si vos sabés la oportunidad que tenés entre manos, con ese jugador...

—En realidad el jugador no es "mío". El pase lo había comprado...

—Sí, sí, querido, eso ya lo sé. El jugador figura a nombre de una tal Margarita Núñez de Raguzzi.

Mauricio asiente y se contiene de aclarar que Margarita es la madre del Mono.

—¿Y vos qué tenés que ver?

—¿Yo? —repregunta estúpida, que no sirve para nada salvo para demostrar los propios nervios, la propia inseguridad—. Nada, Humberto. Ocurre que es una gente que conozco del barrio. De Castelar, donde me crié. Un conocido mío era el dueño del pase. Murió hace un tiempo y la madre...

—Sí, un tal Alejandro Raguzzi. ¿Amigo tuyo?

—No —la respuesta de Mauricio casi pisa la pregunta—. Conocido del barrio, ya le digo.

—Bueno. Genial, entonces.

Williams vuelve atrás un par de hojas en su block y empuña la lapicera fuente. Sus únicos instrumentos de trabajo.

—Acá tengo los datos —dice, y Mauricio ve, patas arriba, una serie de palabras y cifras rodeadas de garabatos, de esos que Williams hace mientras habla y escucha hablar por el teléfono—. Pittilanga, clase 1986, inferiores en Platense, Mundial Sub-17 de Indonesia, a préstamo en Mitre de Santiago del Estero. ¿Digo bien?

Mauricio se aclara por enésima vez la garganta.

—Sí, Humberto. Por lo que tengo entendido, sí.

—Y cuando termine el préstamo vuelve a Platense.

—Supongo... yo la verdad que muy al tanto no estoy...

—No te preocupes. Yo sí. Otro amigo mío es directivo de Platense y tengo de buena fuente que no tienen la menor intención de recuperar a este pibe. Por lo tanto le darán el pase libre. ¿Me seguís?

Es rarísimo. De repente Williams es un experto en el caso Pittilanga. Una especie de Fernando treinta años más viejo y bien vestido.

—Y cuando lo dejen libre, a esta buena señora ser dueña del jugador no le sirve para nada, ¿digo bien?

—Sí, entiendo que sí. De todos modos yo apenas tomé parte...

—Bueno. Ahí está la oportunidad de que hagamos una diferencia interesante.

Mauricio se queda perplejo con la repentina irrupción de la primera persona del plural. "¿Hagamos?"

—Dejamos que quede libre. Valor del pase de Pittilanga, cero pesos. Pasan un par de meses. La mujer esta (o quien sea, porque me huele que a la vieja la usan de testaferro) queda en escabeche. Dejamos pasar... qué sé yo, cuatro meses y ofrecemos por el pase del pibe veinte mil dólares. ¿Me seguís?

Suena su celular pero Williams lo apaga para que no lo interrumpa. Por detrás de la sorpresa, Mauricio advierte la lógica perfecta de las cosas. Como dice siempre el propio Williams. El asunto no son los temas sino los montos.

—Y una vez con el pase en nuestro poder, agitamos un poco el avispero. No te olvides que yo tengo a quién tocar, a quién interesar, a quién meter como para sacar un número que valga en serio la pena. Quien dice trescientos mil dice cuatrocientos. Cuatrocientos mil, mitad para vos mitad para mí. O medio millón, quién te dice. Según cómo lo negociemos. Me dijo Vidal que el jugador cambió de puesto y ahora rinde mucho mejor.

—¿Sí? No, ni idea...

—Yo de fútbol no entiendo nada. Ni me importa, te digo la verdad. Nunca jugué. Será por eso. Pero a lo que voy es a que invertimos veinte mil y lo multiplicamos por diez, por quince o por veinte. ¿Soy claro?

—Sí, sí, es que...

—A ver, Mauricio. Querido. Ahora lo importante es que no hagas nada de acá a que Platense lo deje libre. Sobre todo, que a esta gente conocida tuya no se le ocurra venir con ninguna otra genialidad, porque ahí sonamos. Pasamos de trescientos o cuatrocientos mil dólares a cero. Cero. ¿Me entendés ahora?

—Sí, sí, Humberto. Creo que entiendo.

—Necesito tu compromiso con esto, Guzmán —concluye Williams, y su sonrisa es plácida, franca.

Un maestro. Hace tres años que no lo llama por el apellido. Desde que se ha empezado a destacar de la medianía de los otros abogados nuevos, Williams lo privilegia llamándolo por su nombre. Lo ha ido acercando, encumbrando, lo ha hecho sentir de la familia. No sólo con eso. Con cosas mucho más concretas y elocuentes como su despacho, su asistente y sobre todo su sueldo. Pero lo de llamarlo Mauricio también. No es casual este retorno fugaz a su apellido. Un modo de remachar la exactitud de una orden. Un procedimiento eficaz para señalar el sitio de cada quien y las circunstancias de cada cual. Mauricio le sostiene la mirada todo lo que puede, que no es demasiado. Por ahí ronda el secreto del poder del viejo. En algún vericueto muy por detrás o por encima de los trajes y el Rólex y las manos de arcángel.

Vuelve a su oficina tratando de procesar lo que Williams le ha dicho y ordenado. Como si acabase de rodar por una escalera y se palpara para comprobar eventuales lesiones. Por empezar, no hay nada irreparable. Williams no lo acusó de nada. Tampoco habría podido, porque Mauricio no sabía que estuviera interesado. Ahora es distinto, pero de acá para atrás no hay reclamos. Bien. Estuvo perfecto que los definiera como gente conocida de su infancia. Perfecto. Reflejos rápidos. Lo único que hay que hacer es cuidarse de acá para adelante. Williams estuvo bien, porque no lo amenazó. Lo avivó, que no es lo mismo. Y encima le ofrece hacer negocio juntos. Esas son las lealtades que sirven. El tipo que te paga el sueldo, y no los muchachotes que te tiran fotos viejas en la cara para que te compadezcas, que te quieren entrampar por tres o cuatro recuerdos de la niñez que, encima, recuerdan mal.

El mismo II

—El otro día, sin ir más lejos.

—Qué pasó, Mono.

—Cuando perdimos con los jujeños.

—Sí, ¿qué pasa?

—¡Los quería matar a todos, boludo! ¡Eso pasa! ¡No pueden jugar tan mal, esos hijos de puta! ¡No daban dos pases seguidos!

—Un horror, es verdad.

—Son un asco.

—Y yo medio que me quedé, de entrada, porque entró mamá, que había venido a cocinarme algo, y me escuchó putear y pensó que me dolía algo y que la estaba llamando. Y cuando le vi la cara de alarma me dije: no, pará la moto. Con lo que te está pasando... porque ojo que yo mismo caigo en esa de ponerme obsesivo.

—No es ponerte obsesivo, Mono. Es cuidarte.

—No, Fernando. Es ponerme obsesivo. Yo me cuido. Me tomo todas las mierdas que me dan. Me hago todos los estudios que me digan. Pero no puedo dejar todo entre paréntesis, ¿entienden? No puedo dejar de vivir mi vida hasta que me cure o hasta que me muera. ¿Tan difícil es?

—...

—...

—...

—Y yo sé que lo hacen por mí. Pero llega un punto que me hincha las pelotas, qué quieren que les diga. No podemos hablar de nada, no podemos mirar un partido tranquilos. Ni siquiera se pelean ustedes dos, que viven peleando.

—¿Quiénes?

—Vos y Mauricio, Ruso. No te hagas el boludo. ¿O creen que no me di cuenta? No me falten el respeto, par de forros. Hace treinta años que se tratan como el culo y ahora están como dos señoras inglesas tomando el té.

—¿Y no puede ser que estemos en una nueva fase de nuestra amistad?

—Las pelotas, Mauricio. Déjense de joder. Miremos los partidos, hablemos las pelotudeces que hablamos siempre, peleemos por las mismas imbecilidades, cuenten las pelotudeces que hacen afuera, ustedes que pueden salir a laburar… bueno, eso sin contar al Ruso, porque lo que hace él no es laburo.

—No te voy a permitir…

—Y déjenme de romper las pelotas, por el amor de Dios.

41

Un año, siete meses y veintisiete días después de la muerte del Mono, Fernando Raguzzi, Daniel Gutnisky y Mauricio Guzmán suben en el ascensor del Hotel Miranda hasta el piso veinte, donde los dirigentes del Chernomorets de Ucrania los esperan para firmar el contrato de transferencia del jugador argentino Mario Juan Bautista Pittilanga.

Van callados, hasta que el Ruso señala, en el espejo de cuerpo entero, la imagen de ellos tres, y sonríe.

—Un buen día para morir —dice, parafraseando a un héroe de película que no recuerda, y sin lograr que los otros dos aflojen el gesto.

Cuando se abren las puertas no puede contener una exclamación. Frente a ellos se abre un ventanal inmenso desde el que se ve la Reserva Ecológica, los diques de Puerto Madero, los cargueros que avanzan remolcados entre las boyas. Fernando le toca ligeramente el hombro para que silencie las exclamaciones, porque tampoco es cuestión de que los ucranianos les vean tan temprano la marca en el orillo.

Fernando, de repente, recuerda la escuela de Moreno donde enseña Lengua. Los vidrios rotos, las luces faltantes, las mesas chuecas. País de mierda, piensa, que es su dicho de cabecera en estos casos. De todos modos, su indignación no es del todo legítima. La usa como distracción para sacudirse de encima los nervios. Una bolsa de arena a la cual pegarle como descarga.

Mauricio atraviesa la puerta de la sala de reuniones y ellos lo siguen. Fernando cuenta rápido las siete personas que los están esperando. A sus espaldas escucha la voz del Ruso, en un murmullo:

—Por lo menos no sacaron las ametralladoras.

No puede evitar sonreír. Desde hace una semana el Ruso se divierte diciendo que en realidad estos tipos son de la mafia rusa y están lavando guita de sus negocios ilícitos. Y que cuando se den cuenta de que Pittilanga es un paquete, les van a mandar unos sicarios para cagarlos a tiros. Se da vuelta apenas y le contesta en voz baja.

—No usan ametralladoras, Ruso. Te ahorcan con un hilo de acero.

Mauricio ya intercambia apretones de manos. Los ucranianos son tres, o cuatro, si cuentan al intermediario, este Karmasov que vive en Buenos Aires. ¿O ese es ruso? Fernando cree recordar que Mauricio dijo ruso. Ese es el que ahora se encarga de las presentaciones y su correspondiente traducción.

Mario Pittilanga espera un poco más atrás, de pie junto a un tipo tan alto y tan morocho como él, pero gordo y cincuentón, a quien el pibe presenta esquivamente como su padre. Fernando, algo perplejo, estrecha la mano blanda que el otro le tiende sin sonreír. Es lógico que esté presente, se dice Fernando, pero le cuesta ubicarlo en esa escena que lleva dos semanas repasando una vez y otra vez, en todos sus insomnios. El padre y el hijo son los únicos que no llevan corbata. El pibe tiene puesto el equipo deportivo con las insignias de Presidente Mitre. El hombre lleva una camisa de manga larga, con un solo botón desprendido a la altura del cuello, embutida a la altura de la cadera bajo un pantalón vaquero que le queda estrecho y vuelve más prominente la panza que desborda por encima.

Se sientan. De un lado de la mesa rectangular, los ucranianos del Chernomorets. Del otro lado ellos tres. En una de las cabeceras Pittilanga y su padre, y en la otra el intermediario y traductor. Se hace un pequeño silencio mientras se acomodan. Mauricio toma la iniciativa.

—Bueno. Primero quería agradecerles la gentileza de haber venido hasta aquí, tan lejos, para finiquitar esta operación. Lo mismo que la confianza que han puesto en Mario, al que le deseamos la mejor de las suertes en esta nueva etapa de su carrera…

Karmasov se inclina hacia adelante y traduce a medida que escucha la introducción de Mauricio. Los ucranianos le prestan oídos pero miran a Mauricio, y asienten de tanto en tanto. El Ruso le hace una seña a Fernando y se inclina hacia él por detrás de Mauricio, que sigue recitando la introducción. Fernando se acerca, intrigado.

—¿Viste cómo hablan los rusos? —susurra Daniel con una sonrisa pícara.

—¿Qué?

—Me hacen acordar a los uruguayos de *Hupumorpo*. ¿Te acordás?

Fernando tiene un instante de perplejidad. El Ruso es un chico. El hijo de puta tiene la capacidad de concentración de una larva. Están cerrando un negocio de trescientos mil dólares que les ha insumido casi dos años y montañas de mala sangre, y el infeliz se dedica a rememorar programas cómicos de la década del setenta.

—¿Cómo se llamaban? —sigue Daniel.

—¿Quiénes? —se arrepiente enseguida de su propia pregunta. Los ucranianos deben estar pensando cualquier cosa de esos cuchicheos que se producen a la espalda del principal negociador.

—Los uruguayos, boludo. Hacían un *sketch* en el que se hacían pasar por rusos. Hablaban una sarta de pelotudeces, haciéndose que eran agentes de la KGB. ¿No te acordás?

Sí, se acuerda. Pero no quiere seguirle la corriente. A lo mejor se cansa y se deja de joder.

—Uno era Espalter. ¿Y el otro?

Vana ilusión la suya.

—Cortala, Ruso.

—Dale. Espalter y...

Fernando sopesa sus alternativas. Contestarle y que se tranquilice o dejarle la duda y que siga hinchando.

—Almada.

—¡Almada! —asintió el Ruso, feliz.

Fernando se endereza en su sitio con la idea de que Daniel haga lo mismo. Mauricio ha abierto una carpeta y despliega varias copias de los contratos que ha preparado. Fernando siente que le tocan el hombro. De nuevo el Ruso se agazapa detrás de la espalda de Mauricio.

—Cortala, Ruso —susurra, con ojos asesinos.

—Una sola cosa. ¿Cuál era cuál?

Fernando lo mira, entre incrédulo y confundido.

—¿Cuál era cuál de qué?

—El que se hacía el ruso, boludo. ¿Espalter o Almada? ¿O eran los dos?

Cuando Fernando, saturado, está a punto de contestarle una grosería, lo detiene una voz que suena desde el costado.

—Un momento —de repente, habla el padre de Pittilanga.

Fernando gira la cabeza hacia él. Todos hacen lo mismo. Los contratos están abiertos como un juego de naipes sobre la mesa lustrada.

—Yo no estoy dispuesto a que lo estafen a mi hijo —agrega, acodado e inclinado hacia adelante sobre la mesa, mientras los señala acusadoramente con el dedo. A ellos. A los tres.

Nueva pausa para la traducción. Esta vez el Ruso olvida compararla con el *sketch* de *Hupumorpo*. Fernando siente que le quitan el piso de debajo de los pies. En sus insomnios sucesivos ha tenido tiempo de darle rienda suelta a todas sus angustias. El arrepentimiento de los ucranianos, el exceso de confianza de Mauricio, hasta la muerte repentina de Pittilanga yendo o volviendo de algún partido. Pero esto no lo ha previsto. Gira hacia Mauricio. Está mudo. ¿Por qué no dice nada?

—¿De qué está hablando? —pregunta finalmente Fernando, al advertir que Mauricio sigue sin decir nada.

—Hablo del chanchullo este de ustedes tres. Hablo de eso —responde Pittilanga padre, y Fernando ve que su hijo tiene los ojos bajos.

El intérprete traduce. Los ucranianos se miran entre ellos, y enseguida a Pittilanga padre. El Ruso mira alternativamente a todos, con expresión desencajada. Fernando intuye que si deja hablar al tipo ese están perdidos. ¿Por qué no habla Mauricio? Decide intervenir.

—Mire, señor. En otro momento si quiere nos sentamos y discutimos todo lo que quiera. Pero acá estamos definiendo cosas muy importantes y por lo que tengo entendido Mario es lo suficientemente grandecito como para decidir qué quiere hacer con su carrera. Así que si nos disculpa…

—No. No te disculpo, rubio.

Fernando siente cómo se le enrojece la piel de la cara. Pero está empeñado en no perder los estribos. Se encara con Mauricio.

—Supongo que una buena medida sería que la reunión la mantengan sólo las partes interesadas, no sé qué te parece.

Mauricio se toma su tiempo para responder.

—En realidad —dice por fin—, el señor sí es parte.

Se calla otra vez y, como un eco distorsionado, se oye el murmullo de la traducción al ruso. Fernando ni siquiera encuentra voz para preguntar por qué.

—Mario tiene veinte años y siete meses —informa Mauricio, como si fuese un dato clave o peor, como si con ese solo dato Fernando y los demás debieran comprender.

—¿Y qué? ¿No dijiste que con más de dieciocho podía firmar el contrato?

—Sí. Puede. Pero para salir del país necesita la autorización de los progenitores. Hasta que sea mayor de edad, a los veintiuno.

Fernando saca cuentas. Faltan cinco meses para eso. Dentro de cinco meses en Ucrania, en Acapulco y en Marte están en plena temporada. Estos tipos no van a esperar tanto. La reputísima madre que lo parió, piensa Fernando. No puede ser. No puede ser que se venga todo abajo. Se encara con el padre de Pittilanga. Está desesperado, y el mutismo de Mauricio aumenta su desasosiego.

—Disculpe, ¿no? ¿Pero no le parece que…?

—No te disculpo nada —lo corta el hombre, y le sostiene rencorosamente la mirada—. ¿Vos te creés que yo nací ayer? ¿Que no me doy cuenta cuando me están cagando?

Esta vez no hay traducción del mensaje. Los ucranianos, de todas maneras, no se quejan porque, aunque se les escabullen las palabras, los gestos y las caras tienen la elocuencia suficiente. Fernando lo mira a Mauricio, que lo mira a Pittilanga padre con cara de nada. El hijo sigue con los ojos bajos, fijos en la mesa.

—Dígales —ahora el padre se encara con el traductor— a estos señores que yo lo lamento, y que no dudo de que capaz que son gente honesta. Pero estos tres, estos tres no son trigo limpio, no son.

—No le permito que…

—Vos no me permitís ni me dejás de permitir, pelado —dice poniéndose de pie. Fernando hace lo mismo y el Ruso lo imita. Mauricio hace un gesto vago con la mano, pero desiste enseguida—. ¿Por qué no les contás a estos señores cómo viene la mano? ¿Por qué no les contás? —se encara con los ucranianos—. Mi hijo, no sé si ustedes lo saben, jugó el Mundial Sub-17 de Indonesia. Fue uno de los veinte pibes —sacude el cuello, como si le molestase la camisa—, de los veinte pibes de toda la Argentina que fueron al mundial. A la vuelta, estos fulanos compraron el pase...

—El pase lo compró Alejandro Raguzzi.

—Me chupa un huevo. La cosa es que el pase se lo terminaron quedando ustedes tres. Y ahora no sólo lo quieren rematar por dos mangos...

—¿Rematar? ¿Rematar? —Fernando siente que está llegando a su límite. Daniel pretende aferrarle el brazo, pero se desase.

—Rematar, pedazo de pelotudo. Rematar, dije. ¿O vos te creés que yo como vidrio? Que no sé lo que valen los jugadores. ¿Qué? ¿Como no tengo educación me pueden cagar como de arriba de un puente? ¿Eso se piensan?

Fernando se encara con el intérprete. Está lívido, pero habla con calma.

—Le pido que les transmita a los señores mis disculpas por esta escena, es una locura.

—¡Locura te voy a dar a vos, pedazo de chorro! —y golpea con las dos manos en la mesa. Los ucranianos también se ponen de pie. Los únicos que siguen sentados son Mauricio y Mario Pittilanga—. ¿Y qué es esa pelotudez de ponerlo a jugar de defensor? ¿Eh? ¿Qué mierda es, me querés decir?

Esta vez el intérprete se apresura a traducir, y el efecto en las caras de los ucranianos es inmediato. Hasta el padre, fuera de sus casillas como está, lo advierte sin esfuerzo, y redobla su andanada sabiendo que dio en el clavo. Sigue hablándoles a los dirigentes del Chernomorets.

—Porque seguro que estos mierdas eso a ustedes no se lo dijeron. No. No, señor. Bien callado que se lo tenían. Porque mi pibe es delantero. Yo... —se interrumpe, como si por primera vez le faltasen las palabras— yo lo formé ahí, para el área, desde chico. Desde pibe lo formé. ¡Y no para que estos hijos de puta vengan a llenarle la cabeza con pelotudeces!

—No creo que estén dadas las condiciones como para... —Mauricio habla sin emoción.

—¡Las condiciones se las voy a meter por el orto!

Pittilanga padre arremete hacia donde están ellos, volcando la silla y corriendo la mesa hacia un costado. Fernando se prepara para aguantar el chubasco. Total, jugado por jugado, capaz que llega a embocarle alguna mano. Pero la cosa no llega a mayores porque el pibe, saliendo de su inacción, se pone de pie y frena el envión de su padre poniéndole una mano sobre el pecho, como si detuviese un tren o una pared a medio derrumbar. El padre se deja hacer, aunque sigue gritando, cada vez más enardecido.

—¡Yo no sé qué chanchullo estarán armando! ¡Ni por dónde pensarán agarrar la guita grande!

—¿Guita grande? ¿Pero vos estás en pedo, negro cabeza?

Fernando, por primera vez, insulta a alguien con esas palabras. Y aunque después se arrepienta y se diga que no lo dijo con intención, de todas maneras se sentirá horriblemente mal y pasará varios días humillado por lo que acaba de decir. Nueva arremetida del tipo al escuchar el insulto, nueva enérgica detención del hijo, que sigue sin pronunciar palabra.

—¡Estamos tratando de encontrarle un futuro al pibe! —Fernando se tropieza con las palabras, en el apuro por decirlas. Cualquier cosa que lo saque de ahí, de la barbaridad que acaba de proferir—. ¿Vos no viste dónde estaba jugando cuando lo agarramos nosotros?

—Eso es por ahora...

—¡Por ahora porque faltan unos meses para que termine el préstamo! ¡Después te lo dejan libre! ¿O qué te creés?

—¡Libre las bolas!

—¡Las bolas y todo lo demás! ¿O vos te creés que en Platense va a tener lugar?

—¡Si no es en Platense será en otro equipo!

—¿Otro equipo a la edad que tiene y...? —Fernando se detiene justo a tiempo, antes de agregar "y con lo paquete que es".

Otra vez el silencio. Ahora las palabras del traductor son nerviosas y se intercalan con comentarios y preguntas de los otros. Ya no se limitan a escuchar. Están tomando decisiones. Fernando se quiere morir, porque sabe cuáles son esas decisiones. En quince minutos se ha ido todo a la mierda.

—Doctor Guzmán —dice el intérprete por fin, encarándose con Mauricio—, como se podrá imaginar, en estas condiciones, no es posible... —la pronunciación del ruso es algo metálica, pero su construcción gramatical, perfecta—. Si más adelante...

Son tipos educados, y por eso se toman el trabajo de soltar ese parlamento antes de salir huyendo. Pero está todo perdido, y las ocho personas que están en la sala lo saben perfectamente. Fernando se deja caer en su silla y se restriega la cara con las manos, como si de eso se pudiera despertar.

—Sí, tapate la cara de la vergüenza —escucha de fondo al padre, todavía amenazante.

Escucha pasos alrededor de la mesa y a su espalda. Cuando baja las manos y mira alrededor, Fernando advierte que los ucranianos, el intérprete y los Pittilanga se han ido. En la sala sólo quedan ellos tres, y los contratos dispersos sobre la mesa.

Pai Carlos

—Monito, lo que pasa es que…

—¡Lo que pasa es que un carajo, Fernando! Ya bastante me cambió la vida por culpa de este cáncer de mierda, como para que ustedes también cambien. Yo no digo que hagamos como que no pasa nada. No soy tan boludo. Pero tampoco estemos meta y meta armar el velorio.

—No es el velorio.

—Tenés razón. Hablé al pedo. Pero están todo el tiempo hablando, que los medicamentos, que el tratamiento, que el otro tratamiento, que el oncólogo, que el otro pelotudo, que lo que le dijimos a mamá, que lo que no le dijimos… ¡Y no me hagás acordar del último boludo que fuimos a ver!

—Uh… otra vez con eso…

—No hinches, Mono…

—¡El pai Carlos y la concha de su madre! ¡No, no jodamos! Porque a la tía Beba le sacó el tumor de los ovarios ahí fuimos, los cuatro pelotudos hasta Lomas de Zamora, para que este boludo me sacara doscientos mangos y me tocara un poco las tripas. ¡Pero dejame de hinchar las bolas!

—Pará que es la tía de Mónica, no es mi tía.

—Da igual, Ruso. Andá a saber qué le hizo en la piecita esa del fondo…

—¿A vos no te llevó a la piecita?

—¡Otra que la piecita! Me atendió adelante, nomás. Me tuvo diez minutos con la panza al aire y ponía cara de entendido. Me abrazó y me dijo que estaba sanado.

—Bueno, boludo. Yo qué sabía. A la tía…

—Ya te dije, Ruso. A la tía le cayó bien porque le habrá acomodado las macetas del patio.

—Qué grosero, pobre tía…

—En serio, Ruso.

—Ahora, yo pregunto… A vos, Mono…

—¿Qué, Fernando?

—¿No te acomodó las macetas?

—Andá a cagar.

—A lo mejor el tratamiento fracasó por eso, Mono.

—Vos, ídem, Ruso.

—Seguro. Esas cosas si no las hacés completas no sirven.

—No, si me gasta hasta Mauricio estoy perdido…

—¿Vos le aclaraste que querías el mismo tratamiento que la tía Beba?

—Pero por qué no se van…

—Así es muy fácil, andar criticando. Oíme, Mauricio, ¿te animás a llevarnos de nuevo?

—Seguro, Rusito. Yo, encantado. Agarramos el auto y nos vamos a Lomas de Zamora.

—Por los doscientos mangos no hay problema. Hacemos una vaquita.

—Eso sí. Le pedimos al pai que le haga el tratamiento completo, con aplicación y todo.

—¿Por qué no se van los tres a cagar?

—Este sábado podemos ir al sanador. ¿O tienen algo?

—Contá conmigo, Mauricio.

—Con ustedes tres no se puede hablar, manga de pelotudos.

—Es verdad.

—Tenés razón.

Fernando se acerca al ventanal y mira hacia abajo. El Ruso se levanta también, pero va hacia el rincón en el que el personal del hotel les ha colocado una mesa con café, gaseosas y masas secas y convida a los otros dos. No le contestan, absortos como están, pero Daniel se sirve una gran taza de café y un plato rebosante de masas: no piensa perderse semejante agasajo gratuito. Mientras vuelve hacia la mesa principal oye sonar el teléfono de Mauricio.

—¿Hola? —el que llama habla a los gritos—. Sí. En una reunión, Humberto. Sí, todo en orden. Ya estoy saliendo para allá.

El tono de Mauricio es jovial, enérgico, simpático. Daniel supone que está hablando con el capo del estudio.

—Seguro. Si quiere ir ganando tiempo pregúntele a Soledad, pero no va a haber problema. Por supuesto. ¿Cómo? ¡Ja, ja! Seguro, doctor. Hasta luego.

Corta la comunicación, pliega el celular y lo deja sobre la mesa.

—Qué suerte que te reponés rápido de las malas noticias —dice Fernando, los ojos fijos en la calle y la vereda de enfrente.

—¿Qué?

Fernando demora un poco la respuesta.

—Que te cuesta poco recuperarte, digo. Hace cinco minutos acabamos de perder casi dos años de laburo y ya estás a las risotadas con tu jefe como si tal cosa. Qué bueno, digo yo.

Daniel, en otras circunstancias, intervendría, pondría paños fríos. Un chiste. Una pregunta boluda. Cualquier cosa que corriera el foco. Pero no tiene ganas. Él también está harto. ¿O acaso no tiene derecho? Mauricio esboza una sonrisa desganada:

—¿Andás necesitando agarrártela con alguien, Fer? Dale tranquilo.

—¿Agarrármela? En absoluto. Mejor para vos. La verdad es que te envidio. Un poder de recuperación de la san puta.

—¿Y qué querés que le haga? ¿Que le cuente a mi jefe mis recónditos dolores?

Ahora es el turno de Fernando de sonreír sin ganas.

—¿Recónditos? Bien, doctor. Buen adjetivo. Para un abogado no está nada mal…

—Andate a la mierda.

—Andate vos. Y no me vengás con el cuento de que la procesión va por dentro, porque esa no te la cree nadie.

—No, si no podía fallar. Ya salió el puro de corazón, el limpio de espíritu.

—No, el boludo y gracias.

Mauricio sacude la cabeza, negando, y le habla a Daniel.

—Che, Ruso: si querés decir algo apurate porque está por empezar el "monólogo de la víctima", y por un rato no vas a poder meter baza.

El aludido no tiene la menor intención de decir nada aunque, si lo obligasen a intervenir, cree que lo haría a favor de Mauricio. El enojo de Fernando suena excesivo, o por lo menos ambiguo. Rencores viejos que asoman por el sitio equivocado.

—¿En serio pretendés que te crea eso de que te importa aunque no lo manifiestes?

—Yo no pretendo nada, Fernando. Hacé lo que quieras. Creelo. No lo creas. Da lo mismo.

El Ruso deja la taza de café por la mitad, y unas cuantas masas en el plato. De repente se le ha ido el hambre. Pero no va a intervenir. Lo tienen podrido. Los dos.

—¿Agarrártela conmigo te calma los nervios, Fernando?

—¿Agarrármela?

—Sí, agarrártela. Porque la verdad que no entiendo por qué me buscás. Me llamó mi jefe, le contesté. ¿Tanto te jode?

—Uy, querido. Lo del teléfono es lo de menos. Aunque dicen que para muestra basta un botón.

—¿Muestra de qué?

—De que te importa tres carajos. Salís de acá, vas a tu oficina, le tocás el culo a la yegua de tu secretaria y te vas a tomar un café con el hijo de puta ese de Williams, como buen chupaculo que sos. Total, para recoger los muertos de tus cagadas están los boludos de tus amigos.

—¿Qué muertos? ¿De qué cagadas me hablás?

—¿Cómo de qué? ¿Y esto que acaba de pasar, qué?

Mauricio sigue sin perder la calma:

—¿Me estás echando la culpa a mí? ¿Pero vos te escuchás?

—¿Ah, no? ¿Y quién tiene la culpa? ¿El Ruso? ¿Yo, tengo la culpa?

—No, pelotudo, pero yo tampoco. ¿Quién se iba a imaginar que el padre de Pittilanga iba a salir con ese martes trece?

—¿Quién? ¿Quién? ¿Quién se tenía que ocupar de la parte legal?

—¡De la parte legal, Fernando! ¡Los contratos los hice! ¡Los papeles de la transferencia los hice! ¿Qué voy a saber yo que el "negro cabeza" este iba a armar quilombo?

—Así que ahora el problema es que le dije negro cabeza...

—Y, mirá... seguro que decirle negro cabeza no ayudó.

—¡Ah, bueno! ¿Y si no le decía eso seguro que terminábamos haciendo la venta? ¿Pero vos sos boludo o te hacés?

—¡Ay, Fernandito! Alguna vez te vas a tener que enterar de que la vida no es la cocina de tu casa.

—¿Qué tiene que ver la cocina de mi casa?

Mauricio ahora se dirige al Ruso.

—¿Vos le viste los fósforos, Ruso?

El Ruso se limita a pestañear.

—¿Qué carajo pasa con los fósforos de mi cocina, Mauricio?

—¿No te das cuenta? —Mauricio sigue hablándole al Ruso, como si supiera que esa acción aumenta el enojo de Fernando, y disfrutase del efecto—. El tipo guarda los fósforos usados. ¡Los guarda! En uno de los cajoncitos de la caja. En uno los nuevos, en el otro los usados.

—¿Por qué no te callás?

—Guarda los usados para la eventualidad, sí señor, para la eventualidad de que necesite prender una hornalla, teniendo otra ya prendida.

—No entiendo...

—¡Te pinta de cuerpo entero, Fernando! —recién ahora Mauricio se encara otra vez con él—. Previsión, control, todo así. ¡Y al pedo! Porque uno nunca se acuerda de usar uno gastado. Para la puta vez que se da la puta casualidad de que tenés que prender un segundo puto fuego, todo el mundo enciende un fósforo nuevo. ¡Y vos también, Fernando!

Fernando lo mira, furioso, pero no responde.

—Bueno, la vida no es como tu cocina, Fernando. Es un quilombo. Está desordenada. No entendés. No controlás. No manejás.

—¿Y vos sí, pelotudo?

—¿Vos te creés que por insultarme tenés más razón que yo?

Mauricio se pone de pie y empieza a juntar los contratos diseminados sobre la mesa. Fernando se dirige al Ruso.

—¿Encima se va a ofender? —Fernando le habla al Ruso, que está harto de que lo usen de testigo mudo.

—No, pero me echás la culpa a mí como si fuera adivino.

—No. Pero te tuve que arrastrar todo este tiempo para que hicieras algo, y cuando te toca manejar las cosas a vos las hacés como el culo.

—¿Y vos? ¿Todo este tiempo, cómo las manejaste?

—Como el culo, pero por lo menos las manejé. Que yo sepa, vos te pasaste todo este tiempo haciéndote el boludo.

—¿Haciéndome el boludo? ¿Querés que te recuerde de dónde salió la guita para sobornarlo a Prieto?

—Sí, salió de la compañía de seguros del Audi. ¿O la pusiste de tu bolsillo?

—¿Y vos te pensás que alcanzó? Bien que tuve que poner guita encima.

—¿En serio? Qué pena. Qué lástima. No sabés cómo me conmueve. Seguro que te pasaste dos meses comiendo polenta para recuperar la diferencia. Igual sacaste un modelo más nuevo. ¿O me equivoco?

—¡Diez lucas verdes tuve que poner!

—¿Y qué querés? ¿Que te aplauda de pie? Contalo como tu cuota de sacrificio en esto. Por lo menos no te pasaste filmando a un boludo por toda la pampa húmeda, como el Ruso y como yo. Te salió barato, si lo pensás.

—¿Todavía no salieron estampitas con tu imagen, pedazo de forro? En serio. ¡Serían un éxito! San Fernando Mártir. ¿Por qué no probás?

Fernando hace silencio, con la cabeza vuelta hacia el ventanal. Rojo como un tomate, pero con los ojos fijos en la calle. Y Mauricio, que ha terminado de juntar los papeles, acciona el cierre del portafolios. Sus ojos se cruzan con los del Ruso. Daniel no puede evitar una mínima mueca de solidaridad. Esta vez, piensa, el que se ha ido al carajo fue Fernando.

—Chau, Ruso —dice Mauricio, que sale y cierra la puerta.

Fernando espera apenas lo suficiente como para no tener que bajar en el mismo ascensor.

—Chau —dice, y también se va.

El Ruso se deja caer en una de las sillas que rato atrás ocuparon los ucranianos. Pasa un rato hasta que un botones del hotel entreabre la puerta y se asoma. Al verlo sentado ahí se dispone a cerrar para dejarlo tranquilo, pero Daniel lo detiene con un gesto.

—No te vayas, pibe. Quedate —le dice, y su voz suena sombría—. Acá ya terminamos.

Ambiciones desmedidas I

—¿Sabés lo que pienso a veces, Mauri? Te vas a cagar de la risa.

—Lo dudo.

—¿De qué dudás, Mauricio? ¿De que yo piense?

—No. Dudo de que me cague de la risa.

—...

—...

—...

—...

—Pienso... ya sé que suena pelotudo, pero pienso... me pregunto, bah... si lo que le pasa a Independiente... no tengo la culpa yo. ¿Ves? Te dije que te ibas a cagar de la risa.

—Che, la quimio te está quemando el bocho en serio, boludo. Yo no pensé que era tanto.

—No lo pienso desde ahora. Ahora te lo estoy diciendo, pero lo pienso desde hace un montón.

—Sos un tipo grande, Mono. ¿Te parece andar perdiendo tiempo con esas pelotudeces?

—Es en serio que te digo. ¿Me vas a dejar que te explique o te vas a seguir burlando?

—Estoy serio.

—No, te estás recagando de la risa, pelotudo.

—Bueno, bueno. Dale. Te escucho.

—¿Te acordás cuando salimos campeones en el '83?

—Más bien que me acuerdo.

—Bueno, ¿te acordás de ese equipo... de lo que pasó antes...?

—Ya te dije que me acuerdo. Éramos pendejos, Mono. Vivíamos para eso.

—Bueno. Ahí está. Vivíamos para eso. Independiente venía de perder dos campeonatos al hilo.

—Metropolitano ’82 y Nacional ’83.

—Exacto, Mauricio.

—Exacto. ¿Y?

—Los dos campeonatos los pierde con Estudiantes de La Plata.

—Ajá.

—Uno por dos puntos, otro por un gol de diferencia en la final.

—Vos te acordás, yo me acuerdo. Lo que no sé, Mono, es a dónde querés llegar.

43

El Ruso abre la heladera y se queda absorto. Mira los estantes, la comida, las botellas. ¿Para qué fue hasta la heladera? No consigue dar con la respuesta.

—Dale, pa.

El Ruso se vuelve hacia la mesa. Mónica y las Rusitas miran la tele. Lucrecia tiene el brazo alzado y un vaso vacío en la mano. El jugo. Le pidieron la botella de jugo y por eso fue hasta la heladera. Vuelve con el líquido y llena los vasos de todos.

—¿A ese no lo mataron en un capítulo anterior?

—No, papá. Al hermano gemelo —informa Ana.

—Era igual, igual a él. No sabés —completa Lucrecia.

—Y, si son gemelos…

—Sh —Mónica alza la mano, sin dejar de mirar la pantalla—, dejame escuchar, Dano.

El Ruso obedece. No le molesta la reprimenda. Al contrario, porque Mónica acaba de llamarlo Dano, y eso significa que el universo marcha como debiera. De inmediato se amonesta: no debe entregarse tan mansamente a la alegría. El Ruso es un optimista global, salvo en lo que tiene que ver con la salud de las nenas y el humor conyugal de su mujer. Porque las quiere demasiado. Cuando las nenas se resfrían, el Ruso intuye una pulmonía. Cuando tienen fiebre, el Ruso reza y lamenta no tener en su religión, a medias heredada y a medias personal, un sacramento como la extremaunción de los católicos. Desde que nacieron es así. No puede evitarlo. Y con su mujer es algo parecido. Siempre teme lo peor. No importa cuán bien estén las cosas ahora. El dolor y la distancia siempre pueden volver.

Suena el teléfono. El Ruso desplaza la silla hacia atrás pero la mano de Mónica se posa en su brazo y lo detiene.

—Esperá a ver quién es.

El Ruso mira los dedos de Mónica. Le encanta que lo toque. La campanilla del teléfono deja de sonar cuando empieza a operar el contestador automático. Casi enseguida se escucha una voz de hombre, un hombre joven.

—Hola. Yo quería hablar con Daniel. Habla Pittilanga. Mario. Yo quer…

—¡Hola! —el Ruso ha cruzado los dos metros que lo separan del teléfono como una exhalación—. Habla el Ruso, ¿qué decís, pibe?

—¡Sh, papi! ¡No se oye nada!

Daniel se va con el teléfono al dormitorio de las nenas y cierra la puerta.

—Decime, pibe. ¿Cómo estás, qué decís?

—Ehh… acá andamos. Bastante caliente, la verdad.

El Ruso no sabe qué decir. Él también está caliente. Frustrado, desilusionado. En las dos noches que han pasado después de la fatídica reunión con los ucranianos del Chernomorets, al Ruso le ha costado dormirse. Mucho le ha costado. Y eso, en él, es un síntoma de angustia.

—No te desanimés, Mario. Yo creo que tarde o temprano algo vamos a encontrar.

—Bueno, pero fíjense, la próxima, cómo van a hacer, cómo lo van a manejar. Porque así es un quilombo.

—Bueno, Mario, yo te expliqué que no somos empresarios, que…

—Ya sé, Ruso, pero yo le digo por su amigo, el abogado.

El Ruso frunce el ceño. Sin pensarlo, acomoda unos osos contra la almohada de Lucrecia. A ella le gustan así. ¿Por qué le sale este pibe hablándole de Mauricio?

—No te entiendo…

—Hablé con uno de los pibes que jugaban conmigo en Platense, y me dice que lo de la mayoría de edad no corre más.

—¿Cómo que no corre más?

—Bueno, sí corre, pero es a los dieciocho, no a los veintiuno. Ahora yo digo, si este amigo suyo es abogado, ¿no tendría que saberlo, eso?

El Ruso intenta pensar rápido pero no le sale.

—Y otra cosa —al pibe se lo escucha francamente enojado—: ¿qué sentido tenía llamarlo a mi viejo justo la noche antes de la reunión y ponerse a hablar de eso?

—¿Cuándo lo llamó? —el Ruso sienta al último de los osos contra la almohada, pero está mal apoyado y cae al piso. No lo recoge.

—El martes a la noche.

—¿Pero llamó para hablar con vos o con tu viejo?

—No, con mi viejo. Yo justo tenía el día libre y lo atendí yo. Pero quería hablar con él.

Daniel intenta pensar rápido. Entender. Pero le cuesta. Aunque le cuesta más aceptar que entender. O las dos cosas.

—Le digo la verdad —se anima el pibe a expresar otra vez su fastidio—. Para mí con eso medio que la cagaron.

—¿Con qué?

—Con avisarle a mi viejo. Prepararlo.

—¿Prepararlo con qué?

—¿Cómo con qué? ¿No lo decidieron ustedes? Lo de llamarlo a mi viejo y que supiera que tenía que autorizar que yo saliera del país. Eso. Aparte lo otro: ¿es así lo de la mayoría de edad o está mal?

El Ruso sigue tratando de desempantanarse. ¿Pero cómo? Siente que tiene que desandar caminos y conclusiones. Lo que interpretó como mala suerte, o como una estúpida mezquindad del padre de Mario, ahora es otra cosa. Es Mauricio inventando un problema. Y Mauricio contagiando esa ponzoña. ¿Para qué?

—¿Hola? —pregunta el pibe.

—Sí, hola, hola —Daniel sigue vacilando. Con sus últimos vestigios de lucidez se dice que el pibe no tiene que darse cuenta—. No, nada. Me quedé pensando en lo que decís —carraspea. Se aclara la garganta—. Mauricio lo... lo llamó para evitar quilombos en el momento de la reunión...

—Supongo que sí —convalida Pittilanga—. Por eso lo digo. Pero para mí que hubiera sido mejor no decirle nada. Y aparte preguntar bien, digo. Lo de la edad. Si los contratos los podía firmar yo. Yo digo: hacíamos todo, firmábamos todo, y después, con todo listo, con el pasaporte listo, con todo hecho, ahí le decíamos a mi viejo, y si hacía falta la autorización, ahí veíamos. Mi viejo no iba a echar todo para atrás. ¿No le parece?

El Ruso sale de la habitación de las nenas y entra en la suya. Se sienta sobre la cama. Se pregunta si vale la pena contarle a Fernando lo que acaba de saber. Supone que no.

—Este... sí... no fue buena idea. No nos imaginamos...

—Claro, claro —el tono de Pittilanga es menos beligerante, como si expresada su protesta se hubiera tranquilizado—. Por eso yo decía. Pero bueno. Ya está. Ahora, a joderse. Qué se le va a hacer.

—Sí. A joderse. Pero no te preocupes, Mario. Te prometo que algo va a salir, ya vas a ver. ¿Cuándo te volvés para Santiago?

—Esta noche.

—Ah, yo decía para tomarnos un café.

—La próxima.

—Seguro, la próxima. Vos avisame cuando venís y organizamos.

—Oka. Saludos.

—Un abrazo, Mario. Buen viaje.

Escucha que desde el comedor las chicas lo están llamando.

—¡Ya voy! —dice, para que dejen de gritar, pero no se siente capaz de levantarse nunca más.

—¡Dale, Dano! ¡Vení que esta es la mejor parte!

¿Se lo dice a Mónica o no? Vuelve a pensar en Fernando. No se lo quiere decir, pero el otro es brujo y se palpita las cosas. O él es un idiota al que todas las cosas se le notan en la cara. Vuelve al comedor. Coloca el teléfono en su base. Se sienta.

—Vení, pa —le dice Ana, y lo aferra del brazo con la vista fija en el televisor.

El Ruso las mira a las tres. Piensa en Fernando. Piensa en Mauricio. Mónica lo mira y frunce el gesto. Debe tener una expresión preocupante. Él sonríe, para disiparle esa arruga de la frente.

—¿Ese es el gemelo vivo o el gemelo muerto? —interroga a las Rusitas.

—El vivo, pa. ¿No ves que habla y se mueve?

—Cierto —concede. Las tres miran la pantalla. El Ruso vuelve a llenar los vasos, mientras piensa que querer es, a veces, ocultar.

Ambiciones desmedidas II

—¿Vos sabés, vos te das una idea de lo que yo lloré con esos dos campeonatos que estuvimos a punto de ganar y no ganamos en el '82 y el '83, Mauricio?

—Me imagino, Mono.

—Bueno. La cosa es que empieza el Metropolitano '83 y el Rojo vuelve a ser candidato. ¿Digo bien?

—Decís bien.

—Y, para colmo, Racing andaba como el culo, ese año.

—Exacto, se terminó yendo al descenso en cancha nuestra.

—¡Ahí, ahí está! ¡A eso quiero llegar! ¿Te acordás de la fecha?

—Veintitrés de diciembre de 1983.

—¿Ves que te la acordás como si fuera una fecha patria, Mauri?

—Bueno, Mono. Convengamos que no es muy habitual que salgas campeón justo jugando un clásico, en tu cancha, y que Racing se vaya a la B ese día. Mejor dicho, la semana anterior, porque ya habían descendido.

—Bueno sí, pero es el último partido que juegan en primera, antes de descender. Ahí quiero llegar. Vos te acordás cómo era yo a los trece…

—En qué sentido…

—Que era flor de pelotudo.

—Bueno, Mono. A los quince, a los veinte, a los treinta…

—¡Te hablo en serio! De más grande aprendí a mirar fútbol. Pero en esa época era el típico pelotudo que repite lo que oye en la cancha, que quería que Racing se fuera a la B, darles la vuelta en la cara…

—Es verdad. Ahora sos más civilizado.

—Ahora porque la veo del otro lado, entendés. Yo no podía ponerme en el lugar del dolor de esos tipos. Para mí era todo joda. Todo fiesta.

—Éramos chicos.

—Éramos. Pero faltando dos o tres fechas de ese Metropolitano '83, a mí se me puso que nos iban a cagar. Que se iba a ir todo al carajo, ¿Entendés?

—No.

44

Mauricio consulta su agenda y chista: pactó un almuerzo con el juez Benavente sin tomar en cuenta la audiencia en el Comercial 23. Aprieta el botón del intercomunicador.

—¿Sí? —la voz de su nueva asistente llega un poco distorsionada.

—Tengo un problema, Natalia. Resulta que...

—Acordaste un almuerzo con el juez Benavente y no te diste cuenta de que tenías una audiencia designada, ¿no?

Mauricio sonríe. Estas pendejas son una maldición. Se la mandaron cuando Soledad se fue a trabajar con Ignacio. Una solución, un respiro, después del quilombazo con Mariel. Y no tienen mejor idea que mandarle a esta pendeja que no sólo es tan eficiente como Soledad sino que está todavía más apetecible. Si es eso posible, sacude Mauricio la cabeza, porque Soledad tenía un lomazo despampanante.

—Decime que me vas a salvar, Nati.

—Supongo que reprogramamos lo de Benavente...

En la voz de la chica hay una sonrisa. Mauricio envió ese "Nati" como un mensaje encriptado, o mejor, como un pelotón de avanzada. Esa sonrisa, el posible sonrojo en la oficina de al lado son la prueba de que el pelotón ha vuelto con vida. Ni campos minados ni francotiradores. La vida es bella.

—Perfecto. Dejo en tus santas manos encontrar la excusa perfecta.

Nueva sonrisa. Y la esperanza de que esas manos, si son santas, nomás, pronto dejen de serlo. Como el intercomunicador ha quedado abierto, escucha que Natalia habla con una persona.

—¿Mauricio? Acá hay un amigo tuyo que necesita verte.

Mauricio tiene un instante de inquietud.

—Daniel Gutnisky.

Mauricio suspira y se relaja.

—Sí, decile que pase.

Se pone de pie, rodea el escritorio y abre la puerta de par en par, dispuesto a recibir al Ruso con un abrazo. Sin embargo, para su sorpresa, cuando abre la puerta el Ruso ya está en el umbral y atravesándolo. No trae esa expresión risueña que lo acompaña siempre, sino una expresión furiosa. Además, en lugar de aproximar la cabeza para saludarlo con un beso en la mejilla, lo que adelanta son los brazos, que lo aferran a Mauricio de las solapas del saco (y de la camisa, y de la corbata) y lo alzan en vilo. Y Mauricio intenta aferrarse a su vez de esos brazos, porque intuye (una mezcla de la expresión furiosa de esos ojos, de la energía con que lo levanta por el aire, del envión que trae el cuerpo del Ruso), e intuye bien, que el Ruso lo va a lanzar hacia atrás, con un grito que es a medias fruto del esfuerzo y a medias insulto, y Mauricio va a pasar casi limpio por encima del escritorio que tan amablemente acababa de rodear para saludar a su amigo en la puerta del despacho, y sus pies golpean contra la madera lustrada, pero son sus pies los que golpean porque el resto del cuerpo ya ha pasado en un vuelo aterrorizado, y los brazos intentarán sin éxito establecer un equilibrio o un freno, sin éxito porque Mauricio irá a dar con la espalda, el cuello, la cabeza, contra la biblioteca atiborrada de tomos de jurisprudencia forrados en rojo borgoña, Mauricio irá a caer despatarrado sobre un costado de su sillón que, a su vez, le caerá encima, y en medio de su aturdimiento, Mauricio escuchará los gritos de Natalia, chillidos de espanto, de incredulidad, y enseguida verá los pies del Ruso acercándose a su sitio y quitando de un manotazo el sillón que a medias lo aplasta pero que también lo cubre, y de nuevo Mauricio sentirá que lo alzan aunque ahora es desde atrás, desde la espalda, y de nuevo el empellón brutal y el revoleo inútil de sus brazos y el topetazo final, aunque ahora no contra la biblioteca sino contra la puerta del baño, y más gritos de Natalia y el Ruso que volverá a acercarse y a ocultar la luz que viene desde la ventana, y Mauricio que se cubrirá la cara pensando que le va a poner una trompada feroz pero no, porque lo que hará el Ruso será acercar su cara furiosa, colorada, vociferante para decirle hijo de puta, traidor, hijo de puta, no tenés perdón.

Y después el aire se aclarará porque a Mauricio ya no lo estará tapando la sombra del Ruso, porque el Ruso va a incorporarse y a encarar hacia la puerta, en cuyo vano Natalia seguirá gritando pero tendrá la claridad de miras y la ligereza de pies como para hacerse a un lado cuando pase el Ruso a paso vivo hacia los ascensores, y entonces ella se acercará al sitio en el que Mauricio está derrumbado y le dirá de llamar a un médico, o de llamar a la policía, o de llamar a los dos, y Mauricio, que apenas puede mover el brazo derecho (porque contra la biblioteca pegó primero con el hombro, fue el hombro lo que llevó la peor parte), alzará la mano con un dolor enorme y le dirá que no, que espere, que no diga nada, que lo deje así.

Ambiciones desmedidas III

—Es sencillo, Mauricio. Avanza el año 1983, Independiente pelea de nuevo el campeonato Metropolitano, y a mí se me pone la idea fija de que vamos a volver a salir segundos. Que Racing nos va a ganar en cancha nuestra la última fecha, que se van a salvar del descenso, y que San Lorenzo o Ferro, que vienen segundo y tercero, nos van a pasar y salir campeones ellos. ¿Entendés?

—Sí, más o menos. ¿Y?

—Y que nos van a gastar para toda la vida.

—¿Y entonces, Mono?

—Y que yo hice mil promesas a Dios de que por favor eso no pasara. Que nos dejara salir campeones, y que Racing se fuera a la B. Y esto es lo delicado: prometí, le juré a Dios, que si me daba eso que le pedía, que después hiciera lo que quisiera. ¿Entendés?

—No. Bueno, sí lo entiendo, pero no entiendo para qué lo traés ahora.

—Porque finalmente la cosa salió bien. Todo fue soñado. Ganamos. Dimos la vuelta olímpica. Al año siguiente ganamos la Copa Libertadores, la Copa del Mundo en Tokio.

—La última, sí.

—¡Ahí tenés! Lo dijiste vos, no yo. La *última*.

45

Fernando empuja un poco la puerta de calle hacia arriba para poder accionar la cerradura. Hay mucha humedad y la madera está hinchada. En la penumbra del anochecer ve que las plantas del pasillo están marchitas. Hace semanas que no llueve y se ha olvidado de regarlas. No puede evitar sentirse un poco culpable. Su abuela, cuando vivía en esa casa, cuidaba las plantas con el esmero que ponía en todas las cosas. Fernando se acuerda de verla arrodillada junto a las macetas, dando vuelta la tierra, quitando yuyos, poniendo veneno para caracoles. Una tana indestructible. En el patio del fondo tenía la quinta de verduras. Jardín adelante, quinta atrás. "*In avanti, decorare, in fondo, mangiare.*" La nona lo decía en italiano, pero Fernando no recuerda las palabras exactas. Sí recuerda la sonrisa de su abuela cuando lo decía, igual que recuerda las tardes de verano en las que ella lo mandaba a regar las hileras de plantíos de la quinta, mientras le preparaba una merienda de sultán como premio.

El Mono no pudo disfrutarla tanto como él. Para cuando su hermano creció, ella había empezado a anquilosarse con la artrosis, y nunca fue la misma. O tal vez no fue sólo una cuestión de salud y enfermedad, y la complicidad entre la vieja y Fernando obedecía a razones más profundas, más vinculadas con el temperamento y el modo de hacer.

Pues bien, si es por el modo de hacer, pobre abuela con el nieto que le tocó, piensa Fernando, al evocar las plantas marchitas del pasillo. Tendrá que reponerlas. Acordarse de ir al vivero y comprar unas cuantas. Pero ahí está: para él cuidar las plantas es una obligación, un tributo que paga a la memoria de esa vieja a la que quiso tanto. No es algo que haga con gusto. En realidad, si quiere ponerse analítico, podría preguntarse qué es lo que hace por gusto, y no por obligación. Pero mejor no, no ponerse analítico porque es casi de noche, le duele la garganta de dar clase y se siente solo.

En la puerta de la casa, al final del pasillo, hace una maniobra parecida a la de la puerta de calle. Entra, deja el abrigo y la mochila sobre la mesa y va hasta el baño. De pasada advierte la luz titilante del contestador automático y la oprime. En el silencio de la casa, y mientras está en el baño, escucha el mensaje de Alicia, la profesora de matemáticas que le tiró los perros la vez pasada, en la reunión plenaria de la escuela. Se pregunta si vale la pena devolverle el llamado. Decide que sí, pero no esta noche. Mejor mañana.

Vuelve a la cocina, abre la heladera y cavila un largo rato sobre qué prepararse para cenar. Decide que todavía es temprano y que no tiene mucha hambre. Se quita las zapatillas haciendo palanca con los talones, va hasta el dormitorio y se tira en la cama. Enciende el televisor y busca enseguida los canales de deportes. En uno dan tenis. En el siguiente, una carrera de autos. Se pregunta por qué jamás aprendió nada sobre carreras de autos. En el tercero transmiten un partido de fútbol americano. Se propone verlo para tratar de entender las reglas y encontrarle algo de emoción, pero a los cuatro minutos está aburridísimo. Entre eso y el béisbol, mama mía… evidentemente un país puede ser una gran superpotencia aunque los deportes nacionales sean un espanto de aburridos. En el cuarto canal encuentra un partido de fútbol. Por fin. Es un partido europeo, pero no llega a interpretar las siglas del cartel sobreimpreso para entender de qué equipos se trata. Las camisetas tampoco las ubica. Un primer plano le llama la atención: es un jugador argentino. ¿Cómo se llama? Lo tiene visto un montón de veces. De Central o de Newells, el pibe. Pero cómo se llama, caray. Ahora usa el pelo más largo, sujeto en una colita. El partido va cero a cero.

Fernando se incorpora, va hasta la heladera, saca una cerveza y vuelve a la cama. Mientras se acuesta otra vez se detiene a mirar la mesa de luz. Además del velador la ocupan tres portarretratos. Los tuvo siempre, desde que abandonó su casa de soltero. Mientras estuvo casado, tuvo los tres así, junto al velador. Y ahora que vive en la casa que fue de su abuela, siguen igual. Los dos más chicos son idénticos, y tienen una foto blanco y negro cada una.

Su mamá y su papá, que parecen mirarlo en silencio. Fernando les dedica una mirada igual de silenciosa. El restante es un poco más grande, y la fotografía es en color. Mientras se vuelve a acostar estira la mano para alcanzarla. Se la apoya en el pecho para verla mejor. Cuatro chicos de once o doce años y un jugador de fútbol de poco más de veinte. Uno de los chicos es él. Está en el extremo izquierdo, desde el punto de vista de los que posan en la foto. A su lado está el Ruso. En la otra punta, Mauricio, y junto a él está el Mono. En el medio está Ricardo Enrique Bochini, el ídolo máximo de los cuatro. Bochini vestido de Independiente. Camiseta roja. De algodón, como las de antes. Pantalón rojo. Medias rojas. Botines negros. Sonríe con la mitad de la cara. No es una mala sonrisa, pero no tiene punto de comparación con la sonrisa llena, absoluta, de ellos cuatro. Lo han conseguido. Un fotógrafo de *El Gráfico* les hace la gauchada.

El Ruso fue el de la idea. Como casi siempre. Y el Mono estuvo de acuerdo. Él, en cambio, puso todas las objeciones posibles. El alambrado, los perros de la policía, que Bochini no iba a querer, que igual no tenían cámara. Y entre el Ruso y el Mono demolieron esos y todos los remilgos, a puros golpes de optimismo. ¿Y Mauricio? ¿Qué había hecho Mauricio? Esperar sin intervenir, tal vez. O pensar en una foto a solas con el ídolo. Tal vez no es justo en su recuerdo, piensa Fernando. Tal vez está juzgando al Mauricio de hace treinta años con el cristal del Mauricio de hoy. ¿Cambió o fue toda la vida igual?

Mientras el Ruso todavía intentaba convencerlo a él, el Mono empezó a trepar por el alambre, y cuando se quisieron acordar estaba del otro lado. Como hermano mayor, no tenía otra opción que seguirlo, para cuidarlo o para darle un castañazo por desobediente. Pero tenía que saltar. Cuando aterrizaron en el pasto, Independiente estaba saliendo al campo de juego. El Ruso se encargó de apalabrar al fotógrafo. Y el Mono, de convencerlo a Bochini, que los miró con cierta timidez y dijo que sí con la cabeza.

Fernando se detiene a mirar las expresiones de las caras. El fotógrafo estuvo justo. Claro —se dice—, para ser reportero gráfico hay que tener dedos veloces. Los cuatro sonriendo. Los cinco, contándolo a Bochini. Fernando busca, en esos rostros de chicos, a los adultos que son ahora. Se pregunta qué sigue igual. Qué se ha quedado en el camino. Bueno, si es por eso, se ha quedado ni más ni menos que uno de ellos. El Mono ya no está. Y la vida es una mierda, que permite que un chico pueda ser así de feliz, con la mano sobre el hombro de Ricardo Enrique Bochini, y después esa alegría se extinga y se muera.

Fernando se estira y devuelve el portarretratos a la mesa de luz. El partido en la tele sigue cero a cero.

Ambiciones desmedidas IV

—¿Seguís sin entender? Pedí demasiado, Mauricio. Me pasé de rosca. Me cebé. Me fui al carajo.

—Y…

—Y Dios me castigó. Nunca más volvimos a ser los mismos.

—Pará la moto, Monito. Esa del '83 no fue la última vez que salimos campeones.

—No, Mauricio, pero casi. Después seguimos un poco más por inercia. Un par de campeonatos más, un par de copas. Y a la mierda. Nunca más, entendés.

—Pero, Mono… todos los hinchas piden cosas parecidas. Ganar los clásicos, salir campeones…

—Sí, pero no todo junto.

—Sí, los hinchas piden todo junto.

—Macanudo. Pero Dios no se lo da.

—¿Otra vez con este asunto de lo que Dios te da o no te da? ¿No estabas el otro día discutiéndoles al Ruso y a tu hermano que Dios no da lo que uno pide?

—…

—…

—…

—Es que, esa vez, a mí me lo dio.

—Bueno, con ese sentido a todos los hinchas de Indep…

—No. Eso lo pedí yo. Y yo sabía que me estaba zarpando. Pero lo pedí igual. Y ahora lo estoy pagando. Bah, Independiente lo está pagando.

—…

—Está mal pedir tanto. No se puede. No se debe. Hay que ser menos egoísta. No, egoísta no es la palabra.

—¿Ambicioso, Mono?

—Eso. Demasiado ambicioso. Eso fui.

—Pero... ¿no me dijiste que el que había estado como el culo había sido Fernando? No te entiendo. Ahora me decís que el que estuvo mal fue Mauricio.

El Ruso le sostiene la mirada. Ese es el problema de decir las cosas por la mitad. Que no se entienden. Pero tampoco quiere seguir con el conventillo. Si decidió no decírselo a Mónica, ni a Fernando, tampoco se lo va a decir al Cristo. Y menos en una situación que ni siquiera entiende del todo. Entiende que Mauricio los traicionó, pero no entiende por qué. No tiene sentido.

—Qué sé yo, Cristo. No sé qué decirte. Es toda una situación de mierda.

Se quedan un rato callados. Afuera trajinan los lavadores. Llega un auto y el Cristo va a recibirlo para el servicio. Cuando vuelve comenta que, con ese, acaban de lograr el récord de lavados en un mes.

—Estamos a día veinticinco y ya superamos el total de autos del mes pasado, que fue el mejor. Esto es un éxito, Ruso.

El Ruso sonríe, pero es evidente su falta de entusiasmo.

—¿Y qué pensás hacer? —pregunta el Cristo, retomando el tema anterior.

—¿Hacer? Nada. Qué carajo voy a hacer.

El Cristo vuelve a sentarse. Conoce al Ruso desde hace casi cuatro años, y nunca lo ha visto así. Se lo dice.

—¿Así cómo? —le pregunta el otro.

—Así, bajoneado. Roto.

Daniel se ríe sin ganas.

—¿No se puede estar mal?

—Claro que se puede. ¿Pero vos? Siempre te veo contento. Aunque las cosas te vayan como el culo. Y mirá que al principio te las viste negras con este lavadero de mierda. ¿O no?

—Uh. Vos porque no me conociste antes del lavadero. Desde que estamos acá vivo mi mejor momento, Cristo. Tendrías que haberme conocido cuando puse el parripollo.

—¿Tuviste un parripollo?

—Un montón de negocios tuve… ¿No te conté?

—Cosas sueltas. Pero del parripollo no.

—Hoy dejá. Si me pongo a hablar del parripollo te despido con un beso en la frente y me disparo en la sien con la hidrolavadora.

—Igual es raro, verte así. Sos el único tipo que siempre está contento.

El Ruso se despereza, un poco incómodo por estar hablando tanto de sí mismo.

—En una de esas tengo trastorno bipolar. ¿Viste esos que de repente están como el orto y de repente están a mil, eufóricos?

—Sí, boludo, pero en estos cuatro años que te conozco nunca te vi depresivo.

—Cagaste, Cristo. Ahora me tocan cuatro años de amargura.

El Cristo se incorpora porque el Chamaco le hace señas de que lo necesita, pero se demora un segundo más, como si quisiera encontrar alguna palabra de consuelo. O no la encuentra, o tiene miedo de incomodarlo. En la puerta se cruza con un muchacho alto, morocho, vestido con ropa deportiva. Como el Cristo no sabe que es Mario Juan Bautista Pittilanga, lo saluda con una inclinación de cabeza y se va a lo suyo. Pittilanga murmura un buenos días mientras da dos golpes en el marco de la puerta.

—¿Qué decís, pibe? ¡Qué sorpresa! —el Ruso se adelanta y le da un apretón de manos, duda un poco, termina abrazándolo—. ¿Cómo sabías la dirección?

—Internet. La dirección la saqué de Internet.

—No sabía que figurábamos en Internet.

—Sí. En Internet se encuentra hasta la pelotudez más pelotuda.

—Supongo que no lo dirás por este hermoso lavadero de autos...

El Ruso lo dice en chiste, y el pibe lo entiende, porque sonríe con franqueza.

—¿No te prendés en un torneo de Play Station? Ahora cerramos una hora al mediodía y le damos sin asco. Podés hacer pareja con el Feo.

—¿El Feo?

—Sí, ese lindo que está allá, con la aspiradora. ¿Te prendés?

—Eh..., bueno. O no sé, capaz que mejor yo decía de tomar un café. ¿Hay alguno por acá? Digo, para charlar un poco más tranquilos.

Al Ruso lo sorprende un poco la invitación, pero se apresura a aceptarla. No quiere que el pibe se sienta incómodo. Que su padre sea un hijo de puta no es culpa de él. Si es por tener hijos de puta entre los afectos más cercanos...

—Sí, capaz que sí. Acá a dos cuadras hay una estación de servicio que tiene uno de esos mercaditos con mesas y eso.

Salen al lavadero y el Ruso le indica por señas al Cristo que se haga cargo. Cruzan de vereda y caminan toda la cuadra en silencio. Hasta que dan vuelta a la esquina no dicen nada, como si ninguno de los dos encontrase el modo de entrar en materia. Sea cual fuere la materia. Al final el Ruso se anima a preguntar.

—¿Y cómo andás, Mario?

—Yo bien. Bien. Esta noche tomo el micro de vuelta. Me pude quedar estos días. Me dejó Bermúdez que vuelva recién a la noche. Por la familia, y eso.

—Buen tipo ese Bermúdez, ¿no?

—Sí. Buen tipo. No me quejo. No me hizo el menor problema para venir por lo de Ucrania.

El Ruso piensa que su buena disposición tal vez tuvo que ver con su comisión del diez por ciento. Diez por ciento de cero, por otra parte. En la estación de servicio compran unos cafés que una chica de gorrita roja les sirve en una bandeja de plástico. Se sientan contra la vidriera, viendo la actividad de la playa. La mesa se mueve un poco, y tienen que tener cuidado para no volcar los jarritos.

—Eso sí. El café de acá es tipo petróleo sin refinar —dice el Ruso, después de probar el suyo.

Pittilanga toma un sorbo del suyo.

—Cierto. Espero que no tengan el baño clausurado.

—No te preocupes. Yo te llevo a los mejores lugares. No te olvides que sos una inversión. El Pibe de Oro —el Ruso toma otro trago—. ¿De qué te reís?

—De eso del Pibe de Oro.

—Me acordé de repente. Así le decían a un mediocampista de Boca de los años treinta, cuarenta. Me gustó el apodo. ¿No es lindo? Inocente, yo qué sé. Lo leí en un cuento de Soriano.

—¿Cómo se llamaba?

—¿Soriano? Osvaldo. ¿No leíste nada de él?

—No, el jugador. El Pibe de Oro.

—Uy. Me agarraste. No me acuerdo. Pero ya me va a salir. Un apellido tano. ¿El tuyo también, no?

—¿Qué cosa?

—Pittilanga, digo. Es italiano.

—Supongo, no sé.

—Tendrías que preguntarle a tu viejo.

El pibe pone cara de contrariedad.

—Ni me lo nombres —dice, pero Daniel se da cuenta de que de eso, precisamente de eso, es de lo que ha venido a hablar.

—Sos parecido —el Ruso alza las manos, para dar a entender que ambos son altos y anchos como puertas. También se parecen en el morocho subido de la piel y en el cabello que parece un cepillo de cerdas, pero no se las ingenia para traducir en mímica esos rasgos.

—Sí. Todo el mundo me lo dice —concede, aunque su tono no indica que la semejanza le suene a cumplido.

Terminan los cafés en silencio.

—Yo... mi viejo... —se interrumpe, vuelve a la carga—. No sabía que mi viejo iba a salir con ese martes 13. No pensé de entrada... aunque cada vez que hablábamos del tema se ponía como loco.

—¿Loco con qué?

—Con todo. Con ustedes, con Bermúdez, con el cambio de posición en la cancha, con el pase...

—Bueno. La verdad que la cosa nunca vino demasiado bien parida.

—No. Pero... vos a mi viejo no lo conocés.

"Por suerte", piensa Daniel, pero se mantiene en silencio.

—El tipo se cree… no sé. Se cree que es el padre de Maradona, de Messi. No sé qué mierda se cree.

Pittilanga habla con los ojos bajos. Por timidez, piensa primero el Ruso. No —se corrige—. Por vergüenza.

—Bueno —el Ruso intenta ayudarlo—. Viste que todos los padres son un poco así. Se creen que los hijos son perfectos, son distintos…

—No, no lo digo así. No lo digo por eso. O capaz que también, pero no es eso nada más.

De nuevo se quedan callados. Al Ruso le da pena, pero se da cuenta de que el pibe necesita salir de ahí solo, sin ayuda. O no salir.

—Mi viejo es medio bruto. Como yo, capaz. O peor, porque hizo hasta cuarto grado. Yo terminé séptimo, aunque sea. Él no. Somos seis hermanos, y las primeras tres son mujeres. Después de yo, otro varón, y la última también mujer. Soy el varón más grande.

—¿El otro también juega al fútbol?

—¿El Jonatan? No, qué va a jugar… Mi vieja lo tiene de… no sé de qué lo tiene. Pero está siempre prendido a su pollera. En la escuela le va bárbaro. Es un bocho, el pibe. Habla de estudiar enfermería o algo cuando termine el secundario. Pero mis viejos siempre discuten porque mi papá dice que con eso que tiene ella de tenerlo siempre al lado lo está sacando marica.

—¿Y para vos? ¿Es?

El pibe pone cara de no estar seguro.

—La cosa es que mi viejo siempre me tuvo, no sé, como… como…

—Como modelo.

—¿Modelo? No, modelo no. Como… ¿cómo se dice cuando alguien te tiene en la mira para que hagás lo que esa persona quiere? Te persigue, te persigue, para lograr algo de vos, sea como sea.

—No sé si hay una palabra. Pero te entendí.

—Bueno. Mi viejo me lleva a los entrenamientos desde la prenovena. A los trece me llevó a probarme en Platense y quedé. Y de ahí en adelante, siempre.

—Bueno. También podés pensar que te tuvo fe.

—Sí, pero no es eso. No es así. No es algo… no es algo bueno. No sé cómo te puedo explicar. Es… como una obligación, ¿entendés?

—No. ¿Una obligación de él?

—¡Ojalá! ¡No! ¡Una obligación mía! El tipo primero cambió de turno en la fábrica para poder llevarme a la tarde. Entraba a las cuatro de la matina, todos los días, para estar libre a mediodía. ¿Entendés? Y después, cuando lo echaron, peor… Porque algún laburo le salía. No te digo algo como lo de la fábrica, pero le salía. Y había cosas que no las agarraba porque se le superponían con mis entrenamientos, sabés.

La chica del minimercado pasa cerca de su mesa para limpiar y ordenar unos estantes, y ellos se distraen un momento mirándole el trasero.

—¿Y tu mamá no podía?

—¿No podía qué?

—Llevarte, digo.

—No. Mi vieja era la que paraba la olla. O qué te creés. Limpiando afuera siempre nos bancó. Y eso que a mi viejo le enfermaba que ella laburara limpiando por horas. Yo sé que, por él, la hubiera querido tener en casa. Que no saliera. Pero no podía. Él metió todas las fichas conmigo, entendés. Una vuelta… es un ejemplo boludo. Una vuelta nos hacen ir a jugar con Boca. Todas las inferiores el mismo día. Yo estaba en novena todavía. No, ya estaba en octava. Quince, tendría. Todavía solo no viajaba porque vivíamos en la loma del culo, de Platense. Y de la Bombonera, más todavía. La cosa es que se jugaba allá en Casa Amarilla. Nos citan para jugar a las 12 de un viernes. ¿Vos te das cuenta? Como si nadie tuviera un carajo que hacer. Bueno, es que nadie tiene. Porque todas las familias están en la misma. Alguien los lleva a los pibes. Un padre, un abuelo, alguien. Un vecino. En casa no había con quién turnarse. Bueno, la cosa es que mi viejo me lleva y me toman lista a las 12. Yo me enteré después, pero hacía dos semanas que había enganchado para trabajar en una agencia de lotería, de las seis de la tarde en adelante, hasta las diez, porque estaba enfrente de la estación y la gente pasaba a jugar después de volver del trabajo, sabés. De guita no era gran cosa, pero antes que nada… El asunto es que esa vez que te cuento llegamos en hora, el entrenador toma lista y nos hace sentar a un costado porque está jugando la quinta. Bueno. Después le toca a la sexta. Bueno. Después la séptima y después nosotros. Mi viejo se quiso morir porque se dio cuenta de que no llegábamos ni en pedo. Y no podía faltar la segunda semana de laburo. ¿Qué iba a decir? Así que se pasó la tarde cortando bulones. Hasta que en un momento, cuando se da cuenta de que no llega, se manda a hablar con el entrenador. Ya ni me acuerdo cómo se llamaba. Un viejo hijo de puta. Y le explica, viste. Le pide. Le dice si por esta vez no puedo retirarme sin jugar. Que voluntad había tenido. Que por ese lado se quedara tranquilo. Y el viejo de mierda ¿sabés lo que le dijo? Que si me iba que no volviera. Así le dijo. ¿Podés creerlo? Viejo hijo de puta. Un tiempo después se murió. De viejo amargo choto se debe haber muerto. Hay cada forro, dirigiendo inferiores... Bueno, pero la cosa es que nos tuvimos que quedar. Pegamos la vuelta como a las siete de la tarde. En esa época ni celular tenía mi viejo. Así que me dejó en casa y se fue a la agencia. Tardísimo, pero no quiso dejar de ir. Pero así como fue lo mandaron de vuelta. Nunca más lo tomaron. Y como esa, miles te puedo contar.

—Y así en los partidos... —el Ruso siente que puede preguntar. Que Pittilanga está con ganas de decir—. ¿Era muy de meterse, así en los partidos?

Pittilanga abre mucho los ojos, pero no levanta la vista. Es como si hablarle a la mesa le soltase mejor las amarras.

—La cabeza así, me ponía —hace el ademán de poner las manos abiertas cerca de sus orejas—. No había quién lo aguantara. A veces me seguía por el lateral, parecía el juez de línea. Decí que en séptima, por suerte, enganché un entrenador como la gente que le supo frenar el carro. Si no, no sabés. Me parece que lo mataba. Y por suerte también ya había crecido lo suficiente como para viajar solo. Así que a los entrenamientos ya me movía por mi cuenta en colectivo. Me lo tenía que bancar en los partidos. Pero con eso que le dijo el técnico de la séptima medio que se calmó, viste...

—¿Y ahí agarró algo más de laburo?

—Algo... changas... Ahí, en el barrio mío, la mayoría está igual... Antes no, dicen. Pero ahora, el laburo es pan para hoy, hambre para mañana. Pero sí. Se puso las pilas con eso y me dejó de joder. Mi vieja igual siguió limpiando. Si habrán peleado por ese asunto. Mi viejo le decía que no, que ahora que él no estaba atado a llevarme ya no hacía falta la guita de ella. Pero ella no quería saber nada. Le había perdido la fe, me parece. No le creía. No le cree, porque siguen igual. Lo bueno de irme a Santiago fue no tener que bancarme las peleas todos los días.

—Se pelean mucho...

—Boludeces. Nunca más que un par de gritos. Por suerte. Pero ya llega un punto que te hincha las pelotas. Pero igual te queda... te queda...

—¿Te queda qué?

—Con mi viejo, digo. Te queda la idea de que sigue esperando... cobrar, entendés. Cobrarse el sacrificio de todos esos años de darte de morfar, de hacer que no busques trabajo, que te cuides con las comidas... No sé: vos, con tu viejo... ¿Tu viejo era así con vos?

Ahora es el turno de Daniel para abrir mucho los ojos y ponerse a pensar.

—¿Mi viejo? —sonríe—. Pobre viejo. No. El viejo me tenía así —el Ruso abre la mano con la palma hacia arriba—. En una de esas le hubiera convenido ser un poco más severo. No sé. A lo mejor yo salía un poco menos pelotudo.

—¿Sabés lo que hizo...? ¿Sabés lo que hizo cuando me convocaron al seleccionado Sub-17? —Pittilanga lo interrumpe sin querer, súbitamente acalorado, como si necesitase sí o sí desembuchar ese recuerdo—. Mi viejo siempre se sentaba en la cabecera de la mesa. Tenemos una mesa larga, en mi casa. La tele de un lado, siempre con el volumen al taco, en una punta. Y mi viejo en la otra. Y los demás, a los costados. Mi vieja, mis hermanos y yo. Lo normal, calculo —se interrumpe, sumido en su propio recuerdo—. ¿Sabés lo que hizo cuando me convocaron? ¡Me hizo sentar a mí en la cabecera! En casa se quedaron fríos. Te imaginás. Yo tenía dieciséis. Y no quería saber nada. No me gustó. Si querés, dame un abrazo. O no sé, felicitame. Reíte. Pero no me hagás sentar ahí. Yo no soy el padre. No jodamos. Me acuerdo que la miré a mi vieja, pero no dijo nada. Ni mis hermanas grandes. Claro, qué iban a decir, si mi vieja también se quedó muda. Y yo lo mismo. Encima mi viejo estaba como perro con dos colas. Hablaba, decía, se imaginaba que no sé, que en seis meses estaba jugando en Europa, capaz. Ahí de nuevo se me pegó como un chicle. Entrenamientos, partidos, todo. Se vino al Mundial y todo, con guita que le había dado Salvatierra en la época que firmé con él, para representarme.

Hace una pausa. El Ruso se da cuenta de que nunca lo ha oído hablar tanto.

—¿Querés otro café?

Teología I

—Rezar es al pedo, Fernando. Totalmente al pedo.

—Para mí, no. Para mí, rezar sirve. Puede que no alcance, pero sirve.

—¿Y vos a qué Dios le rezás, Ruso?

—¿Cómo a qué Dios?

—Claro, boludo. Yavé, Dios, Jesús…

—Mirá que sos complicado, Mono. A Dios, con el nombre que sea, le rezo.

—No tiene lógica, muchachos.

—¿Qué es lo que no tiene lógica, Mono?

—Pedirle cosas a Dios. Eso, no tiene lógica. Pedirle algo para que te lo dé, y después se supone que Dios te lo da, y todos contentos.

—Vos porque no creés en Dios, Mono. Yo sí creo. Y rezo porque creo.

—No, no te confundas, Ruso. Yo sí creo en Dios. Lo que digo es que rezar es al divino botón.

—No te entiendo. ¿Creés en Dios pero te parece al divino botón rezar?

—Exacto.

—Estás en pedo.

—Más en pedo estás vos, que le rezás a Dios pidiéndole cosas.

—¿Y qué problema hay con que le rece pidiendo cosas?

—No hay modo de que Dios te haga caso. ¿No lo entendés?

—No.

—Ufa, Ruso. Suponete que vos le rezás pidiéndole algo y no te lo concede…

—Sí, y qué.

—Eso, nabo. Le pedís algo a Dios y no te lo da. ¿Qué significa?

—No sé, Mono. Yo voy y le pido. Ahora, si me lo da o no me lo da…

—¿Ves a lo que me refiero? Que lo que vos querés que pase, pasa, o deja de pasar, sin que tenga nada que ver que reces o no reces. Te pongo un ejemplo concreto, Ruso. Vos estás en la cancha. Vas cero a cero, en un partido definitorio que tenés que ganar.

—Uy, Mono. Si es por eso, hace años que Independiente no tiene un partido definitorio de nada.

47

—A ver… —el Ruso mira la hora. Acaba de ocurrírsele una idea. Siguen sentados en el café de la estación de servicio—. ¿No querés venir a almorzar a casa? Mirá la hora que es. ¿O tenés algún compromiso?

—No —responde Pittilanga—. Sí. Digo, compromiso no, pero no quiero ser pesado.

—¿Pesado por qué? ¿No te estoy invitando? Dejate de joder o vas a terminar pareciéndote a Fernando.

—¿Parecerme por qué?

—Y, porque Fernando es todo… todo formal, todo serio, todo que no te quiere joder. ¿No te fijaste?

—Sí. Pero parece buen tipo.

Hablan saliendo del minimercado. El Ruso señala la dirección en la que debían caminar.

—Son siete cuadras. ¿Buen tipo? Es buenísimo. Bárbaro.

—¿Y por qué lo decís así?

—¿Así cómo?

—Como dudando. Si es bárbaro es bárbaro. ¿O no?

El Ruso lo mira detenidamente. Cada vez está más convencido de que el pibe ese no tiene un pelo de boludo.

—Lo que pasa es que a veces es… como demasiado.

Pittilanga lo observa con cara de no entender. Cruzan la calle.

—Claro. Demasiado responsable. Demasiado solidario. Demasiado recto.

—Demasiado demasiado.

—¡Claro! El tipo te obliga a que lo admires. No te queda otra.

Caminan dos cuadras enteras en silencio, hasta que el Ruso señala la vereda de enfrente.

—Acá a la vuelta. La casa esa de altos.

—Ah. Flor de casa.

—Es la parte de arriba. Abajo construyó mi viejo. Bueno, arriba también. Cuando me casé, me construyó arriba. Lo hizo con toda la intención de que yo me quedara con todo cuando ellos no estuvieran.

Llegan a la reja.

—¿Y?

El Ruso hace girar la llave en la cerradura, lo hace pasar y cierra detrás. Le indica que suba la escalera que se abre a un costado.

—En parte tuvo razón. Mis viejos eran grandes, a mis hermanos les pudo dejar otras propiedades que tenía. Un *moishe* laburante, de esos que la yugaban de sol a sol. Mi abuelo, lo mismo. Pero que le había ido bien, pobre viejo.

El Ruso se interrumpe mientras suben la escalera y retoma el hilo en el rellano:

—Así que cuando ellos murieron la casa me la quedé. Pero no la pude aguantar.

—Claro... flor de casa...

El Ruso demora un segundo antes de abrir, para cerciorarse de que Pittilanga no le está tomando el pelo. No. No se está burlando.

—No, por eso no. Pero si te hago la lista de todos los negocios que arruiné...

Entran a la casa.

—Mi mujer fue a buscar a las nenas al colegio. Debe estar por llegar. Ponete cómodo.

Pittilanga se acomoda en una de las sillas. Al Ruso, acostumbrado a las menudas dimensiones de Mónica, y de las nenas, le extraña ver una figura tan voluminosa sentada a su mesa. Abre la heladera y se agacha a revisar. Como temía, no hay nada que ofrecer como picada. Disimula sacando una botella de soda y ofreciendo con un gesto, que Pittilanga declina. El Ruso se sirve en un vaso alto y se va a sentar.

—¿Y después qué pasó?

—¿Con qué? —se sorprende Pittilanga.

—Después que quedaste como jefe de familia de los Pittilanga —Daniel hace un gesto, hacia la cabecera de su propia mesa.

—Uh... después se vino la noche.

—¿Por?

—No estoy seguro. No sé. Volví del Mundial. En Indonesia fui suplente, casi no entré. Pero en Platense jugaba siempre. Ya jugaba en sexta. Cuando pasé a quinta todo bien: ahí compró el pase tu amigo Alejandro. Mi viejo se tiraba pedos de colores, no sabés.

—Me imagino.

—No, no te imaginás. Vos lo viste una vez. Bueno, es siempre así. Todo con cara de orto, siempre. No se ríe ni a palos. ¿Sabés lo que fue cuando cobré el quince por ciento del pase? Bueno, que tampoco fue el quince, porque en el club se quedaron con el cinco.

—¿Te cagaron parte de la comisión?

—¿Qué te parece? Si ahí son más rápidos. Se cogen una mosca en vuelo.

—Lindo dicho, el de la mosca. No lo conocía.

—¿Nunca lo escuchaste?

—No.

—Yo lo digo siempre.

—Lo voy a incorporar. ¿Y entonces qué pasó?

—La guita la usó bien. En eso no le puedo decir nada. Es un tipo derecho. Compró materiales, agregó dos piezas para que nos pudiéramos dividir. Ahí los varones fuimos a una pieza y las pibas a la otra. La más grande ya se había ido a vivir con el novio. Hubo que darle una mano porque estaba embarazada. Pero alcanzó para los pisos, un montón de cosas.

El Ruso se siente en falta. Cuando el pibe dijo "flor de casa", al ver la suya, le había parecido un sarcasmo. Ahora entiende que fue sincero.

—La cagada fue que después empezó a ir todo como el culo.

—En tu casa...

—No. A mí. Jugando. No sé qué mierda pasó. En quinta perdí la titularidad. Alternaba, bah. Pero empecé a comerme banco como la puta madre. Encima trajeron a un pibe de Colegiales, o de no sé dónde mierda. Albani, capaz que lo escuchaste nombrar.

—¿Ese no jugó hace poco en Estudiantes?

—Ese. Ahora lo vendieron a Portugal. Bueno. Lo trajeron en quinta y le pintó la cara a todo el mundo. Yo me bajoneé, discutí con el técnico. Todo mal.

—Qué macana.

—Y en cuarta se pudrió todo. Hice un año. No, medio año hice. "Hice" es una forma de decir, porque no jugaba ni por equivocación. Engordé. Me desgarré un par de veces. Justo cuando hubiera podido jugar, porque lo vendieron a este pibe. Mucha mala leche. Y encima con Salvatierra en cana. Capaz que tendría que haber buscado a otro, yo qué sé. O mi viejo. Pero somos medio quedados, en esas cosas, me parece.

El Ruso asiente.

—Pero yo me la veía venir, que en cualquier momento me daban el pase libre y cagaba la fruta. ¿Qué hacía con el pase? Me lo meto en el orto... Ahí fue cuando lo agarré a Salvatierra y le dije que sí o sí me buscara algo, me encontrara dónde jugar. Y pintó esto de Mitre de Santiago del Estero, que no fue la gran cosa pero por lo menos volví a ser titular. Yo qué sé. El resto ya lo viste.

El Ruso no puede evitar soltar una risita.

—¿Qué pasa? —pregunta Pittilanga, sonriéndose a su vez.

—Y ahí te cayeron estos locos como peludo de regalo.

—Y sí... Bueno: no. Igual yo quería tener noticias, porque me enteré de lo de este muchacho Alejandro. Por Salvatierra, me enteré. Y yo no sabía qué mierda hacer. Así que dentro de todo menos mal que aparecieron, si no...

—Y yo no tuve mejor idea que ir a Santiago a decirte que te habías equivocado de puesto.

—Callate, que cuando te conocí te quise cagar a trompadas.

—Sí, lo noté.

—Bueno, tampoco para tanto. Te habré puteado un poco, nomás.

—Sí, es cierto. Pero mucho no te gustó la idea.

—Y qué querés. Jugué toda la vida de nueve y vos me venís a decir que me pare de defensor. ¿En qué cabeza cabe?

—Solamente en la de un genio del fútbol como yo, Mario —el Ruso se retrepa en su silla, como para decir algo trascendente—. Pero decime la verdad. ¿No estás mejor?

—¿Mejor con qué?

—Dejate de joder. Con la pelota, con el fútbol, con qué va a ser.

Pittilanga hace un gesto vago, al que Daniel no le encuentra un significado preciso.

—Con una mano sobre el corazón... ¿no te ves con más chances de que te vendamos bien, ahí como cuevero... que como delantero de gol?

Por la cara que pone, Daniel piensa que está de acuerdo con él, pero un vestigio de orgullo no le va a permitir reconocerlo en voz alta.

—Bueno —el pibe parece encontrar una tangente—. Ya falta poco para que cumpla los veintiuno. Y ahí mi viejo no se va a poder meter.

El Ruso desvía la mirada. Si no dijo la verdad antes, tampoco sirve para nada decirla ahora:

—Cierto.

—El asunto es que aparezca algo antes de que termine el préstamo y vuelva a Platense. Esos conchudos me dejan libre seguro.

—Yo creo que sí, que algo va a aparecer.

El pibe lo mira un largo instante.

—¿Qué me mirás?

—Que no sos muy buen mentiroso.

—Dame un rato. No me agarrás en mi mejor día. Pero dame hasta dentro de un rato. O hasta mañana. Mañana vas a ver que estoy a *full* armando algo.

Se escucha un tropel de pasos por la escalera, y una sarta de pedidos de prudencia en la voz de una madre. Después se oye la cerradura y se abre la puerta. El Ruso se pone de pie y Mario lo imita. Daniel hace las presentaciones. Sabe que a Mónica no va a molestarle tener este comensal inesperado. Si hubiera traído a Fernando, a Mauricio o al Cristo sí que le hubiese lanzado un par de miradas asesinas. Pero tanto meneo con la historia de Pittilanga le ha despertado tal curiosidad que se moría por conocerlo, y Daniel lo sabe. Las nenas saludan con un beso al padre y al muchacho.

—¿Son mellizas?

—Ajá. Los míos son polvos prepotentes.

—¡Guarango! —lo reconviene Mónica, y se vuelve hacia Pittilanga como disculpándose—. Siempre hace el mismo comentario de mal gusto.

El Ruso la ignora con mayestática dignidad y se encamina al baño a lavarse las manos. No necesita un ejercicio de introspección demasiado profundo para saber que la melancolía lo está abandonando, y que faltan apenas detalles para volver a ser el de siempre. Un boludo, pero el de siempre. Y así se gusta más que de la otra manera. Desde el baño escucha que Pittilanga se ofrece para poner la mesa. De repente se acuerda, y es tan súbita su alegría que sale del baño sin secarse las manos.

—¡Me acordé, Mario! ¡Lazatti! ¡El Pibe de Oro se llamaba Lazatti!

Teología II

—Lo de "partido definitorio" es un decir, Ruso. No jodás. Vos vas y le rezás a Dios para que Independiente gane.

—Bueno, Mono, ¿y?

—Que del otro lado, en la otra tribuna, o en su casa, hay otro montón de tipos pidiéndole lo contrario, ¿entendés? Lo que vos le pedís a Dios es exactamente lo contrario a lo que necesitan y piden todos esos tipos. Dios no les puede hacer caso a todos los pedidos. ¿O qué te pensás? ¿Que hace una encuesta y decide por mayoría? "Tengo un cuarenta por ciento de pedidos de Banfield y un sesenta por ciento de pedidos de Independiente, entonces, que gane Independiente."

—No entiendo a dónde querés llegar.

—A que no hay manera de que queden todos contentos. Cuando alguien gana, alguien pierde. Y por cada uno que le pide a Dios y recibe, hay otro que pide y queda de garpe.

—Bueno, Mono. Eso será con el fútbol, pero…

—Con el fútbol y con cosas más grosas. ¿O con las guerras qué te creés que pasa? La otra vuelta estaba viendo un documental de la Primera Guerra Mundial. Y estaban los franceses, en la trinchera, rezando. Y los alemanes, en la suya, rezando también. ¿No te das cuenta de que no cierra? ¿De que alguien tiene que joderse?

—Igual ahora no se trata de eso. Si yo le pido a Dios que vos te cures, no hay nadie que pierda si me da bola.

—¿Y vos te creés que me voy a salvar o me voy a morir según cuánto le pidas a Dios?

—No me jodas, Mono. Bastante quilombo tengo en la cabeza como para que me des manija con esto. Callate. Haceme el favor.

—…

—…

48

Fernando estudia detenidamente el charco que tiene adelante, tratando de hacer memoria. De ida hacia la escuela lo pasó por la derecha. Está casi seguro. Pone primera y gira el volante. El auto tuerce hacia la izquierda y se bandea un poco al sortear el pozo lleno de agua. Una vez que advierte que lo ha dejado atrás vuelve al centro de la calle. Unos meses atrás rellenaron con cascote, y está menos flojo que los costados. Cuando deja atrás la primera de las dos cuadras se detiene, sorprendido, porque ve al Ruso aproximándose a pie desde la ruta de asfalto, haciendo fintas y piruetas para tratar de no embarrarse. Fernando sonríe. Mueve el auto un poco al costado y apaga el motor. El otro no advierte su presencia porque va con los ojos bajos, atento al lodazal. Acaba de encontrar una vereda de contrapiso en medio del barrial. Pero cuando termina de caminarla se topa con que no hay manera de seguir, salvo metiendo los pies en medio del lodo. Fernando lo deja hacer. Daniel sigue sin notar que él está ahí, divirtiéndose a su costa. Estira un pie intentando dar un tranco lo suficientemente largo como para ponerse a salvo de una mojadura que, desde su sitio, Fernando no llega a adivinar. Por fin se lanza. Por la patinada que pega, es evidente que ha fracasado. Fernando suelta la carcajada mientras el otro maniobra con los brazos en el aire, como aspas, para recuperar el equilibrio. Está a punto de caer de traste pero mantiene la vertical a duras penas. En medio de sus filigranas alza lo suficiente la cabeza como para verlo a él, a treinta metros, muerto de risa adentro del auto. Le hace ademanes frenéticos para que se acerque. Fernando obedece, aunque tiene la precaución de seguir por el medio de la calle, para no encajarse. Cuando está a su altura baja la ventanilla y lo saluda.

—Hola, Rusito.

—Hola las pelotas. Vení. Acercate.

—¿Adónde querés que vaya? Vení vos.

—Me voy a embarrar hasta las bolas, Fer. Traé el auto para acá.

—No puedo. ¿Cómo querés que haga? ¿Que lo meta de punta? Es al pedo. No podés subir por el capot. Da la vuelta con cuidado.

—Me voy a cagar embarrando.

—¿Y qué querés que le haga? ¿Quién te mandó a hacer turismo en el barrio Santa Marta?

—Tenía que hablar con vos. Pensé que salías más tarde.

Fernando asiente y se lo queda mirando, risueño.

—¡Dale, boludo, acercate!

—¡Pero vení vos! Dale que nos vamos a pasar el día acá, si no.

Daniel especula todavía un instante, como para cerciorarse de que el otro habla en serio. Después inicia su aproximación.

—Ojo la zanja —advierte Fernando.

—Ya la vi —el Ruso avanza intentando apoyar los pies en los pedazos de cascote que sobresalen del barro. Algunos son grandes y están fijos, pero otros resbalan bajo su peso y se desplazan en el lodo.

—Me voy a ir a la mierda…

—Ajá.

En un resbalón más pronunciado que los anteriores parece que definitivamente va a caerse. Abre los brazos y los cierra como tenazas sobre el costado de la carrocería. Por fin termina de rodear el coche y se encuentra con la puerta semiabierta que le ha dejado Fernando. La abre del todo y se deja caer adentro.

—Quieto, Ruso. Antes de subir del todo dejame verte los pies.

—¿Qué pasa con mis pies?

—¿A ver? ¡No te digo! Sacate los zapatos.

—¿Por? —el Ruso sigue la dirección de la mirada de Fernando hacia sus propias extremidades—. ¡Mierda, carajo! ¡Mirá cómo me puse!

Un lodo pegajoso y brillante desborda las suelas y se pega al cuero de los mocasines. Las botamangas del vaquero también están ennegrecidas y mojadas.

—Ay. "Mirá cómo me puse" —lo remeda Fernando aflautando la voz. Pone primera y arranca con las mismas precauciones que antes—. Santa Marta es para machos. No para putitos de Castelar.

—¿Cuándo van a asfaltar acá, me querés decir?

Fernando lo mira burlón.

—En cualquier momento, Ruso. Un día de estos hacemos un *country*.

El Ruso masculla algo ininteligible y se acomoda mejor en el asiento. Ha dejado los zapatos sucios sobre la alfombra plástica de su lado.

—Ahora me entendés cuando te decía, antes de comprar el Duna, que para venir acá me embarraba hasta las bolas.

—¿Y no te conviene tomar horas en una escuela que quede más cerca de casa? Digo yo.

—Acá me pagan el plus por ruralidad, Ruso.

—¿Y es mucho?

—Fortunas.

—Dejate de joder. Te digo en serio.

Fernando dobla en el semáforo. Mientras acelera, se oyen los golpes de los restos de barro que sueltan las ruedas al chocar contra el interior de los guardabarros.

—¿No te podés ir a otra escuela mejor? Digo, como las otras que tenés.

—No. Tengo que esperar a tener más años de antigüedad —miente—. ¿A qué viniste? ¿O nomás tenías ganas de patinar en Santa Marta?

—No, tenía que hablar con vos urgente.

—¿¡Mónica está embarazada!?

—Uh. Salvo que sea el Espíritu Santo.

—¿Por?

—La flaca no está muy proclive a los encuentros venéreos conmigo, últimamente.

—En ningún momento dije que fuera hijo tuyo, Ruso.

—Qué vivo. No, vengo por nuestro asunto Pittilanga.

—¿Todavía te quedan ganas?

—No. Ganas no me quedan. Pero algo habrá que hacer.

Es cierto. Han pasado unos pocos días y Fernando ha hecho lo mismo que en cada una de las anteriores desilusiones. Amargarse y deprimirse. Ahora, además de amargarse y deprimirse, tendría que hacer algo. Por suerte el Ruso viene con alguna idea. Si no es una imbecilidad, va a seguirlo. Que otro piense. Que otro tome las decisiones.

—Estuvimos hablando mucho con el Cristo.

—La patria está salvada.

—Te digo en serio.

—Yo también. ¿Y qué pensaron?

—Le dimos cincuenta mil vueltas. Yo digo, y el Cristo me dio la razón, que hay que darle otro empujón. Algo nuevo. Algo que le dé manija al pibe.

—Si pensaron en volver a cometearlo al periodista, olvidate. Yo no tengo un mango. Y Mauricio no creo que quiera que le volvamos a afanar el auto.

—No. Ya sé. Además tiene que ser algo nuevo. Algo distinto.

—¿Distinto como qué?

—No sabés las vueltas que le dimos.

—¿Y?

—Meta y meta discutir con el Cristo…

—¡¿Y?! —Fernando se impacienta, aunque sabe que es inútil. Para el Ruso, cuando cuenta, es más importante la forma que el fondo.

—Hace tiempo me enteré de que hay unas empresas de estadística que les venden datos a empresarios, clubes, todo eso de afuera. ¿Te acordás que te conté?

—No.

—Una vez les conté. A vos y a Mauricio.

—No.

—Una vez que fuimos a verlo a Pittilanga. La primera vez, me parece. ¿No te acordás que les dije? Se cargan los datos de los jugadores. Las pelotas que tocaron, los tipos que eludieron, las veces que patearon al arco… ¿No te acordás? Pero si les conté.

—No me acuerdo, boludo.

—Pero sí. Se anota todo, pero todo todo de cada jugador. Yo te conté.

—Pero te digo que no me acuerdo. No te habré dado pelota.

—¡Seguro! ¡Eso es lo que me calienta! ¡Que yo hablo y es como si hablara... no sé, nadie!

—Me enternecés, Ruso.

—No, boludo, en serio. Como parece que soy una máquina de decir boludeces al final cuando digo algo de verdad no me dan tres cuartos de bola.

—Eh, pará un poquito.

—Sí, vos y el pelotudo de Mauricio, lo mismo. Si parece que los únicos que pueden hablar en serio son ustedes dos. Los genios. Los cráneos. Mirá dónde terminamos con los planes de ustedes dos.

Fernando no contesta. No le falta razón a su amigo. Pero que tampoco se venga a hacer el quisquilloso. Maneja unas cuantas cuadras en silencio. Total, al Ruso se le pasa pronto. Y a él, pedir disculpas tiende a costarle demasiado.

—Bueno. ¿Me vas a contar? —dice, cuando supone que la rabieta del otro ha tenido tiempo de disiparse.

—¿Ubicás el tipo de empresa que te digo?

—Sí. Entiendo.

—Yo supongo que no lo hacen con todos los jugadores. Pero existen. Eso seguro.

—¿Y?

—Y ayer estábamos pelotudeando con el Cristo, en el lavadero, porque como estuvo lloviendo y sigue nublado hay poco y nada de laburo, medio rascándonos las bolas, y salió el tema de qué hacer.

—Sí.

—Y yo le comenté esto de inventar algo para arrancar de nuevo. Una iniciativa. Algo nuevo. Y se me dio por comentarle al Cristo esto de las empresas, y que lástima que no tengamos manera de meter los datos de Pittilanga en una empresa así, a ver si pica alguno.

—¿Cómo, meter los datos?

—Claro, boludo. Eso es una base de datos. Vos ponés el nombre del jugador y salta la información. Bueno. Si pudiéramos cargarlo a Pittilanga, suponete.

—Pero eso no lo van a hacer con jugadores del Torneo Argentino, Ruso.

—Ya sé, pelotudo. Es un decir. Pero si fuera un *crack*, capaz que sí se lo puede cargar.

—No te van a dar bola.

—Ya sé, genio. No digo de ir a una de esas empresas y pedirles que lo carguen a Pittilanga. Nos van a sacar a patadas en el orto.

—¿Y entonces?

—El Cristo decía de meter los datos de sotamanga. ¿Entendés? Datos de mentira, como que el pibe es una estrella...

Fernando lo mira, para cerciorarse de que habla en serio. Sí. Habla en serio. Se imagina al Cristo, agazapado bajo un sobretodo de solapas levantadas, recorriendo las oficinas de una de esas empresas, con un maletín y un microprocesador de última generación, como en esas películas de suspenso informático que dan cada tanto en los canales de cable. Es ridículo.

—Mucho cine, ustedes dos.

—Ya sé que no se puede hacer así. Para empezar, no tenemos ni idea de cómo hacerlo.

—Menos mal.

—Ah, sí. ¿A ver, piola? ¿Qué plan mejor que el nuestro tenés para proponer?

—Ninguno.

—¿Entonces?

—Pero por lo menos no ando imaginando fantasías de espionaje electrónico, Ruso. Dejémonos de joder.

—Ya te dije que la idea no es esa. Lo pensamos, pero lo descartamos —el Ruso mueve la mano de lado a lado, como quien pasa un trapo para limpiar hipótesis descabelladas—. El plan es otro.

Fernando no puede evitar sonreír al escuchar el tono conspirativo del Ruso, pero voltea la cabeza hacia la ventanilla para que no vuelva a ofenderse.

—Te escucho.

—Con el Cristo dimos diez millones de vueltas. Hasta que aquí un servidor llegó a una conclusión brillante, si se me permite.

—Se te permite.

—Gracias. Tenemos un problema de información.

—Falsa.

—Como quieras. De falsa información. Necesitamos introducir información falsa en una base de datos que no manejamos. Y no tenemos modo de hacerlo.

—Bárbaro. ¿Y cómo piensan entrar?

—Ahí está. No se puede entrar. No hay manera.

Fernando se detiene en un semáforo. Mira al Ruso con cara de "y entonces". El otro sigue callado. Fernando pierde la paciencia:

—¿Me estás tomando de boludo?

—Para nada. Estoy esperando que tomes conciencia cabal de la verdadera dimensión del problema. No hay modo de entrar en la base de datos de estas empresas. No la hay. O nosotros no la tenemos ni la vamos a tener. Para el caso, da igual.

—¿Y entonces?

—Ya que no podemos entrar a la base de datos para plantar la información, la solución es simple: vamos a crear nuestra propia base de datos. Santa solución. La manejamos nosotros, y cargamos lo que carajo se nos canta.

—No te entiendo.

—No pretendo que me entiendas. Es más, me parece razonable que no me entiendas. Mejor. Significa que nuestro proyecto está más allá de la mediocridad de tu intelecto.

Teología III

—¿Y ustedes?

—¿Ustedes qué, Ruso?

—Mauricio y vos, Fer. ¿Qué piensan? Estuvieron todo el rato callados. ¿A quién le das la razón, con esto de Dios? ¿Al Mono o a mí?

—Qué querés que te diga, Ruso.

—Lo que pensás, Fernando. Si para vos vale la pena rezar, o es al divino botón.

—Dejá, Ruso. No quiero intervenir en semejante debate teológico y existencial. Sigan ustedes.

—Sos un cagón que no te querés jugar. ¿Y vos, Mauricio?

—¿Me puedo abstener, como Fernando?

—No, decime lo que pensás. No te rías, boludo.

—No me río, pero mirá lo que preguntás, Ruso. Es tan pelotudo pensar que Dios atiende los rezos como pensar que Dios existe y nos mira desde el cielo. Dejame de joder. Lo del Mono es una boludez tan pelotuda como lo tuyo, Ruso.

—...

—...

—Pero qué... ¿para vos Dios no existe?

—¿Para vos sí?

—Te pregunté yo, Mauricio.

—¡Más bien que no existe, Ruso! ¡O ahora resulta que Dios nos ama y nos cuida y nos protege! Si existiera Dios, ¿vos te pensás que la vida sería la mierda que es?

—No... sí...

—Bueno, tampoco te pongas así, Maur...

—Dejate de joder, Mono. Y no me vengan con el cuentito de la vida eterna. Te quiero ver, con eso de la vida eterna. Yo, por

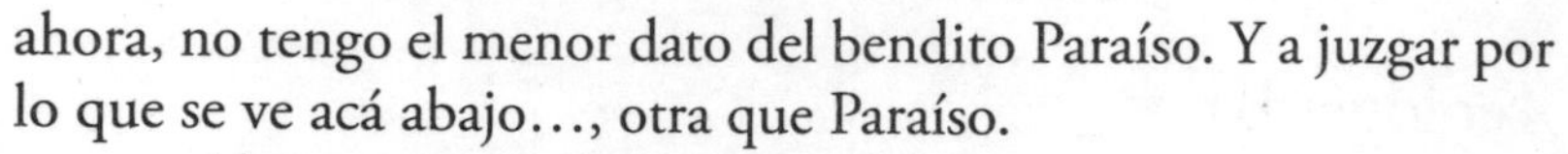

ahora, no tengo el menor dato del bendito Paraíso. Y a juzgar por lo que se ve acá abajo…, otra que Paraíso.

—Ah, entonces, según vos…

—Ni según vos, ni según yo, ni según un reverendo carajo, Ruso. Dios no existe, y la muerte es una mierda, y el Mono se curará o no, hagamos lo que hagamos y le recemos a quien le recemos, y dejémonos de romper las pelotas.

—…

—…

—A ver, Mauricio, y si Dios no existe, ¿quién creó todo, según vos?

—Me chupa un huevo, Ruso.

—Te estás escapando, Mauricio.

—Ufa, Mono, ¿no eras vos el que le discutía recién al Ruso que era al pedo ponerse a rezar?

—Sí, pero eso no significa que Dios no exista, Mauri.

—¿Ah, no? ¿Y qué significa, Mono?

—…

—…

—Significa que Dios existe, pero no da pelota.

49

Fernando cierra su paraguas cuando llega al toldo que protege la vereda del lavadero. Empuja la puerta y se encuentra con el staff de la empresa en pleno. El Feo y Molina juegan un partido de fútbol en la Play Station. Barcelona contra Manchester. El Feo, con el Barcelona, gana uno a cero. El Chamaco les ceba mate, con los ojos fijos en la pantalla. Del otro lado, el Ruso y el Cristo están encorvados sobre una mesa diminuta en la que han instalado una computadora.

Fernando saluda y recibe las respuestas.

—Aprovechá a preguntarle, Ruso —dice el Feo, sin desatender el juego.

El Ruso se asoma por sobre el hombro del Cristo.

—Ah, eso te quería preguntar. ¿Vos conocés a alguien que traiga cosas de electrónica baratas, de esas que no pasan por la aduana?

—¿Qué? —desde que eran chicos el Ruso tiene la manía de iniciar las conversaciones sin preámbulos ni explicaciones, por el sitio en el que estén sus propios pensamientos, y eso a Fernando tiende a desorientarlo.

—Claro, boludo. Esos tipos que viajan y traen. No sé, notebooks, GPS, teléfonos…

—¿Qué necesitás?

—Yo no. Estos —señala a sus empleados—. Me tienen las bolas llenas con que quieren una Play Station 3.

—¿Y esta? —Fernando señala la consola que están utilizando.

—Esta es una Play 2 —dice el Chamaco, con tono de "mirá la obviedad que tengo que aclararte". A Fernando le parece que el Feo y Molina sacuden también la cabeza, piadosos o burlones.

—Parece que la Play 3 es mucho mejor —aclara el Ruso—. ¿No, Feo?

—Muchísimo... ¡Esa! —el Feo, contento, acaba de quitarle la pelota a Molina, usando ese defensor gigantesco que se ha creado a la medida de su estrategia.

—Con este pibe no se puede jugar —Molina se rinde, filosófico—. Mejor voy a baldear la playa.

—Buenísimo —concuerda el Ruso—. Está escampando y capaz que entran a caer servicios.

Los empleados dejan las cosas y salen de la oficina.

—¿Pero cuánto sale una Play 3, Ruso? —pregunta Fernando, preocupado por las siempre trémulas finanzas de su amigo.

—Acá el Cristo dice que acá vale setecientos, ochocientos dólares.

—Sí, pero te la pueden traer por seiscientos, capaz —acota el Cristo, sin dejar de trabajar sobre la computadora.

—Pero igual son como dos mil quinientos mangos eso.

Se hace un silencio, pero Fernando advierte que no se debe a que se hayan quedado en la inconveniencia de dilapidar semejante cantidad de guita en un juguete, sino en que están concentradísimos en lo que ocurre en el monitor de la computadora.

—¿Y la compu de dónde la sacaron? Parece nueva...

—Ajá —concede el Cristo—. La consiguió tu amigo, acá, por un canje.

—¿Canjeó una computadora por lavados de auto?

—Si lo dejás, te consigue uranio enriquecido el guacho. Es una cosa impresionante. Yo no lo puedo creer. Te juro. Cada día aprendo algo con este tipo.

Fernando voltea hacia el Ruso, que no puede evitar un gesto de "modestamente".

—Sí, pero son cosas malas, Cristo. Cuando llegaste eras un buen pibe. El Ruso te va a echar a perder, acordate lo que te digo.

—Capaz.

—Dejen de hablar pavadas que tenemos que hacer —dice el Ruso—. Acercate aquella silla, Fer. ¿Ya entraste en la página, Cristo?

—No. Me dijiste que esperara.

—Bien, bien. Para saber, nomás —mira a Fernando por encima del hombro del Cristo—. ¿Estás listo, pendejo?

—Cuando quieras.

—Ahí va. Ahí se carga.

La pantalla toma, de fondo, un color azul verdoso. En primer plano, empiezan a aparecer los rótulos principales. “Marca Pegajosa” es el primero. El Cristo y Daniel prorrumpen en aplausos.

—¿Qué es eso de “Marca Pegajosa”? —pregunta Fernando.

Los otros dos lo miran pero no responden. Bajo el rótulo principal se despliega un pequeño subtítulo. “Un desarrollo de Ruscris Comunications.” Fernando empieza a comprender. En pantalla se abren varias fotografías de jugadores de diferentes equipos. De inmediato se dibujan varios íconos, correspondientes a diferentes categorías del fútbol profesional, y una barra para el buscador.

—Decime el nombre de un jugador cualquiera, más o menos conocido. Tampoco uno superfamoso. Esos no vale la pena cargarlos.

—¿De ahora?

—Sí. Que juegue acá, aparte.

—Morel.

—¿Morel Rodríguez, el de Boca?

—No, Morel el de Tigre.

El Cristo teclea los datos y da enter. Se abre otra página con la foto del futbolista y un cuadro estadístico. Fernando echa un rápido vistazo a las columnas descendentes: partidos jugados, ganados, empatados y perdidos. Goles. Asistencias. Rachas.

A los costados hay otras entradas con íconos especiales. Una reza “partido por partido”.

—¿Se puede entrar ahí? —pregunta Fernando, entusiasmado.

—Psí… pero —el Cristo da enter, pero aparece una leyenda en inglés que dice que la página está en preparación—. Todavía falta meter un montón de datos.

—Tenés que meterle pata, Cristo. Necesitamos una masa crítica.

El Cristo lo considera al Ruso con callada paciencia.

—Tené en cuenta que tengo que operarte este lavadero de mierda catorce horas por día, Ruso. Y tengo una mujer. Y un hijo.

—Ah, sí. Como si el tiempo que estás acá lo tuvieras muy ocupado —el Ruso se vuelve hacia Fernando—. La página nos la armó la hermana del Cristo. Pero todo el ingreso de datos lo tenemos que hacer nosotros.

—¿Y de dónde los sacan?

—¿Los datos? Si podemos, de otras páginas. Y si no, los inventamos.

—¿Pero no te van a tirar la bronca?

—Ay, Fer. Esto es Internet. ¿Quién se hace responsable de algo, en esta mierda?

—Bueno. Ahí vi que está Ruscris Comunications…

—¿Te fijaste? —el Ruso se deja ganar por el orgullo—. ¿Y el título qué te parece?

—¿"Marca Pegajosa"?

—Sí.

Fernando se toma un momento como para pensar o, más bien, como para fingir que piensa.

—La verdad que está buenísimo.

El Cristo y el Ruso se hacen un gesto de recíproca felicitación.

—¿Y los datos de Pittilanga?

El Ruso se revuelve en su silla, un poco inquieto, como un chef al que acaban de pedirle su especialidad. El Cristo teclea el nombre en el buscador. Aparece una foto del pibe con la camiseta de la Selección, de sus tiempos del Sub-17.

—La foto nos la pasó él mismo —Daniel se anticipa a la pregunta de Fernando.

—¿La página ya la vio?

—Je. ¿Si la vio? Entra dos veces por día. Está chocho, el pendejo.

Fernando se aproxima a la pantalla para leer.

—¿Cuarenta y dos goles? Nadie se lo va a creer, Ruso.

—Contamos los de todas las inferiores, Fer.

—Pero ahora, que es defensor…

—No importa. El Pichón de Passarella.

—¿A quién le decían el Pichón de Passarella, Cristo? A un pibe de Boca...

—¿Samuel?

—No, Cristo. Antes.

—Pará que lo tengo en la punta de la lengua...

—Oigan —Fernando quiere evitar que se dispersen—. ¿El partido por partido de Pittilanga está?

—Más bien, Ruso. ¿O te pensás que somos un par de improvisados?

Fernando lee el cuadro que acaba de desplegarse.

—¿Quién les puede creer que en un partido contra Boca Unidos de Corrientes Pittilanga haya hecho cuarenta y tres cortes de avances rivales?

—¿Siempre es así de negativo tu amigo? —pregunta el Cristo.

—No sabés. Una condena.

—En serio les digo.

—Y eso que no entraste en la ventana de "El mejor partido".

—¿Cómo?

—Cada jugador tiene ese link. Mostrale el de Pittilanga.

Se abre otra pantalla, con datos de un supuesto partido entre Bartolomé Mitre y Santamarina de Tandil, de dos meses atrás.

—¿La fecha del partido es cierta?

Los otros se miran como si la pregunta hubiera estado a punto de ofenderlos.

—Más bien que es cierta. Lo único que retocamos es el rendimiento individual de Mario Juan Bautista. Lo demás, no.

—Bueno. A veces tocamos también los resultados.

—A veces, sí.

Fernando lee. Para ese partido las estadísticas de Pittilanga señalan cincuenta y cinco quites de balón, cuarenta de ellos al pie de un compañero, dos con salida en jugada individual y el resto al saque lateral. Para el mismo partido, los delirantes esos le han endilgado una asistencia de gol y un tiro libre en el travesaño.

—¿Ustedes suponen que alguien puede creerles eso?

—La fe mueve montañas.

—No jodan.

—Te dije que era un escéptico. Mostrale el concurso.

—¿Qué concurso? —se interesa Fernando.

—Se le ocurrió a tu amigo —informa el Cristo—. Con esto de que no damos abasto con la carga de datos.

—Claro, porque para que sea verosímil no podemos cargar sólo cosas de Pittilanga.

—Y entonces se nos ocurrió contar con colaboradores.

—Tercerizamos el trabajo de campo, bah.

—Me están jodiendo.

—Mostrale.

Mientras hablan el Cristo ha vuelto a la página principal. Cliquea en un recuadro que se titula "Jóvenes promesas de la estadística deportiva 2010". En esa pantalla se invita a jóvenes de todo el país a tomar parte del concurso homónimo, enviando el planilleo estadístico de los partidos de los torneos de Ascenso que cada voluntario pueda cubrir.

—Me están jodiendo. ¿Y alguien les mandó algo?

—Hombre de poca fe. ¿Cuántas colaboraciones tenemos hasta el momento, Cristo?

—Ya te digo. Seiscientas cuarenta y cuatro, capitán.

—Gracias.

—Les están tomando el pelo.

—En absoluto. Son muchachos que confían en la seriedad de Ruscris Comunications y tienen fe en hacerse acreedores al premio. No les vamos a impedir ese sueño.

—¿Y cuál es el premio?

—Formar parte del staff de "marcapegajosa.com.ar". Ni más ni menos.

—Ustedes están locos.

—Bueno —el Ruso gira en su silla para enfrentar a Fernando—. Decinos qué te parece.

Fernando vuelve a mirar la página. No cree que vaya a servir de nada. Pero verlo a Pittilanga rodeado de esos números infalibles no deja de ser una reparación, un consuelo.

—La verdad es que es impresionante. No sé si alguien de afuera irá a meterse…

—¡Pará! ¡Pará! —el Ruso lo corta como si de repente se hubiera acordado de algo fundamental—. ¡Mostrale las estrellas de la página! ¡Que vea los *cracks*!

—¡Ah! —el Cristo se apresura a obedecer.

Vuelve al buscador principal de la página, teclea tres palabras y las ingresa. En pantalla se despliega una foto un poco más grande que las demás, de un jugador con la camiseta de Deportivo Morón y el número cinco en el pantalón. Lo extraño no es la foto en sí, una foto típica de un jugador en pleno partido, el cuerpo ligeramente girado sobre su eje después de patear la pelota, los músculos de las piernas tensos, los brazos abiertos, sino la cara. Porque coronando esa figura de futbolista en la plenitud de su carrera estaba el rostro del Ruso. Y el encabezado de la página reza "Daniel Hugo Gutnisky".

—¡Ja! —el Ruso le mete una brutal palmada en el hombro—. ¿Me viste? ¡Ja! ¡Qué jugador!

—Sos un delirante, Ruso.

—Fijate qué currículum. Leé.

Fernando obedece. Supuestamente tiene treinta y dos años, juega de cinco en Deportivo Morón y ha ascendido, con el Gallo, dos categorías. No necesita entrar a las estadísticas detalladas para saber que su foja debe lucir más despampanante que la del propio Pittilanga.

—No tenés perdón, Ruso. ¿Y si alguien entra y ve esta pelotudez? Toda la credibilidad de la página se va al cuerno.

—Pobre de vos. No me la iba a perder. Mostrale la tuya, Cristo.

El Cristo no se hace repetir la indicación. Se despliega otra imagen, igual de atlética, también con el uniforme de Morón, aunque se trata del número siete.

—Yo soy puntero. Lo dejé a este de mediocampista.

—El Cristo es goleador en dos temporadas sucesivas. Mostrale.

—¿No les da vergüenza?

—Con el laburo que nos estamos tomando, lo menos que podemos hacer. ¡Che, Cristo! De ayer a hoy te agregaste como quince goles.

—No, mentira.

—Que sí, yo me metí ayer desde casa y tenías ciento veinte. Ahora te veo con ciento treinta y cinco.

—¡Nada que ver, Ruso!

—¿Cómo va a tener ciento treinta y cinco goles? —Fernando predica en el desierto.

—Sos un conchudo, Cristo. Si te vas a poner ciento treinta y cinco poneme por lo menos ochenta.

—No te puedo poner ochenta, Ruso. Sos mediocampista.

—Dale, no seas guacho.

—Dame un aumento.

—No jodas, Cristo. Dale, poneme ochenta goles.

—Son un desastre, los dos —Fernando sacude la cabeza. Entra el Chamaco a buscar un par de trapos rejilla.

—No, Ruso. Bueno, si no me aumentás el sueldo, invitame un asado.

—¿El domingo te va?

—Con achuras.

—Las clásicas.

—Mollejas.

—Ni en pedo, Cristo.

—Con mollejas o te quedás en sesenta goles, Ruso.

—¿Sabés lo que hace que no veo mollejas? Vos le querés sacar el pan de la boca a mis hijas.

—¿Querés más goles o no?

Fernando los mira. De repente, le viene a la memoria la imagen del Ruso, derrumbado sobre un cantero del cementerio, con los ojos violeta a fuerza de lágrimas. Es lindo verlo así ahora.

El Ruso gira hacia su lado para decirle algo y le pesca algo raro en la expresión.

—¿Y a vos qué te pasa?

—Nada, ¿por?

—No te hagás el boludo. Algo te pasa.

—No me pasa nada, pelotudo. Estoy evaluando la posibilidad de que me incorporen a la página también a mí, pero como defensor central.

Teología IV

—¿Y vos, Fernando?

—¿Yo qué?

—¿Pero están todos en Babia o qué? Lo que estamos discutiendo de Dios, boludo.

—...

—...

—¡Fernando!

—Estoy pensando. No me apures, si querés que te conteste dejame pensar.

—Bueno.

—...

—...

—...

—...

—Hasta cierto punto estoy de acuerdo con mi hermano.

—¿En qué?

—En que me suena ridículo que uno pueda pedir. El ejemplo de la cancha estuvo bien. Vos pedís, el otro pide. Dios no puede conformar a los dos.

—Soy un genio.

—Pará, Mono, que dijo que estaba de acuerdo con vos "hasta cierto punto". ¿Y de lo que digo yo qué pensás?

—No sé, Ruso... me gusta pensar que Dios está de nuestro lado. En eso pienso como vos. Pero es difícil.

—¿Difícil en qué?

—En que somos personas, Ruso. Y las cosas de Dios las entendemos hasta ahí.

—Uy, loco. No lo puedo creer.

—¿Qué no podés creer, Mauri?

—Que estoy metido en una habitación de hospital llena de crédulos.

—¿Crédulos? ¿Quién vota que Mauricio tiene razón y Dios no existe?

—Cortala, Mono.

—Callate. Votemos.

—...

—...

—Un voto a favor de Mauricio. ¿Quién vota que es un pelotudo que está equivocado?

—...

—...

—...

—Tres a uno perdiste, Mauricio.

—Encima se va a ir al infierno.

—Ajá. Por ateo, el muy boludo.

—Vos no te agrandés, Mono, que después de tus dudas teológicas me parece que te venís conmigo.

—Pobre de vos, Mauri.

—Sí, Mauricio, pobre de vos. Los tres te vamos a mirar desde el Paraíso.

—Y vos cagado de calor en el infierno.

Mientras se imprimen las tres páginas del escrito Mauricio recoge los borradores y los hace un bollo. Antes de estrujarlos del todo tiene una idea: separa tres o cuatro hojas y las abolla cada una por separado, para que tomen forma más o menos esférica. Las ordena en una hilera sobre el escritorio y se dispone a hacer puntería sobre el cesto que tiene en el rincón de la oficina. El primero le sale un poco desviado a la derecha. Antes de lanzar el segundo se asegura de apretar bien el papel, para dejarlo homogéneo y más pesado. Este pega contra la pared y cae después en el cesto. Se deja ganar por un minúsculo alborozo y prepara el tercer disparo. En eso anda cuando Natalia golpea la puerta.

—Adelante —dice.

Ella asoma medio cuerpo y Mauricio no puede evitar compararla con Soledad. ¿Cómo puede estar más fuerte todavía?

—Tenés una visita... o algo así —dice la chica, como si le costase catalogar la circunstancia.

—¿Qué?

—Un tipo que vino a verte y pregunta por vos. Salvatierra se llama. Le pregunté si tenía una cita, porque conmigo no la había pactado pero en una de esas lo había arreglado directamente con vos, pero me dijo que no. Que era un asunto personal, no del estudio.

Mauricio asiente. Tarde o temprano iba a ocurrir. Mejor temprano que tarde. Sacarse de encima el problema y punto. ¿Para qué posponerlo?

—Decile que pase, Nati. Esperá. Tomá el escrito para el expediente de Tolosa.

—Ah, bárbaro. Lo agrego y lo mando.

Casi enseguida entra Salvatierra, y Mauricio entiende la extrañeza de su asistente a la hora de anunciarlo. Viste pantalón blanco y saco a cuadros, y una camisa verde agua. Una mezcla de cafishio suburbano con el cuñado de Rocky Balboa, piensa Mauricio mientras le estrecha la mano y lo invita a sentarse.

—¿Qué decís, Mauri?

"Mauri." Súbitamente son íntimos. Nadie le dice así, salvo sus amigos. Y mejor no ponerse a pensar en sus dichosos amigos. De Fernando no tiene noticias desde su pelea en el hotel de los ucranianos. Y de su último encuentro con el Ruso todavía tiene un lejano dolor en el hombro y la secreta indignación de no haber sido capaz de devolver los golpes. O peor: el Ruso ni siquiera le pegó una piña. Lo empujó, lo tiró por el aire, como si fuera una bolsa, una cosa. Las cuotas por el dinero que Mauricio le prestó para abrir el lavadero se las ha hecho llegar puntualmente. Tres meses. Tres cuotas. Pero manda a un empleado de su boliche. Y se hace firmar un recibo. Idiota.

—Yo bien, Polaco. ¿Tus cosas?

—Bien, bien. Te estuve tratando de ubicar en el celular pero no pude.

—¿No digas? Bueno, puede ser porque me robaron el teléfono y cambié el número —miente—. Ahora le pedimos a mi asistente que te dé una tarjeta. Pero contame qué te trae por acá.

Salvatierra se arremanga el saco antes de hablar.

—Tengo novedades. Importantísimas.

Mauricio tiene un instante de zozobra. ¿Puede ser cierto que el esperpento ese tenga novedades de algo? Lo duda, como no sea que su madre le haya prometido tallarines caseros o que él piensa internarse para un nuevo intento de desintoxicación.

—Me contactaron el otro día por Pittilanga —suelta, y se queda esperando, radiante, el efecto que producen sus palabras—. De Arabia Saudita. Del Al-Shabab. Un club de los más importantes de allá, te lo aseguro. Jugaron varios argentinos.

Mauricio traga saliva.

—Pará, pará, Polaco. ¿De dónde?

—De Arabia Saudita, loco. Yo no lo podía creer, de entrada. Pensé que era una joda. Pero es cierto. Me mandaron un fax y todo. Bueno, varios.

Al decir eso extiende algunos papeles doblados. Algunos faxes, unas fotocopias de correos electrónicos escritos en inglés y fechados en Ryhad. Los faxes tienen, arriba y a la izquierda, un logo, una especie de escudo. La cosa es seria.

—Contame... —murmura mientras los lee.

—Los tipos lo tenían en carpeta desde octubre. Aparentemente se interesaron por el programa de Armando Prieto. ¿Te acordás que le estuvo dando una manija bárbara?

Mauricio deja por un momento de leer y lo mira. La ingenuidad de ese pelotudo es conmovedora o angustiante. ¿No tenía ni noción de que los elogios de Prieto eran comprados? Se acuerda de su Audi negro y vuelve a lamentarse.

—¿Y entonces?

—Bueno. Resulta que en ese momento el técnico que tenían les dijo que de defensores estaban completos y que no hacía falta. Pero a los tipos les quedó. Además no sé cómo se enteraron de que lo habían venido a buscar de Ucrania. La cosa es que ahora se les fue un defensor central, un negro que andaba muy bien pero que lo compraron de Francia, parece. Y bueno —se interrumpe para reírse de contento—: que me mandaron esos faxes que tenés ahí. El primero, claro. Después los otros. Yo se los fui contestando porque eran aproximaciones. Parece que además estuvieron consultando estadísticas de Pittilanga. Que las sacaron de una página de Internet. ¿Vos estás al tanto?

La pregunta queda suspendida porque Mauricio ha vuelto a la lectura de los faxes. Su inglés es lento y trabajoso, pero lo que alcanza a entender coincide con lo que viene diciendo ese imbécil. Uno de los correos habla de una página de Internet: www.marcapegajosa.com.ar, y Mauricio se pregunta de dónde habrá salido todo aquello. "Amazing numbers." ¿Qué significaba aquello de amazing? Es algo bueno, un elogio. No alcanza a recordar cuál, pero para el caso da lo mismo.

—Te la hago corta: en el último fax piden condiciones, y me referencian a un empresario argentino que les maneja la previa de las contrataciones.

Mauricio carraspea, se corrige el nudo de la corbata, ritos involuntarios en los que cae cuando intenta ganar tiempo. Llama a Natalia y cuando ella se asoma le alarga el manojo de papeles.

—¿Me harías copias de estos documentos? —y encarándose con el Polaco—. ¿No te molesta, no?

—Para nada, para nada —dice el otro, solícito—. Los traje para eso.

Cuando Natalia se va, Mauricio se restriega la cara. Intenta pensar. La reputísima madre. Justo ahora.

—¿Hay algo que te... algo que no te cierra?

—¿Eh? No, no. Vos decís que esto viene del club, directamente...

—Sí, seguro. Los mails me vienen de la página oficial, los faxes vienen con membrete. Todo legal. No les respondí el último porque quise verlo con ustedes primero.

—¿A Fernando ya lo contactaste?

—No, todavía no. Preferí arrancar con vos. No sé. Por esto de que sos abogado me pareció...

—Hiciste bien. Yo por el momento lo dejaría así. Viste que muchas manos en un plato...

—Sí, hacen mucho garabato —termina Salvatierra, y parece feliz de su intervención. Es inverosímil que ese tipo se las haya dado, alguna vez, de representante de jugadores. Bueno. Tan inverosímil como que el Mono, Fernando y el Ruso se las hayan dado de empresarios, o Pittilanga de futbolista.

—La situación del pibe, en cuanto al club... ¿en qué anda, Polaco?

—¡Uh, justo! —Salvatierra renueva su arrebato—. Está por vencer el préstamo de Platense a Presidente Mitre. Ahora. Ya vence. Termina con la temporada. El técnico de Mitre lo quiere, pero ya es el segundo año y no lo pueden renovar. Debería volver a Platense. Pero Platense no lo tiene en cuenta. Lo van a dejar libre. Pero si conseguimos otro club para colocarlo a préstamo, que le demos para adelante. Ellos no lo quieren.

—¿Con la gente de Platense hablaste de esta oferta?

Es la pregunta del millón. Si en Platense saben, Vidal sabe. Si Vidal sabe, Williams sabe. Y si Williams sabe, tendrá que jurarle por Dios y María Santísima que él no ha tenido nada que ver. Nada de nada.

—¡No! El único que sabe soy yo. Bueno, ahora vos y yo.

Mauricio intenta no transparentar el alivio. La cosa no es tan grave, entonces. Manos a la obra.

—Con relación a eso —adopta un tono íntimo, más cordial que el que ha utilizado hasta ese momento—, vos, Polaco... ¿con Pittilanga en qué situación estás? Digo: ya no lo representás, ¿no?

—Bueno... en realidad... si nos atenemos a lo que dicen los papeles... propiamente los papeles... ya no. Porque el contrato de representación tenía un plazo. Ya pasó.

—Y no lo renovaron, digo...

—Renovarlo lo que se dice renovarlo, no lo renovamos. Pero... vos me entendés, Mauri. Esto demuestra que sigo siendo su representante, con contrato o sin contrato. Por algo estos tipos me contactan a mí, entendés.

—Claro, claro —asiente Mauricio, pero poniendo cara de que las cosas no son, ni de cerca, tan claras. Agrega un suspiro, una expresión rara.

—Vos... ¿por qué me preguntás?

Mauricio se acoda en el escritorio. No le saldrá como a Williams, pero con este perejil alcanza con mucho menos.

—¿Querés que te sea sincero?

—Sí, claro. Más bien.

—Vos estás en una situación irregular, Polaco. Yo entiendo lo que me decís. Pero una cosa es la realidad y otra los contratos. Y en los contratos dice que vos estás afuera del asunto. ¿Me explico?

El Polaco suda. Mira a los costados, como para cerciorarse de que no hay un testigo de semejante conclusión.

—Sí, pero yo creo que eso se puede hablar.

—Se puede. Pero es para quilombo. Ahora llevarías las de perder.

—Capaz que sí, Mauricio. Pero yo necesito pelearla.

—Si la peleás ahora la perdés, Polaco. Tené en cuenta que no venís de tu mejor momento, precisamente.

Mauricio hace silencio y lo observa: las ojeras, los ojos enrojecidos, el leve temblor de su labio superior. ¿Cuánto tiempo más podrá aguantar sin pedirle pasar al baño para colocarse?

—¿Me dejás que te proponga una alternativa?

Salvatierra asiente con la cabeza.

—Acá en el estudio hay un interés por desembarcar en el mundo del fútbol. Mi jefe, sin ir más lejos, el socio principal, tiene amigos en la comisión de River, y me estuvo comentando que está interesado. Yo algo le hablé de vos. Para meterse en un área nueva, hace falta gente del ambiente. ¿Me seguís?

Nuevo asentimiento.

—Y en una de esas, no te digo ni mañana ni pasado, pero dentro de un tiempo corto podemos hacer algo juntos.

—¿Te parece?

—Seguro. Pero tenemos un problema…

Se interrumpe porque vuelve Natalia con los papeles. Se los agradece y la chica se va. Le tiende los originales a Salvatierra y deja las copias sobre su escritorio.

—Te decía que tenemos un problema. Si lo hacemos ahora, vos estás afuera. No lo digo yo, Polaco. Está en los contratos. O no está: tu estatus de representante no está. Y en eso estamos jodidos.

—¿Pero no hay manera…?

—Buscarle la vuelta es lo peor. Si viene de nalgas, mejor dejarlo pasar. Por algo es. Significa que no es el momento. El tuyo, digo. El nuestro. Ahora yo digo: ¿qué apuro hay?

—Y, lo que pasa es que los árabes ofrecen ahora, después, si el pibe queda libre…

—Si los árabes están en serio interesados, capaz que los podemos tener en escabeche un par de meses y después lo hacemos. En una de esas subimos el precio.

Salvatierra pone cara de circunstancia.

—Mmm, no sé, Mauricio. Mirá si los tipos se pinchan y no aparecen nunca más. Yo creo que mejor hacerlo de una, ahora que están calientes.

—Claro. Puede ser… —concede Mauricio. Es inútil. No es el momento de pincharle el globo—. Me dijiste que a Fernando y al Ruso no les avisaste.

—No, no les dije.

—Bueno. Quedate tranquilo que lo hablo yo. Justo en estos días Daniel está cerrando una operación grande con una casa, me contó. Viste cómo es eso.

—Uh, sí. Es un quilombo comprar una casa.

—¿Viste lo que es? Dejalo en mis manos que yo lo voy hablando a medida que pueda. Igual nosotros seguimos en contacto todas las veces que haga falta. Ahora le pedimos a Natalia una tarjeta, que recién me olvidé. Me llamás cuando quieras, todas las veces que quieras, todo lo que haga falta. Y lo vamos manejando.

Se pone de pie y Salvatierra lo imita. En lugar de estrecharle la mano como a su llegada, Mauricio da la vuelta al escritorio para saludarlo con un beso y una palmada en el hombro.

—Chau, Mauri. Le digo a la piba, entonces.

—Sí. En la tarjeta figura el celular y el directo de acá de la oficina. Agendátelos. Y llamame al móvil para que me quede registrado el tuyo.

—Si querés te lo doy ahora.

—No, dejá. Soy un boludo que pierdo todo lo que anoto. Llamame así me queda.

Se despiden en el umbral y Mauricio cierra la puerta. Espera un tiempo prudencial. Después vuelve hasta su escritorio, recoge el manojo de fotocopias y sale de su oficina rumbo a la de Williams.

Nostalgia

—Yo lo que digo es que es muy difícil tolerar un presente como este, después del pasado que tuvimos. Eso es lo que pasa.

—No te entiendo, Mono.

—Claro: capaz que para otras hinchadas es más fácil aguantar la mala. Como que están más templados, más hechos a perder. ¿Me entendés, Ruso?

—Psí..., supongo.

—Lo que te dice el Mono es que es más difícil aguantar este presente, por el pasado que tuvimos.

—Sí, sí. Lo entendí, Fernando.

—Pero no se te ve muy convencido.

—Bueno: ojo que para los pibes de ahora capaz que es más sencillo que para nosotros. No tienen con qué comparar. Para un pibe de quince, de veinte años, Independiente es esto que es ahora, entendés. No pueden imaginar otra época. Se la podés contar, pero no es lo mismo. Es como Racing con el gol del Chango Cárdenas. Ya estamos en la misma.

—No sé, Fer. No sé si tanto.

—Sí, Ruso. Vos pensá. Compará. Compará lo que fue tu adolescencia con la de un pibe hincha del Rojo que ahora tenga doce, trece, quince años.

—Uh...

—¡Ahí tenés! Acordate de nosotros. Campeonatos, copas, clásicos. Había para elegir.

—Y más en esa edad. Todo es más fuerte a la edad esa, Fer. ¿O no, Ruso?

—Puede ser, Mono.

—¡Seguro! Todo te marca el doble. Esa época: estás creciendo, los bailes, las minitas, el Rojo. No sé, era como si todo estuviera armado para la fiesta. ¿O no, Fer?

—Como que no existía posibilidad de perder. ¿No te lo acordás así?

—Exacto. Era ganar… era ver por cuánto ganabas. En todo. Con Independiente y con todo.

—…

—…

51

Mauricio se da vuelta en la cama con demasiada violencia para el sueño liviano de Mariel, que se queja en sueños y se acomoda boca abajo. Mira la hora. Tres y veinticinco. Tratando de no hacer ruido levanta el control remoto del televisor que está sobre su mesa de luz, pero cuando está por pulsar el botón de encendido se detiene. La luz repentina del aparato va a despertarla, y por eso vuelve a dejar el control en su sitio.

Se vuelve a mirarla. Lleva tanto tiempo desvelado que sus ojos se han acostumbrado a la oscuridad y la distingue perfectamente. La cara vuelta hacia su lado, el pelo revuelto que le tapa casi hasta la boca, las sábanas un poco más arriba de la cintura.

Le gusta mirar a su mujer mientras duerme. Mirarla con tiempo. Mirar a sus anchas, sin ser mirado. "Sin ser descubierto", piensa que pensaría Fernando si estuviera ahí, con él. Es ridículo perder tiempo pensando en Fernando, pero no lo puede evitar. En él y en los otros. Supuso que iba a ser distinto. Más fácil. El hombro ya dejó de dolerle. Va para cinco meses que no tiene noticias de ellos. Y sin embargo no puede sacárselos de la cabeza.

Mauricio suspira y vuelve a mirar el reloj. Tres y veintisiete. Se levanta en puntas de pie, recoge las pantuflas y las lleva en la mano. Baja la escalera y se las calza al llegar abajo. Enciende la luz de la cocina y el resplandor repentino le hace fruncir el ceño. Cierra la puerta y enciende el televisor. Pasa los canales de noticias. Los de películas. En uno de deportes se topa con Temperley-Platense, partido nocturno por el campeonato de la B Metropolitana. No es en directo, claro. Por un momento piensa en encender la computadora y consultar el resultado en Internet. Si hubo goles, lo sigue mirando, y si fue un cero a cero, lo apaga. Decide que no. Lo verá como en directo.

El partido es malísimo. Se traga el resto del primer tiempo y toda la segunda etapa. Terminan cero a cero. Vuelve a vagar por los canales de deportes, los de noticias, los de películas. Sale al jardín. Hace frío. Siente el pasto húmedo bajo las pantuflas. Se entretiene mirando el vapor de su propia respiración. El viento debe estar soplando desde el sur, porque escucha pasar un tren del Sarmiento a la distancia. El frío le provoca un estremecimiento y decide entrar. A ver si se agarra una gripe, todavía.

¿Y si prueba con un vaso de leche tibia? Alguna vez escuchó que es bueno para conciliar el sueño. No. Odia la leche. Sobre todo tibia. Mira el reloj de la pared. Las seis menos cuarto de la mañana. Apaga el televisor y la luz, abre la puerta y vuelve hacia la escalera. Antes de subir, se quita las pantuflas, para que Mariel no lo escuche volver a la cama.

Contranostalgia

—¿Qué pensás, Ruso?

—Nada, Mono.

—Dale, choto. No te hagás. ¿En qué pensás?

—...

—Dale Ruso, no sacudás la cabeza. ¿En qué estás pensando?

—En nada, boludo. Ustedes son un caso también...

—¿Ustedes quiénes?

—Ustedes dos, boludo. Fernando y vos, los hermanitos Raguzzi.

—¿Por qué?

—Porque a veces parece que viven en un frasco, boludo.

—¿En un frasco por qué?

—Por nada, boludo, por nada.

—¡Dale, Ruso! ¿En un frasco por qué?

—Toda esa explicación de la adolescencia dorada...

—Y sí...

—Un carajo, Fernando. Un carajo. A vos te fue así en la adolescencia. O a este otro boludo. Pero no nos fue a todos igual, ¿eh? Quedate bien tranquilo que no.

—...

—Para ustedes habrá sido "ver por cuánto ganaban". Para la gilada no, ¿eh? Para los que veíamos el mundo desde atrás de esta nariz, o por encima de los cráteres de los granos, los bailes eran un karma, y las minitas un misterio, no te creas...

—No, pero...

—Para ustedes habrá sido fácil. Con la escuela lo mismo. Vos, Fernando, estudiabas bastante. Pero, ¿vos sabés lo que era este hijo de puta? No tocaba un libro ni que lo cagaras a palos. Y al final, siete en todas. No se llevaba ni una.

—Qué no. Historia de tercero, Ruso.

—No hinchés las pelotas, Mono. Una materia en cinco años. Y entrenando en el club y todo. Yo no levantaba el culo de la silla, estudiaba como un bendito y me llevaba de a tres, de a cuatro. Todo el verano guardado, estudiando...

—No es tan así.

—Sí, Fernando. Era así. Y bancátelo. No tenés la culpa. Pero por lo menos no me hagan sentir un pelotudo. Preguntale a Mauricio. Vas a ver. No fue fácil, ¿eh? Te garantizo que fue bien jodida esa época. Independiente habrá andado derecho. Pero no era que todo iba igual que el Rojo. A lo mejor por eso lo queríamos tanto. Nosotros, digo. No ustedes. Yo era un Ruso boludo, pero el Rojo me acomodaba los tantos. Pero a perder aprendí de chico ya, no necesité crecer.

—...

—...

52

El Cristo oprime la tecla cruz del *joystick* para que su número ocho le quite la pelota al delantero de Molina. Lo consigue e inicia un avance. Vuelve a apretar la cruz para dar un pase profundo. Gira la tecla de movimiento y su delantero hace un enganche. El muñequito de Molina pasa de largo. Escucha algunas exclamaciones de los espectadores que lo envalentonan. Oprime la tecla círculo para enviar el centro. La barra de potencia le indica que estuvo preciso —el Cristo tiene tendencia a oprimir mucho ese botón, y los centros le salen demasiado llovidos al segundo palo— y que la pelota caerá cerca del punto penal. Un velocísimo roce a la tecla R1 le permite seleccionar el receptor del pase. El más alto de sus delanteros conecta el frentazo, que sale alto y desviado.

—Hiciste todo bien, Cristo. Todo bien —lo arenga el Feo.

El Cristo menea la cabeza. Se queda sin tiempo para empatar. Molina, que también juega con su desesperación, hace circular la pelota entre sus jugadores para que se escurran los últimos segundos.

—No seas cagón, Molina —dice el Cristo, pero sabe que no va a conmoverlo.

—Uh... miren la nave que acaba de llegar —dice el Feo, a sus espaldas.

Como en ese momento el árbitro en la pantalla da por terminado el partido, el Cristo suelta el *joystick* y se da vuelta para mirar. Es un Audi azul marino que raja las piedras. El que lo maneja es un tipo joven con aspecto de garca. Traje marrón claro, corbata celeste, camisa blanca, portafolios. Cuando el Chamaco le sale al encuentro para recibirle las llaves el tipo niega. A la indicación del Chamaco, camina hacia la oficina. El Cristo se acerca al mostrador. ¿Será un inspector de la AFIP? ¿Municipalidad? Si es así, están perdidos. Ruso y la puta que lo parió. Él le dijo. Le avisó que tarde o temprano tenían que poner las cosas en orden. ¿A qué hora piensa llegar el boludo de su jefe?

—Buenos días.

—Buenos días. ¿En qué lo puedo ayudar?

—¿Está el Ruso?

El Cristo siente cómo el alivio le baja por el cuerpo. Si pregunta por su jefe en esos términos no es inspector de nada. O si lo es, ya está neutralizado. Nadie que le dice Ruso al Ruso le desea un mal.

—Debe estar por venir. ¿Te puedo ayudar?

—Soy Mauricio. Amigo de él.

El Cristo vuelve a alarmarse. Sí existe alguien que le dice Ruso al Ruso y que bien puede desearle el mal. Inquieto, echa un vistazo a la pantalla de la computadora, donde se ve la pantalla azul de inicio de "Marca Pegajosa". Mauricio imita el gesto. Y aunque el Cristo se apresura a cruzar los dos metros que lo separan de la máquina y apaga el monitor, sabe perfectamente que el otro la ha visto.

—Capaz que llega más tarde. ¿Querés que le diga algo?

El Cristo se dice que es un imbécil. Cuanto más natural quiere parecer, más artificial actúa. Y los ojitos del abogado demuestran que la pantalla la vio, y bien que la vio. Del mismo modo que vio a los empleados del lavadero —en pleno— disputando un torneo de Play Station. El Cristo no teme que le avise al Ruso. De hecho el Ruso jugará sus partidos cuando llegue. Sino porque tarde o temprano el tal Mauricio lo sacará a relucir. Cuando el Ruso necesite plata, o algo.

—Sí. O si no lo espero un rato.

El Cristo se toma su tiempo para pensar. Por un lado, tenerlo ahí de florero en la oficina lo pone nervioso. Por el otro, es mejor que se vean directamente y que el Ruso decida qué quiere hacer con esa visita. Cuando está por responder que sí, que no hay problema, que lo espere, ve por la vidriera que el Ruso acaba de cruzar la calle con el diario bajo el brazo.

Mal carácter

—Che, Mono.
—¿Qué, Ruso?
—¿Ahora se van a poner en víctimas?
—¿Por qué víctimas?
—Vos porque no te ves la cara que tienen, Fernando.
—No, Ruso. Me quedé pensando.
—En qué, Fer.
—En eso de aprender a perder. Que la verdad que es una joda.
—...
—...
—¿Una joda por qué?
—...
—¿Se aprende a perder alguna vez?
—...
—...
—Qué joda. Es lo que más te pasa.
—Qué.
—Perder, boludo. Uno pierde más de lo que gana. ¿O no? Y no se aprende nunca.
—...
—...
—Me parece que a ustedes dos los voy a echar a la mierda. Se supone que vienen a levantarme el ánimo, putos. ¡No, no se rían! Este boludo de Fernando que arranca con Independiente y su pasado de gloria que no volverá. Vos, Ruso, con tu autobiografía de que fuiste un narigón triste. Déjenme de joder. ¡Ahora se van y me tengo que suicidar colgándome del fierro del suero, boludo!
—Ah, estás sensible...

—Dejalo, Ruso. No le des pelota. Se ve que nos pusimos muy filosóficos y se perdió, el muy boludo.

—Cierto, Fer. Oíme, Mono: ¿querés que te lo traduzca al idioma de un ingeniero en sistemas, para que lo entiendas?

—¿Por qué no se mandan a mudar los dos?

—Qué carácter de mierda, Mono.

—La verdad.

53

Ernesto Salvatierra avanza por el supermercado empujando el carro con los codos. Va leyendo la lista que le hizo la madre, y tildando mentalmente lo que ya ha conseguido y lo que le falta buscar. Se lamenta cuando nota que pasó de largo por la góndola de los condimentos. ¿Qué tan urgente será la mostaza? Regresa hasta el pasillo central. Revisa los carteles. Tendrá que retroceder cuatro pasillos.

Entonces lo ve: el Ruso Daniel acaba de girar hacia él, saliendo desde atrás de la góndola de panificados. Ve su expresión primero indiferente, después sorprendida, por último sonriente. Se acerca con la mano extendida.

—¿Qué decís, Polaco?

—Bien, Ruso. Comprando. ¿Vos?

—Lo mismo —dice el Ruso, exhibiendo los dos panes y el paquete de fideos que lleva en las manos.

—¿No te agarrás un changuito?

—No. Es esto sólo. La compra la hizo mi mujer el otro día, pero siempre faltan cosas.

El Polaco asiente, con resignación. Su madre lo manda a comprar todos los días, y siempre se queja de que hay algo que le falta. El Ruso le pregunta:

—¿Alguna novedad, Polaco?

—¿Te contó algo Mauricio?

El Ruso lo mira con gesto de interrogación.

—¿Si me contó qué?

En los pensamientos del Polaco se abre una súbita disyunción. Por un lado, hilvana el relato de las novedades: los árabes, sus correos y faxes, su charla con Mauricio. Por el otro, las recomendaciones de este último: el sigilo, la espera, el silencio. El Polaco siente, oscuramente, que acaba de embarrarla. ¿Pero cómo salir?

—¿Si me contó qué? —insiste el Ruso.

¿Qué hacer? El Polaco sabe que no está muy rápido de reflejos, pero no es tan idiota como para suponer que después del título "¿Te contó algo Mauricio?" tiene que venir un anuncio importante. En otras palabras, que no puede inventar una mentirita inocente. Además sus nervios no están como para andar baqueteándolos. Mejor la verdad. Pero ahí recuerda la insistencia de Mauricio. ¿Para qué se metió en semejante quilombo? Y todo por la puta mostaza que le encargó su vieja.

Efectos secundarios

—La verdad que me duele. Bah: no sé si es dolor. Pero me siento incómodo.

—No sé qué decirte, Mono.

—¿Y vos estás seguro de que es por la pichicata que te están aplicando?

—No sé. Lo que pasa es que me dan cincuenta millones de cosas. Pero así no me sentí hasta el otro día.

—Como que es mucha casualidad…

—Claro, Mauri.

—¿A mamá le dijiste?

—No, Fer. No la quiero preocupar. Preocupar más, digamos.

—Sí, mejor.

—A ver… capaz que el Ruso…

—¡Hola, Mauricio! No te vi llegar. Estaba en el boliche de las enfermeras.

—Sí, acá me dijeron los muchachos.

—¿Lo conseguiste, Ruso?

—¿Con quién te creés que estás hablando, Mono?

—Con un Ruso boludo está hablando. Por eso te pregunta.

—Ay, Dios. Cuánta ingratitud en la viña del Señor. ¿Por qué no fuiste vos, Fernandito?

—Porque soy un muchacho tímido, por eso.

—Yo no fui porque me mareo. Me levanto al baño y me caigo de culo. Por eso te mandé. ¿Qué averiguaste?

—Esperá, Mono. Esperá que acá tengo el prospecto del medicamento. Veamos.

—…

—…

—…

Tocan el timbre y la gallega les abre la puerta. La mujer está igual. Igual a treinta años atrás, las pocas veces que la madre del Polaco se dejaba ver por el barrio, para la época en que sus hijos eran chicos. O no los reconoce como antiguos vecinitos o prefiere no mezclar falsas nostalgias en lo que su hijo seguramente le ha presentado como una reunión de negocios. Los hace pasar al "estudio" del Polaco, donde los esperan también Pittilanga y Mauricio.

El Polaco los saluda como si fuesen viejos amigos pero, como no lo son, sus gestos y sus frases son aparatosos. Mauricio se limita a una inclinación de cabeza, sin levantarse de su asiento. Una lástima, piensa Fernando, que cuando murió el Mono pensó que entre los tres podrían hacer un lindo grupo de tíos para la nena. Pues no será un trío. Será un dúo. Una lástima. Una más.

Los únicos saludos francos y afectuosos son los que intercambian con Pittilanga. Luce su eterno equipo deportivo con los colores y el escudo del club, y se lo ve feliz y entusiasmado.

El Polaco los invita a sentarse en los sillones blancos de cuero italiano que compró cuando estaban de moda unos cuantos años atrás, cuando un dólar valía lo mismo que un peso y tipos como Salvatierra podían darse el lujo de esas y otras excentricidades. Fernando advierte que, a diferencia del vestíbulo y el living, esta habitación conserva un montón de muebles y de adornos. No sólo los sillones sino el aparador laqueado, las fotografías, las camisetas autografiadas. Los otros ambientes, en cambio, están mucho más despojados. Salvatierra debe estar liquidando el mobiliario de a poco, e intenta preservar su santuario hasta lo último. Ahora tal vez pueda detener esa sangría, aunque Fernando no sabe en calidad de qué se suma a la negociación. Ni a cuánto ascenderá su mordida.

Antes de sentarse Pittilanga se acerca a un conjunto de fotos de selecciones nacionales que decora una pared, y se busca en la del Mundial de Indonesia. Fernando también se aproxima a hacer lo mismo.

—¿Vos cuál sos? —pregunta Mauricio.

Por toda respuesta Pittilanga señala una de las siluetas acuclilladas en la parte de abajo. Se mira un largo instante y vuelve a su sillón. Fernando se queda mirando todavía un rato más la foto. Varios de esos pibes juegan desde hace rato en Europa. Dos o tres, en clubes de la Argentina. A otros no los conoce en absoluto. Se los tragó la tierra. Piensa que Pittilanga, desde que le tomaron esa fotografía, ha nadado en las aguas turbulentas que separan a unos de otros: los ignotos de los triunfadores, los ahogados de los salvados. Y todavía flota en ese sitio.

La gallega entra sin golpear sosteniendo una bandeja con una cafetera, pocillos y galletitas. La deja sobre la mesa ratona y se retira con ese cansado vaivén que a veces adoptan los viejos para caminar.

—Yo los sirvo y ustedes se los van pasando —dice Salvatierra—. Ya tengo confirmado que los árabes viajan pasado mañana, vía Madrid. Llegan el jueves a la tarde. Me pareció mejor combinar directamente para la mañana del viernes, para no estar cortando clavos con los horarios de los vuelos y todo eso.

—Bien, buena idea —acuerda el Ruso—. Antes de empezar quería preguntarles algo que nada que ver —se dirige a Fernando y a Mauricio—. ¿Vieron la película *El golpe*?

—¡¿Qué?! —se sorprende Fernando.

—Ah, viene al caso para una cosa que me acordé que me contaste el otro día.

—¿Te parece que es momento, Ruso?

—Paul Newman y Robert Redford —interviene Mauricio.

—Ah, ¿vos la viste? —se interesa el Ruso.

—Ajá. Es buena. La vi en el cine, cuando éramos pibes. En el Ocean de Morón, me parece.

—Disculpen la molestia, pero si pueden dejar el cine para otro momento… —Fernando no piensa darle pie al lucimiento del idiota de Mauricio.

—Bueno, perdón —se disculpa el Ruso.

A la disculpa del Ruso sigue un largo silencio, que Salvatierra termina por aprovechar para entrar en tema.

—Los convoqué a esta reunión un poco para que nos pongamos de acuerdo en los detalles.

—¿Nos convocaste un poco o nos convocaste del todo? —pregunta Fernando, que no soporta que el monigote ese lleve la voz cantante. Cuatro pares de ojos se vuelven a mirarlo. Hace un gesto vago—. No importa. Dale nomás.

—No... no te entendí, Fernando —Salvatierra exhibe la tenaz atención de un cervatillo que olisquea el aire del bosque matinal en busca del peligro.

Fernando lo mira sin cariño. Siente la mirada reprobatoria del Ruso clavada en la sien. Sabe lo que está pensando. Evitar problemas. Esquivar las peleas. Llegar a buen puerto con todo aquello. Tiene razón. Pero Fernando no tolera a ese advenedizo. Además, verlo a Mauricio con su uniforme de buitre y su portafolios tan prolijo no contribuye a mejorarle el humor. Gira la cabeza y se topa con la cara del Ruso, que tácitamente le reprocha y le implora. Fernando frunce la boca, despectivo, y mira para otro lado.

—No importa, Polaco. Hacé como que no dije nada.

—Como... como quieras. En la reunión van a estar los responsables del Club Al-Shabab, que son tres: presidente, tesorero y otro cuyo cargo no entendí. Ustedes tres como apoderados de tu mamá, Fernando. Y nosotros dos. Me refiero a Mario y a mí. ¿Digo bien?

—También va a estar el Cristo —tercia, tímido, el Ruso.

—¿El Cristo? —se extraña Salvatierra.

—Es un amigo que trabaja conmigo. Quiero que esté porque hizo lo suyo para que esto se diera.

—No lo podemos meter en la reunión en calidad de amigo tuyo, Ruso —se involucra Mauricio.

—Metelo en calidad de secretario, de auxiliar, de lo que quieras, Mauricio —de repente Fernando es el ángel guardián del Cristo—. Si es por merecimientos, alguno de los que están acá no tiene el derecho ni a asomarse a esa reunión del viernes.

Mauricio se pone colorado, pero mantiene los labios sellados.

—Eh… si es problema no lo llevo —el Ruso no quiere generar el mínimo conflicto.

—El Cristo va y punto —concluye Fernando, que lamenta que Mauricio no haya reaccionado, porque le habría gustado seguir discutiendo.

Un silencio largo cae sobre ellos.

—Esteeee… no hay ningún problema con que vaya ese amigo de ustedes. Hay lugar de sobra.

Fernando se acomoda en el asiento. A medida que transcurre la conversación, crece su enojo. No sabe por qué le sucede. Pero no le interesa indagar en el asunto, ni detenerse.

—Algo para dejar claro de entrada —agrega—. Ahora que Mario cumplió veintiuno tendríamos que ser reverendamente pelotudos como para echar a perder esta transferencia. Supongo que tenemos todo bajo control —se vuelve hacia el Polaco—. ¿No hace falta que venga el padre de Mario esta vez, no?

Mientras habla, tiene la sensación de que el Ruso y Mauricio cruzan una mirada cuyo sentido se le escapa. Va a preguntar al respecto, pero Mauricio se le adelanta:

—¿Sabés? Tengo la impresión de que me tenés las pelotas secas.

—¿No digas? Es recíproco.

—Muchachos, por favor no se pon…

—Recíproco significa que a mí me ocurre lo mismo —le aclara Fernando con gesto cansado—. Te lo aclaro porque yo qué sé, pobrecito, abogado, a lo mejor en la Facultad esa palabra no la estudiaron.

—Yo por lo menos me comí seis años en la Universidad.

—Cierto. La Facultad más difícil de la UBA. Estudiar para ser abogado es una de las carreras más complicadas del mundo. Por eso hay tan pocos.

—No, hay muchos. En cambio, profesoruchos de Lengua, esos sí que son una especie rara.

—Córtenla, muchachos, qué van a decir Mario y el Polaco.

Fernando emerge un segundo del volcán que pisa y mira a los otros. Salvatierra los mira con espanto, cosa que a él lo tiene absolutamente sin cuidado. Pero Pittilanga también se ve nervioso. Intenta ponerse en su lugar. En tres días se definirá su futuro profesional y los tipos que tienen la potestad de habilitarlo para ello discuten como pendejos caprichosos. Fernando alza una mano, en ademán de disculpa.

—Okey. Hagan como que no dije nada. Asignaturas pendientes, que le dicen. Pero ustedes no tienen nada que ver. Sigamos, por favor.

—Bueno. Sí, mejor. Mejor —Salvatierra consulta sus papeles y levanta un fax—. Los tipos van a hacernos una oferta de doscientos cincuenta mil dólares limpios.

—No alcanza. Necesitamos trescientos cincuenta mil —lo interrumpe Fernando.

—Sííí... lo sé —Salvatierra intenta aplacarlo—. Por eso creo que tendríamos que arrancar en cuatrocientos. Bajamos nosotros y ellos suben. Me parece posible.

—A mí me parece bien —convalida el Ruso.

—Por mí no hay problema —dice Fernando, más tranquilo—. Mientras el piso sea ese, yo estoy de acuerdo.

—Una cosa —dice Salvatierra—. Tendríamos que ver la cuestión del quince por ciento de Mario y mi comisión.

Fernando gira ostensiblemente en su asiento para ponerse frente a Pittilanga.

—Mirá, Mario —su voz tiene una afabilidad que, hasta el momento, no ha utilizado—. Yo entiendo que vos te merecés tu porcentaje sin la menor duda. Pero entonces vamos a tener que apretar un poco más a los compradores, porque las trescientas lucas las necesitamos limpias para la nena.

—Eso siempre y cuando sean todas para la nena —lo de Mauricio es un murmullo, dicho hacia la pared, y en voz baja, pero Fernando lo escucha. Lo escucha y lo odia.

—Bueno, muchachos. Pero puede ser —insiste el Polaco— que al llegar a ese punto de la letra chica tengamos que...

—La letra chica o la letra grande me importa un reverendo carajo —ahora que le habla al Polaco, el tono de Fernando ha perdido todo el afecto—. Las trescientas lucas tienen que quedar limpias. El quince de Mario lo pondrán los árabes aparte. Y tu comisión, la verdad, me chupa uno y la mitad del otro.

Se produce otro silencio incómodo. El cuarto o el quinto en lo que llevan reunidos. Fernando lo mira a Daniel.

—¿Vos te quedaste mudo o estás de acuerdo con lo que digo?

—¿Yo? No, sí, sí. Ya con Mario lo hablamos. Esa guita la necesitamos completa. Él entiende.

—¿Algo más? —la pregunta de Fernando es para Salvatierra.

—Eh... creo que no, me parece que con eso... No sé si Mauricio quiere decir algo...

El aludido se toma su tiempo. Termina el café y deja el pocillo en el plato. Se acomoda el nudo de la corbata.

—Creo que está todo dicho.

—Bueno, sí, me parece que nos hemos puesto de acuerdo —Salvatierra mira a cada uno, alternativamente, pero nadie le devuelve la mirada. Los otros tres lo miran a Mauricio, y este se mira los zapatos—. Pero si hay alguna aspereza que limar capaz que es preferible charlarlo ahora y...

"Y no cagarnos a trompadas delante de los árabes", completa para sus adentros Fernando, y sonríe con ironía.

—¿Y vos de qué te reís? —le pregunta Mauricio de mal modo.

Fernando lo considera. Ya no sonríe.

—No te pongas nervioso. Yo sé que pusiste mucho de tu parte para que esta negociación sea un éxito. Entiendo tus nervios. Pero ya falta poco para coronar tu esfuerzo.

—¿Siempre sos vos la vara para medir lo que hacen los demás? ¿No hay otra?

—¿Yo, la vara? No, para nada.

—Parecería que sí.

Fernando asiente, pero se mantiene callado.

—Muchachos, ¿por qué no lo dejamos ahí...? —el Ruso parece un señalero que intenta evitar que dos locomotoras se despedacen en un cruce.

—Si tenés algo que decir, mejor decilo.

—No. Me gustaría saber, nomás...

—¿Qué, Fernando? ¿Qué te gustaría saber?

—Por qué demoraste tres semanas en avisarnos que los del Al-Shabab querían comprar el pase de Mario... Es una duda que tengo —lleva una mano a la cabeza y hace el gesto de enroscarse algo a la altura de la sien—. Viste... a veces a uno la cabeza le carbura...

Mauricio se mira otra vez los zapatos.

—Digo. Porque daría la impresión de que si el Ruso no se cruza con el Polaco en el supermercado la vez pasada, ni nos enteramos de la oferta. No sé. Capaz que yo soy un mal pensado y fue por eso. Capaz que vos lo estabas manejando... No sé...

—Fernando —interviene Salvatierra—, yo no pretendí ocultarles nada, de qué me sirve a mí...

—La cosa no es con vos... —lo corta Fernando, sin dejar de mirar a Mauricio.

—No —Mauricio se revuelve en el asiento, sonriendo sin ganas—. Es conmigo. La cosa es conmigo.

—Pero en una de esas hay alguna razón que yo no entiendo para que nos tuvieras un mes en pelotas.

—A lo mejor pensé que no valía la pena entusiasmarse tanto.

—¿Pensaste? ¿Vos solo pensaste? ¿Y desde cuándo quedamos en que vos podías pensar solo?

—Ah, no sabía que para pensar necesitaba tu compañía. Tu guía, más bien.

—Yo no te digo que me pidas permiso. Pero sí que me avises.

—Yo no te pido permiso ni te lo voy a pedir. No sé a quién carajo le ganaste. No sé quién carajo te abrió la jaula, pero me tenés seco. Te recibiste de experto en venta de jugadores y yo ni me enteré, así que vamos a hacer una cosa. Yo me voy yendo, que tengo cosas que hacer. Vos quedate, o andate a esas escuelas de mierda donde vas a enseñarles sujeto y predicado.

—¡Pará, Mauricio! —quiere contenerlo el Ruso—. No te vayas así.

—¿Pero vos te creés que yo estoy en edad de que este pelotudo me venga a cagar a pedos? ¿Que me baje línea como si fuera mi papá? Nos vemos el viernes.

—Pero te necesitamos. Tenemos que estar todos.

El Ruso se ha puesto de pie, pero cuando Mauricio pasa a grandes trancos por su lado no se atreve a detenerlo. Recién se da vuelta cuando apoya la mano en el picaporte.

—¿A mí? ¿A mí? No, no me necesitan, Ruso. Preguntale a este. Se basta y sobra. No necesita a nadie. A vos tampoco te necesita. Lo que pasa es que vos le decís a todo que sí, entonces con vos está todo bien. Hasta el viernes.

Sale y cierra con un portazo.

Efectos secundarios II

—¿Y?

—Estoy leyendo. Esperen.

—¡Dale!

—¿Qué fue lo que tuviste?

—¡No te hagás el interesante, Ruso! ¡Dejame leer a mí!

—¡Saque la mano, Mono! Usted no está en condiciones. Veamos…

—Qué Ruso reventado.

—Hubieran ido ustedes a charlar con la enfermera.

—…

—…

—…

—¿Vértigo, tuviste, Mono?

—Sí… vértigo… mareos…

—Bueno, según los "Efectos adversos" es normal, boludo.

—¿Dice así? ¿Efectos adversos?

—No, boludo. Dice "Modo de cocción".

—No seas pelotudo.

—No seas pelotudo vos, Mono. Está en "efectos adversos" y dice… dice… vértigo… cefaleas, ¡ja!

—¿De qué te reís?

—Vértigo, cefaleas, trastornos psiquiátricos. De esto último no le podés echar la culpa a las inyecciones, Mono.

—¿A ver, Ruso? Mostrame.

—Mirá, Fer. Leé vos también, Mauricio.

—…

—…

—Cierto, che.

—¿Qué pasa? ¿Qué leen?

—Nada, Mono.

—¡Nada un carajo! ¿Qué dice?

—...

—Mmmmm... esto tiene más efectos adversos que no sé qué. ¿Cuántas te dieron, de estas?

—Yo qué sé... como cinco... seis... ¿por qué?

—A ver, Mono... esto puede ser terrible... en tu caso, digo...

—¡¿Por qué?! ¡¿Qué pasa?!

—¿Vos decís lo del aumento de la sudoración, Fer?

—No, Mauricio. Bueno, también. Si en general este hijo de puta tiene un olor a establo que te mata, imaginate con esta medicación.

—¿Por qué no se van a cagar?

—Pero no lo digo por eso. Por esto otro, lo digo.

—¿A ver...? ¡Ja! ¡Mirá, Ruso, leé!

—¿No les da vergüenza, cagarse así de la risa de mí?

—A ver... ¡Noooooo! "...aumento de la presión intracraneal" ¡Cagamos! ¡Le va a estallar la cabeza y nos va a hacer mierda a todos!

—¡Quedate quieto, Mono! ¡Quedate quieto! No te muevas que si explotás nos morimos todos con la onda expansiva.

—¡No te sacudas que te vas a sacar la aguja! Mirá que la enfermera ya te cagó a pedos porque te tuvo que canalizar de nuevo.

—¡No! ¡Te digo que no! ¡Mirá que a los almohadonazos perdés, Mono! ¡Escuchen esto! ¡Escuchen! ¡Esto se lo dieron a toda la defensa de Independiente!: "Náuseas; malestar general; ataxia; hipo... raros casos de ceguera...".

55

—Odio estos ascensores que parecen un sarcófago de aluminio. Me dan… ¿cómo se llama?

—Claustrofobia —acota Fernando.

—Eso. Claustrofobia.

Permanecen unos segundos sin hablar, viendo sucederse los números de los pisos en el contador luminoso.

—Che, Fer…

—¿Qué, Ruso?

—Estuve pensando en este asunto con los árabes.

—¿Qué pasa? —Fernando se pasa el dedo por el interior del cuello de la camisa. No le aprieta, pero siempre que usa corbata repite el mismo gesto de incomodidad.

—¿No tendremos quilombo?

—¿Quilombo por qué?

—Y… yo qué sé. Viste que son musulmanes…

—¿Y qué pasa con que sean musulmanes? ¿En qué te jode?

—No, joderme no me jode. Pero en una de esas… no sé… mirá si andan en la joda de los atentados. Bin Laden, todo eso…

Fernando gira para mirarlo. Nota que habla en serio, y que la corbata fucsia refulge bajo las luces blancas del techo del ascensor.

—No pasa nada, boludo. Qué tiene que ver. Hay millones de musulmanes que nada que ver.

—¿Estás seguro? Mirá si nos salvamos de los de la mafia rusa para terminar fiambres en manos del fundamentalismo islámico, boludo.

Fernando se toma un segundo.

—Eso sí. Con esa napia no te aseguro nada.

El Ruso se palpa la nariz.

—¿Qué pasa con mi nariz? —pregunta, tenso.

—¿En tu familia son judíos sefaradíes o judíos asquenazis?

—Eh... no sé... asquenazis —ahora el Ruso se mira en uno de los espejos—. ¿Por qué, boludo? ¿Qué problema hay?

Fernando se pregunta hasta dónde martirizarlo. Un poco más.

—Menos mal.

—¿Pero qué? ¿Si soy sefaradí hay quilombo? ¿Por qué?

Fernando pone cara de estar lleno de dudas. Pero cuando le ve la angustia se apiada.

—No sé, boludo.

—En serio te pregunto.

—En serio te contesto. No tengo ni idea.

—¿Y entonces para qué hablás? —por detrás de la mortificación, en el tono del Ruso se advierte el desahogo.

—Para joderte un poco a vos, supongo.

Escuchan una especie de campanada que emite el ascensor antes de detenerse. Fernando siente la densidad de las tripas que demoran más que el artefacto en frenar el ascenso, y se le agolpan, nauseosas, a la altura del diafragma. Se abren las puertas. El corredor alfombrado, los cuadros en las paredes, los bronces lustrados hasta el paroxismo, el silencio elegante. Que todo termine pronto, por Dios.

—¿Cómo se saluda? —pregunta el Ruso, mientras avanzan por el pasillo buscando el número que les habían indicado.

—Vos agachá la cabeza. ¿De perfil la napia se te ve más o menos?

Fernando se burla pero, al mismo tiempo, siente que le falta el aire, el espacio. Una opresión creciente, un acorralamiento paulatino al que no puede ponerle nombre. Mientras doblan un recodo del pasillo le viene a la mente la imagen de esos ratones blancos de laboratorio que recorren un laberinto bajo la atenta mirada de un científico. Después tiene una sensación mucho más primaria. Más concreta: la que lo asalta en la cancha, en la tribuna, cuando una intuición indefectible le susurra al oído que Independiente es boleta. Que haga lo que haga se viene el gol de los contrarios.

—Che, boludo. Te hice una pregunta —dice el Ruso.

—¿Qué?

—Que si en serio se puede armar quilombo con que yo sea judío.

Fernando detiene un segundo la marcha.

—No, boludo. Quedate tranquilo.

—¿Por qué me jodés? ¿No ves que esto es serio?

—¿Viste qué feo que te tomen para la joda en momentos así?

La sensación es esa. Esa de la cancha. Algo percibe Fernando, en el ambiente, que anuncia la derrota. En la cancha puede apelar a toda una ristra de cábalas para sostenerse en la emergencia. Sacarse el gorrito —o ponérselo, según el caso—, pararse dos escalones más abajo o uno más arriba, mirar con detenimiento el siguiente tren que pase detrás de la tribuna visitante, recitando algún conjuro de la infancia, al estilo de "si veo pasar justo el tren, no nos embocan". Pero en este lugar mullido y silencioso esos sortilegios son inservibles. Recuerda —y no por casualidad— a Mauricio.

—¿Y el boludo de tu amigo? ¿Vendrá?

—"Mi" amigo. ¿Amigo tuyo no es?

Fernando no contesta, y el Ruso agrega:

—Sí, ya debe haber llegado. Le dije de venir los tres juntos pero prefirió venir por su lado.

Fernando asiente.

—¿Por qué será, no?

El Ruso alza la mano y golpea la puerta.

Efectos secundarios III

—En serio, Mono. Ahora entiendo.

—¿Qué?

—¡Ja! ¡Ja! ¡Qué hijo de puta! ¡Ahora entiendo todo! ¡Ahora lo entiendo! ¡A vos esto te lo inyectaron de chico, Mono! ¡De chico te lo inyectaron y no te diste cuenta!

—¿A ver, Ruso?

—¿A ver?

—Miren. Vos, quieto ahí, Mono. No te acerques.

—Voy a llamar a la enfermera y que los saque a patadas en el orto…

—¡Tenés razón, Ruso! ¡Pobre Monito! Tendrías que habernos dicho…

—¿Decirles qué? ¡Dame el papel que lo leo! ¡Dame!

—¡Chito! Saque la mano.

—Yo se lo leo.

—No. Se lo leo yo, que lo encontré. Bueno: "Irregularidades menstruales" eso es de siempre…

—Siempre lo tuvo…

—No es novedad…

—Me refiero a esto… ¡ja!

—¡Dale, boludo! ¡Leé de una vez!

—"Detención del crecimiento en niños." Haber sabido, Mono, que te quedaste petiso por eso.

—¿Por qué no se van a cagar?

—Pobrecito, Mono. Perdonanos. Se ve que fue por la medicación.

—Lo cagaron a inyecciones, de pibe, y por eso quedó así.

—Son unos forros. Los tres.

—Chiquito.

—Retacón.

—Así, petisito.

Un energúmeno de dos metros de envergadura y rostro de asesino serial les franquea la entrada. Pasan a una sala que ocupan seis personas alrededor de una larga mesa. Todos se ponen de pie casi al mismo tiempo.

En un rápido vistazo Fernando ubica a Pittilanga —ataviado con su perpetuo equipo deportivo—, Salvatierra —con el mismo traje de la vez anterior, que debe ser uno de los últimos vestigios de su década de gloria—, y al Cristo —de riguroso traje negro, angosto, y corbata estrecha del mismo color—. El Ruso ha querido que participe en calidad de secretario, un poco por si sale a colación alguna referencia a marcapegajosa.com.ar y otro poco porque no quiere dejarlo al margen del desenlace de esa telenovela que ha venido siguiendo capítulo a capítulo.

Después de saludarlos a ellos se encara con los árabes. Son tres, descontando al guardaespaldas de la puerta, y se los ve más afables y sonrientes que a los ucranianos. Bueno, piensa Fernando, recordando el gesto hosco y las miradas gélidas de estos últimos: no hace falta demasiado esfuerzo para superarlos en simpatía. Salvatierra se ocupa de las presentaciones. Uno solo de los árabes contesta en un español pedregoso. Los otros dos se limitan a sonreír durante los apretones de mano. Toman asiento. Enseguida el Ruso le toca el brazo y le acerca la boca al oído.

—Boludo, tienen la misma nariz que yo.

Fernando no tiene resto para seguir mortificándolo. El custodio de la puerta se aproxima empujando una mesa rodante con café, galletas y sándwiches. Sirve en silencio, sin preguntar qué quieren y qué no, pero nadie se atreve a objetarle el proceder. Cuando termina de poner una taza de café delante de cada uno y las bandejas en la mesa, se retira a su puesto de la entrada, empujando de nuevo la mesita.

—Bueno —dice Salvatierra, después de aclararse la garganta—. Antes que nada, y en nombre de Mario y mío, en mi calidad de representante, como así también de Daniel y Fernando, dos de los apoderados de Margarita Núñez de Raguzzi, dueña de los derechos económicos, quiero darles la bienvenida a la Argentina, y agradecerles su interés por contar con los servicios de Mario en el Al-Shabab Fútbol Club.

Uno de los árabes empieza a traducir el discurso del Polaco a su lengua, y los otros dos contestan con graves inclinaciones de cabeza.

Algo en el aire, piensa Fernando, y aunque sabe que esa imagen es de una obviedad lamentable, no encuentra otra mejor y se repite para sus adentros: algo en el aire. Algo malo, algo tenso, algo amenazante, algo agazapado detrás de las cortinas gruesas o de los cómodos sillones en los que están sentados. Algo que está en todos lados y en ninguno, algo que cuando se deje ver del todo será demasiado tarde, mierda. Independiente puede parecer a salvo. Hasta puede, en apariencia, tener el partido bajo control. Y sin embargo... hay algo. Tal vez no es más que un temblor en el aire. En esas circunstancias las cosas se cargan de símbolos herméticos. Un saque lateral en mitad de la cancha, un vendedor de garrapiñada al que se le suelta el elástico de la bandeja y se le derrumba la pirámide de paquetes, un viejo de boina que resopla, indescifrable, tres lugares más allá. Y de buenas a primeras el saque lateral deriva en un forcejeo en el mediocampo, y el forcejeo en un pelotazo profundo, y el pelotazo en un centro al área, y el centro en un cabezazo y de repente la tragedia. Y el algo toma cuerpo y se convierte en todo.

Acá también hay algo, piensa Fernando, mientras Salvatierra gesticula, argumenta, convence, sonríe, adula, propone, disiente, recapitula, insiste. Todo un caso, el Polaco. Fernando no puede dejar de reconocerle cierta dignidad, por encima de su evidente decadencia. El traje bien cortado, un poco anticuado, un poco grande de hombros (demasiado años noventa, demasiado esplendor menemista), el pelo tirante de gel, la afeitada perfecta si no fuera porque se cortó en dos o tres sitios, tal vez por la angustia o la tensión. Un náufrago que enciende la última fogata al paso del último barco.

En ese momento Salvatierra espera (todos esperan: el Ruso, Pittilanga, el Cristo, todos menos él que a duras penas intenta volver de la maraña de sus intuiciones y sus dudas) que el presidente del Al-Shabab termine de hablar en su lengua y que el árabe que tiene a su derecha traduzca lo que ha dicho.

—El señor Zalhmed dice que la cifra de cuatrocientos mil le parece un poco excesiva. Que entiende las cualidades de Míster Pittilanga, y que por eso hemos venido aquí.

En la pausa que hace el traductor Fernando echa un vistazo subrepticio hacia el Ruso y confirma su sospecha: lo está mirando al Cristo con los ojos brillantes, mientras refrena a duras penas el deseo de lanzar la carcajada y festejar a los gritos la gracia que le provoca eso de "Míster Pittilanga", y el otro le devuelve una mirada de alborozada inteligencia. Evidentemente su abuela tenía razón, y Dios los cría y el viento los amontona. Y Fernando se pregunta por qué Dios no le dio un carácter como el del Ruso, que es incapaz de hacerse problema durante más de diez minutos seguidos sin que la felicidad lo distraiga y lo arrebate de allí y se lo lleve a mundos mejores detrás de la excusa más estúpida, como por ejemplo que un árabe que apenas chapurrea el castellano le diga "míster" a Mario Juan Bautista Pittilanga.

—Y por eso el Al-Shabab propone un monto de doscientos cincuenta mil dólares por el pase del jugador.

Fernando juega con su taza vacía, porque no quiere mirar a los otros. Qué suerte que sea el Polaco el que tiene que poner cara de "todavía es poco" y remar como sea para subir la cifra. Que se gane su comisión, el muy pelotudo. Fernando quiere huir.

Y en ese momento el teléfono celular de Daniel empieza a dar saltitos sobre la enorme mesa que ocupan. Y luego a los saltitos del vibrador le suma la música de "Bombón asesino", que para colmo de males aumenta de volumen segundo a segundo. Salvatierra se distrae y pierde el hilo de su intervención, mientras los árabes observan el celular como si fuese un insecto imperdonable y el Ruso lanza un zarpazo sobre la mesa, lo captura y lo acerca a los ojos como para ver quién lo llama. Fernando desea matarlo, por inepto, por improvisado, por distraído, por no darse cuenta de que tiene que apagar en lugar de responder, pero para su sorpresa el Ruso lo mira con expresión consternada, quizá dándole a entender un mensaje que Fernando de todos modos no comprende, y se incorpora y camina hacia un rincón mientras responde la llamada. Y a Fernando vuelve a asaltarlo el desasosiego de que las cosas estén a punto de torcerse y fracasar. Y de allí en adelante experimenta la perturbadora sensación de que la realidad se divide en dos, como la pantalla del televisor cuando se juegan simultáneamente dos partidos que pueden definir un campeón, y de nuevo la estúpida metáfora futbolera pero no importa, porque de un lado lo tiene a Salvatierra retomando cosas que ya dijo y argumentos que ya usó, para defender el principio de que el pase de Mario Juan Bautista Pittilanga no puede valer menos de cuatrocientos mil dólares, o trescientos ochenta mil como mínimo, y del otro lo tiene al Ruso parado como un chico en penitencia (un chico de hace cincuenta años, porque las penitencias ya no se usan) con la cara contra el ángulo de la pared, hablando en un susurro. Y como le ocurre con la pantalla dividida del televisor, ahora tampoco entiende nada, ni lo que tiene a la derecha ni lo que tiene a la izquierda, ni al Salvatierra del *sprint* final para torcer el brazo de los árabes ni al Ruso de florero en el rincón.

Por suerte el Ruso termina de hablar (por suerte es una forma de decir, porque la cara con la que Daniel se da vuelta hacia la reunión, la cara con la que pliega el celular, la cara con la que lo mira a Fernando mientras se aproxima, anuncia cualquier cosa menos buenas noticias, pero por lo menos la esquizofrenia de las dos mitades de la pantalla ha terminado) y vuelve a sentarse. Se sienta y se rasca la cabeza, pero no como alguien a quien le pica sino como alguien que quiere tironearse de los pelos pero no se anima porque hay testigos, y por entre los dedos Fernando le ve los ojos llenos de lágrimas y siente que le quitan el piso de debajo de los pies, y cuando está a punto de ponerse de pie y acercarse al sitio de Daniel, este saca un bolígrafo y arranca una hoja de un cuaderno y escribe unas palabras rápidas y se la arrima deslizándola por la mesa, y como lo hace con cierta vehemencia la hoja se levanta por uno de sus extremos hasta que la mano de Fernando se posa encima y el papel vuelve a descansar sobre la mesa.

Fernando lee: "Me llamó Williams, que Mauricio viene para acá, que paremos porque la reunión sin él no sirve". Hay algunas palabras más, pero Fernando alza los ojos hacia el Ruso antes de terminar de leer porque no entiende qué hace Williams dando esa orden por teléfono pero igual le da miedo y el miedo sí lo entiende. De repente le llama la atención el silencio circundante. Alza los ojos y se topa con los ojos del Polaco, que lo mira como si esperase una respuesta. Y sobre otro de los laterales de la mesa están los tres árabes con la misma expresión interrogativa, aguardando a su vez que le responda vaya uno a saber qué al representante de Míster Pittilanga. Por suerte allí se acaba la nómina de los que lo miran a Fernando, porque el Cristo y Pittilanga están vueltos hacia el Ruso intentando entender qué carajo le pasa, que es lo mismo que estaba haciendo Fernando hasta que se percata de que le estaban hablando y él en Babia. Afortunadamente el Polaco habla, en el tono de quien reitera lo que acaba de decir.

—¿No es cierto, Fernando, que nuestro último piso es trescientos ochenta mil dólares y de ahí no nos podemos bajar?

Fernando traga saliva.

—Sí, sí. Menos que eso, imposible.

Lo dice más que nada por solidaridad con el Polaco, a quien no lo une ninguna lealtad especial, pero le parece mal dejarlo en la estacada. Después de todo está en lo suyo, y no tiene la menor idea de que ese algo que estaba en el aire está, ahora, en la mesa, en los ojos desorbitados del Ruso, en su tirón de cabello: el saque lateral que deriva en un forcejeo y el pelotazo profundo, la puta madre. Por suerte ese es el pie que estaba esperando el Polaco para una nueva andanada de argumentos, de modo que se vuelve hacia los árabes y empieza a hablar en frases cortas y pausadas para darle tiempo al traductor de hacer lo suyo. Y Fernando puede encararse con el Ruso y tocarle el brazo para pedirle explicaciones, aunque el otro se limite a mirar la mesa con los ojos llenos de lágrimas.

Fernando abandona toda compostura y desentendiéndose definitivamente de la negociación con los árabes se arrima al oído del Ruso y le pregunta qué carajo pasa porque no entiende nada. Y el Ruso, los codos en la mesa, las manos enredadas en el pelo, gira apenas hacia él para decirle que Williams está al tanto de todo porque Mauricio se lo contó, y me llamó para amenazarme, el hijo de puta; amenazarte con qué, pregunta Fernando; amenazarme con que mejor nos mandemos a mudar porque la negociación la van a manejar ellos porque no tenemos nada que ver en el asunto y si no nos dejamos de joder vamos a terminar en cana; en cana por qué, pregunta Fernando; y yo qué mierda sé, se impacienta el Ruso aunque mantiene la voz en un susurro, exasperado pero susurro al fin.

Fernando se acomoda en su asiento pero no por disimular frente a los árabes sino porque está tan desorientado que necesita un rincón en el cual ordenar sus ideas, aunque en el fondo son precisamente ideas aquello de lo que carece y, a falta de rincón, bueno es el respaldo de cuero negro de su confortabilísimo asiento. El pelotazo que se transforma en centro al área y el centro en cabezazo, y él ahí sin saber ni de dónde vienen los tiros, y en ese momento se escuchan tres golpes breves en la puerta, tres golpes que le hielan la sangre porque esa es la manera de golpear la puerta que siempre usa Mauricio.

Papeles en el viento I

—¿Saben qué imagen, qué cosa me deja en paz con todo?

—Dejame pensar, Mono... ¿el Ruso en slip y soquetes blancos?

—Hablo en serio, Mauricio.

—¿Qué tengo yo de malo en slip y soquetes blancos? ¿A ver?

—Nada de malo, preciosa, pero me parece que el Mono está hablando de otro tipo de paz y de belleza.

—Ah. Me quedo más tranquilo, Fer.

—¿Me van a tomar para la joda?

—No. Está bien, Mono. Hablá.

—Porque si me van a tomar para la chacota me callo la boca y no digo un carajo.

—¡Ufa, Mono, dale, hablá!

—Últimamente venimos hablando un montón de Independiente. De lo mal que andamos, de cómo sufrimos.

—¡Otra vez!

—Déjenme terminar. ¿No me dicen ustedes todo el tiempo que hable, que no me guarde las cosas, que les diga lo que me va pasando? Bueno, ahí tienen. Ahora se lo aguantan.

—Bueno.

—Dale.

—Yo sé que con este asunto del fútbol nos portamos como unos pelotudos.

—Lo dirás por vos. Yo soy un ninja.

—¡Hablo en serio, Ruso! ¡Pará de joder!

—Bueno, bueno. Bueno.

—...

—...

—Aparte ¿qué carajo tiene que ver un ninja?

—Quise decir uno de esos que hacen meditación, que todo les resbala, que todo les chupa un huevo.

—¿Y según vos un ninja es eso?

—No, pero no me acuerdo cómo se llaman.

57

El gigante de la puerta se hace a un lado e ingresa Mauricio, abarcándolos a todos de un rápido vistazo. Se acerca al sitio de Salvatierra, que trastabilla un poco al correr su sillón hacia atrás para ponerse de pie. Se estrechan la mano y el Polaco hace las presentaciones con los árabes. A Pittilanga, que le queda en el lado opuesto de la mesa, lo saluda con un inclinación de cabeza, y a Fernando y al Ruso ni siquiera los mira, aunque los tiene muy próximos a su izquierda.

Se hace un silencio tan incómodo que hasta los árabes parecen estar a disgusto. Salvatierra sale al cruce haciéndole a Mauricio una síntesis de lo que llevan conversado. Ajá, dice Mauricio cada tanto, y su expresión se mantiene severa e inescrutable. Cuando el Polaco termina, Mauricio asiente y le da las gracias. "Gracias, Ernesto", dice, y Fernando piensa que es la primera vez que escucha a Mauricio llamarlo por su nombre de pila. El detalle lo intranquiliza, como si sirviese para remarcar aliados y enemigos, como si fueran quedando cada vez menos dudas acerca de quiénes son unos y quiénes los otros.

—Ahora necesito pedirles algo —dice Mauricio, dirigiéndose tanto al Polaco como a los árabes—. Necesito pedirles disculpas por la desprolijidad de esta reunión y...

—¿Desprolijidad por qué? —brama el Ruso, y Fernando se sobresalta con semejante reacción.

Mauricio lo considera un instante y después vuelve a encararse con los otros.

—Me parece importante que de aquí en adelante las negociaciones se hagan exclusivamente entre las partes involucradas en la negociación.

El Polaco hace un ademán con las palmas de las manos hacia arriba, como dando a entender que eso es lo que estaba precisamente sucediendo. Mauricio frunce los labios y niega ligeramente con la cabeza.

—Creo firmemente, Ernesto, que para llevar a buen puerto esta reunión es imprescindible que cada quien acredite cuál es su papel en este asunto —hace un silencio algo dramático y toma asiento en el único sillón que queda libre mientras hurga en su portafolio—. Quiero decir: el jugador, su representante —a medida que va enumerando señala con la mano tendida hacia cada uno—, los hipotéticos compradores y el apoderado de la parte vendedora —y al decir eso último se señala a sí mismo.

—¿Qué? ¿Qué decís? —Fernando escucha que a su izquierda el Ruso se trabuca con sus propias preguntas, pero no le presta atención porque empieza a entender y un dolor helado y un desencanto feroz empiezan a ganarlo. Desde donde está, se ve un escrito que Mauricio acaba de sacar del portafolio. Y las firmas que rubrican las hojas. Y una de esas firmas Fernando la conoce de memoria.

—Es más. Me parece imprescindible evitar de aquí en adelante la presencia de allegados, que por más buena voluntad que tengan lo único que van a lograr va a ser entorpecer las negociaciones. Para empezar —y al decir eso se encara directamente con Salvatierra—: el precio que están manejando está totalmente fuera de nuestras expectativas.

—¿Nuestras? ¿Nuestras de quiénes? —el Ruso se incorpora a medias de su sillón—. ¿Quiénes, la puta madre...?

Mauricio endurece el gesto, como si estuviera apretando mucho las mandíbulas.

—Vamos a dejar las cosas claras —dice, y alarga los papeles hacia Salvatierra, invitándolo con un ademán a que a su vez los extienda luego a los árabes—. La señora Margarita Núñez de Raguzzi es, a los efectos de los derechos económicos sobre el jugador Mario Juan Bautista Pittilanga, la única propietaria. Es decir, mi mandante.

—Sí —acepta el Polaco—, pero el poder que firmó Margarita los acredita a los tres de forma conjunta o indistinta y...

—No es así —lo corta Mauricio—. El poder anterior sí.

Hace una pausa más teatral que todas las anteriores, y coloca el dedo índice sobre el escrito que dejó frente a Salvatierra, ese cuya rúbrica advirtió Fernando, que por eso ya no pregunta, ni duda. Apenas odia.

—Pero este otro poder amplio —sigue Mauricio—, que los invito a revisar, me acredita a mí, en representación de la firma Williams y asociados, a efectuar la procuración de los intereses de mi mandante de manera exclusiva. Y este poder —agrega puntuando rítmicamente con el dedo índice sobre la primera página— es revocatorio de todo poder otorgado con anterioridad.

Por un minuto se escucha todavía al traductor diciendo en árabe las últimas frases de esa escena enloquecida. Después, silencio. El Polaco levanta el contrato y lo lee.

—Es verdad. Acá te designan a vos solo…

—Y la cláusula revocatoria del anterior la tenés ahí, bien visible.

Salvatierra lee en el lugar que le señala Mauricio. Deja el contrato sobre la mesa.

—Sí —concluye.

—¿Cuál es la fecha del nuevo poder? —pregunta el Ruso, que tiene la piel de la cara enrojecida.

Salvatierra busca en la última página.

—Tiene fecha de ayer.

—No entiendo nada, Polaco —le pregunta Pittilanga, que hasta ese momento ha permanecido callado.

—Yo tampoco —dice enseguida el Ruso—, y la verdad que me está poniendo nervioso no entender lo…

—No hay nada que entender —lo corta Fernando, y mientras lo dice se siente extrañamente frío, distante, entumecido, como si siempre hubiese sabido que las cosas tenían que terminar así—. O sí. Mauricio la convenció a mi vieja de que le hiciera un poder nuevo, revocando el anterior. Pero esta vez el único que puede negociar es él. Nosotros no.

—¿Qué? ¿Por qué? ¿Qué decís? ¿Cómo? —Daniel pregunta y los mira a todos, y a nadie, con el rostro cada vez más enrojecido.

—Te sugiero que te calmes… —empieza Mauricio pero no puede seguir.

—Yo te sugiero a vos que cierres el culo —lo frena Fernando—. No le hables. No le hables nunca más.

Mauricio vuelve a apretar las mandíbulas y aparta la vista. Fernando habla mirando la mesa.

—De alguna manera acá tu amigo Mauricio la convenció a mi vieja de que estaba a punto de hacer un mal negocio. Y de que tenía que revocarnos el poder que nos incluía a los tres y dejarlo a él que lo manejara. A él y al hijo de puta de su jefe.

—¿Cómo su jefe?

—¿No escuchaste mencionar al estudio Williams?

—¿Pero qué tiene que ver? ¿Si no podemos venderlo todos juntos se cree que él solo va a poder?

—No exactamente —dice Fernando, asombrado porque a medida que lo explica lo va entendiendo él mismo—. A Mario se le termina el préstamo. Ahora vuelve a Platense y lo dejan libre. Ahí Mauricio le da el pésame a mi vieja, pobrecita, le dice que lo lamenta mucho y le propone minimizar las pérdidas. Minimizarlas un poquito, en realidad. Le ofrece treinta lucas, cuarenta lucas. Queda como un rey y lo compra a Pittilanga. Después encaran venderlo por la guita que estamos pidiendo.

—Pero es lo mismo…

—No, Rusito. Ahora la guita es para nosotros. Mejor dicho, para Guadalupe. Después la guita va a ser para ellos.

—¿Es verdad? —el Ruso lo pregunta con un hilo de voz, pero Mauricio no acusa recibo—. Te pregunto si es cierto…

—Mirá, Daniel —parece decidirse por fin—. Te sugiero que te vayas a tu casa y en otro momento que estés más tranquilo me llamás y…

—¡Te pregunté si es cierto! —el Ruso se pone de pie y cierra los puños. De allí en adelante todo lo dice a los alaridos—. ¡Te pregunté si es verdad! ¡Contestá, la puta que te parió! ¡Contestá!

Fernando le pone las dos manos en el pecho para evitar que embista hacia el sitio que ocupa Mauricio.

—Calmate, Ruso…

—¿Cómo me voy a calmar? ¿Cómo me voy a calmar? ¡Si no me contesta! ¡Contestá, carajo! ¡Contestá!

Mauricio no se pone de pie. Habla sin alterarse, dirigiéndose a Salvatierra y al traductor.

—Me parece que lo más aconsejable es pasar a un intermedio y retomar esta negociación una vez que esté cumplida la condición que les comenté al principio.

—¡Contestá, carajo! ¡Decime si nos cagaste, la puta que te parió! ¡Decime si nos cagaste!

La voz del Ruso termina estrangulada de furia. Fernando sigue sujetándolo a duras penas. El Cristo lo ayuda. El mastodonte de vigilancia ha abierto la puerta de la *suite* y deja pasar a otros dos que se le parecen. Mientras tanto, Mario Juan Bautista Pittilanga, sin mayores alharacas, se levanta, rodea la mesa por detrás de los árabes, toma del cogote a Mauricio, lo alza para tenerlo bien a tiro y le sacude una trompada brutal en la cara que lo derriba hacia atrás. Después se acerca al caído y empieza a pegarle una patada tras otra, hasta que uno de los de seguridad se le echa encima.

Papeles en el viento II

—...

—...

—...

—Parece mentira, loco. ¿Hay que cagarlos a pedos para que me dejen hablar?

—...

—...

—Bueno, Mono. Hablá. Dale.

—Lo que digo... lo que digo es que cuando a tu equipo le va mal, vos ves las cosas más claras. ¿O no?

—¿Más claras en qué sentido?

—Más claras en el sentido de que el fútbol es una mentira. Que es todo una farsa. Que es todo negocio. Los jugadores, los dirigentes, los periodistas. Hasta los delincuentes de la barra brava. Todo guita. Todo lo hacen por plata.

—Psíí.

—Es cierto.

—Porque cuando estás de buenas uno se pone medio ingenuo, medio boludo. Se alegra, festeja, se entusiasma. Todo le parece bien. Pero cuando las cosas vienen mal, en cambio, uno lo ve más claro. ¿O no es así?

—Sí, puede ser, Mono.

—Sí, supongo.

—Y en todo este tiempo, todos estos años, que Independiente viene como el orto, de mal en peor, ya a mí se me fue toda la ingenuidad, se me bajaron las ínfulas, el orgullo...

—Uf: "El paladar negro".

—¡Eso, Fer! El paladar negro y la puta que lo parió. ¿Ven que me entienden? Y sin embargo... sin embargo... a mí me queda un pero... Me queda algo en lo que me sigo enamorando. Así nomás.

Fernando se toca el mentón, apenas un roce, y da un respingo.

—¿Te pegaron? —le pregunta el Ruso.

—No. Me manoteó uno de los guardaespaldas, pero para sacarme de la habitación. Cuando me metió el brazo para agarrarme se ve que me pegó sin querer.

—Qué va a ser sin querer.

—Fue sin querer. Si uno de esos puntos te pega una piña te duerme, boludo.

—Puede ser —acepta Daniel, y se vuelve hacia el Cristo—: ¿Y vos?

—Yo estoy bien. A mí no llegaron a sacudirme.

Fernando hace un gesto con el mentón hacia el Ruso. En el forcejeo con los empleados de seguridad le han arrancado varios botones de la camisa, y ahora, sentado a la mesa del café, la corbata fucsia descansa sobre el vello de su abdomen. El otro se percata de su apariencia e intenta acomodar los faldones de la camisa bajo el pantalón, a falta de mejores alternativas, y se quita la corbata. Durante un rato están callados, viendo pasar la gente y los autos.

—¿Y el pibe? —recuerda el Cristo.

—Se lo llevó el Polaco —responde el Ruso—. Me parece que los bajaron en otro ascensor.

—¿Antes o después que a nosotros?

—No sé. Supongo que después. Cuando me sacaron vi que todavía le estaba dando a Mauricio para que tenga.

—Che, ¿le pegó mucho? —el Cristo lo pregunta con una risita.

—Por lo que vi, lo recontracagó a patadas.

—¡Je! Y mirá que el pibe patea fuerte.

—Que se joda —dice Fernando. Ahora siente un odio frío, como si le viniera desde muy atrás.

El Ruso escudriña la vereda de enfrente, hacia la esquina, hacia la entrada del hotel.

—¿Qué pasa? ¿Pasa algo? —pregunta Fernando.

Daniel niega con la cabeza.

—¿Todavía no salió Mauricio?

—No. Todavía no.

—Es al divino botón, Ruso.

—¿Qué cosa es al divino botón?

—Esperarlo.

—¿Por qué?

—Porque ya está. Ya fue. Perdimos —Fernando juega con el pocillo vacío.

El mozo pasa junto a su mesa y sin querer —pero sin tampoco tomarse la molestia de evitarlo ni de disculparse— le propina a Fernando un ligero empellón en el hombro. Fernando suele salirse de quicio con la mala educación de la gente, y protestar como si sirviese para algo. Pero esta vez permanece en silencio. Cuando venís torcido se aprovechan todos.

—¿Y ahora? —pregunta el Ruso.

—¿Ahora? Nada, Ruso. Habrá que hablar con Lourdes.

—¿Con Lourdes? ¿Por qué?

—Porque yo quedé con ella en que le íbamos a pasar una guita para Guadalupe todos los meses. Y que ella se iba a dejar de joder con escamotearnos las visitas. Y la mar en coche. Y ahora todo eso se fue a la mierda.

—¿Y para ver a la nena cómo van a hacer? —interviene el Cristo.

Fernando tuerce el gesto.

—Otra vez el quilombo. Habrá que ir al juzgado para revisar el régimen de visitas. Pero es un lío.

—¿Por?

—Porque una cosa es con mi vieja, porque es la abuela. Pero yo soy el tío. Ya no es lo mismo. Y este…

Fernando lo señala al Ruso, como dando a entender que la ausencia de parentesco complica aún más el panorama.

—¿Y poniendo un abogado? —insiste el Cristo, como si le costase aceptar que la justicia se adapte tan mal al sentido común.

—Mejor no hablemos de abogados —concluye Fernando sintiéndose sucio, harto.

Hacen otra pausa. El mozo se acerca a preguntar si quieren algo más. Resulta un poco asombrosa semejante presteza. ¿Será que lo intranquiliza su aspecto de pajarracos en las últimas? Le dicen que por ahora no. El tipo se vuelve a la barra.

Fernando se distrae viendo a una vieja detenerse en el puesto de flores a comprar unas fresias. Lleva un tapado negro y recto, anticuado, y zapatos de taco. Va demasiado pintada. ¿Serán cosas de la edad? También se pregunta para quién serán esas flores. Una amiga, ella misma, una tumba. A la vieja deben gustarle mucho las fresias, porque todavía no es la temporada y deben haberle cobrado un ojo de la cara por ese ramito miserable.

—Con Pittilanga no hablaste, ¿no? —pregunta el Cristo, dirigiéndose al Ruso.

—¿Cuándo querías que hablara?

—No sé... cuando nos echaron.

—Estaba muy ocupado haciéndome llevar por el cuello de la camisa por un orangután que me iba a romper el culo en árabe. No me detuve a hablar con el muchacho, Cristo querido —el Ruso se saca una miga que se le ha atorado entre dos dientes—. Habrá que ver qué pasa ahora.

—¿Habrá que ver qué?

—Nada. Habrá que ver. Eso.

—¿Ahora te las das de enigmático?

—¿Yo, enigmático? —el Ruso dirige la pregunta al Cristo, como para que este refrende su falta de malicia.

—Y... un poco —convalida el Cristo.

El Ruso se desentiende con un encogimiento de hombros y vuelven a quedarse en silencio. Hasta que el Cristo señala la vereda de enfrente.

—Ahí salen —dice, y los otros acompañan con la mirada su ademán que señala la puerta del hotel.

En la vereda, el Polaco Salvatierra y Mauricio se dan la mano. Después Salvatierra se pierde de nuevo en el interior del edificio y Mauricio mira hacia ambos lados, y también hacia la acera de enfrente. Después encara hacia la calle y, al mejor estilo nacional, sin esperar a que corte el semáforo, se lanza a cruzar esquivando los autos. Fernando cree advertirle una leve cojera, y recuerda las patadas que le dio Pittilanga cuando lo tuvo en el piso.

—¿Viene para acá? —Fernando pregunta perplejo.

—Parece —dice Daniel.

—Mirá si entra justo al bar...

—Capaz... —suelta Daniel.

El Cristo pega la cara contra el vidrio para ganar ángulo de visión, se levanta y apoya su mano en el brazo del Ruso.

—Viene para acá pero te pido que no hagás nada, por lo que más quieras, Ruso.

Fernando, al ver la alarma del Cristo, piensa que él también debería intervenir. Una cosa es fajarse con ese hijo de puta de Mauricio en la intimidad de un cuarto cerrado y otra muy distinta es empezar a los bifes en medio de un café. Van a terminar todos en cana. El Ruso no se desembaraza del brazo del Cristo, pero lo mira a él. Se cruzan sus ojos. Y a Fernando lo sorprende ver, en el rostro del Ruso, una expresión extraña. O extraña para la situación. Porque se lo ve calmado, casi plácido, hasta... satisfecho.

—¿Y a vos qué te pasa? —le pregunta Fernando, y alza los ojos hacia el Cristo por si el otro tiene alguna respuesta. Pero el pibe le devuelve idéntico desconcierto.

En ese instante, Mauricio Guzmán entra en el bar y se dirige directamente hacia la mesa que ellos ocupan. Porque el Cristo, en la distracción, ha aflojado la presión sobre el brazo de su amigo o porque el Ruso hace la fuerza suficiente, el hecho es que se levanta de un respingo y camina al encuentro de Mauricio. Fernando sigue sentado. El Cristo queda incorporado a medias, con las piernas entorpecidas por la mesa y la silla que el otro acaba de abandonar.

—¡Pará, Ruso! ¡Calmate! —alcanza a decir.

Cuando quedan a tres metros uno del otro, el Ruso y Mauricio detienen su avance. Aunque no se dé cuenta, Fernando vuelve a sentir una emoción que no experimenta desde que tenía once años. El deseo, el deseo profundo, arcaico, bestial, de que su amigo le parta la cara a golpes al malo de la escuela. De ver a Mauricio sangrar, llorar, pagar de alguna manera toda la humillación, todo el egoísmo. Tampoco se da cuenta, Fernando, de que cierra los puños, como anticipando los primeros golpes. El Ruso no tendrá la altura y el peso de Pittilanga, pero siempre fue bueno para pelear. Mauricio ya viene estropeado. Se le ve un raspón en la frente, otro en el mentón. Y el traje arrugado debe ocultar unos cuantos magullones en el cuerpo. Cagalo bien a trompadas, Ruso, piensa Fernando, sacale esa cara imperdonable de satisfacción, ¿de alegría?, que trae el reverendo hijo de puta.

Pero las cosas se dan de otro modo. Porque el Ruso y Mauricio se estudian desde los tres metros que los separan. Mauricio con los brazos laxos a los lados del cuerpo. El Ruso con los suyos en jarras. Y, extrañamente, sonríen. Abren los brazos. Sueltan una carcajada. Se estrechan en un abrazo interminable.

Papeles en el viento III

—Ya sabemos. Todo es guita, en el fútbol. Todo verso. Todo mentira. Pero… pero… pero hay algo…

—¿Pero qué, Mono?

—La imagen que les digo, y que vale por toda la amargura que te comés, por todas las broncas que te chupás, es esta. ¿Vieron al final del partido? Cualquier partido. Cualquier partido que Independiente haya ganado, eso sí. Porque si no, no es lo mismo.

—Nunca es lo mismo.

—No.

—Bueno, por eso. Supongamos que ganó. No importa a quién le ganó. No importa cuánto ganó. No importa cómo va en la tabla. Ganó y está haciéndose de noche…

—…

—…

—…

—Ganaste. Sufriste pero lo ganaste. Bien. Termina el partido, la policía hace salir a los visitantes y a vos, que sos local, te dejan media hora, cuarenta y cinco minutos, sin hacer nada, esperando que los visitantes se vayan de Avellaneda.

—Un embole.

—No se pasa más.

—¡Error!… ¡Error!… Si perdiste o si empataste, sí es un horror, un embole que te querés matar. Pero si ganaste…

—…

—…

—…

—Piénsenlo.

59

Mauricio y el Ruso se destrenzan un poco y se hablan a los gritos. Las otras personas del bar los miran turbados, con vergüenza ajena, pero a ellos parece tenerlos sin cuidado. El Cristo se deja caer en su asiento. Lo mira a Fernando, que tiene la boca abierta y está pálido. El Cristo se ríe, feliz. Todavía de pie, los otros dos gritan tanto que se entiende perfectamente lo que dicen.

—¿Qué pasó? —está preguntando el Ruso.

—Ya está.

—¿Qué ya está?

—Está hecho.

—¿En serio?

—Más bien, pelotudo.

—¡No! Me estás verseando.

—Nada que ver. Te digo que está.

Se abrazan de nuevo. El Cristo mira a Fernando, que sigue estático.

—Contame, qué dijeron.

—De entrada fue un quilombo, yo pensé que...

—Cuando nos fuimos qué pasó...

—¡Te estoy contando! De entrada no daban ni bola porque se pusieron a hablar entre ellos y...

—¿Mario te pegó mucho?

—¿Mucho? ¡La puta que lo parió a ese pendejo! ¡Me hizo mierda! Estoy todo dolorido. Para mí que me fisuró una costilla.

—No puede ser.

—Te digo que sí.

—Siempre sos el mismo cagón. ¿Sabés lo que duele una costilla fisurada?

—Sí, boludo. ¿Querés que te muestre? Tengo todo colorado.

—No me interesa. Contá lo que pasó.

—Bueno. Ustedes se fueron y…

—No nos fuimos. Nos sacaron a patadas en el culo.

—Bueno, da igual.

—No, no da igual, pelotudo. A nosotros sí que nos cagaron a patadas.

—¿Qué querés? ¿Una competencia de quiénes ligaron más? No hinchés las bolas.

—¿Se puede saber por qué carajo el Ruso se está cagando de la risa con este conchudo?

Fernando se encara con el Cristo para preguntárselo. El Cristo vuelve a sonreír. Se siente en el cielo. Cuando empezó a trabajar con el Ruso ni se imaginó que le iba a pasar algo así. Piensa si le explica algo a Fernando o no. Decide que no. Él, ahí, es un testigo.

—Ya vas a entender. Quedate tranquilo.

—Tranquilo las bolas.

El Cristo no necesita retrucar porque Fernando gira de nuevo hacia los otros dos. El Ruso acaba de apoyarle una mano en el hombro a Mauricio y lo conduce hacia la mesa. El Cristo se pregunta si Fernando va a iniciar otra vez el quilombo. Parece que no. Está demasiado aturdido. El Ruso le señala a Mauricio la silla vacía.

—Sentate ahí, que quedás tapado por la pared. No sea cosa que salgan los árabes del hotel y nos vean juntos.

—Qué van a salir, Ruso.

—Por si acaso. No la vamos a joder ahora.

Mauricio obedece. Fernando sigue mirándolos, desencajado. El Cristo es feliz porque el Ruso le dedica una mirada de recíproco entendimiento.

—¿Me vas a explicar? —pregunta Fernando. La voz le tiembla un poco, como si estuviera al límite.

—¿Vos viste la película *El golpe*?

Fernando frunce el ceño, en el más absoluto desconcierto. Trata de recomponerse:

—Me chupa un huevo la película *El golpe*, Ruso. Explicame qué carajo hace él acá, y qué hacés vos a las risotadas con el guacho que nos arruinó para toda la cosecha.

—Esperá —intenta calmarlo el Ruso. El Cristo comprende que el Ruso tiene ganas de contar la historia al derecho y con todos los chiches pero claro, le será difícil controlar la ansiedad del otro. Se dirige a Mauricio—. ¿Cuántas veces vimos la película *El golpe*, doctor?

—Puf. Cincuenta veces.

—Este —lo señala a Fernando, pero se dirige a los otros— también la vio. La vio con nosotros en el Ocean de Morón. Estuvo difícil porque era prohibida para catorce. Pero no se acuerda.

—En el cine la vimos tres veces en continuado —aporta Mauricio.

—Exacto —convalida el Ruso—. Pero hablarle a este de películas es como hablarte a vos de fútbol del ascenso, Cristo. Con perdón.

—Estás perdonado —concede el Cristo, que no tiene mayor dificultad en reconocer sus puntos débiles.

—No entiendo de qué carajo me tengo que acordar.

—Paul Newman —dice el Ruso.

—Robert Redford —agrega Mauricio.

—El malo…

—¿El gángster?

—Sí. El gángster…

—Esperá, esperá. Ya lo tengo… ¡Robert Shaw!

—¡Robert Shaw, qué hijo de puta, qué memoria que tenés, Mauricio!

—Sigo esperando que me expliques —Fernando.

—Ya va, Fer. ¿Vos te acordás de que en estos últimos días yo te estuve preguntando por esa película?

—¿Qué? No… ¿Me preguntaste?

—¿Ves que cuando yo te hablo no me das pelota?

—Sí te doy.

—Sí, veo cómo me das. Te pregunté.

—Estás en pedo. No me preguntaste.

—¿Le pregunté o no le pregunté, Cristo?

El Cristo asiente con la cabeza. El Ruso se acomoda en la silla para disfrutar más su propio relato. El Cristo también. Aunque ya lo escuchó veinte veces, le encanta cómo lo cuenta.

—Robert Redford es un estafador. Años treinta. Chicago. Un estafador que labura con un socio. Un amigo. Un negro, más grande. Un tipo mayor. ¿Qué actor es, Mauricio?

—Uh, me mataste... —dice Mauricio, mientras se palpa el moretón de la pera.

—No importa. Un mafioso lo mata a su amigo. Al negro. Y entonces Robert Redford lo busca a Paul Newman.

—¿Para matarlo? —se extraña Fernando.

—¡Cómo va a ser para matarlo, pedazo de boludo! ¡Para asociarse! Paul Newman también es un estafador, pero con más clase, juega en otra categoría. Y se juntan para cagarlo al mafioso. Al que lo mató al negro.

—¿La música no la ubicás? —pregunta Mauricio, y por la mirada que le devuelve Fernando el Cristo sospecha que tal vez no sea buen momento para hablar de cine sino para aclarar las cosas. Pero andá a convencerlo al Ruso de que se detenga.

—El doctor te lo dice —media el Ruso que, efectivamente, está decidido a perseverar— porque la música es requeteconocida. Ta, ta, ta, ta... ta, ta... ta, ta... ta, ta, ta, ta, ta, ta, ta... ta, ta, ta. Yo me la sabía en la flauta dulce.

—¡Pero me cago en la flauta dulce, Ruso y la puta madre!

—Calmate que vas a explotar, pelotudo. Quedate tranquilo.

—¿Cómo querés que me quede tranquilo si no entiendo una reverenda mierda?

—Tranquilo. Que te lo diga Mauricio. Doctor: ¿está todo arreglado o no?

—Sí.

—¿A este hijo de mil putas querés que le crea?

El Ruso da un respingo y lo mira al Cristo, como buscando ayuda. El Cristo se debate entre aconsejarle que vaya al grano y dejarlo hacer. Es que es así, al Ruso no hay con qué darle cuando se pone a contarte algo.

—No, Fer. Pará. No lo puteés. Haceme caso. Vas a ver que estuvo bien. Esperá que te cuente. Fue como en la película, ¿entendés?

—¿Me dejás de romper las pelotas con la película? ¿No entendés que no te puedo seguir?

—Por qué no le explicás al derecho y listo, Ruso. A lo mejor así se tranquiliza —interviene el Cristo, que teme que la cosa vuelva a desmadrarse.

El Ruso vacila y parece resignarse.

—Las cosas se dieron... no sé cómo explicarte. Todo lo que era un quilombo de repente se ordenó.

—¿Ah, sí? —Fernando suena escéptico.

—Es que es así. Primero este me vino a ver.

—¿Quién?

—Mauricio. Al lavadero. ¿Cuándo fue que viniste?

—Uh... no me acuerdo.

—Hace tres semanas —acota el Cristo, que todavía recuerda la impresión que le produjo el Audi del susodicho.

—Bueno. La cosa es que me vino a ver.

—¿Y para qué lo fuiste a ver? —la voz de Fernando sigue cargada de rencor.

—Para ver qué podíamos hacer —Mauricio suena cauteloso, como si todavía temiera una súbita lluvia de insultos o de golpes.

—¿Y eso por qué? —Fernando sigue hostil.

—Hablamos largo, ese día —retoma el Ruso—. Y yo la película la había visto hace poco.

—¿Otra vez vas a empezar a romper las bolas con la película?

—¿Y cómo querés que no te la nombre si se me ocurrió viendo la película? Me refiero a que los tipos son dos estafadores de la puta madre, que lo engatusan a este chabón con una pelea y...

El Ruso se detiene, recapacitando.

—¿Y qué? —se impacienta Fernando.

—Que quiero que la veas, boludo. Y si te digo lo que te iba a decir te cago el final.

—¿Me estás jodiendo, Ruso? ¿No te das cuenta que tu película me chupa tres velines?

—Lo decís porque no la viste. Si te la cuento y después la ves, te vas a querer matar. Lo que tenés que saber ahora es que los tipos, los protagonistas, parece que se masacran entre ellos. Parece que se pelean, que uno lo traicionó al otro, y se cagan a tiros delante del mafioso. Se matan, pero de mentira, ¿entendés? —se giró hacia el Cristo, con cierta congoja—. Me parece que le conté el final igual, boludo.

—Mala suerte, Ruso. Hacés lo que podés —lo consuela el Cristo, que entiende sus remilgos de narrador.

—¿Te la hago corta? —Daniel se encaró con Fernando—: Te mentí.

—¿Qué?

—Que te mentí, boludo. Te mentí. Te mentimos. Este también.

—¿Cómo que me mintieron?

—Para empezar, no fue que me lo encontré a Salvatierra en el supermercado y el boludo me contó de los árabes.

—¿Cómo que no?

—Bueno, en realidad sí. Me encontré con el Polaco en el súper, pero porque lo fui a buscar yo. Habíamos quedado así con Mauricio. Lo arreglamos antes, sabiendo que el Polaco no iba a poder guardar el secreto. Y así era más creíble.

—¿Así que lo armaron ustedes dos? —dice Fernando, y el Cristo cree advertir un matiz de ¿celos?

—Nosotros dos y este —afirma el Ruso señalándolo precisamente al Cristo, que se encoge de hombros, inocente.

—¿Entonces vos sabías todo? ¿Lo del poder firmado por mi vieja?

—¿Y cómo no lo voy a saber? Lo importante era que no lo supieras vos. Para que tu enojo fuera sincero. El tuyo y el de Pittilanga, claro.

—¿A Pittilanga no le dijeron?

—No, porque necesitábamos un equilibrio —el Ruso mueve las manos, remedando el balance—. Algunos sabiendo, otros no. Algunos actuando, otros siendo espontáneos.

—¿Salvatierra?

—No, si con ese boludo no se puede contar. Si cuando lo encaré en el súper me soltó todo en dos minutos. Y eso que acá Mauricio le había hecho prometer silencio.

—¿Cómo? ¿Entonces el plan era tuyo? —por primera vez, Fernando le dirige la palabra a Mauricio.

—No. Cuando le dije a Salvatierra que no dijera nada no se me había ocurrido.

—Dejame que lo explico yo —se mete el Ruso, y el Cristo se da cuenta de que las cosas van a hacerse a su modo—. A tu vieja la fui a ver antes de ayer y me firmó todo sin preguntar un carajo.

—¿Y no fue capaz de preguntarme a mí, antes? —Fernando suena disgustado.

—Se suponía que yo iba de parte tuya.

—Podría haberme preguntado por teléfono.

—Imposible —el Ruso le hace un gesto al Cristo, que se siente habilitado a intervenir.

—Para evitar complicaciones le cortamos el teléfono, Fernando. Mil disculpas. Yo obedecí órdenes.

—¿Cómo se lo cortaron?

El Cristo hace el gesto de quien alza el brazo con una tijera en la mano y corta un cable.

—Ya se lo pasamos en arreglo, igual, quedate tranquilo.

—¿Y si mi vieja tenía una emergencia y necesitaba llamar?

El Ruso y el Cristo se miran sin saber qué responder, hasta que el Cristo vislumbra la solución.

—Yo antes de ayer la vi y se la veía bárbaro, Fernando. Una salud de hierro, tu vieja.

—Bueno, pero pará de interrumpir —retoma el Ruso—. Vos llegaste a la reunión convencido de que Mauricio iba a tratar de cagarnos. Cuando saca el poder firmado…

—Pará, pará. Pero Williams te llamó en plena reunión…

—Ay, piscuí, no era Williams. Era este, que llamó desde la recepción del hotel.

—¿Para qué?

—¡Ay, Dios! Para hacer como que el tipo venía a bochar la negociación, cuando ya la teníamos lista. Para que tu cara de odio fuera real. ¿Viste cómo te miró, Mauricio?

—Creo que si tenía un cuchillo me ensartaba…

El Ruso hace un cuadro con los dedos, remedando a un director de cine.

—Necesitaba esa cara de odio, Fer.

—Me podrían haber dicho.

—Error. Sos demasiado bueno.

—Boludo, querrás decir.

—Bueno, sí. Boludo también. Pero no sos buen actor. Se te habría notado.

—Pará un poquito —Fernando apoya las palmas en la mesa—. Yo te vi ponerte colorado como un tomate cuando recibiste la llamada.

El Ruso mira al Cristo y alza las cejas. El Cristo sonríe, concesivo.

—Conteniendo la respiración, boludo. Y un poco de esfuerzo intestinal. Un maestro —se congratula el Ruso.

—Pero cuando cortaste tenías los ojos llenos de lágrimas.

Ahí el Ruso amplía el vistazo a Mauricio, para que sean más los ojos que presencien el mágico momento de su consagración.

—Memoria emotiva. Shostakovich…

—Stanislavsky —corrige el Cristo.

—Exacto. Stanislavsky…

—Me podrías haber dicho —insiste Fernando—. Por algo al Cristo le dijiste.

—¡Al Cristo le tenía que decir porque si se me bandeaba la escena tenía que tener algún aliado! Pero Pittilanga no sabía. Y los árabes tampoco.

—Genial. O sea que compartí la ignorancia con un pendejo iletrado que lo único que sabe hacer es patear una pelota y con tres árabes que no saben dónde carajo están parados.

—¡Qué no van a saber! Si esos tres se cogen una mosca en pleno vuelo de lo rápidos que son —se volvió hacia Mauricio—. ¿Seguro que terminaste bien?

—Seguro, Ruso. Está todo firmado. Salvatierra se lo llevó a Pittilanga afuera y, cuando terminé con todo, le explicó a Pittilanga mientras yo ajustaba los detalles.

—¿Y no te hicieron quilombo?

Mauricio lo mira con cierta ironía, como si hubiese preguntado una obviedad.

—Más bien que me hicieron quilombo. Se calentaron, me amenazaron, dijeron que se iban…

—¿Viste que te digo que son jodidos? ¿Y entonces?

—Y ahí se puso duro el asunto. Hasta se fueron un poco de boca.

—No digas. ¿Y cómo lo manejaste?

—Nada del otro mundo. Últimamente estoy acostumbrado a que me recontraputeen.

Aunque lo dice sin mirar a nadie es evidente que le está pasando una factura a Fernando, que prefiere mirar por la ventana.

—Bueno —el Ruso se apresura a empujar la conversación hacia otro sitio—. ¿Y entonces?

—Y cuando me vieron que no me bajaba ni en pedo, pensaron que era verdad lo que había dicho Fernando: que en el estudio queríamos hacer caer la operación para que Pittilanga quedara libre y comprarlo en unos meses por dos mangos (porque esa parte de lo que dijo Fernando el traductor de ellos la entendió perfecto, se ve, porque después la trajeron ellos a colación: fue justo en la parte en que me consideraban un flor de hijo de puta, en perfecto castellano argentino). Ahí cuchichearon un poco y se pusieron a hacer números.

—¿Y vos?

—Yo nada. Comiéndome los codos. Pero nada.

—Y al final agarraron viaje. Lo llamé al celular al Polaco, que le habló a Pittilanga y después lo trajo a firmar. Por suerte ya se había calmado y esta vez no me cagó a patadas.

—¿En serio te lastimó?

Por toda respuesta Mauricio se levanta la camisa y muestra el costado del tórax, bajo la axila, que aparece raspado y enrojecido.

—Ah... te pegó bastante... —concede el Ruso, tal vez arrepintiéndose un poco de su anterior liviandad. Fernando sigue mirando la calle.

—Y ahí firmamos todo y a la mierda. Faltan detalles. Y el pago de la guita, claro. Pero está hecho.

Se hace un silencio. El mozo trae el café que Mauricio le ha pedido por señas. El Cristo, viendo que los otros permanecen callados, acopia el valor necesario como para preguntar. Antes de hablar, carraspea.

—¿Y en cuánto cerraste?

Mauricio demora todavía un instante. Los mira a los ojos. Ahora Fernando le devuelve la mirada. Los ojos de Mauricio brillan. Orgullo, piensa el Cristo, o algo muy parecido.

—Cuatrocientos veinte mil dólares —echa un sobre de azúcar en el pocillo—. Limpitos.

Los otros demoran un instante, mientas encajan las cifras en el casillero vacío que ha estado angustiándolos a lo largo de dos años. Como siempre, el Ruso es el primero en reaccionar.

—¡Es un milagro! ¿Y la comisión para el pibe?

—Ellos. La ponen ellos. Los cuatrocientos veinte son limpitos. Ya te dije.

—No te puedo creer. ¡Por fin algo que salió derecho, carajo!

—Al Polaco lo arreglé con treinta lucas. Cuarenta para Bermúdez. Así que nos quedan trescientas cincuenta lucas limpias, si yo hago bien las cuentas —agrega Mauricio.

Se hace un silencio. El Cristo ve que Fernando saca una servilleta del servilletero y hace una cuenta. Los otros lo miran hacer. Multiplica mil por doce por once. Anota el resultado: ciento treinta y dos mil. Lo recuadra. Eso es lo que le pasarán a Lourdes para Guadalupe hasta que la nena cumpla veintiuno. Después hace otra cuenta. Trescientos cincuenta menos ciento treinta y dos. Recuadra otra vez el resultado: doscientos dieciocho mil dólares que le darán a Guadalupe cuando sea mayor de edad. Mauricio suelta una risita y el Ruso lo acompaña. Por contraste, la seriedad de Fernando resulta casi chocante y Daniel se percata.

—¿Y a vos qué te pasa?

Fernando no levanta la vista.

—¿A mí? Nada. Estoy asombrado, supongo.

—Tenés cara de velorio, boludo.

—Nada que ver. Me alegro. En serio me alegro. Quedé un poco mal parado, supongo. Nada más.

—¿Mal parado por qué?

—¿Me lo preguntás en serio? Vos te armaste la película todo lo que quieras. Pero a este lo recontraputeé de lo lindo.

Habla sin mirar a Mauricio, señalándolo apenas con la mano, pero el Cristo comprende que no es porque le dure el rencor, sino porque lo supera la vergüenza. El Ruso no sabe qué contestarle. Después de un silencio largo, el que habla es Mauricio.

—No te preocupes. Casi siempre que me putearon hicieron bien. Tenían razón, bah. Porque una vez te hayas equivocado...

Deja la frase inconclusa. El Cristo piensa en decir algo, pero vuelve a pensar que hoy, entre ellos, él es un testigo. Nada más. Pasa un rato.

—¿Te puedo preguntar algo? —de repente, Fernando le habla a Mauricio.

—¿Qué?

—¿Por qué?

—¿Por qué qué?

—¿Por qué lo hiciste? Habías dicho que podías tener quilombo con tu jefe.

Mauricio se encoge de hombros. Mira hacia afuera.

—Por suerte no está en Buenos Aires. Se supone que se fue a un Congreso a San Pablo, pero yo sé que se fue a Recife a atornillarse a una minita. Supongo que volverá contento. Contento y calmado, espero.

—Ojalá —refrenda Daniel.

Se callan otro rato. Mauricio mira la hora, llama al mozo y paga la cuenta. Se incorpora y los saluda con un beso.

—No me contestaste —le dice Fernando, cuando ya ha dado un par de pasos alejándose de la mesa. Mauricio lo escucha, se detiene y da vuelta la cabeza.

—¿No te contesté qué?

—¿Por qué lo hiciste? ¿Por qué te animaste a dar una mano así?

Mauricio tarda en contestar. Tanto, que parece que va a irse sin hacerlo. Cuando habla su voz suena trabada, como si le costase salir.

—Mirá —arranca, y carraspea, tal vez en un intento de quitarle el falsete a su tono—. Hace unas semanas me pasó algo muy bueno. Algo mío. Algo bueno.

—¿Te ascendieron? —pregunta el Ruso.

Mauricio niega con la cabeza.

—Y me di cuenta de que sin ustedes... sin ustedes no tenía a quién contárselo.

Sin agregar palabra camina hacia la puerta. Lo detiene la voz de Fernando.

—¿Y qué era?

—¿Qué era qué?

—Lo que tenías que contarnos. Lo que te pasó.

Mauricio sonríe.

—Otro día. Cuando nos veamos se lo cuento.

Saluda con la mano, se da vuelta y se va. El Cristo lo sigue con la vista mientras se lo permite el ventanal y después se vuelve a mirar a los otros dos. Fernando tiene la cara girada hacia el interior del bar, como queriendo evitar que los otros lo vean. El Ruso no. El Ruso llora francamente, sin el menor fingimiento.

Papeles en el viento IV

—Se va el sol.

—…

—…

—…

—Los policías con los perros se plantan cerca del alambrado, sobre la cancha, mirando a la tribuna. No sé para qué, pero se plantan ahí.

—…

—…

—…

—La gente comenta el partido… compra un paty… un choripán. Los pibes levantan del piso los vasos de plástico de las gaseosas y los tiran al foso, para verlos flotar en el agua sucia…

—…

—…

—…

—Si estás bien arriba te asomás por las galerías de atrás de la tribuna, las que balconean hacia abajo y escupís a ver a qué le das…

—…

—…

—…

—Y ponele que haya un poquito de viento. ¿Viste los pedazos de papel de diario que la gente tiró al principio, para recibir al equipo? Si hay un poco de viento los papeles se levantan, se mueven un poco, giran en el aire, se vuelven a posar…

—…

—…

—…

—El que tiene radio escucha el comentario final, las notas a los jugadores, la conferencia de prensa…

—...

—...

—...

—Sacan los carteles de publicidad... las redes... van apagando las luces... vos seguís ahí, acodado en la baranda. Ahí siguen los papeles. Las marcas de los taponazos en el pasto. Una serpentina...

—...

—...

—...

—Yo les pregunto: eso solo... olvídense de todo lo demás. Copas, campeonatos, todo lo demás. Eso solo. Olvídense del negocio, de que todos van detrás de la guita, de que uno es el único gil que lo hace por amor. Eso solo. ¿No vale la pena toda la mufa que te comés el resto del tiempo? ¿No lo vale?

—...

—...

—Capaz.

—Y, sí.

—...

—...

—Sí, Monito. La verdad que sí.

Cuando escucha la bocina, Fernando se tantea los bolsillos del vaquero para cerciorarse de que no le falta nada. Documentos, algo de dinero, unas monedas. Gira la llave de la puerta de entrada y abre de par en par. El auto de Mauricio resplandece bajo el sol de la tarde. Desde el asiento trasero, Guadalupe lo saluda con la mano y sonríe. El Ruso hace lo mismo.

Mientras da la vuelta por delante del Audi azul marino repara en que le han dejado libre su sitio de siempre, y le gusta. Algún tiempo atrás han discutido con Mauricio acerca de las tradiciones. No se acuerda de lo que dijeron, pero hoy Fernando concluye que las tradiciones están para eso. Para que el mundo sea un sitio más acogedor, más previsible, más confiable. A la cancha hay que ir así. Mauricio al volante, él a su lado, el Ruso atrás. Y en lugar del Mono, Guadalupe. No está mal.

—Hola, tío.

—Hola, preciosa.

—¿Es cierto que todos los domingos vamos a salir juntos?

—¿Te lo dijo tu mamá?

—Sí.

—Es verdad. Todos los domingos, y muchos sábados, y muchos miércoles. Conmigo y con la abuela. Estos dos vendrán de vez en cuando. Cuando vayamos a la cancha, vendrán siempre.

—¿Es cierto que el tío Ruso tiene una Play Station 3?

—¿No sería más lindo que me dijeras tío Daniel, Guada? Tío Ruso queda medio…

—Pero ellos te dicen Ruso.

—Sí, pero ellos porque son unos antisemitas.

—Pero a mí me gusta tío Ruso. ¿Qué son antisemitas?

—¿Vas a ir todo el viaje desde Castelar a Avellaneda haciendo preguntas?

—Sí, ¿por qué? ¿Tenés una Play 3 o no tenés?

—Tiene, Guada. Tiene una Play 3 —confirma Mauricio.

—¿Y de dónde la sacaron? —se interesa Fernando.

—El directorio de la Fundación Guadalupe consideró apropiado obsequiársela a los cerebros de "Marca Pegajosa" por los servicios prestados.

—Me parece justo —convalida Fernando.

—Justísimo —agrega el Ruso, aunque su voz se pierde un poco porque lleva la ventanilla abierta al tope.

—¿Y puedo ir a jugar, tío Ruso? ¿Qué Fundación Guadalupe, tío?

—Sí. Pero mirá que siempre jugamos jueguitos de fútbol.

—Ya sé. No me importa.

—Así me gusta.

—¿En qué pensás que vas con esa cara? —le pregunta Mauricio a Fernando.

A Fernando lo sorprende la pregunta. No va pensando en nada en especial. Disfruta la charla entre los otros tres y deja vagar los pensamientos, como deja vagar los ojos por el paisaje veloz de la autopista. Antes de que responda, se le adelanta el Ruso:

—¡Ah! ¡Me olvidé de contarles! ¡Ayer me llamó Pittilanga!

—¿Qué dice el pibe?

—Uh, no sabés. Parece que anda bárbaro.

—¿Pittilanga quién es, tío? —pregunta Guadalupe.

—Un jugador de fútbol amigo nuestro.

—¿Ustedes tienen un amigo jugador?

—Sí, uno que juega en Arabia. Es argentino, pero se fue a jugar allá.

—¿Y cómo lo conocieron?

—Ya te vamos a contar. Tu papá también lo conoció.

—¿Sí?

—Sí. Pittilanga, se llama. Tu papá lo descubrió cuando era más chico y se dio cuenta de que iba a triunfar.

—¿¡En serio!?

—¿Y qué dice Pittilanga? —pregunta Mauricio.

—Anda bárbaro. Hasta ahora jugaron cuatro partidos, y en los cuatro fue titular.

—¿No digas?

—Salió en el diario. Quedó en mandarme el recorte por correo electrónico.

—¿Y cómo se siente de vivir allá?

—Bien, dice que bien. Que no entiende un carajo el idioma.

—¿Y con los compañeros?

—Hay un colombiano que le traduce. Y como el técnico es holandés hay un traductor en general, porque nadie entiende un carajo.

—Qué quilombo.

—Pero parece que es una muralla, el pibe, ahí en la cueva. Qué ojo tengo para ver el fútbol, la puta madre.

—No te agrandes, Ruso.

—¿Por qué te dicen que no te agrandes, tío? —pregunta Guadalupe, y Fernando piensa que de aquí en adelante ese universo masculino tendrá que acostumbrarse a incorporar esa voz de pito y sus interrogaciones, y también eso lo hace feliz.

—¿Dónde vas a dejar el auto, Mauri? —pregunta el Ruso.

—Ahí cerca, supongo. ¿Por?

—No, por los afanos, digo.

—¿Por qué, tío?

—Porque la zona de la cancha de Independiente no es una cosa así de… qué seguridad, sabés.

—¿No? —la voz de Guadalupe suena ligeramente intimidada.

—No es para tanto —interviene Fernando, que le teme al temor de Guadalupe, pero sobre todo al temor de Lourdes, o al del nuevo marido de Lourdes—. Pero igual es la cancha más linda del mundo.

—Eso sí —convalida Mauricio.

—Ya sé, ya sé —se apresura a confirmar Guadalupe, como si temiera que confundan sus dudas con frialdad de sentimientos.

—¿Bajo por Belgrano o por Pavón? —pregunta Mauricio, cuando llegan al final de la autopista.

—Bajá por Belgrano —recomienda el Ruso—. No habiendo partido seguro que podés estacionar fácil.

—Mejor andá por Pavón —sugiere Fernando—. Para que Guada vea por dónde vamos siempre. Hoy porque no hay partido. Pero cuando haya vamos a bajar por ese lado.

—Tiene razón —convalida Mauricio, mientras pone la luz de giro.

Fernando se lo queda mirando.

—¿Y a vos qué te pasa? —inquiere Mauricio.

—Nada. Que de un tiempito a esta parte estás hecho casi una buena persona, boludo.

—¡Qué malo, tío! —salta Guadalupe, entre divertida y asombrada.

—¿Viste cómo me tratan, chiquita?

—¡Yo te defiendo!

—No te equivoques, pibita. De los tres hombres que te acompañan, hay dos que somos buenas personas. Dos buenas personas y el chofer —apunta el Ruso.

—Pero mirá qué auto que tiene el chofer, eh —fanfarronea Mauricio.

—¿Y eso qué es? —pregunta Guadalupe señalando el talud de tierra que tienen a la derecha.

—El viaducto del tren. No la ves, pero arriba de eso pasa la vía.

Fernando gira hacia atrás, para ver de frente a la nena.

—Tenés que tener en cuenta que la cancha está nueva... pero sin terminar.

—Sí, ya lo sé, tío.

—Digo, por si no te gusta. Dentro de unos meses va a quedar mucho mejor.

Mauricio murmura con el costado de la boca, cerca de Fernando para que sólo él pueda escucharlo: "Dentro de unos meses, unos años, unos siglos...".

—Claro —acota el Ruso—. Vas a ver una parte que está sin hacer, otra que tiene unos hierros que asoman.

—Falta pintura, terminaciones... —completa Mauricio.

La nena asiente y sigue mirando por la ventanilla, hacia los monoblocks del Barrio General Belgrano.

—Pero... ¿la van a terminar?

El Ruso maldice íntimamente esa perspicacia que tienen los niños y las mujeres para golpear donde más duele. Y esa personita reúne las dos condiciones.

—Seguro. Está casi lista.

Mauricio estaciona al llegar a la calle Alsina. Todavía falta una cuadra, pero se han puesto de acuerdo en hacerla caminando. El barrio está desierto.

—Acá te lo van a afanar —dice el Ruso, con el único objeto de intranquilizarlo—. ¿Tenés buen seguro, boludo?

—Buenísimo —se burla Fernando.

Mauricio contiene el insulto que le viene a la cabeza y mira alrededor. Unos pibes toman cerveza en el quiosco de la vereda de enfrente. Se les acerca y les habla, señalando el auto.

—Listo —informa, satisfecho, al volver.

—Estás en pedo —sigue el Ruso—. Te lo van a hacer mierda ellos.

—Por veinte mangos te juro que me lo van a cuidar.

—¡Veinte mangos! Me hubieras dicho y me quedaba a cuidártelo yo, boludo.

—Tenés un tío rico, Guada. Estás salvada —dice Fernando.

—¿En serio tenés mucha plata, tío?

—Plata tiene de sobra. Le falta moral —se anticipa el Ruso.

Guadalupe los mira extrañada y Fernando está a punto de explicarle que es un chiste, pero se contiene. Mejor que aprenda sola. Los pibes aprenden rápido. Si su sobrina puede manejar una computadora a la velocidad de la luz, cuánto más fácil aprenderse el rudimentario código sarcástico de tres tíos viejos.

Caminan en silencio por Alsina. Cuando faltan veinte metros para la siguiente esquina, el Ruso apura un trote para llegar primero hasta el poste indicador y señalar el cartel.

—Mirá cómo se llama la calle, Guada —intervino Fernando.

La nena obedece.

—¿Bochini? ¿Como el jugador de Independiente?

—El más grande jugador de fútbol de todos los tiempos —informa, solemne, Mauricio, mientras se acercan a la esquina.

—¿Más que Maradona, tío?

Fernando y Mauricio se miran.

—¡Ey! ¿Mejor que Maradona? —insiste Guadalupe.

—No, mejor que Maradona no. Parecido —decide Fernando—. ¿Y sabés de qué cuadro era hincha Maradona cuando tenía tu edad?

La nena abre los ojos más grandes todavía.

—¡¿De Independiente?!

Fernando se siente un patrón de estancia exhibiendo sus tierras inconmensurables a la contemplación aterida de un grupo de parientes de la ciudad.

—Ajá.

La nena se toma un segundo para pensar.

—Bueno. Mirá si yo hago lo mismo. De chica soy de Independiente y después me hago de Boca.

Mauricio suelta la risa, mientras Fernando piensa que van a tener que estar muy atentos para aguantarle el tranco a esa petisa.

—Quieta, quieta acá —dice el Ruso, para evitar que Guadalupe llegue a la esquina, porque desde allí ya se ve el estadio, y quiere darle más espectacularidad al momento—. No mires.

Por las dudas, le pone la mano abierta sobre los ojos, como si fuesen una venda, y la conduce por el pasaje Bochini, despacio, mientras la nena da pasos cortos para tantear el terreno. Cuando teme tropezar, se aferra a la mano enorme del Ruso, que basta para taparle la mitad del rostro, como un antifaz.

—Tranquila. Tranquila que yo te llevo. Ahora nos quedamos quietos. Y...

—Esperá —dice Fernando.

—¿Esperá qué? —pregunta el Ruso.

Fernando no contesta, pero señala a la nena.

—Bueno, chiquita. Estás a punto de ver el mejor estadio del mundo.

—Dale, tío.

—El primer estadio hecho de cemento en toda Sudamérica.

—¡Ufa! ¡Dale!

—Ahora está nuevo, pero incompleto —agrega Mauricio.

—¡Dale, que quiero ver!

—Como quedó un poco viejo, por eso el Rojo lo está haciendo de nuevo —agrega Fernando.

—¡¡Dale, tío!!

—Pero va a quedar mejor, mucho mejor...

—¡¡¡¡¡Quiero ver!!!!!

—Cha cha, cha channnnn....

La nena aprieta la mano que le cubre los ojos, para zafarse. Antes de permitírselo, el Ruso se toma un instante, levantando la cabeza hacia los otros dos. Cruzan miradas rápidas, pestañean veloces, la miran a la nena.

—¿Estás lista?

—¡¡¡¡¡Dale, tío, que no aguanto más!!!!!

El Ruso siente las pestañas de la nena haciéndole cosquillas en la palma. Mira otra vez a sus amigos. Y entonces sí, con ademán de torero, el Ruso quita la mano y se hace a un lado, para que Guadalupe pueda ver.

Ituzaingó, diciembre de 2010

Agradecimientos

A Gaby, por acompañarme, también, en los vaivenes de la lenta construcción de esta historia, y por aceptar sus pérdidas.

A Clarita, por prestarme el nombre de una dc sus mejores amigas para llamar así a Guadalupe.

A Fran, por el amor cristalino con el que quiere a Independiente.

A Jessie y a Valeria, por su afectuosa lectura de los borradores de esta novela.

A Pablo, por compartir el arte escrupuloso de la ironía interminable.

A Facundo Sava, por la generosidad con la que me brindó sus conocimientos.

A mis amigos del fútbol de los sábados, por ese mundo lleno de privilegios sencillos e intransferibles que ofrece la amistad entre hombres.

A mi editora Julia Saltzmann, por su paciencia y su perseverancia.

A mi agente Irene Barki, por sus esmeros incansables.

Otros títulos del autor en Alfaguara

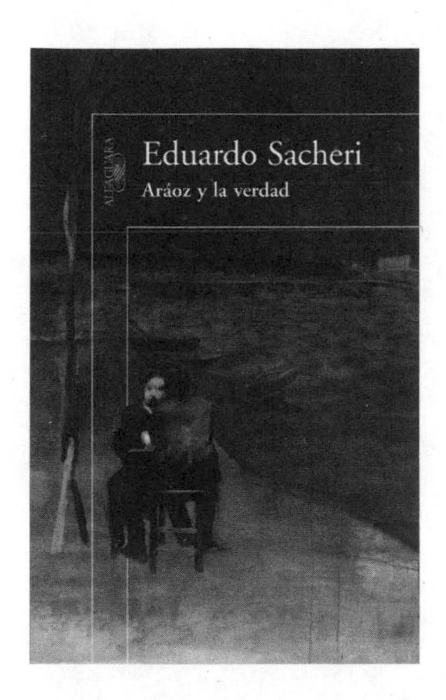

La historia de un hombre corriente enfrentado a grandes interrogantes y que busca redimir el pasado para seguir viviendo.

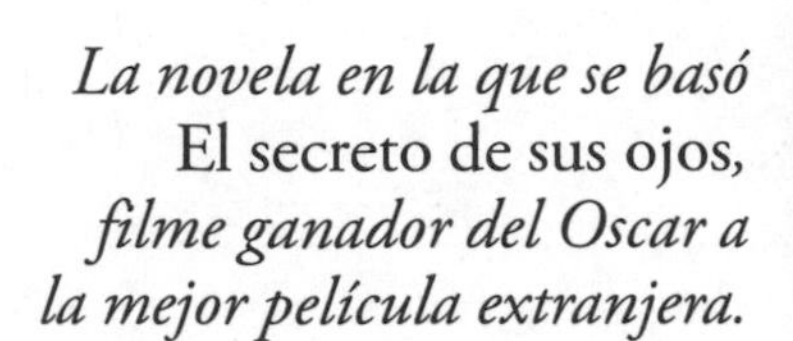

La novela en la que se basó El secreto de sus ojos, *filme ganador del Oscar a la mejor película extranjera.*

Alfaguara es un sello editorial de Prisa Ediciones

www.alfaguara.com

Argentina
www.alfaguara.com/ar
Av. Leandro N. Alem, 720
C 1001 AAP Buenos Aires
Tel. (54 11) 41 19 50 00
Fax (54 11) 41 19 50 21

Bolivia
www.alfaguara.com/bo
Calacoto, calle 13 nº 8078
La Paz
Tel. (591 2) 279 22 78
Fax (591 2) 277 10 56

Chile
www.alfaguara.com/cl
Dr. Aníbal Ariztía, 1444
Providencia
Santiago de Chile
Tel. (56 2) 384 30 00
Fax (56 2) 384 30 60

Colombia
www.alfaguara.com/co
Calle 80, nº 9 - 69
Bogotá
Tel. y fax (57 1) 639 60 00

Costa Rica
www.alfaguara.com/cas
La Uruca
Del Edificio de Aviación Civil 200 metros Oeste
San José de Costa Rica
Tel. (506) 22 20 42 42 y 25 20 05 05
Fax (506) 22 20 13 20

Ecuador
www.alfaguara.com/ec
Avda. Eloy Alfaro, N 33-347 y Avda. 6 de Diciembre
Quito
Tel. (593 2) 244 66 56
Fax (593 2) 244 87 91

El Salvador
www.alfaguara.com/can
Siemens, 51
Zona Industrial Santa Elena
Antiguo Cuscatlán - La Libertad
Tel. (503) 2 505 89 y 2 289 89 20
Fax (503) 2 278 60 66

España
www.alfaguara.com/es
Torrelaguna, 60
28043 Madrid
Tel. (34 91) 744 90 60
Fax (34 91) 744 92 24

Estados Unidos
www.alfaguara.com/us
2023 N.W. 84th Avenue
Miami, FL 33122
Tel. (1 305) 591 95 22 y 591 22 32
Fax (1 305) 591 91 45

Guatemala
www.alfaguara.com/can
7ª Avda. 11-11
Zona nº 9
Guatemala CA
Tel. (502) 24 29 43 00
Fax (502) 24 29 43 03

Honduras
www.alfaguara.com/can
Colonia Tepeyac Contigua a Banco Cuscatlán
Frente Iglesia Adventista del Séptimo Día, Casa 1626
Boulevard Juan Pablo Segundo
Tegucigalpa, M. D. C.
Tel. (504) 239 98 84

México
www.alfaguara.com/mx
Av. Río Mixcoac, 274
Col. Acacias, Deleg. Benito Juárez, 03240, México D.F.
Tel. (52 5) 554 20 75 30
Fax (52 5) 556 01 10 67

Panamá
www.alfaguara.com/cas
Vía Transísmica, Urb. Industrial Orillac,
Calle segunda, local 9
Ciudad de Panamá
Tel. (507) 261 29 95

Paraguay
www.alfaguara.com/py
Avda. Venezuela, 276,
entre Mariscal López y España
Asunción
Tel./fax (595 21) 213 294 y 214 983

Perú
www.alfaguara.com/pe
Avda. Primavera 2160
Santiago de Surco
Lima 33
Tel. (51 1) 313 40 00
Fax (51 1) 313 40 01

Puerto Rico
www.alfaguara.com/mx
Avda. Roosevelt, 1506
Guaynabo 00968
Tel. (1 787) 781 98 00
Fax (1 787) 783 12 62

República Dominicana
www.alfaguara.com/do
Juan Sánchez Ramírez, 9
Gazcue
Santo Domingo R.D.
Tel. (1809) 682 13 82
Fax (1809) 689 10 22

Uruguay
www.alfaguara.com/uy
Juan Manuel Blanes 1132
11200 Montevideo
Tel. (598 2) 410 73 42
Fax (598 2) 410 86 83

Venezuela
www.alfaguara.com/ve
Avda. Rómulo Gallegos
Edificio Zulia, 1º
Boleita Norte
Caracas
Tel. (58 212) 235 30 33
Fax (58 212) 239 10 51